BASTEI
LÜBBE
TASCHENBUCH

Jennifer Benkau

MIT ROSEN BEDACHT

Psychothriller

BASTEI LÜBBE
TASCHENBUCH

BASTEI LÜBBE TASCHENBUCH
Band 17363

Dieser Titel ist auch als E-Book erschienen

Vollständige Taschenbuchausgabe
der bei Ehrenwirth erschienenen Hardcoverausgabe

Dieses Werk wurde vermittelt durch die Literarische Agentur
Thomas Schlück GmbH, 30827 Garbsen.

Titelillustration: © shutterstock/Mika Shysh/Albert Mashin/
Kuttelvaserova Stuchelova/Toluk Ensuper
Umschlaggestaltung: Jeannine Schmelzer
Satz: Dörlemann Satz, Lemförde
Gesetzt aus der Weiss Antiqua
Druck und Verarbeitung: CPI books GmbH, Leck – Germany
ISBN 978-3-404-17363-1

2 4 5 3

Sie finden uns im Internet unter www.luebbe.de
Bitte beachten Sie auch: www.lesejury.de

»Guten Abend, gute Nacht
mit Rosen bedacht
mit Näglein besteckt
schlüpf unter die Deck'
Morgen früh, wenn Gott will
wirst du wieder geweckt
Morgen früh, wenn Gott will
wirst du wieder geweckt.«

»Mami? Und was, wenn Gott einmal nicht will?«

1

»Morgen früh, wenn Gott will
wirst du wieder geweckt.«
Johannes Brahms

Ich bekam dieses alte Kinderlied und die Frage, die ich mir dazu gestellt hatte, einfach nicht aus dem Kopf.

An die Antwort, die meine Mutter mir damals gegeben hatte, konnte ich mich nicht mehr erinnern; ich wusste nicht einmal, ob sie mir überhaupt geantwortet hatte. Ich war erst vier Jahre alt gewesen, höchstens fünf. Aber ich wusste noch, dass meine Mutter beim Zubettgehen fortan andere Lieder gesungen hatte. Nie wieder hatte ich von ihr *Guten Abend, gute Nacht* gehört.

Jetzt sehnte ich mich nach der tröstenden Melodie, den mir immer noch vertrauten Zeilen. Doch alles blieb still, niemand sprach ein Wort, das mir etwas gegeben hätte; erst recht keinen Trost. Eine Krankenschwester bat mich Platz zu nehmen und berührte meine Schulter, ehe sie ging, eine hilflose Geste der Anteilnahme, an der ich nicht Anteil nehmen konnte. Meine Welt schien stumm und starr geworden zu sein. Weißes Rauschen, ohne Inhalt.

Das ist der Schock, dachte ich.

Ich bin doch die Braut.

Das Leder knirschte unter meinen Oberschenkeln, wann immer ich hin und her rutschte, weil mir das Stillsitzen so schwerfiel. Ich schwitzte, die Feuchtigkeit klebte mir die Hose an den Po. Hinter den geschlossenen Fenstern bewegten sich sattgrüne Bäume in der Sommerbrise. Im Zimmer regte sich kein Lüftchen. Ich nahm ein gefülltes Wasserglas vom Tisch und stellte es, ohne einen Schluck getrunken zu haben, genau dorthin zurück, wo ein feuchter Kreis auf dem Tisch war. Ich hätte keinen Tropfen runterbekommen, selbst das Atmen fiel mir mit jedem Zug schwerer.

Es klopfte. Im gleichen Moment wurde die Tür geöffnet, und ein Arzt kam herein. Er nickte mir ernst zu, ehe er um den Schreibtisch herumging und sich dort auf einem Drehsessel niederließ. Auf meiner Seite des Tisches standen dieselben Sessel, bequem und teuer. Untypisch, dass man in einem städtischen Krankenhaus auf hochwertigen Lederstühlen wartete. Vermutlich war das nur in dem Raum der Fall, der für die schlechten Nachrichten reserviert war. *Wir ruinieren Ihr Leben – aber Sie sitzen bequem dabei.* Das ist doch schon mal was! In den verschlossenen Hängeschränken und penibel abgestaubten Kommoden war sicher eine unzählbare Menge an Informationsbroschüren über alle möglichen Krankheiten und Therapieformen. Und Beruhigungsmittel. Für die armen Tröpfe, die hier saßen. Wie ich.

Auf dem Tisch befanden sich eine Flasche Mineralwasser, weitere kopfstehende Gläser und eine Schale mit Bonbons. An den Wänden hingen ein paar gerahmte Kinderzeichnungen, frühes Grundschulkinderalter, alle zeigten Motive ohne Hintergrund. Es war Nachmittag, und ich fragte mich, wie die Vertretung mit meiner Klasse zurechtgekommen war; eine Frage, die im Moment so unpassend war, dass ich mich in Grund und Boden schämte und mich aufrechter hinsetzte, aus Angst, jemand könnte mir meine Gedanken ansehen. Im Hintergrund meines Denkens lief *Guten Abend, gute Nacht* in Dauerschleife. Das Lied drängelte gegen mein Bewusstsein, als wollte es, dass ich es sang. Jetzt sofort. Für Karim.

Wie albern. Karim würde mich nicht hören.

»Guten Tag, Frau Kirsch. Ich bin Dr. Hannes Laumann, der behandelnde Arzt Ihres Lebensgefährten.« Der Doktor hatte eine tiefe, angenehme Stimme, die nicht zu seinem Äußeren passte. Optisch erinnerte er mich an einen Totengräber im weißen Kittel, was vielleicht an den Ringen unter seinen Augen lag oder an dem unglücklichen Zug um seine Lippen. »Entschuldigen Sie bitte, dass wir Sie so lange haben warten lassen.«

Ich korrigierte mich: Der Zug um seine Lippen war nicht unglücklich. Todtraurig war er. Ich sah es Menschen an, wenn sie selten lachten. Dieser Arzt hier, der lachte nie.

»Frau Kirsch?« Ich zuckte zusammen. Sprach er mit mir? Natürlich.

Ich war die Braut.

Der Arzt streckte einen langen, weißen Arm über den Tisch und tätschelte meine Hand. Hilflos kam mir auch das vor, und plötzlich tat er mir leid. Es musste hart sein, Menschen immer wieder mit schlimmen Wahrheiten zu konfrontieren. Kein Wunder, dass er nie lachte.

»Fühlen Sie sich nicht gut?«, fragte er.

Wie sollte ich mich fühlen – was hatte er gesagt? Gut? Sollte ich mich gut fühlen? Wer bitte fühlte sich gut in einer solchen Situation? »Es geht schon.« Musste ja.

Trotzdem holte ich vorsichtshalber die Rescue-Tropfen aus meiner Umhängetasche und stellte das Glasfläschchen auf den Tisch. Meine Mutter hatte mir die Tropfen regelrecht aufgedrängt, weil ich in den letzten Tagen so nervös gewesen war, dass ich kaum noch schlafen, geschweige denn mich auf meine Arbeit konzentrieren konnte und vor Aufregung ständig meine Schlüssel oder den Einkaufszettel vergaß. Die Hochzeitsvorbereitungen hatten meinen dummen, verliebten Kopf nicht zur Ruhe kommen lassen. Die Tropfen sollten mich ein wenig entspannen. Bisher hatte mir ihre bloße Anwesenheit geholfen, ich hatte noch nie welche genommen. Solange ich mich hin und wieder daran erinnerte, dass sie da waren, fiel mir das Entspannen leichter.

Heute bewirkte die Anwesenheit der Bachblüten nichts. Keine Entspannung, aber ich wollte auch nicht entspannen. Ich war zu ruhig. Phlegmatisch, fast komatös, als gehörte ich selbst in ein Krankenzimmer. Ich spielte mit dem Gedanken, um einen doppelten Espresso zu bitten, damit ich endlich Herzrasen bekam und hysterisch wurde, wie es wohl sein sollte. Nichts kam aus meinem Mund, und mein Körper blieb vollkommen unbeeindruckt. Auf dem Monitor des Arztes setzte der Bildschirmschoner ein. Seifenblasen, die von unten nach oben stiegen, wie die Kohlesäurebläschen in meinem Glas.

Dr. Laumann verdrehte kaum merklich die Augen, als er den Schriftzug auf dem Etikett meiner Tropfen erkannte. »Ich kann Ihnen ein wirksames Mittel geben, wenn Sie etwas zur Beruhigung brauchen.«

Ein wirksames Mittel, sagte er. Nicht wirksamer. Ich schüttelte wortlos den Kopf, steckte das Fläschchen zurück in meine Tasche mit dem leisen Gedanken, dass er mich nun vermutlich für eine Spinnerin hielt, die an diese Naturheilkunde glaubte, von der er überhaupt nichts hielt. Toll, Wanda.

»Meine Kollegen haben Ihnen ja bereits erklärt, dass Ihr Verlobter bei dem Unfall vielfältige Verletzungen davongetragen hat. Am problematischsten ist wohl das offene Schädel-Hirn-Trauma – können Sie mit dem Begriff etwas anfangen?«

Ich nickte, ganz mechanisch, ohne es zu wollen. Man hatte mich stundenlang warten lassen, allein mit meinem Smartphone und einer Liste medizinischer Begriffe, die mir alle unsagbar fremd waren und die ich trotzdem ganz nah an mich heranlassen musste, weil es der einzige Weg zu Karim war – seine Diagnosen. Inzwischen wusste ich, was die Worte bedeuteten. Handy-Akkus und Internetverbindungen stoßen oft an ihre Grenzen, aber selten, wenn es angebracht wäre. Nie, wenn man mit dem Stichwort »offenes Schädel-Hirn-Trauma« nach Bildern sucht.

»Das Hirntrauma führte dazu, dass Ihr Verlobter ins Koma fiel. Sein Hirnstamm hat zu schwere Verletzungen davongetragen, als dass sein Gehirn den Körper noch kontrollieren könnte. Der Zustand ist mit tiefem Schlaf zu vergleichen, aus dem der Patient nicht aus eigener Kraft erwachen kann.« Er setzte ein unsicher klingendes »vorläufig« hinzu und seufzte fast lautlos, als hätte er das Wort gegen seinen Willen gesagt. »Vermutlich haben Sie Fragen.«

Ach ja? Welche? In meinem Kopf rotierten tausend Gedanken und Millionen Erinnerungen. *Karim, der mich mit farblich sortierten M&Ms füttert, Karim, mit unserem Katzenbaby in der Tasche seines Hoodies, Karim, konzentriert an einem Werbetext feilend.*

Fragen? Nein, Fragen schienen nicht dabei zu sein.

Karim auf dem Fahrrad – 400 Kilometer Strecke hinter uns. Karim, wie er kritisch und genüsslich zugleich an einem Glas Wein schnuppert. Karim, nackt und bis zur Hüfte im Meer stehend.

Die Fragen waren alle abgesoffen.

»Wir versichern Ihnen, dass wir alles tun, was in unserer Macht steht, Frau Kirsch. Leider lässt sich die Entwicklung bei Patienten wie Herrn Hozouri nicht zuverlässig vorhersagen. Er befindet sich momentan auf dem dritten von vier Graden, mit denen wir die Komatiefe bemessen, und kommt in der sogenannten Glasgow-Koma-Skala auf fünf Punkte.«

Fünf. Nur fünf.

»Eine Leiche bringt es auf drei Punkte«, sagte ich leise. »Ich hab das gegoogelt.«

Dr. Laumann senkte den Blick, und ich stellte mir vor, irgendwo anders zu sein. Mit Karim in diesem Zimmer auf der Intensivstation, wenn es sein musste. Mit Karim in einem Sarg. Alles besser als dieser Raum; als dieser Körper, der einfach nicht reagierte.

»Tatsächlich ist es so, dass sich nicht mit Gewissheit beantworten lässt, ob er die Verletzungen überstehen wird. Ich würde Ihnen gerne etwas anderes sagen. Aber ich möchte ehrlich sein. Herr Hozouris Kopfverletzungen sind sehr schwer. Die Schäden vermutlich irreparabel. Dass er aus dem Koma erwacht, ist leider nicht sehr wahrscheinlich. Momentan stehen seine Chancen nicht besonders gut.«

»Nicht besonders gut«, wiederholte ich tonlos. »Was heißt

das? Geben Sie mir eine Zahl.« Verwundert erkannte ich, dass ich flüsterte, obwohl ich laut hatte sprechen wollen.

»Lassen Sie uns in ein paar Tagen noch einmal darüber sprechen, wenn er es bis dahin geschafft hat. Wenn ich Ihnen jetzt eine Prognose gäbe, wäre sie geraten.«

»Dann raten Sie, bitte.« Ich wollte eine Zahl. Ich mochte Zahlen, nein, ich liebte sie; Zahlen waren etwas Sicheres, Zuverlässiges, auch wenn sie sich später änderten. Ich brauchte eine Zahl, um die nächsten fünf Minuten zu überstehen, dann konnte ich weitermachen. Ich brauchte eine Zahl, um zu weinen und zu schreien, was ohne diese Zahl einfach nicht gelingen wollte.

»Die Chancen, dass er die nächsten Wochen überlebt«, sagte Dr. Laumann mit sichtbarem Unbehagen, »stehen zum derzeitigen Moment nicht höher als zehn Prozent. Und selbst dann ist noch lange nicht gesagt, dass er –«

»In Ordnung«, unterbrach ich ihn. Ich wollte nicht hören, dass Karim ewig ein Pflegefall bleiben könnte. Wenn es so weit war, würden wir schon damit klarkommen, aber vorstellen wollte ich es mir nicht. Nicht jetzt. Entscheidend war, dass er überlebte. Er durfte ewig schlafen, wenn er wollte, solange er nur nicht starb.

Fünf Punkte. Zehn Prozent. Das war beides wenig, furchtbar wenig. Zehn von hundert leben. Neunzig sterben. Aber …

»Zwei von tausend Frauen werden schwanger, obwohl sie die Pille korrekt einnehmen.«

»Wie bitte?« Dr. Laumann runzelte die Stirn. Die Sonne schien durch die Aluminiumjalousien und malte Streifen auf seine Nase und Stirn, die die Hautfalten betonten. Er sah aus wie eine Karikatur. Nicht echt.

»Die Wahrscheinlichkeit ist winzig«, beharrte ich, »aber aus der Uni kenne ich gleich drei Kommilitoninnen, bei denen es so war. Sie nennen ihre Kinder Tropis – Trotz-Pille-Kinder.«

Herrgott, warum erzählte ich diesen geistigen Durchfall? In

Dr. Laumanns Gesicht war eindeutig zu erkennen, dass er von Tropis so viel hielt wie von Bachblütentropfen. Er war bodenständig, durch und durch, und zählte vermutlich zu den Ärzten, die an nichts anderes als ihre Pillen und Spritzen glaubten, deren Wirkungsweisen durch Doppelblindstudien abgesichert waren. Ich kam mir lächerlich und kindisch vor mit meinem Glauben an alternativen Firlefanz, der sich nicht beweisen ließ und keinem der Tests standhielt, die ein Dr. Laumann zweifellos verlangte, ehe er ein Heilmittel als sinnvoll erachtete.

»Nun«, sagte der Doktor schließlich, »es ist schon richtig, dass Sie die Hoffnung nicht aufgeben. Das ist von großer Bedeutung. Die Patienten spüren das.«

Er stand auf, wandte sich ab und ließ nicht zu, dass ich ein weiteres Mal in seine Augen sah, um dort nach Hinweisen zu suchen, dass er an seine eigenen Worte nicht mehr glaubte als an Rescue-Tropfen. Es war auch nicht nötig, ich wusste, dass es so war. Als er zurückkam, eine Broschüre in den Händen, war sein Gesicht wieder professionell neutral mit dem unglücklichen, nein, todtraurigen Zug um den Mund. Er reichte mir das Heft.

Informationen für Angehörige von Schädel-Hirn-Verletzten und Menschen im Koma.

Das Deckblatt war weiß mit großen, pinkfarbenen scheußlichen Lettern. Die Hobby-Grafikerin in mir wand sich, und der Rest von mir fand das schrecklich unpassend. Eine solche Broschüre brauchte kein professionelles Layout, das Budget reichte vermutlich nicht mal für Farbfotos. Ich schlug die Broschüre in der Mitte auf. Bingo, richtig geraten. Schwarzweißbilder, aus den frühen 80ern, wie die Schnurrbärte der Männer und die Dauerwellen der Frauen vermuten ließen.

Ich glitt mit dem Blick über die Zeilen, suchte hastig nach Informationen, die ich noch nicht hatte. Fehlanzeige.

Dr. Laumann räusperte sich, er wirkte ein wenig unzufrieden, weil ich keine von den Fragen stellte, deren Antworten er zuvor sicher gewissenhaft vorbereitet hatte. Ich hätte gerne etwas gefragt, allein aus Höflichkeit und weil ich nicht wollte, dass er mich für uninteressiert hielt. Das war ich nicht.

Ich war die Braut. Karims Braut.

Aber mein Verstand ließ mich im Stich, und mir fiel nichts ein; zumindest keine Frage, von der ich glaubte, die ehrliche Antwort ertragen zu können.

»Sie möchten sicher nun zu Ihrem Verlobten?«

Erschrocken verharrte ich in der Zeile, heftete die Augen auf ein Wort in der Broschüre, als könnte es mir Sicherheit geben. *Gerüche*, stand da. Ich roch gar nichts, nicht mal Desinfektionsmittel oder Raumduft. Das Sprechzimmer schien von allem akribisch befreit. Ein vollkommen neutraler Raum für all die schlechten Nachrichten.

»Darf ich das? Jetzt?« Endlich?

Ich hatte nicht mehr daran geglaubt, dass ich ihn heute noch sehen könnte. Dass ich ihn überhaupt noch irgendwann sehen würde. In all den Stunden des Ausharrens in Warteräumen und vor geschlossenen Schiebetüren war mir die Aussicht, irgendwann zu Karim gelassen zu werden, vollkommen abhandengekommen. Ich war nicht mal mehr sicher, ob er wirklich hinter diesen Krankenhauszimmertüren lag.

»Selbstverständlich«, antwortete Dr. Laumann, als wäre es das.

Ich hielt mich an meiner Broschüre fest und war plötzlich dankbar, dass er sie mir gegeben hatte.

»Schwester Astrid wird Ihnen zeigen, worauf Sie zu achten haben. Machen Sie sich keine Sorgen. Noch wird Ihnen alles sehr fremd erscheinen, aber bald …«

Was – bald? Würde ich mich daran gewöhnen, dass Karim hier war und nichts anderes tat, als in einem Bett zu liegen und in Windeln zu pinkeln? War es das, was er sagen wollte?

Mir schwindelte. Ich atmete langsam aus, aber es half nicht. In meinen Ohren rauschte es, und ich war erleichtert, dass mein Körper endlich eine Reaktion zeigte.

»Gehen Sie bitte nach rechts den Gang entlang, klingeln Sie an der Tür zur Intensivstation, und fragen Sie nach Schwester Astrid. Sie ist bereits instruiert. Wenn Sie Fragen haben oder Ihnen irgendetwas am Patienten auffällt, zögern Sie nicht, jemanden anzusprechen. Ich werde unverzüglich informiert, sollte etwas vorfallen. Und ich werde Sie sofort benachrichtigen, falls sich an seinem Zustand etwas ändert.«

»Ich werde mein Handy immer dabeihaben«, sagte ich. Nie wieder wollte ich es vergessen. Hätte ich es bei mir getragen, wäre ich gestern Nachmittag bereits informiert worden. Nur meiner Unachtsamkeit wegen hatte ich erst ganze vierundzwanzig Stunden später erfahren, dass Karim auf dem Weg zu seinem Arbeitskollegen mit dem Fahrrad verunglückt war. Mit meinem Fahrrad, weil ich das Auto gebraucht hatte. Warum war ich nur zu diesem verdammten Klassentreffen gefahren und hatte mit unwichtigen Leuten aus meiner Vergangenheit Wein getrunken, während Karim einen Unfall hatte? Tränen brannten in meinen Augen, scharf von Schuldgefühlen, aber sie wollten nicht geweint werden, sondern klebten auf meiner Netzhaut fest.

Ich erinnerte mich genau an die letzten Worte, die er zu mir gesagt hatte: *Ich liebe dich, Wanda! Mach sie alle fertig, lad noch hundert Leute mehr zur Hochzeit ein und hab viel Spaß, aber komm bloß allein nach Hause, hörst du?!*

Er hatte es mir durch die geschlossene Badezimmertür zugerufen, wo ich mir die Beine rasiert hatte, um im Cocktailkleid zwischen meinen ehemaligen Klassenkameraden eine gute Figur zu machen. Wie banal!

Warum hatte ich die Tür nicht aufgerissen und ihn zum Abschied geküsst, wie es sich gehörte? Dann wäre er eine Minute später über die Kreuzung gefahren. Ein paar Meter nach dem BMW X5, in dem eine gestresste Frau beim Rechtsabbiegen mehr auf die streitenden Kinder auf der Rückbank geachtet hatte als auf den Radfahrer neben dem SUV.

Die Welt würde nie wieder dieselbe sein, wenn Karim nicht mehr wäre.

Wenig später drückte ich die Klingel der Intensivstation. Milchweiße Glaswände trennten mich von der Welt dahinter. Nichts war zu erkennen. Das Weiß machte mir Angst, und ich verstand den Grund nicht.

»Ja bitte?« Blechern und künstlich tönte die Stimme aus der Sprechanlage.

»Wanda Kirsch«, sagte ich, während ich ein Informationsposter über Impfungen anstierte, ohne es richtig wahrzunehmen. »Ich soll mich bei Schwester Astrid melden.«

»Bin gleich bei Ihnen.«

Wieder hieß es warten. Das Krankenhaus sah vollkommen anders aus als in meiner Erinnerung. Es herrschte Stille. Alle Türen in dem langen Gang waren geschlossen, hinter keiner war ein Laut zu vernehmen. Niemand war zu sehen, seit Dr. Laumann in die entgegengesetzte Richtung verschwunden war.

Zuletzt war ich in diesem Krankenhaus gewesen, als meine Cousine Melanie ein Baby bekommen hatte. Noel ging inzwischen zur Schule. Ich wusste noch, dass auf der Etage unter uns, wo sich die Kreißsäle und die Mutter-Kind-Zimmer befanden, immer geschäftiges Treiben geherrscht hatte. Auf den Gängen wuselten Schwestern, Ärzte, Besucher und aufgeregte Geschwisterkinder durcheinander und wichen den Bettchen mit gläsernen Wänden aus, die langsam gehende Frauen vor sich herschoben. An gläserne Särge hatten sie mich erinnert, und schon seit Jahren, lange, ehe ich selbst einen Kinderwunsch verspürt hatte, war für mich festgestanden, dass ich in ein alternatives Geburtshaus gehen würde, in dem es diese schaurigen Glassarg-Bettchen nicht gab. In den letzten Monaten waren diese Überlegungen konkreter geworden. Ich berührte meinen Bauch. Wenn meine Periode, die ich in einer Woche erwartete, ausblieb, würde Karims und mein Wunsch in Erfüllung gehen …

Die Vorstellung ließ meinen Speichel tranig schmecken. Dann würde ich allein mit dem Kind dastehen.

Und wenn ich meine Tage bekam? Würde Karim vermutlich niemals Vater werden. Ein Traum – zerplatzt wie ein Tierkörper unter Autoreifen.

Ich grub mir die Fingernägel in die Handfläche, bis es wehtat, und drückte dann fester. Strafte mich für diese Gedanken. Ich durfte Karim nicht aufgeben. Er brauchte Hoffnung, und ich würde mir alle Mühe geben, ihm welche zu machen.

Denn das, was ich brauchte, das war Karim.

Ein Summen ertönte, und die Milchglastüren glitten wie Vorhänge zur Seite. Alles ging plötzlich zu schnell. So musste sich ein Sänger fühlen, der auf der Bühne steht und mit einem Mal erkennt, dass er nicht weiß, welches Lied er singen soll. Sofort erklangen Geräusche. Eine Kakophonie aus Tönen grub sich in die Stille wie ein Pflug durch lockere Erde. Fiepen, Piepen, Klingeln, puckernde Laute wie fallende Tropfen, regelmäßige Aufs und Abs von Geräuschen, die wie Windböen in den Bäumen klangen, flüsternde Stimmen.

»Hallo, ich bin Schwester Astrid, die Stationsschwester«, sagte eine ältere Frau in Kittel und weißen Crocs. Die Art, wie sie im Eingang stand, erinnerte mich an Frau Holle aus dem Märchen in ihrem kleinen Haus im Brunnenland, das sie nie verließ. Sie schien nicht in die Welt außerhalb dieser Station zu gehören. Vom ersten Moment an strahlte sie eine unwirkliche Herzlichkeit aus, die mich noch ruhiger zu machen schien, als ich bereits war. Ich bekam Angst, im Stehen einzudösen.

»Sie müssen die Freundin sein?«

»Ja, Wanda Kirsch.« Meine Stimme klang gelangweilt, und ich glaubte, dass die Schwester irritiert die Augen verengte. »Ich bin etwas durcheinander.« Nein, ich schlafe gleich ein.

»Das verstehe ich. Gut, dass Sie gekommen sind. Folgen Sie mir bitte, ich zeige Ihnen alles.«

Schwester Astrid führte mich in einen kleinen Raum, der als

Schleuse fungierte. Drei Waschbecken befanden sich an der linken Seite, eine Ablage mit Pappschachteln auf der anderen und eine Garderobe neben der Tür.

»Erste Regel: Handy abschalten«, sagte die Schwester mit einem Lächeln. »Dann müssen Sie Ihre Jacke ausziehen und sich die Hände waschen und danach desinfizieren.« Ich hatte keine Jacke dabei. Ich hängte meine Handtasche an einen Haken und tat, was man mir sagte.

»Sehr gut.« Frau Holle lobte mich, als sei ich fünf Jahre alt. Viel älter fühlte ich mich auch nicht. »Nun nehmen Sie sich aus den Boxen bitte eine Haube, Überzieher für die Schuhe und einen Überkittel von diesem Haken hier. Einen Mundschutz und Handschuhe brauchen Sie nur, wenn sie eine leichte Infektionskrankheit haben. Wenn die Wundheilung weiter fortgeschritten ist, wird das meiste nicht mehr nötig sein.«

Ich hätte gerne einen Mundschutz gehabt, dann hätte ich meine Mundwinkel nicht unter Kontrolle halten müssen.

»Grundsätzlich«, erklärte Frau Holle in mütterlichem Ton, »dürfen Sie, als seine Freundin, jederzeit zu Besuch kommen. Melden Sie sich einfach vorne an. Beim Patienten sollten allerdings nicht mehr als zwei Besucher gleichzeitig sein, und wir bitten darum, dass nur nahe Verwandte oder enge Freunde mitgebracht werden. Kinder unter vierzehn Jahren sind nur in besonderen Ausnahmen gestattet.«

Kein Problem, Verwandte gab es nicht, Freunde nur wenige und Kinder überhaupt nicht. Ob ich den Kater, den einzigen, der vielleicht helfen konnte, herbringen durfte, musste ich wohl gar nicht erst fragen.

»Gegenüber von diesem Raum finden Sie das Wartezimmer. Sollten Pfleger oder ein Arzt bei Ihrem Freund sein, möchten wir Sie bitten, dort Platz zu nehmen, damit die Gänge frei bleiben. Das war es schon – wenn Sie Fragen haben, sprechen Sie uns einfach an. Wollen wir dann nun?«

Ja. Ja … und nein.

Angst machte meine Kehle eng.

Auf der Intensivstation schien es keine verschlossenen Türen zu geben. Jede war weit offen wie ein Schlund und ließ den Blick frei auf still daliegende Gestalten, nur geschützt von dünnen, weißen Decken. Die meisten schienen mit ihrem Bettzeug und der Matratze verschmolzen zu sein, man sah sie kaum. Nur in wenigen Zimmern gab ein Vorhang ein wenig Schutz vor meinen Blicken. An einigen Betten saßen Besucher, manche murmelnd, viele schweigend. Kaum jemand sah auf.

Das Fiepen und Piepen war allgegenwärtig.

»Hier ist es«, sagte die gütige Frau Holle und blieb neben der Tür stehen, sodass ich das Zimmer als Erste betreten durfte. Musste.

Zwei Betten, am hinteren, halb verdeckt von einem Plastikvorhang, saßen zwei ältere Leute, die ich noch nie gesehen hatte. Also musste das vordere Bett Karims sein. Einen Augenblick lang war ich sicher, dass wir im falschen Zimmer waren. Der Mensch … die Gestalt in diesem Bett konnte nicht Karim sein. Ich erkannte ihn nicht. Das musste ein Irrtum sein. Ich wandte mich zu Frau Holle um. Sie lächelte aufmunternd. »Nur zu.«

Zaghaft trat ich einen Schritt näher. Am Fußende des Bettes stand sein Name auf einem Schild. Da war ein Fehler in seinem Nachnamen, Al Hozouri stand da, die Vorsilbe war zu viel. Doch der kurze Gedanke, dass es nur eine zufällige Ähnlichkeit der Namen sein konnte und mein Karim gar nicht verunglückt war, schien nicht sehr wahrscheinlich.

Bis zur Brust hatten sie ihn zugedeckt. Der linke Arm war eingegipst und hing in einer Schlaufe. Um den Hals trug er einen watteartigen Verband, und sein Kopf war bandagiert. Und darunter kahl. Natürlich, sie hatten ihm die Haare abrasieren müssen, um die Schädelfraktur zu richten. Er würde sie dafür hassen, Karim war so eitel und stylte seine Haare jeden Morgen länger, als ich für mein ganzes Make-up brauchte. Unter den

Verbänden waren Stahlplatten und Schrauben, die den Knochen zusammenhielten, das hatte mir ein Arzt schon vor Stunden erklärt.

Karims Gesicht sah wächsern aus. Wären die Schrammen an Wange und Schläfe nicht gewesen, hätte man glauben können, dort läge eine bemalte Puppe auf dem Kissen. Die linke Gesichtshälfte war ein einziges Hämatom in Nachtblau und Lila. Unter seinen Augen, nein, *über* seinen Augen lagen dunkelgraue Schatten. Seine Lippen waren halb geöffnet und farblos, in Mund und Nase führten auf der Haut festgeklebte Schläuche. In Abständen, die mir viel zu groß vorkamen, blies eine Maschine Luft in seine Lungen. Sie pumpte seinen Brustkorb auf, ließ ihn wieder zusammensinken, machte eine lange Pause und begann von vorne. Das ging viel zu langsam! Wussten die nicht, dass Karim selbst im Ruhezustand oder im Schlaf die Atemfrequenz eines Rennpferdes hatte, oder war das hier nicht von Bedeutung?

Ich sah ihn vor mir, wie er bis gestern gewesen war. *Karim, der trotz zwei linker Füße mit mir den langsamen Walzer lernt, und dann, nachdem wir erfahren, dass es sich bei unserem Hochzeitslied* Somebody *von Depeche Mode nicht um einen Walzer, sondern um eine Rumba handelt, auch noch die.*

»Karim?«, wisperte ich und hielt inne, als müsste nun irgendetwas Dramatisches passieren. Nichts geschah.

Es piepte bloß andauernd aus drei Geräten, enervierende Töne, die sich jeder Logik zu entziehen schienen. Sie wollten mir etwas sagen, aber ich verstand es nicht; sie stressten mich bloß, wie hysterisch auf mich einredende Fremde, die meine Hilfe brauchen, doch deren Sprache ich nicht verstehe.

Mir wurde schwindelig. Es war kein Irrtum, egal wie sehr ich mir das wünschte. Der Mann in dem Bett, dieser Mann, der nicht aussah wie Karim, das *war* Karim. Was von ihm übrig war.

Schwester Astrid trat neben mich, und für einen Moment wünschte ich, sie könnte erkennen, dass ich vollkommen überfordert war und gleich zusammenbrechen würde. Ich wünschte, sie würde mich an der Hand nehmen und hinausführen. Gleichzeitig wusste ich, dass ich mich nicht hinausbringen lassen würde. Ich würde mich wehren – ich wollte mich wehren. Ich sehnte mich danach, gegen irgendetwas zu protestieren.

Aber da war nichts.

»Das ist nicht leicht für Sie, nicht wahr?«, fragte die Schwester leise, fast geflüstert. »Das ist es nie. Es ist völlig in Ordnung, dass Sie fühlen wie Sie fühlen. Für Ihren Freund ist es nun aber wichtig, dass Sie versuchen, offen damit umzugehen. Wir wissen nicht, was er miterlebt. Und wir wollen ihn doch nicht verunsichern, nicht wahr?«

»Nein.« Ich versuchte zu schlucken, aber es ging nicht. Die Schwester legte mir eine Hand auf die Schulter und drängte mich behutsam ein kleines Stück nach vorne.

»Herr Al Hozouri«, sagte die Schwester. »Ich habe Besuch für Sie mitgebracht. Hören Sie, hier ist Wanda, Ihre hübsche Freundin.«

Nun musste ich noch näher herantreten. Neben dem Bett stand ein Stuhl. Ich schob ihn ein wenig zurück, die Stuhlbeine scharrten über den Boden. Ich erzitterte. War es zu laut gewesen? Hatte ich ihn erschreckt?

Nichts passierte, Schwester Astrid lächelte so breit, dass ich ihre Backenzähne sah, einer war golden. »Reden Sie ruhig mit ihm. Sagen Sie ihm, dass Sie da sind.«

Das weiß er doch. Oder nicht?

Vorsichtig streckte ich meine Hand aus. Sie bebte, und das ärgerte mich, weil ich gleichzeitig vorsichtig mit ihm sein und Zuversicht und Sicherheit übertragen musste. Trotzdem schob ich sie weiter, näher an Karims Arm, der schwach und blass auf der Decke ruhte.

»Ganz langsam«, sagte Schwester Astrid. »Nichts überstürzen. Berühren Sie ihn erst, wenn Sie einschätzen können, ob er das möchte.«

Er möchte.

Ich zog meine Hand zurück. Was, wenn mein Gefühl mich trog? Was bildete ich mir denn ein? Ich hatte keine Ahnung, was Karim wollte und was er nicht wollte und ob er mir so sehr vertraute, dass er sich jetzt, wo er hilflos und uns allen vollkommen ausgeliefert war, gerne von mir anfassen ließ. Würde ich es an seiner Stelle wollen? Ich war nicht sicher. Wo war er noch verletzt – was tat ihm weh? Ich wusste ja nicht einmal, was ich ihm sagen sollte. Mit den Kuppen von Zeige- und Mittelfinger strich ich über das blendend weiße Betttuch. Mehr wagte ich nicht.

In mir quoll ein Schwall Tränen hoch. Sie waren überall, in meinen Augen, meiner Nase, selbst in meiner Kehle. Das Luftholen fiel mir schwer. Und dann, mit einem Schluchzer, brachen sie sich Bahn. Die Tränen flossen mir über Wangen, Kinn und den Hals, versickerten in meinem Shirt und tropften auf das weiße Betttuch, wo sie gräuliche Flecken hinterließen. Ich wischte hektisch daran herum, als würden diese Flecken die Bettwäsche ruinieren und stammelte eine Entschuldigung.

»Na na na, Kindchen.« Schwester Astrid fasste mich am Arm und führte mich behutsam vom Bett weg. »Ist schon gut. Ist gut. Ist gut.«

Das Weinen fand kein Ende. Ich fühlte mich schrecklich unzulänglich. Nicht wegen der Tränen, sondern weil ich das Gefühl hatte, alles falsch zu machen. In meinem Kopf war kein Trost und keine Zuversicht, die ich Karim hätte vermitteln können. Nur Zweifel, so viele Zweifel, Angst und Sorgen und immer wieder das Lied *Guten Abend, gute Nacht*. Morgen früh, wenn Gott will …

Aber was, wenn er nicht wollte?

Was dann?

Vier Jahre zuvor

»Das macht dann genau fünfzehn Euro, bitte.«

Die junge Tankstellenkassiererin blickt an mir vorbei, als gäbe es hinter meinem Rücken etwas Spannendes zu sehen. Ich klappe mein Portemonnaie auf. Und erstarre. Das Fach, in dem normalerweise meine EC-Karte steckt, ist leer.

»Das gibt's doch nicht, Moment bitte.« Blut steigt mir in den Kopf. Ich krame das Fach für die Scheine durch – nichts außer alten Kassenbons. Münzen sind noch da – knapp sechs Euro – viel zu wenig. Verdammt!

»Entschuldigen Sie. Ich muss meine Karte irgendwo vergessen haben.«

Die Kassiererin rollt mit den Augen, was meine Schweißdrüsen aktiviert. »Homebanking?«

Ja, genau. Am Morgen hatte ich über eBay gebrauchte Fachbücher ersteigert und das Geld überwiesen. Für den neuen TAN-Generator hatte ich die Karte gebraucht – und nun liegt sie noch auf meinem Schreibtisch. Es beruhigt mich nur geringfügig, dass ich weder beklaut wurde noch meine Karte verloren habe. Peinlich ist die Situation ohne Frage.

»Sie können das Geld holen gehen«, sagt die Kassiererin und macht eine Kunstpause, in der sie dreimal herzhaft und mit offenem Mund auf ihrem Kaugummi herumkaut. »Aber Ihren Roller müssen Sie solange hierlassen.« Sie hält die Hand auf und deutet mit dem Kinn in Richtung des Schlüssels in meinen Fingern.

Ich schließe meine Hand darum, denn das geht beim besten Willen nicht. Ich brauche den Roller, ich muss in dreißig Minuten an der Astrid-Lindgren-Grundschule sein, das schaffe ich mit den Öffentlichen nicht, und ohne EC-Karte kann ich mir kein Taxi bestellen. »Kann ich Ihnen vielleicht meinen Ausweis als Pfand dalassen?« Ich versuche ein möglichst seriöses Lächeln, das allerdings reichlich nervös gerät. Gott, ist das unangenehm. »Ich wohne knappe zwanzig Kilometer von hier.«

»Da vorne ist 'ne Bushaltestelle.«

»Bitte. Ich hole das Geld gleich. Ich habe in einer halben Stunde ein Vorstellungsgespräch hier in der Nähe.«

»Nee, tut mir leid. Ich hab gleich Schichtwechsel, und mein Chef zieht mir das vom Lohn ab.«

Das ist bestimmt nicht rechtens, will ich antworten. Doch bevor ich ein Wort sagen kann, schiebt sich jemand zwischen mir und dem Zeitschriftenständer vorbei und drängt mich ein Stück zur Seite. Ich blicke auf einen breiten Rücken in einem weinroten Hemd, dessen Kragen in einen sorgsam ausrasierten Nacken übergeht. Darüber schwarzes, halblanges Haar, zu einem Mann gehörend, der nun einen Zwanzigeuroschein über den Tresen reicht und – meine Röte intensiviert sich spürbar – meine Tankfüllung zahlt.

»Das … das ist doch nicht nötig«, stammle ich.

»Nicht?« Der Mann dreht sich um, und ich weiche zurück und stoße mit dem Hintern gegen die Frauenzeitschriften. In seinem Gesicht spielt Spott mit Verständnis. Er schielt ein winziges bisschen durch seine schmale Brille und sieht mich aus dunklen Augen an, während er das Wechselgeld entgegennimmt, obwohl die Kassiererin mit einem strahlenden Lächeln um seine Aufmerksamkeit buhlt. Offenbar findet sie ihn attraktiv.

»Ich zahle Ihnen das natürlich zurück.«

»Kein Problem.«

»Das … ist mir sehr peinlich.«

»Ach was. Mir ist das auch schon passiert. Mehrmals, um ehrlich zu sein, und ich war jedes Mal heilfroh, dass man sich bei mir«, er wirft der Kassiererin einen vielsagenden Blick zu, »nicht so pingelig angestellt hat.«

Er zahlt seine eigene Rechnung und nimmt noch ein Päckchen Kaugummi und eine Tüte M&Ms mit. Die Tankstellenlady schmollt still, und ich überlege, ob *ich* ihn attraktiv finde. Ich stehe nicht auf den südländischen Typ, nicht auf Männer mit Brille und nicht auf Kerle, die ihr gutes Aussehen und ihren

Charme einsetzen, um Menschen dazu zu bringen, sich schlecht zu fühlen. Und die Kassiererin fühlt sich schlecht.

»Entschuldigen Sie bitte die Umstände«, rufe ich der Kassiererin zu, als ich nach draußen gehe. In meiner Tasche findet sich ein Kugelschreiber und ein zerknitterter Zettel. Der Mann folgt mir, nachdem er sein Wechselgeld eingesteckt hat, und ich schreibe hastig, damit sich das nicht alles noch mehr in die Länge zieht. »Meine Telefonnummer«, erkläre ich, als er mich fragend ansieht.

»Wow.« Er grinst, es wirkt jungenhaft. Wie alt mag er sein? Vermutlich nicht viel älter als ich, auch wenn ich ihn zuerst sicher auf dreißig geschätzt hatte. »Ich hab mir also umsonst den Kopf zerbrochen, wie ich darankomme, danke.« Er nimmt mir den Zettel ab, klappt ihn auf und streicht den Falz mit Zeigefinger und Daumen glatt.

»Ich habe doch gesagt, dass ich Ihnen das Geld auf jeden Fall zurückzahle.« Obwohl ich mich um kühle Distanz bemühe und ihm keine falschen Hoffnungen machen will – immerhin muss ich gleich einen Praktikumsplatz bekommen und habe keine Zeit, mir Gedanken um irgendwelche Dates zu machen –, lächelt mein Gesicht. Einfach so, ohne dass ich es will.

Er zuckt mit den Schultern. Und lächelt dann auch. »Wenn Sie drauf bestehen. Mein Name ist Karim.« Er streckt mir die Hand hin. »Nur, damit Sie wissen, wer Sie anruft. Oder darf ich du sagen?« Er wirft einen Blick auf den Zettel. »Wanda?«

»In … Ordnung.«

»Schön.« Er lehnt sich lässig an die Gefriertruhe mit dem gecrushten Eis und reißt die Tüte mit den M&Ms auf. »Möchtest du ein paar? Beruhigen die Nerven. Kann ja nicht schaden, für dein Vorstellungsgespräch.«

»Sehe ich so nervös aus?«

Er mustert mich kritisch von oben bis unten und widmet meinen Füßen dabei ebenso viel Zeit wie meinen Brüsten im anliegenden Pullover. »Knapp vor hysterisch, fürchte ich.«

Das ist nicht wahr, aber ein gutes Argument für etwas Süßes. Er kippt sich einige der Schokokugeln in die Handfläche und bietet sie mir an. Ich picke mir, ohne darüber nachzudenken, die beiden grünen heraus, er nimmt die drei gelben, isst sie schneller als ich meine und fischt dann gezielt nach allen blauen.

»Ich esse sie auch immer nach Farben sortiert«, gestehe ich, als ich die roten nehme.

»Anders schmecken sie auch nicht. Mich nerven nur die Braunen. Sie müssten lila sein. Primär- und Sekundärfarben. Aber nie gibt's Lilafarbene, nur diese Braunen, das stört mich bei jeder Tüte aufs Neue.« Er sagt das mit einem solchen Ernst, dass ich lachen muss, und die Art, mit der er still Irritation über mein Amüsement ausdrückt, erheitert mich so sehr, dass ich mich beinah an einer Erdnuss verschlucke.

»Entschuldige.« Ich muss noch immer kichern. »Aber ich kenne niemanden, der älter als zehn ist und seine M&Ms wie ich nach Farben sortiert.«

»Das tun viele. Die meisten über zehn geben es nur nicht zu.«

»Sehr beruhigend. Und ich dachte immer, ich sei ein Freak.«

Er nickt verständnisvoll. »Das ist okay. Menschen ohne Macken sind doch nicht ganz normal, oder? Die machen mir Angst.« Der Hauch von Silberblick hinter seiner Brille ist eigentlich nicht hässlich. Er hat schöne Hände, lange Finger mit leichten Schwielen, die darauf hindeuten, dass er körperliche Arbeit zu verrichten weiß. Außer meinem Roller stehen nur noch zwei Autos an der Tankstelle: ein BMW, aus dem zwei Frauen steigen, und ein Ford an der Zapfsäule, wo es Autogas gibt. Mit Autogas fahren Ökos, sagt meine Freundin Sarah immer und meint das absolut anerkennend, denn in unseren Augen gibt es zu wenig Menschen, die sich Gedanken um die Umwelt machen. Die letzte Schokokugel, eine braune, hat die Wärme seiner Handfläche angenommen, als ich sie nehme und ihn von der unpassenden Farbe erlöse. Sie schmilzt süß in meinem Mund

»Sortierst du auch deine Wäscheklammern?«, fragt er in einem Tonfall, als erkundige er sich nach meiner Arbeit.

»Meine … was?«

»Wäscheklammern. Wenn du ein T-Shirt auf die Leine hängst, nimmst du dann irgendwelche Klammern, oder müssen sie farblich zueinander passen?«

»Bei dir müssen sie also zueinander passen?«

»Immer. Außer orange und rot, die sehen auch kombiniert gut aus. Dann aber –«

»Abwechselnd oder in Mustern«, unterbreche ich ihn. Der Mann ist ein bisschen verrückt. Aber genau das verleiht ihm einen ganz eigenen Charme – auch wenn ich eigentlich gar nicht auf südländische Männer stehe. Die beiden BMW-Frauen gehen an uns vorbei in die Tankstelle. Sie schauen ihm auf den Hintern und wechseln dann diesen »Hast du den gesehen – was sagst du?«-Blick. Ihre hohen Stiefel klappern auf dem Asphalt und erinnern mich daran, dass ich zutiefst seriös aussehende, flache Schuhe von Think! trage, die meine Füße noch größer aussehen lassen, als sie mit Größe 41 ohnehin sind. Warum trägt man immer hässliche Schuhe, wenn man einen interessanten Mann trifft, oder ist es Männern nicht sowieso egal, ob Frauen große oder kleine Füße haben? Ich sehe heute leider nicht nur unterhalb meiner Knöchel wie eine langweilige Spießerin aus, die in einer christlichen Grundschule arbeiten will.

»Jetzt komm.« Er kippt sich mehr M&Ms in die hohle Hand und hält sie mir hin. »Verrat mir das Geheimnis deiner Wäscheklammern.«

Ich feixe. »Tut mir leid. Einfarbig. Sie sind aus Holz.«

»Heimisches Holz? Unbehandelt?«

»Genau die.«

»Heirate mich!«

Ich pruste los. Bei jedem anderen wildfremden Mann wäre mir der Scherz zu weit gegangen. Aber er lehnt so lässig an der Gefriertruhe und grinst dabei, sich seiner Unverschämtheit absolut bewusst, dass ich das Gefühl bekomme, ihn schon lange zu kennen; zumindest gut genug für einen Heirate-mich-Scherz.

»Bis eben«, sage ich, »hatte ich das Gefühl, du wolltest mit mir flirten.«

»Ehrlich?« Er wird nach außen ganz ernst, aber ich weiß sofort, dass das zum Spiel gehört. »Wann hab ich's versaut?«

»Seit den Wäscheklammern bewegen wir uns in skurrile Richtungen.«

»Aber ich habe doch recht, oder? Wenn du farbige Wäscheklammern hättest, dann würdest du sie passend aufhängen.«

Ich muss an meine farblich sortierten Haargummis denken und an meine Bücherregale, in dem sich dröge Fachbücher über Pädagogik an perverse Psychothriller schmiegen, weil der Umschlag dieselbe Farbe hat. »Höchstwahrscheinlich in Mustern.«

»Ich wusste es.« Er nickt, es wirkt entrückt, als hätte er soeben etwas von unfassbarer Bedeutung herausgefunden. »Und ich glaube, ich habe mich eben geirrt, oder? Ich hab's gar nicht versaut. Magst du mit mir essen gehen?« Er sieht auf seine Handflächen, in denen die Schoko-Kugeln die Werbeslogans Lügen gestraft und bunte, kreisförmige Schatten auf seiner Haut hinterlassen haben. »Mehr als M&Ms, meine ich?«

»Die nächste Stufe«, sage ich, »wäre dann wohl, gemeinsam ein Bounty zu schälen.«

Und das bedeutet Ja.

2

»Wie tief ist das Meer des Schlafes, meine Geliebte,
und wie weit entfernt ist der Morgen in dieser Welt!«
Khalil Gibran, *Wenn die Liebe dir winkt, folge ihr*

Ich hörte O'Malley bereits miauen, als ich das Treppenhaus betrat. Ich beeilte mich, zu ihm in die Wohnung zu gelangen. Der große, rote Kater war ebenso durcheinander wie ich. Hektisch strich er um meine Beine, rammte den Kopf gegen meine Knie, lief von mir fort und kam schnell wieder zurück, um von vorne zu beginnen, bis ich meine Handtasche abgestellt und die Schuhe ausgezogen hatte und ihn mit beiden Händen streicheln konnte. Doch das Begrüßungsritual versagte an diesem Tag völlig, keiner von uns fand dadurch zur Ruhe. Seitdem ich das Krankenhaus verlassen hatte, nistete in meinem Bauch ein böser Schmerz, von dem ich wusste, dass er nur eingebildet war, was ihn kein bisschen erträglicher machte. Ich ließ mich auf den Boden sinken und nahm den verstörten O'Malley auf den Schoß.

»Du weißt genau, dass etwas passiert ist, oder?«, flüsterte ich ihm zu. »Wie könnte ich es dir nur erklären?« Er würde doch nicht denken, dass Karim ihn vergessen oder im Stich gelassen hatte, oder?

Karim hatte dem Kater das Leben gerettet. Die Tierärztin, zu der wir ihn als Kätzchen gebracht hatten, war der Meinung gewesen, man könne ihn nur noch einschläfern und von seinen Qualen erlösen. Ich erinnerte mich noch genau an das ruhige Gespräch, das Karim mit ihr geführt hatte. Die Tierärztin hatte ein wenig abfällig gemeint, wir würden ein Wunder brauchen, um die Katze zu retten, und Karim hatte erwidert, ein Wunder sei kein Problem. Und dann hatte er sein Wunder gewirkt.

Das winzige Tierchen war zu einem stattlichen Kater herangewachsen, dem wir alle paar Tage halbherzig eine Diät androhten. Normalerweise war er die Entspannung in Katzengestalt und liebte es, den Bauch gekrault zu bekommen. Heute allerdings zappelte er, als ich versuchte, ihn zur Ruhe zu bringen, und sprang schließlich von meinem Schoß, um genauso aufgewühlt in der Wohnung umherzulaufen, wie ich mich fühlte.

Ich stand auf und bereitete mir eine Kanne Tee zu – Melisse und Lavendel. Dann ging ich ins Schlafzimmer, schloss die Augen, öffnete den Schrank und zwang meine Lider wieder nach oben. Ratlos blieb ich stehen und atmete zu wenig Karim und zu viel Waschmittel. Unter einer Hülle hing mein Brautkleid wie ein in Folie gefesseltes Gespenst. Schwester Astrid hatte mich beauftragt, Karim ein paar Sachen mitzubringen. Bis eben hatte ich mich an dieser kleinen Aufgabe festgehalten. Sie hatte mir geholfen, die Nerven zu bewahren und nicht hysterisch zu werden; nicht, als ich das Krankenhaus verlassen und Karim dort zurücklassen musste, und nicht auf dem Weg, der mich zwang, über jene Kreuzung zu fahren, an der es passiert war. Ich hatte bloß an die Sachen gedacht. So ging es. Irgendwie.

Nun, angesichts von Karims Hemden, Sakkos und T-Shirts zwischen meinen Sachen, fühlte ich mich komplett überfordert. Was sollte ich mitbringen? Was würde er brauchen, wenn er doch nur in diesem Bett lag? Mein Blick streifte seine Radfahrerhosen, und ich sah schnell wieder weg. Sein heller Leinenhut erinnerte mich daran, dass in zwei Wochen Ferien waren und zugleich der erste Sommer, in dem wir nicht ans Meer fahren würden. Der Gedanke schmeckte wie Salz, wenn man mit Zucker rechnet. Grundfalsch.

Die Türklingel riss mich aus dem Sinnieren, urplötzlich schlug mir das Herz bis an die Kehle, und mir wurde übel. Vor meinem inneren Auge sah ich Dr. Laumann vor meiner kleinen Wohnung stehen. Wenn ich die Türe öffnete, würde er den Geruch von Duftkerzen und Kräutertee wahrnehmen, mich für hoffnungslos esoterisch halten und mir mit besonders großem Mitleid die Nachricht überbringen, dass Karim gestorben war. Herzliches Beileid.

Ich schlich zum Fenster und lugte nach draußen, suchte die kleine Nebenstraße, in der ich jeden parkenden Wagen einem Nachbarn zuordnen konnte, nach einem fremden ab, als wäre es eine Option, einfach vorzugeben, dass ich nicht daheim war. Doch draußen stand nur der Polo meiner besten Freundin Müller. Die Aussicht, sie zu sehen und mit ihr zu reden, beschwichtigte die beißenden Schmerzen, die ich mir in meinem Magen einbildete. Wenigstens ihr gegenüber würde ich Worte finden.

Ich ging zur Tür und drückte auf den Öffner, wenig später stand Müller mir gegenüber, sagte nichts und nahm mich stattdessen in den Arm. Ich fühlte mich kantig und viereckig, als passte ich nicht richtig in ihre runde Umarmung. Sie tat so, als würde sich das schon geben, und hielt mich fest.

Müller hieß natürlich nicht wirklich so, es war nicht einmal ihr Nachname. Eigentlich hieß sie Milla Gärtner, aber bei unserer ersten Begegnung im zarten Alter von dreieinhalb Jahren war ihre Aussprache noch nicht die genauste gewesen, und ich hatte schon damals größere Freude an Zahlen als an Buchstaben gehabt. Jedenfalls hatte ich mit dem seltenen Namen Milla nichts anfangen können und etwas mir Vertrautes daraus gemacht: Müller. Daraus erwuchs über die Jahre unserer Freundschaft ein Spitzname, den irgendwann selbst ihre Eltern übernahmen.

»Deine Mutter hat mich angerufen und mir gesagt, was passiert ist«, erklärte Müller leise, bevor ich fragen konnte, woher sie es wusste. Ich befürchtete, nun reden zu müssen. Befürchtete Fragen, deren Antworten ich nicht ausweichen konnte. Befürchtete, mich Wahrheiten stellen zu müssen, von denen ich nicht vermeiden konnte, sie auszusprechen.

Aber sie stellte nur eine Frage: »Kann ich irgendwas für dich tun?«

Ich schüttelte erst den Kopf, fand das jedoch voreilig und zuckte mit den Schultern. Müllers Gesicht spiegelte die Qualen, die ich spürte. Erst jetzt fiel mir auf, dass ihre Haare strähnig waren und ihr Make-up speckig. Ihr Lippenstift hatte sich in den feinen Fältchen ihrer Lippen gesammelt.

»Bist du gleich nach der Arbeit hergekommen?«, fragte ich ein wenig ungläubig. Sie nickte, was mir noch mal deutlich machte, wie ernst es ihr mit ihrem Beistand war. Es gab nicht viel, was Müller aus ihrem Bad fernhielt. Selbst als der Konzern, in dem sie arbeitete, wegen einer Bombendrohung einmal evakuiert werden musste, hatte Müller das Gebäude erst verlassen, nachdem sie ihr Aussehen im Spiegel überprüft hatte.

»Ich dachte, du könntest was zu essen vertragen«, sagte sie und zog die Bestellkarte eines italienischen Lieferservices aus der Handtasche. »Tee hab ich auch mitgebracht. Und Schokolade.«

Ich musste lächeln, auch wenn es kein glückliches Lächeln war. Pasta, Tee und Schokolade – so hatten wir schon vor Jahren gemeinsam unseren Liebeskummer zelebriert. Das, was heute in meinen Eingeweiden schwelte, war damit nicht zu vergleichen, aber allein, dass meine beste Freundin da war und alles tat, was in ihrer Macht stand, um mir den Schmerz ein wenig erträglicher zu machen, tröstete mich ein klein wenig.

»Der Kater ist fertig mit der Welt«, brach es aus mir heraus. Damit meinte ich längst nicht nur den Kater. »Ich weiß nicht, was ich mit ihm machen soll.«

Müller nahm mich erneut in den Arm. Diesmal fühlte ich mich nicht mehr hart und eckig, sondern irgendwie flüssig, als müsste sie mich festhalten, weil ich sonst einfach zerflossen und als Fleck auf dem Boden geendet wäre. Ihre Schulter wurde ganz nass von meinen Tränen.

Sie sagte: »Panna Cotta für den Kater«, und streichelte meinen Rücken.

Meine Mutter hat mir gesagt, ich solle mich nicht allein mit fremden Männern verabreden, denn wenn ich nur ein bisschen Pech habe, gerate ich an einen der vielen frei herumlaufenden Psychopathen, und der bringt mich dann um die Ecke. Daher mutet es schon etwas skurril an, dass das Restaurant, in das Karim mich bestellt hat, »Um die Ecke« heißt. Ich muss grinsen, und ich ahne, dass Karim diesen Umstand auf epische Weise missverstehen und auf sich beziehen könnte. Ich könnte das klarstellen, aber das will ich gar nicht.

Er zügelt sein Lächeln ebenfalls ein bisschen, zumindest vermute ich das, als wir uns ein wenig zurückhaltend begrüßen und er mich ein weiteres Mal von oben bis unten mustert. Diesmal steht keine fleißige Lehramtsstudentin vor ihm, die unbedingt mehr Seriosität vorspielen muss als vorhanden ist, sondern Wanda im Ausgeh-Outfit, wenn auch in dem gemäßigten, da ich keine Ahnung hatte, um was für eine Art von Restaurant es sich handelt. Auf den ersten Blick wirkt alles ausgesprochen rustikal und locker, aber auf elegante Art, ohne altmodisch zu sein, und das Essen hat den Ruf, exquisit zu schmecken, ohne Schnickschnack nötig zu haben. Mit der Röhrenjeans, Sandalen mit Absatz und einer Bluse mit Carmen-Ausschnitt, die die Schultern frei lässt, habe ich nichts falsch gemacht. Die Haare habe ich mir mit viel Mühe hochgesteckt, nur um einzelne Partien wieder herauszuzupfen, was zum einen lässig aussieht und zum anderen betont, dass jede Strähne meiner Haare einen individuellen Braunton besitzt, ohne dass ich sie je gefärbt hätte. Ich finde, dass ich ganz passabel aussehe, und Karim scheint mir da stillschweigend zuzustimmen. Er trägt wieder Jeans und einen dünnen Strickpullover, und er hat sich gerade eben erst rasiert, was an der winzigen frischen Wunde abzulesen ist, die er sich dabei zugezogen haben muss. Wir geben uns die Hand, und ich frage mich, wie er wohl riecht, aber obwohl ich tief einatme, kann ich keinen Geruch ausmachen und bedaure, dass ich nicht den Mut habe, ihn einfach freundschaftlich zu umarmen. Doch da bin ich eigen. Das Spielchen der scheinheiligen Umarmungen mache ich nicht mit. Nie. Ich umarme niemanden, mit dem ich nicht bedenkenlos die Unterwäsche tauschen würde, was den Kreis derer, die ich umarme, auf weniger Menschen reduziert, als ich Finger an einer Hand habe.

Wir setzen uns nach draußen auf die Terrasse, ein schmaler Streifen Wiese führt von hier zum felsigen Rheinufer, und der Fluss rauscht. Auf den Stühlen liegen Wolldecken, die jetzt noch nicht nötig sind, doch in einer Stunde, wenn die Sonne untergeht, werden wir sie brauchen. Karim rückt mir den Stuhl zurecht, sein Gesicht wirkt ein wenig linkisch, als sei er unsicher, ob diese Geste angebracht oder überzogen ist. Dass er mich das erkennen lässt, fühlt sich an wie ein persönliches Geständnis, und ich kann ihm das bestens nachfühlen.

Wir schweigen und schauen auf die Tischdecke oder aufs Wasser hinaus. Ich spiele an meinem Pandora-Armband und zähle die Perlen. Es ist ein wenig unangenehm, nicht zu wissen, was ich sagen soll, aber die Tatsache, dass er es auch nicht weiß, beruhigt mich wieder. Er ist viel nervöser als bei unserem Kennenlernen. Nicht mehr so überlegen. Und damit weniger unnahbar.

Als er aufsieht, meidet er den Blick in meine Augen. »Hätte nicht gedacht, dass du kommst.«

Ich lege den Kopf schief. »Warum nicht?«

Eine Kellnerin entbindet ihn der Antwort, indem sie uns die Karten hinlegt und uns fragt, was wir trinken möchten.

Ich bestelle eine Weißweinschorle und Karim ein alkoholfreies Bier. »Ich muss noch fahren«, sagt er, es klingt fast entschuldigend und beantwortet mir damit die ungestellte Frage, ob er gläubiger Muslim ist. Offenbar nicht.

Nachdem die Kellnerin wieder gegangen ist, wiederhole ich: »Warum hätte ich nicht kommen sollen?«, und er grinst und schaut in seine Karte, was sich anfühlt, als würde er mir auf irgendeine Weise, die ich nicht durchschaue, ausweichen.

»An der Tankstelle hattest du keine Möglichkeit, mich abzuweisen. Das wäre unhöflich gewesen, und unhöflich bist du nicht. Aber heute Abend hättest du dich mit Kopfschmerzen oder Überstunden sehr elegant aus der Affäre ziehen können.«

»Das hätte ich. Und du dachtest, das würde ich tun?«

»Wäre ich nicht so fest davon überzeugt gewesen, dass du mich versetzt, hätte ich dich vermutlich nicht eingeladen.«

Ich muss lachen. »Warum nicht?«

Er sagt ein ganzes Wort, und ich weiß sofort, dass es nur die halbe Wahrheit ist: »Schüchtern.«

»Ach was, das glaube ich dir nicht«, entgegne ich. Ich lüge miserabel, aber ich versuche es trotzdem. »An der Tankstelle warst du alles, aber nicht schüchtern.«

Er durchschaut mich mühelos, das sehe ich ihm an, aber er ist höflich genug, auf mich einzugehen. »Es ist keine Kunst, etwas zu riskieren, wenn man rein gar nichts zu verlieren hat.«

Ich spiele mit der Überlegung, ihn in die Ecke zu drängen und zu fragen: Und nun hast du was zu verlieren?, aber entscheide mich dagegen. Ich will ihn nicht in eine Ecke drängen – zumindest in keine, in die er nicht will.

Ein weiteres Mal breitet sich das Schweigen zwischen uns aus, in meinem Bauch fühlt es sich kribbelig und erwartungsvoll an, aber meinen Kopf erreicht nur Verunsicherung, weil ich gerne etwas sagen möchte. Etwas, das interessant ist, klug oder sexy. Aber was bitte schön ist interessant, klug oder sexy? Ich kämpfe gegen den Drang, aus Nervosität zu zählen. Mein Kopf möchte zählen, mein Bauch findet es unpassend. Der Bauch setzt sich durch, auch wenn der Kopf immer wieder aufmuckt.

Die Kellnerin bringt uns die Getränke, wir haben immer noch nicht mehr als einen oberflächlichen Blick in die Karte geworfen, und am Nebentisch lassen sich vier Frauen nieder, die in fünfzehn Sekunden mehr Sätze produzieren als wir in der letzten Viertelstunde. Karim scheint dasselbe zu denken wie ich, denn als wir einen kurzen Blick wechseln, müssen wir beide lachen.

Und dann scheint ein kleiner Knoten zu platzen, denn Karim fällt ein, dass er mein Vorstellungsgespräch gerettet hat, und er fragt mich danach, und ich vergesse, darüber nachzudenken, ob das Praktikum in der Grundschule besonders interessant, klug oder gar sexy ist, sondern erzähle, bis meine Wangen glühen. Wenn es bis zu diesem Moment etwas gab, das eine Furche schuf zwischen dem, der er an der Tankstelle gewesen war, und dem, der mir heute gegenübersitzt, dann lenken ihn meine Worte davon ab, denn er entspannt sich zusehends. Als die Kellnerin zum zweiten Mal fragt, ob wir schon gewählt haben, sind wir immer noch erst bei den Vorspeisen. Sie lächelt, murmelt ein »Versteh ich schon« und setzt ein Gesicht auf, als sei das, was wir beide hier an diesem Tisch tun, unheimlich romantisch. Ich frage mich, ob es das ist, während Karim einem Schiff auf dem Rhein nachsieht und für einen Moment den Anschein erweckt, als sei er lieber dort an Deck als hier. Doch kaum ist die Kellnerin wieder weg, fragt er mich nach meiner Lieblingsmusik, und mit meiner Antwort verfliegt mein Eindruck wieder.

»Ich werde wohl den Caesar Salad nehmen«, überlege ich laut, als wir der Karte schließlich doch noch unsere Aufmerksamkeit widmen.

Karim verzieht die Lippen. »Kann ich nicht empfehlen. Er ist hier nicht schlecht, aber wenn du einmal *meinen* Caesar Salad probiert hast, wird dich jeder andere bloß langweilen.«

»Dann«, antworte ich vorsichtig, »würde ich mir das anders überlegen, solange die Chance besteht, deinen mal zu probieren.«

Er macht eine Geste, die irgendwo zwischen einem Schulterzucken und einem Nicken einzuordnen ist. Ich verstehe das der Einfachheit halber als Ja und bestelle Fisch auf Kokosreis, was Karims Zustimmung findet. Er wählt ein vegetarisches Sandwich mit gegrillten Pilzen, doch auf die Frage der Kellnerin, ob er denn Vegetarier ist, antwortet er bloß: »Nicht grundsätzlich.« Ich glaube, sie findet das schade.

Ich frage Karim, was er beruflich macht, und er winkt das ab. »Sales Management – langweilig«, meint er und findet über einen seiner Arbeitskollegen, der Mo von den Simpsons ähnlich sieht, zu einem Themenwechsel bis hin zu seiner Meinung zur US-amerikanischen Politik. Sein hauchfeiner Silberblick bewirkt etwas Seltsames in meinem Gesicht – die ganze Zeit muss ich ein wenig lächeln, was sich bescheuert anfühlt, wenn er über ernste Themen spricht. Ich kann mich nicht entscheiden, ob seine Augen braun mit grünen oder grün mit braunen Einsprengseln sind. Immer, wenn er den Kopf ein wenig neigt, entscheide ich mich anders. Die Damen am Nebentisch schnattern und kreischen abwechselnd, und ich, die sich oft genug in ähnlichen Frauenrunden amüsiert, wünsche mir, wir wären für ein oder zwei Stunden allein auf der Welt. Für ein nächstes Treffen wünsche ich mir Caesar Salad, und sei es nur, weil sich in Karims Wohnung sicher niemand in 120 Dezibel über den Knackarsch eines Uni-Dozenten auslässt. Karim und ich reden angesichts dessen leiser, was nur möglich ist, indem wir uns über den Tisch lehnen, bis sich unsere Stirnen fast berühren.

Die Pangasiusfilets, die die Kellnerin mir bringt, schmecken vorzüglich, aber sie erkalten auf meinem Teller, da Karim begonnen hat, wieder über Musik zu sprechen, und ich während eines Gesprächs über mein Lieblingsthema unmöglich essen kann.

»Mein Vater hat mir ein Klavier geschenkt, als ich meine erste eigene Wohnung bezogen habe«, erzähle ich, »obwohl ich nicht mal besonders gut spiele. Mir fehlt das Talent, und mit Üben allein kommt man nur bis zu einem gewissen Punkt.«

»Talent kann man sich aneignen«, erwidert Karim und lässt durchklingen, dass er damit etwas Bestimmtes meint, was mich sofort neugierig macht. Aber ehe ich ihn fragen kann, sagt er:

»Das ist ein ziemlich großzügiges Geschenk. Hast du ein gutes Verhältnis zu deinen Eltern?«

So würde ich es nicht sagen. »Sie sind geschieden. Und das Geschenk war in erster Linie ein Schlag, der aber nicht mich, sondern meine Mutter treffen sollte. Sie wollte früher immer ein Klavier kaufen, aber mein Vater war dagegen, weil ihm das Geklimper auf die Nerven ging. Mir jetzt eines zu schenken, ist eher ein Symbol für unser *schlechtes* Verhältnis, aber das ist mir immer noch lieber als überhaupt kein Kontakt. Daher weigere ich mich, das Ding zu verkaufen.« Ich weiß nicht, warum ich ihm das erzähle, es ist doch ziemlich persönlich, bedenkt man, dass wir uns nicht kennen und er mir nicht einmal erzählen möchte, wo er arbeitet. Mich einem Fremden so weit zu öffnen und ihm sogar von meinen komplizierten Familienverhältnissen zu erzählen ist vollkommen gegen meine Natur. Aber ich spüre, wie an diesem Abend meine üblichen Eigenarten, hinter denen ich mich für gewöhnlich sehr wohl- und sicher fühle, zu Belastungen werden. Auf einmal möchte ich mich von ihnen lösen; das fällt mir zwar nicht ganz leicht, aber es ist machbar. Ich betrachte abwechselnd Karim mit seinen irisierenden Augen hinter der schmalen Brille und mein Weißweinglas und bin mir ziemlich sicher, welches von beiden meine Gewohnheiten durcheinanderbringt. Denn das Glas ist mein erstes, und es ist noch fast voll.

»Das klingt kompliziert«, sagt er.

Ich seufze lautlos. Das ist wohl so. Ich bin mir durchaus bewusst, dass es nicht meine Aufgabe ist, zwischen meinen zerstrittenen Eltern zu vermitteln, aber nichtsdestotrotz habe ich das Bedürfnis danach. Vor allem meiner harmoniebedürftigen Mutter ist es ein großes Anliegen, zumindest noch freundlichen Kontakt mit dem Mann zu haben, der zwanzig Jahre lang mit ihr verheiratet gewesen war. Und da ich der einzige Mensch auf der Welt bin, der beide zusammen an einen Tisch bekommt, ist es in gewisser Weise eben doch meine Aufgabe, auch wenn sie mich alle Nerven kostet.

»Sie waren lange glücklich verheiratet, das ist mehr, als viele andere schaffen«, sage ich.

»Wem sagst du das.«

Das macht mich neugierig. »Was ist mit deinen Eltern?«

»Ich weiß es nicht«, antwortet er. Mein erster Eindruck ist, dass er das leichthin sagt, aber dann bemerke ich doch, dass er seine Hände mit einem Mal doch nicht mehr ganz so ruhig halten kann und sich seine Lippen kaum merklich verspannen.

»Hast du keinen Kontakt?«, frage ich vorsichtig. »Gar keinen?«

»Gar keinen mehr, nein. Meinen Vater kenne ich kaum. Meine Mutter bekam Heimweh und ging in den Iran zurück, als ich …«, er zögert minimal, »neunzehn war. Sie hat eine Weile in einem Dorf in der Nähe von Zahedan gelebt, aber dann ist sie in ein Dorf irgendwo in Süd-Chorazan gezogen. Ich warte bis heute auf die Briefe, die sie mir versprochen hat.«

»Das klingt traurig«, sage ich. Ich bin offenbar nicht die Einzige, die sich an diesem Tag weiter öffnet als gewöhnlich. An seinem Stirnrunzeln und der Art, wie er unnötig seine Brille zurechtschiebt, meine ich zu erkennen, dass es auch für ihn ungewohnt ist, einer quasi Fremden so viel über sich zu erzählen.

»Ich glaube nicht, dass man es traurig nennen sollte«, sagt er, »wenn jemand seine Träume wahr macht.«

Ich fühle mich nur eine Sekunde lang für meine Aussage kritisiert, denn ich sehe ihm an, dass er noch etwas hinzufügen will.

»Aber du hast recht.«

Dazu nicke ich bloß langsam und überlege, ob ich etwas erwidern soll wie: Tut mir leid, oder: Die Briefe kommen sicher noch. Schließlich sage ich gar nichts, und wir sind beide sehr still. So still, dass wir selbst das Gelächter am Nebentisch kaum mehr registrieren.

»Du spielst also Klavier.« Ich weiß nicht, wie sie dahingekommen sind, aber Karims Finger liegen plötzlich um mein Glas, als würde er es anheben wollen, was er nicht tut. Er fährt nur über das Glas, an dessen Außenseite sich ein feiner Film aus Kondenswasser gebildet hat.

»Nicht besonders gut«, entgegne ich, aber er lächelt nur und sieht mir dabei einen Moment lang in die Augen, ganz kurz nur, aber gerade darum hat dieser Blick so viel Kraft, dass mein Mund trocken wird. Karim sagt nichts, und ich strecke meine Hand aus, um nach meinem Glas zu greifen. Er zieht seine Finger erst zurück, als ich ihn fast berühre. Die Weinschorle prickelt in meinem Mund und kühlt meine Kehle.

Karim sieht auf seine Armbanduhr. »Gleich zehn.«

Will er schon gehen? Der Gedanke gefällt mir nicht, aber ich werde nicht den Fehler machen, ihn das merken zu lassen. »Musst du morgen früh zur Arbeit?«

»Tut nichts zur Sache«, sagt er. Kein Ja und kein Nein. »Aber um zehn öffnet eine nette Bar zwei Straßen weiter. Wenn du Lust hast, können wir noch hingehen. Ist etwas ruhiger dort.« Er deutet kaum merklich zu den Frauen am Nebentisch, die inzwischen Trinksprüche singen und sich nicht davon bremsen lassen, dass sie allesamt nicht singen können.

Ruhiger klingt gut und den Abend noch etwas zu verlängern auch. Ich nicke, winke der Kellnerin und bitte um die Rechnung. »Ich bezahle«, stelle ich klar, als Karim in seine Hosentasche greifen will. »Als Dankeschön für deine Hilfe an der Tankstelle.«

Er überrascht mich, denn er diskutiert nicht, sondern bedankt sich schlicht und akzeptiert die Einladung sofort, was mir gut gefällt. Die fünfzehn Euro, die ich ihm zurückzahlen möchte, will er dann allerdings nicht annehmen, und ich tue es ihm nach und belasse es dabei.

Wenig später holt Karim mir seine Jeansjacke aus seinem Auto, denn inzwischen ist es kühler geworden. Wir lassen das Auto auf dem Parkplatz vor dem Restaurant stehen, schlendern die Hauptstraße entlang und biegen dann in eine schmale Gasse ein, die den Anschein macht, als wohnten dort nur Rentner, die alle schon um acht Uhr schlafen gehen. Das Klappern meiner

Absätze ist das lauteste Geräusch weit und breit, und aus jedem Kellerfenster, das wir passieren, quellen der Geruch von Weichspüler und die Abluft aus Wäschetrocknern. Der raue Stoff von Karims Jeansjacke reibt mir am Hals, und ich nutze einen knappen Moment, als er gerade wegsieht, um unauffällig daran zu schnuppern. Was ich rieche, kann ich nicht genau benennen, aber ich erkenne Sandelholz und Orangen und muss mich beherrschen, um nicht gleich noch mal meine Nase in den Kragen zu stecken.

Karim bleibt stehen und deutet auf eine Treppe, die neben einem alten Haus in den Keller führt. Nie im Leben hätte ich hinter der Kellertür eine Bar vermutet, geschweige denn überhaupt Menschen. Rein gar nichts weist darauf hin, offenbar ist dieser Laden hinter grauem, feuchtem Backstein ein absoluter Insidertipp.

»Ist ein wenig verrückt, dadrin«, sagt er entschuldigend, und allein für sein Gefühl, sich vor mir entschuldigen zu müssen, möchte wiederum ich mich entschuldigen.

»Ich bin die Frau, die die M&Ms farblich sortiert isst«, erinnere ich ihn und remple ihn leicht mit der Schulter an.

Das beruhigt ihn nicht vollends, aber wenn ihm jetzt erst in den Sinn gekommen ist, dass die Bar vielleicht doch zu schräg für mich sein könnte, dann ist er damit reichlich spät dran. Ich bin nun neugierig und schiebe ihn in Richtung Eingang.

Als er mir die Tür öffnet, schlagen mir kreischende Gitarrenriffs und Rauchschwaden entgegen, durch die man keine zwei Meter schauen kann. Vielleicht ist das besser, denn so bin ich gezwungen, mich hineinzuwagen, und sehe die halbnackte Tänzerin erst, nachdem die Tür längst aus meinem Blickfeld verschwunden ist.

Ich drehe mich zu Karim um, der dicht hinter mir geht. »Eine Strip-Bar?«

Er antwortet ein wenig kleinlaut, aber grinsend: »Nur Donnerstag. Hatte ich vergessen. War noch nie donnerstags hier.«

»Schon klar«, entgegne ich, glaube ihm allerdings, warum auch immer. Davon abgesehen stört mich die Tänzerin keineswegs. Sie tanzt geschmeidig und kunstvoll, da ist nichts billig oder vulgär. Karim führt mich zu einem kleinen Tisch, von dem wir die Tänzerin nur noch als zarten Schemen im Nebel tanzen sehen. Es müssen Dutzende von Menschen hier sein, aber durch das Gemisch aus Zigarettenrauch und Kunstnebel, in dem bunte Spotlights Verstecken und Fangen spielen, sehe ich nur wenige.

»Schön ruhig hier!«, brülle ich Karim über den Tisch zu.

Er hebt beide Hände. »Donnerstag halt.« Dann sagt er noch etwas anderes, aber das kann ich durch den Hardrock-Krach beim besten Willen nicht verstehen.

Ein rothaariger Mann nähert sich uns wie ein Löwe, der Rivalen in seinem Revier ausmacht. Karim steht auf, und die beiden umarmen sich knapp und ohne jede Herzlichkeit, es ist diese typische, kantige Männerumarmung, die an ein Kräftemessen erinnert. Dann wechseln sie ein paar Worte. Karim ist groß und schlank, der andere Mann eher bullig und sieht mit seinem roten Bart wie ein Wikinger aus. Trotzdem nehme ich jetzt, da sie nebeneinanderstehen, erst wahr, dass auch Karim ziemlich breite Schultern und muskulöse Arme hat, wenn er auch nicht so aussieht, als würde er etwas dafür tun.

»Willst du einen Wein?«, ruft er mir zu, nachdem der andere auf mich deutet. »Du solltest den Rosé nehmen, es gibt keinen besseren. Ich fahr dich nach Hause.«

Ich nicke, die beiden unterhalten sich mit ein paar gerufenen Worte und einigen Gesten, dann geht der Rothaarige wieder. Karim setzt sich und rückt mit seinem Stuhl dichter zu mir heran, damit wir uns besser unterhalten können.

»Ein Freund von dir?«, frage ich.

Irgendetwas findet er daran komisch. »Ein Bekannter. Er kellnert hier.«

Ich habe selten Kellner erlebt, die aussehen wie Securitys und deren Begrüßung darin besteht, die Gäste einzuschüchtern, aber der Wikinger kommt tatsächlich mit einem Glas Wein und einer Cola zurück, stellt den Wein behutsam und die Cola mit einem Knall ab, sodass sie überläuft.

»Geht aufs Haus«, knurrt er derart unfreundlich, dass ich glaube, mich verhört zu haben. »Karim?« Er deutet zur Seite, und Karim gestikuliert zwar abweisend, tritt dann aber mit dem Wikinger ein paar Schritte vom Tisch weg. Sie brüllen sich in die Ohren, aber die Musik schluckt jeden Laut, und ich verstehe kein Wort, glaube nur, so etwas wie verhaltene Aggression wahrzunehmen. Oder ist es bloß diese übliche männliche Ruppigkeit? Grübelnd nehme ich den ersten Schluck und weiß sofort, warum wir hier sind: Der Wein ist trocken, aber nicht sauer und schmeckt nach Erdbeeren, einer Ahnung von frischer Minze und einem sonnigen Morgen nach sieben Tagen Regen – ein Gedicht.

Die Musik schwillt ab, und Applaus für die Tänzerin brandet auf. Ich klatsche ebenfalls, bis Karim zu mir zurückkommt.

»Schmeckt er dir?«

»Hervorragend«, sage ich, um nicht zuzugeben, dass ich nie einen Wein besser fand. »Alles okay?«

Zu schnell sagt er: »Ja, natürlich«, lächelt, nimmt seine Cola und prostet mir zu. Aber ich ahne, dass das nicht die ganze Wahrheit ist.

3

»Wenn es nicht Tränen gäbe,
würden die Rippen verbrennen.«
Arabisches Sprichwort

Der nervöse Schmerz in meinem Magen war einer vollgestopften Übelkeit gewichen. Ich hatte nur ein Drittel meiner Pasta gegessen und am Panna Cotta bloß genascht, aber wenn man bedenkt, dass ich das Gefühl hatte, keinen Bissen runterzukriegen, hatte ich mich vollkommen überfressen. Ich stellte dem Kater den übrigen Nachtisch hin und war erleichtert, dass zumindest ihm die Situation nicht auf den Magen schlug.

Müller platzierte mich wie eine Gliederpuppe auf meiner Couch, deckte meine Beine mit einer Wolldecke zu und füllte mein Glas mit Prosecco. Der war ihr Allheilmittel, da nützten meine Argumente, dass ich mit Prosecco Feiern verband und wirklich nichts zu feiern hatte, gar nichts.

»Alkohol ist keine Lösung, aber er hilft«, entschied Müller und füllte mich ab, bis sich alles, selbst mein ganzes Elend und mein Kummer, in mir drehte.

»Du musst zu dir kommen, auch wenn es dir schwerfällt.« Sie drehte am Radio herum, stellte einen dieser Sender ein, auf denen den ganzen Tag nur Instrumentalmusik läuft, und setzte sich mir gegenüber. Ihre Handtasche war im Weg, und wie aus einem Reflex griff sie hinein, zog ihre Puderdose hinaus, betrachtete sie einen Moment und warf sie dann zurück in die Tasche.

»Ich bin bei mir.« Das war ja mein Problem. Ich war bei mir. Nicht bei ihm. »Ich bin so sehr bei mir, dass es mir Angst macht. Ich sollte panisch sein oder hysterisch.« Aber nichts passierte. Ich fühlte mich verraten und im Stich gelassen von meinem Körper, den es nicht besonders zu beeindrucken schien, dass Karim wie ein Toter in diesem Krankenhausbett lag und in einem vollkommen unpassenden Rhythmus beatmet wurde. Das hatte ich den Ärzten gegenüber nicht einmal erwähnt, weil ich Angst gehabt hatte, dass sie es besser wussten und ich keine Ahnung hatte. Weil ich fürchtete, dass sie ihn nun, da er schlief, besser kannten als ich.

Müller rückte näher zu mir und nahm meine Hand. »Du stehst total unter Schock, Süße. Gibt es in dem Krankenhaus keine psychologische Betreuung für Angehörige?«

Doch, die gab es. »Brauch ich nicht.«

Müller rollte mit den Augen und sagte in einer Mischung aus Mitgefühl und Nachsicht: »Du trotziges, dummes Ding, natürlich brauchst du das«, und mir war klar, dass sie recht hatte. Doch allein die Vorstellung, mit einem Fremden über Karims Zustand zu reden, erschien mir zu erdrückend, als dass ich mich freiwillig in eine solche Situation gebracht hätte.

Das Radio-Orchester spielte *Crying* von Aerosmith, und der Kater gesellte sich neben mich aufs Sofa, rollte sich zu einer dicken Kugel zusammen und lag zum ersten Mal an diesem Tag still. Mein Blick fiel auf die Uhr. Gleich kam eine Fantasy-Serie im Fernsehen, die Karim und ich immer gesehen hatten; ich, weil ich sie spannend fand, und Karim, weil er es unterhaltsam fand, wenn ich etwas so spannend fand, dass ich ständig zusammenzuckte, wenn nur die Hintergrundmusik eindringlicher wurde.

»Er fehlt mir.« Es war nicht mehr als ein Wimmern, was mir über die Lippen kam.

»Natürlich tut er das.« Müller drückte meine Hand. Ich könnte nie in Worte fassen, wie dankbar ich ihr dafür war, dass sie keine leeren Phrasen sagte wie: Er wird wieder gesund, oder: Alles wird gut.

Denn das konnte niemand sagen.

»Erzähl mir von ihm«, sagte sie stattdessen.

»Was willst du hören?«

»Alles. Wie sieht er aus? Wie fühlt er sich an?«

Ich konnte nicht gleich antworten, ich musste mir die Nase putzen. Müller drückte mir ein Taschentuch in die Hand. Ich fuhr mir damit zuerst über die Augen. Es blieb trocken.

»Die Ärzte haben gesagt, ich soll keine Angst haben«, sagte ich schließlich. »Er sähe aus wie im Schlaf. Aber das ist der größte Bullshit.« Ich sprach das letzte Wort so scharf aus, dass der Kater zusammenzuckte. Sofort regulierte ich meine Stimme wieder. »Er schläft immer auf dem Bauch, das Gesicht in seiner Armbeuge.« Oder in meiner. »Jetzt … liegt er auf dem Rücken und sieht irgendwie verspannt aus. Etwas fehlt ihm. Leben oder so. Er sieht aus wie tot, nur dass sie ihm trotzdem Luft in den Körper pumpen und Medizin und Nahrung und was weiß der Teufel noch alles.«

»Sie tun sicher, was sie können.«

»Das denke ich auch. Aber es fühlt sich falsch an.« Und das war der Grund, warum ich weder reden noch ernsthaft darüber nachdenken konnte, und erst recht nicht *zu mir kommen*. Denn diese Ärzte und Schwestern versuchten, Karim zu retten, und wenn sich das aus meiner Sicht falsch anfühlte, dann musste ich es doch sein, die falschlag. Oder?

Ich wollte so gerne falschliegen.

»Mein Kopf sagt, dass ich die Hoffnung bewahren muss«, sagte ich in Richtung des Fußbodens. »Aber der Rest von mir glaubt ihm nicht.«

Müller lächelte unglücklich. Ihre blonden Locken baumelten ihr strähnig um den Kopf, aber sie band sich nicht einmal das Haar zusammen, sondern konzentrierte sich ganz auf mich. »Du brauchst ein bisschen Zeit. Es ist vollkommen normal, dass du jetzt zu geschockt bist, um klar zu –«

»Ich denke klar«, unterbrach ich sie, »viel zu klar!«

Aber sie schüttelte wieder den Kopf. »Um klar zu fühlen, wollte ich sagen.«

Ich versuchte ihr zu glauben und lenkte mich ab, indem ich mich zwang, mir zu überlegen, was alles zu tun war, und dabei der Radiomusik lauschte, als hielte sie mich am Leben: *Enjoy the silence* von Depeche Mode, wiedergegeben von einem Piano sowie Geigen, Bratschen, Celli und Kontrabass. Ausgerechnet Depeche Mode. Die konnte ich gerade nicht ertragen und hing dennoch – oder gerade deshalb – an jeder Note. Meine Finger bewegten sich, als wäre die Kante meiner Wolldecke ein Klavier.

»Ich muss morgen früh bei Karims Arbeit anrufen. Und bei seinem Vermieter. Im Krankenhaus sagten sie mir, die Sozialhilfe würde in seinem Fall eine Weile seine Miete begleichen, aber sein Mietvertrag läuft ja ohnehin in sechs Wochen aus.« Die Wohnung, in der wir nach der Hochzeit zusammenleben wollten, wurde erst zum ersten August frei, bis dahin behielt jeder von uns sein kleines Apartment. »Unsere neue Wohnung muss ich auch wieder kündigen – allein kann ich die nicht zahlen. Und was ist mit seiner Krankenversicherung? Ob ich da irgendetwas melden muss, oder erledigt das das Krankenhaus?«

»Wanda? Wanda!« Müller schaute mich ernst an, und als ich den Kopf wegdrehen wollte, hielt sie mich mit beiden Händen an den Wangen fest. »Ganz langsam. Das hat alles Zeit, und ich vermute, dass du als Verlobte ohnehin nicht viel tun musst.«

»Aber er hat niemanden außer mir.«

»Dann regelt die Klinik das über das Gericht, und Karim bekommt einen gesetzlichen Vertreter. Lass die ihren Job machen, da fällt viel Bürokratie an. Nicht gerade dein Fachgebiet, oder?«

Müller arbeitete in der Rechtsabteilung eines Chemiekonzerns und kannte sich mit Gesetzen besser aus als ich. Ich hatte als Verlobte keine Pflichten, das hatte mir bereits einer der Ärzte gesagt, allerdings bedeutete das im Umkehrschluss vermutlich, dass ich auch keinerlei Rechte hatte. Wieder musste ich an den falschen Beatmungsrhythmus denken, verbot mir den Gedanken aber sofort wieder: Ich hatte doch überhaupt keine Ahnung von so was!

»Vielleicht hilft es dir, Kontakt zu seiner Familie oder alten Freunden aufzunehmen?«, schlug Müller vor.

»Es gibt niemanden.«

»Das muss es doch«, beharrte sie. »Auch Karim wird nicht der Storch gebracht haben, und Männer, die vom Himmel fallen, haben Flügelansätze am Rücken und sehen aus wie Matt Damon.«

Vielleicht war es der Alkohol, ich musste ein wenig grinsen und berichtete Müller von Karims Familienverhältnissen.

»Geschwister?«, fragte sie.

Ich wusste es nicht. »Er hat nie darüber gesprochen.« Aber das war nicht ganz richtig. Er hatte zu diesem Thema mehr als nur nichts gesagt. Er hatte beharrlich geschwiegen.

»Aber er muss Freunde haben, abgesehen von unserer kleinen Runde. Er ist ein netter Kerl – solche Männer haben doch Freunde!«

»Bekannte«, erwiderte ich schwach.

Mir war das früher schon bewusst gewesen, bis zu diesem Moment allerdings nie in dieser Intensität. Karim war ein Einzelgänger. Zu rastlos, um auf Freunde zu warten, zu eigen, um auf jemanden Rücksicht zu nehmen, und zu gerne still, um Gespräche zu führen. Ich war seine Ausnahme gewesen. Und Karim ... war Karim. Gelassen, friedliebend und umgänglich und dennoch der schwierigste Mensch, den ich jemals kennengelernt habe.

Ich kann dich nicht mehr gehen lassen, hatte er in der Nacht unserer Verlobung zu mir gesagt, *weil du der einzige Mensch auf der ganzen Welt bist, mit dem ich zusammen allein sein kann.*

Der Kunstnebel hat sich aufgelöst, und die Musik war zuerst leiser geworden, und schließlich hat man wohl vergessen, eine neue CD einzulegen, denn es herrscht Stille hinter den auf- und abschwellenden Stimmen der sich unterhaltenden Gäste. Es sind weniger geworden, die meisten haben die Bar nach dem Auftritt der Tänzerin verlassen, nur noch wenige Tische sind besetzt und die meisten Sofas. In einer Ecke geht eine Shisha um, es riecht beißend und süß zugleich. Bisher hatte ich immer gedacht, dass es alternative Läden wie diesen nur in den kultigsten Vierteln der Großstädte gibt. Es wundert mich nicht, dass Karim auf die Frage, wie die Bar heißt, mit einem schalkhaften Grinsen »Berlin Kreuzberg« antwortet. Einige Männer nicken Karim zu, wenn sie an unserem Tisch vorbeigehen, und mustern mich unverhohlen. Ich glaube, Erstaunen in so mancher Miene zu lesen, offenbar ist es keine Selbstverständlichkeit, dass er von einer Frau begleitet wird. Dieser Eindruck versüßt mir unsere Gespräche.

Es ist knapp nach Mitternacht, als wir für ein letztes Getränk zum Tresen gehen, denn der Wikinger sitzt inzwischen mit einer älteren Frau kuschelnd auf einem der Sofas, und wer etwas trinken möchte, muss es sich selbst holen. Neben der Bar steht ein Pfeiffer-Flügel, der nicht besonders alt erscheint, allerdings in mitleiderregendem Zustand ist. Auf der Klaviatur prangen die Fingerabdrücke etlicher Menschen, und der Deckel über dem Korpus, der einst lackschwarz gewesen sein muss, wirkt fettig mit zahllosen Ringen von abgestellten feuchten Gläsern. Unweigerlich muss ich die Zähne zusammenbeißen; ich kann es nicht leiden, wenn so kostbare Instrumente vor sich hin gammeln wie edle Tiere in viel zu engen und verdreckten Zirkuswagen. Ich trete zur Bar, an der sich ein Mädchen im Batikrock und nackten Füßen mit einem Mann unterhält, und bitte eine kleinwüchsige Frau, mir zu helfen, zwei Cola zu finden. Mein Glas riecht trotz des Inhalts nach Altbier. Als ich mich zu Karim umdrehe, hat er an dem Flügel Platz genommen.

»Du spielst auch?« Ich suche mit respektvollem Abstand zum Flügel eine Abstellmöglichkeit für die Gläser. Dieses Klavier ist höchstwahrscheinlich vollkommen verstimmt; vermutlich hat sich der Klangkörper durch die Feuchtigkeit und die ungesunden Temperaturen in der Kellerbar bereits irreparabel verzogen. So ein Jammer.

Er schüttelt den Kopf. »Es gibt da dieses Lied. Ich kann nur ein paar Töne, aber vielleicht erkennst du es ja? Ich wüsste so gerne, wie es heißt.« Er legt zwei Finger auf die Klaviatur, und ich bin versucht, ihn davon abzuhalten, die Tasten herunterzudrücken. Karim hat schöne Hände, aber sie wirken ungelenk, fast hilflos auf den Tasten. Er betätigt sie wie Knöpfe. Die Saiten sind nicht ganz so schlimm verstimmt, wie ich angenommen hatte. Er spielt die Melodie, ganze sieben Anschläge, schaut mich erwartungsvoll an und spielt sie dann ein zweites Mal. Die kleine Frau hinter der Bar brüllt, Karim soll sofort aufhören, ihr Klavier zu missbrauchen, und ich denke etwas Böses, um es nicht laut auszusprechen.

»Tut mir leid«, sage ich. Das kann alles und nichts sein, ich erkenne es nicht. »Weißt du mehr über das Stück? Etwas, das es eingrenzt?«

»Ich kenne nur noch die Melodie.«

»Keinen Text, keine Sprache? Hat es Text, oder ist es instrumental?«

»Nur die Melodie.« Es klingt sehnsüchtig, wie er das sagt, und in mir erwacht der Wunsch, ihm das ganze Lied vorzuspielen. Ich gestikuliere ihm, den Hocker freizumachen, setze mich und spiele die Tonfolge selbst. Erst langsamer, dann schneller, mit verändertem Takt. Ich schließe die Augen. Manchmal wissen meine Finger, wie ein Stück weitergeht, doch hier … Fehlanzeige. Schulterzuckend gebe ich auf. »Es kommt mir vage bekannt vor, aber ich erkenne es nicht.«

Er geht um mich herum, so nah, dass er meinen Rücken fast berührt. Durch den Stoff meiner Bluse und in meinem Haar spüre ich den Luftzug seiner Bewegung. Ich schaudere. Er kniet sich links neben den Hocker und betrachtet meine Hände auf der Klaviatur. Ich spiele die Melodie noch einmal, ein letztes Mal, denn ich will dieses Lied unbedingt erkennen.

»Nein.« Ich seufze. »Tut mir leid.«

»Nicht schlimm«, sagt er. Und er lächelt.

4

»Wer hoch steht, den kann so mancher Windstoß treffen, und wenn er fällt, so wird er ganz zerschmettert!«
William Shakespeare, Richard III.

Meine Augen waren rot gerändert und verquollen, und in meinem Kopf schien ein Zwerg in auf- und abschwellender Lautstärke in ein Alphorn zu blasen. Ich hatte zwei, drei Stunden oder länger geweint, Prosecco getrunken und anschließend mit Müller in meinem Wohnzimmer mit Decken und Kissen wenige Stunden auf dem Fußboden gedöst und viele unbequem wach gelegen, weil mich die Vorstellung, allein in dem Bett zu schlafen, das noch in jeder Faser nach Karim roch, in den Wahnsinn trieb. Als am Morgen der Wecker geklingelt hatte, waren wir beide vollkommen gerädert gewesen; erschöpft, verzweifelt und verheult.

»Ich nehme mir heute mal einen Tag frei«, hatte Müller mich wissen lassen, ehe sie übernächtigt zu ihrem Wagen getorkelt und nach Hause gefahren war. Sie hatte zwar versucht, mich dazu zu bringen, das Gleiche zu tun, aber ich hatte das nicht getan; nein, im Gegenteil. Meine Furcht vor dem tiefen Loch, in das ich fallen würde, wenn ich allein war, war zu groß, und so hatte ich mir ein Lächeln über die Tränenspuren gemalt und war zur Schule gefahren. Mit dem Bus, weil ich weder Karims Auto noch sein Fahrrad nehmen wollte, mein Fahrrad ein Haufen Schrott war und mein Roller zu viele Erinnerungen, polternd wie eine Kette aus zusammengebundenen Blechdosen, hinter sich herschleppte.

Die kleine Grundschule, in der ich als Referendarin beschäftigt war, schmiegte sich an einen Hang und bot ein Bild des aufgesetzten Friedens. Ihre altmodische Fassade täuschte darüber hinweg, dass auch hier, in einem kleinen Städtchen, das sich als trotzige katholische Enklave zwischen den Großstädten Köln und Düsseldorf behauptete, schon Grundschullehrerinnen Anti-Aggressions-Trainings machten. Es war erst halb acht, und noch war alles ruhig. Ich ging ins Lehrerzimmer, grüßte in die kleine Runde und nutzte den immer gleichen Geruch des Raumes – eine Kombination aus Marias Parfum, gutem Kaffee und einer erahnten Erinnerung, dass man hier noch bis vor wenigen Jahren hatte rauchen dürfen –, um mich mit dem Hier und Jetzt zu verankern. Nur noch an meine Arbeit denken, an die Freuden, Sorgen und Nöte der 1a, die in wenigen Wochen zur 2a werden würde, an unser schaufenstergroßes Plakat »Was habe ich im letzten Jahr gelernt«, an Matthi, der nicht bloß ein paar Buchstaben, sondern konsequent alle spiegelverkehrt schrieb, und an Linda, deren Eltern wir noch vor den Ferien behutsam darauf hinweisen sollten, dass wir einen Test auf Dyskalkulie beim schulpsychologischen Dienst für sinnvoll fänden, denn das Mädchen hatte zwar eine beeindruckende Intelligenz, aber absolut keinen Sinn für Zahlen. Ich wollte mich auf die Kinder konzentrieren, sie hatten es verdient, dass man seine privaten Probleme nicht mit ins Klassenzimmer brachte.

Karim, der zwanzig Kilometer entfernt in seinem weißen Bett lag und zu langsam atmete, durfte bis zum Mittag keinen Platz in meinem Kopf einnehmen und schuf ihn sich vielleicht gerade deshalb mit schmerzender Penetranz. Wenn ich blinzelte, sah ich sein verwundetes Gesicht auf den Innenseiten meiner Lider. Während ich meine Unterlagen und das Material für die ersten beiden Stunden zusammensuchte, blendete sich das Krankenzimmer mit den Hintergrundgeräuschen der Intensivstation aus meinem Hinterkopf wie eine zweite Gedankenebene ein: einem Theater gleich, auf dem plötzlich zwei vollkommen unterschiedliche Ensembles auf einer Bühne spielen, die sich gegenseitig stören.

»Hast du wüst gefeiert?« Bettina Schmelzer stellte diese Frage mit amüsiertem Unterton, und es dauerte einen Moment, ehe mir dämmerte, dass sie mit mir gesprochen hatte.

Ich starrte sie an, fühlte mich überfordert zwischen den Optionen, ihr die Wahrheit ins Gesicht zu schreien oder eine Lüge zuzuflüstern. Schließlich schüttelte ich den Kopf, grinste und schluckte das bittere Gefühl herunter, das damit einherging, Karims Situation derart abzutun. Ein wenig Skepsis mischte sich in ihr Lächeln. Bettina kannte mich gut, dafür dass wir noch nicht einmal ein Jahr zusammenarbeiteten. Sie war die Klassenlehrerin meiner 1a und damit die mich betreuende Lehrkraft während meines Referendariats, und sie nahm diese Aufgabe äußerst ernst. Manchmal glaubte ich, sie sah mich selbst noch als Kind mit meinen 25 Jahren, aber immerhin war sie auch mehr als doppelt so alt wie ich. Ich mochte ihre mütterliche, fürsorgliche Art. Bettina war jene Art von Mensch, die jedem anderen mit unerschütterlichem Verständnis und einer riesigen Menge an vorgeschossenem Vertrauen entgegentrat. Sie war leider auch eine Frau, der man sich bereitwillig öffnen und seine Sorgen anvertrauen konnte, was in meinem Fall zumindest jetzt, so kurz nach dem Unfall, zu einer emotionalen Entgleisung geführt hätte. Offenbar war ich jedoch eine Dilettantin darin, mein Inneres zu verbergen, denn Bettina umfasste meine Schultern mit ihrer ruhigen, bestimmten Art, der man sich nur mit Gewalt entziehen konnte.

»Was ist passiert, Wanda?«

Ich konnte nicht lügen, es ging einfach nicht. Ich sagte: »Karim.«

Am Kaffeetisch schnellte ein Pferdeschwanz hoch, und Kirsten Hammesfahr, die Religion, Englisch und Sport unterrichtete, sah in meine Richtung, als suchte sie in meiner Miene endlich die Bestätigung dessen, was sie schon so lange gewusst hatte: Seit ich von meiner Verlobung erzählt hatte, war sie der festen Überzeugung, ich würde enden wie Betty Mahmoody in

Nicht ohne meine Tochter. Ich konnte es ihr nicht einmal verdenken. Ich hatte das Buch auch gelesen, und bevor Karim ein neues Zeitalter in meinem Kopf und in meinem Herzen eingeläutet hatte, hätte ich eine Freundin an meiner Stelle wohl ebenso gewarnt. Es braucht nicht den kleinsten Funken Rassismus, um dem Unbekannten gegenüber skeptisch zu sein, und auch keine Ablehnung anderer Kulturen, um gehörigen Respekt zu empfinden. Ich konnte es niemandem, der Karim nicht kannte, verübeln, sich Gedanken zu machen, erst recht nicht Kirsten, die aus ihrer Sorge zwar keinen Hehl machte, aber nie auch nur ein schlechtes Wort über meinen Verlobten verlor.

Sie stand auf, ließ ihren Kaffee auf ihrem Platz stehen und trat zu mir und Bettina. »Wanda?« Mehr war offenbar nicht nötig.

Ich schluckte, ein Gefühl, als steckte eine heiße Kartoffel in meiner Kehle.

»Hat er dir etwas … getan?«, fragte Kirsten.

»Habt ihr euch gestritten?« Das war Bettina.

Ich schüttelte den Kopf, kämpfte mit Worten und sagte letztlich die, die sich am wenigsten falsch anfühlten, obwohl sie die größte Lüge waren. »Ich möchte nicht drüber reden. Später vielleicht, ich muss das erst …« Sacken lassen? Selbst begreifen? Akzeptieren? Ich wusste es nicht.

»Ist schon gut«, sagte Bettina und tätschelte meine Schulter. Ich dankte ihr im Stillen dafür, dass sie nicht einmal versuchte, mich in den Arm zu nehmen.

Kirsten atmete aus, als würde es sie anstrengen. Ihr Blick erschien mir wie eine Drohung, doch sie sagte: »Ich bin immer für dich da, wenn du unter vier Augen reden möchtest, das weißt du doch, oder?«

Ja, dachte ich und nickte. Weil du hören willst, dass deine Befürchtungen wahr geworden sind. Weil du einfach gerne recht hast.

Ich schämte mich ein wenig für meine biestigen Gedanken,

aber sie halfen mir, aufrecht zu stehen und ein Lächeln aufzulegen, das zu meinem Kajalstift passte, mit dem ich die Rötungen an meinen Lidrändern übermalt hatte.

»Kaffee, Wanda?«, rief Hendrik mir zu und stieg mit diesen beiden Worten in meinem Ansehen auf den Status einer Gottheit. Ein Held war er ohnehin als Grundschullehrer, den die Kinder toll fanden und die Mütter anhimmelten, obwohl er optisch eher an einen Nerd erinnerte, der sich selten von seinem iMac wegbewegte. Ich fing den Rettungsanker, den er mir zuwarf, mit beiden Händen auf, ging zu ihm und ließ mich auf den freien Stuhl zwischen seinem und der Wand fallen. Vorerst gerettet!

»Danke«, flüsterte ich, und obgleich er nur ein fragendes »Hmm?« von sich gab, war mir klar, dass er wusste, was ich meinte. Ich trank den Kaffee nicht, den er mir aus der überdimensionalen Thermoskanne einschenkte, aber wärmte meine Hände daran.

Bettina bekam mich erst wieder in die warmen, mit vielen Ringen geschmückten Finger, als wir gemeinsam zur Klasse gingen.

»Ist wirklich alles in Ordnung? Ich kann das akzeptieren, wenn du sagst, dass du nicht reden willst. Aber nicht, dass du dich hier unnötig quälst. Wenn du einen Tag Urlaub brauchst ...« Bettina konnte das als stellvertretende Rektorin entscheiden.

Ich schüttelte den Kopf. »Das ist lieb von dir, aber nicht nötig. Ich möchte hier sein.«

»Und gar nicht sagen, was passiert ist?«

»Noch nicht. Kannst du das verstehen?« Wir bogen in den Gang ein, auf dem unser Klassenraum lag, und begrüßten mit lächelndem Kopfnicken die ersten Kinder, die uns ihr »Guten Morgen Frau Schmelzer, guten Morgen Frau Kirsch« zuriefen.

Sie senkte den Kopf und sah mich über den Rand ihrer Brille an. Ich gab mir Mühe, nicht ungewollt auf ihre drei Doppelkinne zu starren, und kam mir mal wieder abscheulich vor. Schließlich seufzte sie. »Was auch immer passiert ist, ich glaube nicht, dass es so unbedeutend ist, dass du heute hier sein solltest. Es ist auch wichtig, seine eigenen Grenzen zu erkennen.«

Ich wandte mich zur Seite und fing Alexander aus der 2b ab, der an uns vorbeirennen wollte. »Junger Mann«, schalt ich freundlich. »Was weißt du über das Rennen auf den Gängen?«

Er zeigte ein annähernd schuldbewusstes Lausbubengrinsen. »Total verboten, und keiner weiß, warum.«

»Richtig erkannt«, sagte ich, weil mir klar war, dass er die Begründung »Unfallgefahr« kannte und sie ebenso übertrieben fand wie ich. Ich ließ ihn ziehen und freute mich über seinen charmanten Anstand, erst an der nächsten Ecke wieder loszufetzen.

Wir erreichten unsere Klasse, und ich schmorte unbehaglich unter Bettinas prüfendem Blick. Vor der Tür blieb sie noch einmal stehen.

»Eine Frau muss nicht immer stark sein«, sagte sie.

»Ich weiß, und das bin ich auch nicht«, erwiderte ich. Sie ahnte nicht, dass meine starke Fassade meine größte Schwäche war.

Vier Jahre zuvor

Meine Wange brennt, als hätte er mich geschlagen.

Tatsächlich war es ein Kuss gewesen, ein zarter, sehr vorsichtiger Abschiedskuss, mittig wie berechnet, auf der Linie zwischen Ohr und Mundwinkel, ehe ich aus seinem Auto gestiegen und zur Haustür gelaufen war, meinen schwindelig taumelnden Schatten mit mir schleifend. Ich laufe die knarrenden Holztreppen zu meiner Wohnung hoch, ohne, wie sonst, wenn es spät am Abend ist, darauf zu achten, besonders leise zu sein. Sollen doch alle wach werden und bemerken, dass ich nach Mitternacht von einem Date heimgekommen bin und vor Glück heiße Wangen habe!

Wann war dieser Mann, den ich heute Nachmittag am Telefon mit Müller noch als »eigentlich ganz nett« bezeichnet habe, der mich im Laufe des Abends mit seiner ausweichenden Offenheit irritiert hatte, zu einem Mann geworden, den ich wiedersehen will – am liebsten schon zum Frühstück? Ich schaue aus dem Fenster im Treppenhaus durch eine altmodische Häkelgardine den roten Rückleuchten seines Autos hinterher und frage mich, welche Musik er hört, wenn er heimfährt, und ob er dabei an mich denkt. Und ob er lächelt.

In meiner Wohnung ist es still und dunkel, was nicht zu dem Jubel in meinen Ohren und dem Leuchten in meiner Brust passt. Ich bin zu nervös, um zu schlafen, zu rastlos, um zu lesen, und mein Geist ist zu angeregt, als dass er jetzt den Schwachsinn ertragen könnte, der nachts im Fernsehen läuft. Was ich brauche, um zur Ruhe zu kommen, findet sich nicht zwischen den Wänden meines 30-Quadratmeter-Apartments. Ich wechsle die Sandalen gegen ausgetretene Chucks, greife mir eine Taschenlampe und meinen MP3-Player und ziehe meine Windjacke über. Einen Moment bedaure ich, nicht *vergessen* zu haben, Karims Jacke im Auto auszuziehen.

Meine Mutter würde hysterisch werden, wenn sie wüsste, dass ich an vielen Abenden nach Einbruch der Dunkelheit spazieren gehe oder Rad fahre. Ihre Angst vor der Nacht war mir schon als kleines Mädchen fremd gewesen, und während andere junge Frauen in ihre eigenen Wohnungen zogen, um ohne lästige Kommentare Partys zu feiern oder Männer einzuladen, war meine Motivation eine andere gewesen: Meine Mutter lag endlich nicht mehr wach und wartete darauf, dass die Polizei klingelte, um ihr mitzuteilen, dass ich während eines Spaziergangs verschleppt, vergewaltigt oder ermordet worden war. Vielleicht tat sie es doch. Aber ich musste es nicht länger mit ansehen.

Ich stecke mir die Ohrstöpsel mit einem wilden Mix meiner

Lieblingssongs in die Ohren und schleiche nach draußen. Ganz still, aber Newton Falkner ist ziemlich laut in meinem Kopf und bringt mich zum Grinsen.

Die Straße, in der ich wohne, ist nie so dunkel wie in den Stunden nach Mitternacht. Nach ein Uhr werden sogar die Straßenlaternen abgeschaltet, und es gleicht einer seltenen, die Fantasie anregenden Besonderheit, wenn man dann noch Licht hinter einem Fenster entdeckt. Ich begegne niemandem, außer einer grauen Katze, die mich entgeistert anstarrt und unter einer Hecke verschwindet, als ich näher komme. Zwischen zwei freistehenden Einfamilienhäusern mit luxuriösen Gärten von der Größe kleiner Parks führt ein Pfad ins Naturschutzgebiet. Schon nach wenigen Metern muss ich die Taschenlampe einschalten, denn der Weg ist steinig und uneben. Bäume lassen kein Mondlicht den Boden berühren, wo ihre Wurzeln Stolperfallen legen. Ich gehe in gleichmäßigen Schritten im perfekten Takt zu meinem Atem und der Musik in meinen Ohren. Wenn diese zwischen den Songs einen Moment verstummt, höre ich den Bach rauschen, der einige Meter zu meiner Linken tief in seinem Bett dahinfließt und sich in etwa einem halben Kilometer dicht an den Weg schmiegen wird. Zur Rechten bricht die Reihe der Bäume nun auf, und eine Pferdeweide erstreckt sich über einen sanften Hügel. Am Himmel scheint ein fast voller Mond. Ich schalte die Taschenlampe wieder aus, stecke sie ein und vergrabe meine Hände in den Jackentaschen. Tief atme ich ein, als hätte ich eine Anstrengung hinter mir, und das nervöse Prickeln in meinem Nacken schläft ein und weicht einer süßen, dunklen Ruhe.

Das ist Frieden für mich.

Nachtluft in den Lungen, Musik in den Ohren, Mondlicht auf der Haut und das Wissen, weit und breit der einzige wache Mensch zu sein.

Weit entfernt erkenne ich die Schemen der grasenden Pferde. Als meine Musik umspringt, höre ich in den nahen Bäumen kleine Tiere rascheln. Irgendwo klagt ein Käuzchen. The Rasmus stimmen ihr *Guilty* an. Vollmondmitternachtsmusik. Schatten tanzen dazu um mich herum.

Was manchen Menschen Angst macht, beruhigt meinen Geist, reinigt meinen Kopf von störenden Was-wäre-wenn-Gedanken, bis ich mich klar und ungestört fühle und frei atmen kann. Meine Mutter schafft es erst nach Jahren des autogenen Trainings und meine Freundin Müller vermutlich nie, aber bei mir bewirken es fünf Minuten Alleinsein in der Nacht: Ich bin entspannt, geerdet, zufrieden.

Am Tor der Koppel bleibe ich stehen, lege die Arme verschränkt auf die obere Holzlatte und sehe über die Weide.

Ich beginne zu frösteln und merke erst jetzt, wie müde ich bin. Kein Wunder, es muss bald zwei Uhr sein, und ich bin seit den frühen Morgenstunden auf den Beinen. Die Pferde kommen heute gar nicht, das wundert mich. Sonst trotten sie jedes Mal zu mir ans Gatter, wenn ich dort warte, auch wenn sie langsam wissen müssten, dass ich mich an das Fütterungsverbot halte, auf das Schilder hinweisen. Heute heben sie ihre Köpfe, wittern unschlüssig in meine Richtung und wenden sich dann ab. Eines wiehert alarmierend. Die übrigen verfallen in Trab und laufen zum anderen Ende der Koppel, wo sie ihren Unterstand haben. Seltsam.

Irgendetwas hat sie erschreckt. Irgendetwas ist anders heute Nacht. In meinen Ohren erklingt ein neuer Song, träge und schwer, dominiert von Bratschen und Geigen. Er schickt einen Schauder über meinen Rücken. Ich sehe in die Richtung, aus der ich gekommen bin, und meine, dort eine Bewegung wahrzunehmen. Eine vage Silhouette. Zu prägnant für vom Wind bewegte Zweige und zu groß für ein Tier. Zerrissene Wolken schieben sich vor den Mond und werfen gezackte Schatten herab. Meine Stimmung schwankt; nein, sie kippt schlagartig. Ich bin beunruhigt. Es gibt keinen Grund, nervös zu werden, sage ich mir, doch ich spüre im gleichen Moment, wie ich mir selbst kein Wort glaube. Ich greife in meine Tasche, schalte die Musik aus. Ein später Hundespaziergänger? Ich höre keinen Hund. Ein Jäger auf dem Weg in den Wald? Nein, Jäger und Förster parken immer woanders. Ein anderer Mensch, harmlos auf der Suche nach etwas Ruhe? Seit drei Jahren gehe ich spätabends diese Strecke – und nie, nie, in keiner einzigen Nacht, bin ich jemandem begegnet.

Warum sind die Pferde geflohen?

Was in Jahren nicht ein einziges Mal geschehen ist, was mir immer unvorstellbar erschien, wird plötzlich Realität: Ich fürchte mich.

Einen Augenblick stehe ich ganz still. Sehe zum Weg und glaube, etwas zu hören. Eine Stimme? Es ist still, zumindest erscheint es ein paar Sekunden lang so. Dann knackt es plötzlich im Unterholz, ein mehrfaches Krachen, wie weit entfernte Schüsse. Doch die Geräusche sind nicht weit entfernt. Unter schwerem Gewicht brechen Zweige, vielleicht zwanzig Meter entfernt und damit entschieden zu nah.

Der rationale Teil in mir sagt: *Hey, Wanda, das ist sicher nur ein Mensch – nichts weist darauf hin, dass er dir etwas Böses will.*

Doch bei Nacht, wenn die Gedanken zur Ruhe kommen und die Instinkte die Oberhand gewinnen, hört man die unterbewussten Stimmen lauter:

Wanda! Die Pferde sind geflohen. Die Nachtvögel sind ganz still, selbst der Wind schweigt – so hör doch! Und du … spürst du es nicht auch? Da ist etwas – jemand, der hier nicht hingehört.

Es ist keine bewusste Entscheidung, als ich mich vom Gatter abstoße und mit schnellen Schritten losgehe. Weg von dem stockdusteren Pfad, von dem ich gekommen bin. Wenn ich weiter an der Weide entlanglaufe, komme ich bald an eine Abzweigung nach links, ein schmaler Trampelpfad, der zwischen ein paar eingezäunten Schrebergärten hindurch wieder auf eine Straße führt. Ich gehe schnell, aber ohne zu laufen.

Und dann höre ich die Stimme. Einen leisen, gezischten Fluch.

Da ist jemand, ich hatte mich nicht geirrt. Ein Mann. Und dass ich ihn wahrgenommen habe und verschwinde, passt ihm nicht, denn warum sonst sollte er fluchen? Ein langgezogener, gequälter Schrei ertönt jenseits der Bäume, er fährt mir durch Mark und Knochen und peitscht meine Furcht an den Rand von Hysterie, ehe ich den Laut erkenne: ein werbender Kater; ja, es muss ein Kater sein. Nichts anderes verursacht solche Geräusche.

Mein Herz rast, in meinen Ohren wirft die Stimme meiner Mutter tausend Echos. Sie hatte es mir gesagt, sie hatte es mir doch gesagt! Sie hatte immer gewusst, gewusst, dass ich Risiken einging, die mir irgendwann zum Verhängnis werden.

Ich gehe noch schneller, haste nun regelrecht. Hinter mir werden die Schritte lauter; eilige, unregelmäßige Schritte, von jemandem, der eher vorwärts stolpert, als zu gehen. Ein Betrunkener? Fast hoffe ich darauf, denn mit jemandem, der sternhagelvoll ist, kann ich es noch am ehesten aufnehmen. Ohne langsamer zu werden, fummle ich umständlich die Lampe aus meiner Jacke und merke, dass ich eben, als ich sie in die Tasche geschoben hatte, vergessen haben muss, sie auszuschalten. Die Batterie nimmt mir den kleinen Fehler übel, statt einem hellen Lichtkegel habe ich nur noch einen buttrig gelben Punkt, der kaum einen Meter weit reicht. Hektisches An- und Ausschalten ändert daran nichts. Das Licht wird schwächer. Meine Hände zittern.

Ich werfe einen Blick über die Schulter, und eiskalter Schweiß dringt mir aus allen Poren. Ein Mann. Er folgt mir.

Ich trete auf das Ende meiner Schnürsenkel, und die Schleife geht auf. Ich denke nicht mehr nach, kein bewusster Gedanke findet Platz in meinem Kopf, nur noch eine chaotische Horrorvorstellung, wie ich über diesen Schnürsenkel falle, mir wie im Film den Knöchel verstauche und ein dankbares Opfer für meinen Verfolger werde. Ich renne los, biege in den Weg zwischen den Gärten ein. Es kann nur noch ein halber Kilometer bis zur Straße sein, wo ich um Hilfe rufen kann. Der Weg ist knapp zwei Meter schmal, eine Art Tunnel zwischen Zäunen links und rechts. Die Gärten hüllen sich in Finsternis, die Fenster in den Lauben sind schwarz und spiegeln schemenhaft die Wolkenschatten. Am Himmel ist der Mond nun wieder voll und rund zu sehen. Hinter mir im bläulichen Silberlicht erscheint die Männersilhouette auf dem Pfad wie eine Drohung: Es führt kein Weg zurück.

Ich stolpere, fange mich am Zaun ab.

Der Mann ruft meinen Namen.

Eine Sekunde lang explodiert meine Angst zu Panik. Dann folgt das Begreifen wie nachlassender Schmerz. Ich muss lachen, laut, schrill und definitiv hysterisch, aber egal! Der Mann verfolgt mich nicht, weil er mir den Hals umdrehen oder die Kehle aufschlitzen will – er folgt mir, weil er mich kennt.

Ehe mir die Sorge, die mir meine Mutter in all den Jahren trotz allem doch ganz gut eingetrichtert haben muss, zuflüstert, dass auch beides der Fall sein kann, lasse ich ihn näher herankommen und erkenne sein Gesicht. Es ist Karim. Er wirkt auf seltsame Art irritiert, und etwas in seinen Augen oder den darunterliegenden Schatten lässt nicht zu, dass ich mich vollends beruhige. Ich weiche einen Schritt zurück, als er mich erreicht.

»Was machst du hier?« Meine Stimme schneidet durch die Stille wie ein Messer.

Er gräbt seine Hand tief in die Tasche seiner Jeansjacke und zieht sie wieder hervor. Ich leuchte mit dem kümmerlichen Licht meiner Taschenlampe auf seine Faust, während er sie öffnet. In seiner Handfläche glitzert mein Pandora-Armband.

»Das hast du in meinem Auto verloren.«

Meine Hand, nein, mein Arm, ach was, mein ganzer Körper zittert, als ich das Kettchen an mich nehme. »Du hast mich fast zu Tode erschreckt.«

»Das tut mir leid«, sagt er, und ich weiß endlich, dass seine

Augen weder grün noch braun sind. Sie sind schwarz. Karim räuspert sich. »Ich wollte dich nicht erschrecken. Ich habe das Armband im Fußraum gefunden und bin umgedreht, um es dir zu bringen. Dachte, es wäre dir vielleicht wichtig oder so.«

Das ist es, es bedeutet mir eine kleine Welt, aber ich zucke nur mit den Schultern, als würde ich »Geht so« sagen wollen.

»Ich sah dich zufällig in diesen Weg einbiegen und dachte, ehe ich jetzt eine Stunde warten muss oder es in den Briefkasten werfe, lauf ich dir schnell die paar Meter hinterher. Ich hab sogar deinen Namen gerufen, aber du hast nicht reagiert.«

»Ich hatte Musik an.« Ich deute auf die Kopfhörer, die mir noch um den Hals hängen. Karim tritt ein Stück näher. Ich sehe, wie er grinst und leicht den Kopf schüttelt.

»Darauf hätte ich kommen können. Aber ich dachte, dass ich dich womöglich verwechselt habe. Und dann habe ich auf diesem dunklen Weg nur noch versucht, nicht die Orientierung zu verlieren. Bin über irgendwas gestolpert, vom Weg abgekommen und wäre um ein Haar in den Bach gefallen.«

Ich muss lachen, diesmal klingt es einfach nur erleichtert. »Und ich dachte, du wärst ein psychopatischer Mörder oder so etwas.«

Er lacht auch, aber ich höre sofort raus, dass meine Worte ihn verletzt haben, denn plötzlich wirkt er wütend. Es dauert nur eine Sekunde, dann hat er es bereits wieder überspielt, und ich registriere es nur, weil ich mich in der Dunkelheit nicht auf das verlassen kann, was ich sehe, sondern bloß spüren kann – eine kurze, lodernde Hitze. Und lerne eine sehr wichtige Lektion: Karim, den ich für lässig und souverän gehalten habe, muss ein sehr verwundbarer Mensch sein. Verletzt man ihn, bricht augenblicklich etwas Dunkles hervor, das er allerdings gut im Griff zu haben scheint.

»Machst du das häufiger, nachts spazieren gehen?« Seine Stimme klingt amüsiert, ich höre Neugier. Wir setzen uns in Bewegung, gehen Seite an Seite Richtung Straße.

Ich erwidere ein bejahendes »Hm-m.«

»Und du hast gar keine Angst?« Wieder klingt nur Interesse durch, kein Tadel, dass ich unvorsichtig sei oder als Frau besser aufpassen muss.

»Normalerweise nicht, nein.«

Etwas Weißes blitzt in seinem Gesicht auf, er lächelt breit, vermute ich. »Vor gar nichts?«

»Oh doch, klar! Aber wenn ich Angst habe, dann vor Menschen. Und die trifft man hier nachts nicht.«

Er scheint das zu verstehen, denn er entgegnet nichts, und wir gehen in einvernehmlichem Schweigen weiter. Nach wenigen Schritten habe ich mich wieder vollends entspannt. Meine Glieder werden schwerer, und die Müdigkeit kehrt zurück, aber diesmal ist es ein warmes, angenehmes Bedürfnis nach Schlaf. Wir gehen so dicht nebeneinander her, dass sich unsere Handrücken hier und da sacht berühren. Es bräuchte nur eine winzige Bewegung, seine Finger mit meinen zu umschließen, aber ich lasse es sein. Nicht, weil ich nicht möchte oder es mich nicht traue. Sondern weil ich mir diese Geste noch ein bisschen aufsparen will, wie man sich eine besondere Flasche Wein aufbewahrt oder die leckerste Praline aus einer Schachtel bis zum Schluss reserviert.

Als wir die Straße erreicht haben, sagt er: »Ich möchte dich nicht beleidigen, aber hast du etwas dagegen, wenn ich dich nach Hause begleite? Nur bis zur Tür.«

Ich schüttle den Kopf. In meiner Sprache bedeutet das, dass ich mich darüber freue, und ich glaube, er versteht mich. Wir vergessen den Umstand, dass sein Auto in meiner Straße steht und wir sowieso denselben Weg haben.

Wir erreichen den Eingang zu dem Sechs-Parteien-Haus, in dem ich wohne, und Karim berührt meinen Unterarm. Er nimmt mir mein Armband aus der anderen Hand, streift den Ärmel meiner Jacke ein wenig nach oben und legt mir das Schmuckstück trotz der Dunkelheit mit erstaunlicher Geschicklichkeit ums

Handgelenk. Dann höre ich ihn tief einatmen, und plötzlich, schnell und behutsam zugleich, zieht er meine Hand an sein Gesicht und küsst den winzigen Verschluss. Ich spüre seine Lippen an meinem Puls, und meine Knie werden weich.

»Damit es nicht wieder aufgeht«, flüstert er, ohne den Blick zu heben. »Schlaf gut, Wanda.«

Ich fühle mich, als könnte ich nie wieder schlafen.

5

»Wir singen die Wiegenlieder für unsere Kinder, damit wir selbst schlafen können.«
Khalil Gibran, Sämtliche Werke

Die Pausenglocke verkündete das Ende der zweiten Stunde, und in meine 22 kleinen Schüler kam Unruhe.

»Okay«, sagte ich mit einem Lächeln, weil sie gut mitgearbeitet hatten. »Erst die Mathehefte einpacken – dann die Frühstücksdosen herausholen.« Sofort begannen 44 Hände, in bunten Ranzen zu wühlen. Auch ich holte mein Frühstück aus meiner Tragetasche, ich hatte mir vor Unterrichtsbeginn ein belegtes Brötchen beim Bäcker geholt. Hunger hatte ich nicht, aber als angehende Lehrerin sollte ich ein gutes Vorbild sein und mich dem gemeinsamen Frühstück anschließen. Ich gab mir größte Mühe, alles genauso zu machen wie immer. Wenn ich mir selbst schon nicht beweisen konnte, dass ich stark war, dann doch wenigstens Bettina Schmelzer.

Ich ließ meinen Blick über die Klasse schweifen. Beim Essen von Apfelschnitzen, Gurkenscheiben und belegten Broten schwätzten die Kinder, machten Fingerspiele, lachten und tauschten Tier- und Fußballsammelbildchen. Nur ein Tisch blieb auffallend leer, der zierliche Junge dahinter blickte nach draußen, die Fensterbilder spiegelten sich als sehnsüchtige Farbkleckse in seinen riesigen, schwarzbraunen Augen. Ich seufzte lautlos. Neo. Ich ging zu ihm.

»Was ist los?«, fragte ich ihn leise, um die Aufmerksamkeit der anderen Kinder nicht zu wecken. Das war ihm immer unangenehm, er gehörte zu jenen Kindern, die am liebsten unsichtbar wären. »Hast du keinen Hunger?«

»Nö.«

»Die Wahrheit, bitte. Du weißt doch, dass ich merke, wenn du schwindelst.«

»Hab mein Frühstück vergessen.«

Ich schüttelte stumm den Kopf. Du hast überhaupt keines gemacht bekommen, berichtigte ich innerlich. Vermutlich ist nicht mal etwas im Kühlschrank. Neos Eltern, das hatte ich vom ersten Schultag an geahnt und ab dem ersten Elternabend eindrucksvoll bewiesen bekommen, hatten vielfältige Interessen. Nur ein Punkt musste gegeben sein, damit sie von etwas fasziniert waren: Es musste im Fernsehen laufen. Und Neo, so sehr seine Familie das auch zu bedauern schien, war keine Serienfigur und kein Darsteller einer Reality-Soap. Seine übertrieben erwachsen wirkende Kleidung, der militärisch anmutende Haarschnitt und die Unmengen an aktuellem In-Spielzeug konnten nicht darüber hinwegtäuschen, dass er ein zutiefst vernachlässigter kleiner Kerl war, der bereits mit sieben Jahren begann, Aufmerksamkeit nicht mehr in positiv und negativ zu unterteilen – entscheidend war nur, dass er sie bekam. Seine Perspektive erschien mir nicht größer, als der Flachbildschirm seiner Eltern tief war.

»Du kannst meins haben«, sagte ich und schob ihm die Tüte hin.

»Dann hast du doch nichts.«

Ich legte einen Finger an die Lippen. »Verrat es niemandem, aber im Lehrerzimmer steht eine riesige Schale mit Keksen.«

Er grinste, und ich entdeckte eine neue Zahnlücke. Dann nahm er das Brötchen mit schmutzigen Händen und äußerster Vorsicht aus der Tüte, teilte es in zwei Hälften und schob mir eine hin.

»Wir teilen. Ja?«

Ich schluckte, nickte und beeilte mich, zum Lehrerpult zurückzugehen. Ein paar Minuten lang lenkte ich mich ab, indem ich meine Gedanken mit den Kindern beschäftigte, mit ihren Eigenarten, ihren Stärken und Schwächen, die mir im letzten

Jahr so vertraut geworden waren, dass ich über jedes einzelne ein Buch schreiben könnte, ach was, eine ganze Enzyklopädie. Nachdem alle Frühstücksbrote vertilgt waren, entließ ich die Schar in die Hofpause. Jubelnd und lärmend rannten sie nach draußen, als wäre es nicht Alltag, sondern etwas Besonderes, auf den Schulhof zu dürfen.

Ich hatte heute keine Hofaufsicht, also ließ ich mir Zeit und hoffte, Bettina würde vor mir ins Lehrerzimmer gehen, damit sie mich auf dem Weg nicht wieder in ihre mitleidige Anteilnahme hüllte, in der es so warm war, dass mir der Schweiß ausbrach. Den Gefallen erwies sie mir nicht. Eher noch schien auch sie bewusst zu trödeln. Ich nutzte den kurzen Augenblick, in dem sie in den angrenzenden Materialraum ging, um mich schnell davon zu machen. An den Garderoben jedoch fing mich Neo ab.

»Frau Kirsch?«, fragte er und zog die Ärmel seines Hoodies über seine Fäuste.

»Was ist denn los, Neo? Warum gehst du nicht raus zu den anderen? Hast du dich mit jemandem gezankt?«

Er schüttelte den Kopf, sah erst auf seine Turnschuhe, anschließend kurz in mein Gesicht und dann wieder zu Boden. »Ich wollte bloß wissen … Frau Kirsch, warum bist du heute so traurig?«

Ich verstand nicht, was seine Frage an sich hatte, denn es war eine normale Kinderfrage, und ich hätte wissen müssen, dass meine Schüler etwas bemerken und ansprechen würden. Aber sie zerrte meine Welt – meine mühsam beherrschte kleine Welt – aus ihren Fugen und brachte alles ins Schlingern. Ich hatte plötzlich den Eindruck, der Boden wäre nicht mehr glatt, eben und unbeweglich, sondern würde zu einer wabernden Masse, auf der ich kaum das Gleichgewicht halten konnte. Um nicht zu schwanken, musste ich mich an der Garderobe festhalten, hätte beinahe eine leichte Sommerjacke, die dort hing, vom Haken gerissen.

»Schon gut, Neo«, sagte ich und bemühte mich nach Kräften um eine feste Stimme. »Ich glaube, ich werde bloß ein wenig krank.«

Ich sah trotz milchigem Nebel vor meinem Gesichtsfeld, wie er die Nase krauszog. »Was Schlimmes?« Er überlegte kurz. »Bestimmt Krebs.«

»Eher nicht. Vielleicht gehe ich trotzdem lieber nach Hause.«

In dem Moment kam Bettina Schmelzer hinter mir aus der Klasse, ich nahm sie nur aus dem Augenwinkel wahr. Neo entschied sich, dass er lange genug für meine Sicherheit gesorgt hatte, machte auf dem Absatz kehrt und flitzte durch den Korridor davon. Ich zwang mich, die Garderobe loszulassen, stolperte einen Schritt nach vorne und schluckte, weil ich plötzlich zu viel Speichel im Mund hatte – sauren Speichel. Während ich mich fragte, ob ich mich übergeben musste, und es bereute, das halbe Brötchen gegessen zu haben, klopfte Bettina mir bereits sachte auf den Rücken. Sie hatte sofort bemerkt, dass mein Zustand gekippt war.

»Wanda, komm«, sagte sie und führte mich zurück in die Klasse, wo sie mich auf einen Lehrerstuhl drückte. »Du hast heute lange genug die Heldin gespielt, setz dich hin, keine Widerrede.«

Nicht mal in Gedanken war ich noch bereit, Widerstand zu leisten. Ich nahm nur noch peripher wahr, wo ich war, wie mir geschah und was Bettina mit ihrer warmen, ruhigen Stimme auf mich einredete. Als wäre nur noch ein oberflächlicher Rest von mir in dieser Schule. Alles Weitere fiel in das bodenlose Loch, das in mir selbst entstanden war, als man mir das Herz und die Seele herausgerissen und dort versteckt hatte, wo Karims Lebendigkeit zu finden war. Ich fiel endlos, fiel und fiel und bekam immer größere Panik vor dem, was am Ende des Sturzes auf mich wartete. Ich würde sicherlich am Grund zerschmettern, fürchtete und sehnte mich zugleich danach, weil dann zumindest die Angst vor dem Aufprall vorbei war.

»Wanda, soll ich dir einen Arzt rufen?«

Ich spürte einen Becher Wasser zwischen meinen Händen und wusste nicht, wie er dort hingekommen war. Bettina kniete vor mir, tiefe Sorge in den zu stark geschminkten Augen. Mühsam räusperte ich mich. »Nicht nötig, es geht schon wieder.« Meine Stimme klang immer noch belegt. Ich zwang mir ein Lächeln ins Gesicht und spürte mich gleichzeitig immer weiter fallen.

»Kindchen, was ist denn nur los mit dir?«

Es führte kein Weg mehr daran vorbei, ihr die Wahrheit zu sagen. Sonst würde sie mich nicht gehen lassen. »Karim«, sagte ich, als wäre sein schöner Name die ganze Antwort. Dann räusperte ich mich erneut und zerquetschte den dünnen Plastikbecher. Das Wasser lief mir über die Oberschenkel. »Er hatte einen Unfall.«

»Oh nein. Schlimm?«

Es ist nichts passiert, ich reagiere aus Spaß über, schoss es mir garstig durch den Kopf. Ich zwang mich zur Beherrschung. »Er liegt im Koma. Der Arzt kann noch nichts Genaues sagen, aber es ist unwahrscheinlich, dass er wieder aufwacht. Sie glauben, dass er … im Sterben liegt.«

Irritiert wurde mir klar, dass ich es zum ersten Mal ausgesprochen hatte. Ich sah Bettina an und blickte in mein eigenes, vollkommen konfuses Gesicht, das sich in ihren Brillengläsern spiegelte.

»Wie schrecklich, Kindchen.« Bettinas Mitgefühl war wie eine warme Decke, die ich nicht ertrug, obgleich mir so kalt war. »Dir muss es ja furchtbar gehen. In so einer Situation musst du doch nicht hier sein.«

Das wusste ich. Ich hatte allerdings geglaubt, hier sein zu wollen. Nun wurde mir mit vernichtender Intensität bewusst, dass ich nicht hier sein sollte.

»Dein Karim braucht dich doch jetzt an seiner Seite!«

Zutiefst beschämt musste ich einsehen, dass sie recht hatte. Ich sollte bei ihm sein, nirgendwo sonst.

Bei Karim.

Ich habe den Praktikumsplatz. Und ich bin der Meinung, dass es niemanden gibt, mit dem ich diesen Erfolg lieber feiern möchte als Karim.

Er bringt mir eine Flasche Muscadet sur lie als Geschenk mit, und ich bin sicher, aus seiner lässigen Selbstverständlichkeit herauszulesen, dass das ein besonderer Wein sein muss, und beschließe, ihn später zu googeln. Mit Understatement sagt Karim immer sehr viel, das glaube ich inzwischen erkannt zu haben. Mein Puls rennt vor Aufregung. Vermutlich werde ich den Wein nie trinken – es ist eine meiner zahlreichen Macken, besondere Dinge für besondere Gelegenheiten zu hamstern. Meist, bis ich vergessen habe, dass ich sie bunkere.

Wir wollen nicht in meiner Wohnung bleiben, in der er sein Hauptaugenmerk auf das Klavier legt, ohne es anzurühren. Er nimmt lediglich seine Brille ab, legt sie zusammengeklappt auf den Deckel und setzt sich auf den Hocker, wo er geduldig abwartet, bis ich fertig bin, und seine Blicke über die Tasten schweifen lässt, als würde er in Gedanken darauf Musik machen.

»Du kannst ruhig spielen«, sage ich, aber er lächelt und verneint höflich und ein klein wenig steif. Er ist auch nervös.

Wir machen uns auf den Weg, nehmen die Straßenbahn, steigen am Hauptbahnhof um und gehen in die Altstadt, wo wir Müller, ihren Freund Marc und Sarah in einer gemütlichen Billardkneipe treffen. Die drei warten schon auf uns. Müller platzt schier vor Neugierde auf Karim, Marc ist erleichtert, endlich nicht mehr der Hahn im Korb zu sein, und Sarah, die den Gedanken, vermutlich bald der einzige Single zwischen zwei Paaren zu sein, mit der gebührenden Theatralik zur Schau trägt, hat bereits drei Whisky-Cola intus, was ihre hellgrünen Augen glasig wirken lässt.

Einen Moment lang bin ich unruhig. Während ich meine Jacke ausziehe, breitet sich die übliche Vorsicht zwischen uns aus, die immer dann entsteht, wenn ein Fremder in ein eingespieltes Team kommt: Mögen sie ihn? Mag er sie?

Doch meine Bedenken sind unnötig, Müller ist hin und weg von Karim, Marc mag ihn sofort, und Sarah schaut zwar zunächst äußerst skeptisch aus der Wäsche, verliert diesen Ausdruck aber über ihrem nächsten Drink wieder. Karim erstaunt mich von allen am meisten. War er in meiner Wohnung und während der Bahnfahrt noch zurückhaltend, findet er in der sich füllenden Bar rasch zu seiner Souveränität zurück. Ich beobachte ihn aus dem Augenwinkel und mühe mich mit meinen verrückten Gedanken ab, die Karim immer wieder auf einen hohen Sockel setzen wollen, von dem er irgendwann stürzen muss. Ich gebe mir größte Mühe, es nicht zu tun, aber jedes Mal, wenn er sich zwischen unserem Tisch und der Bar hin und her bewegt und dabei eine solche Präsenz ausstrahlt, dass alle anderen – selbst die herumeilenden Kellner – ihm respektvoll ausweichen, obgleich er lächelt, machen diese verrückten Gedanken sich selbstständig.

»Er ist schon … besonders«, sagt Sarah. Ich bin nicht sicher, ob sie Karim meint oder seinen Hintern. »Er hat was. Zuerst dachte ich: Nett, aber keiner, nach dem man sich umsieht. Aber auf den zweiten Blick … Meinen Glückwunsch.«

Ich winke ab. »Es ist doch noch gar nichts Festes.«

Müller lehnt sich von links zu mir. »Kann nicht mehr lange dauern, so wie ihr euch anschmachtet.«

»Er schmachtet nicht!«

»Und ob er das tut. Wenn er dich ansieht, zucken seine Finger, als wollten sie dich unbedingt berühren, und sobald er wegschaut, leckt er sich über die Innenseiten der Lippen und die Zähne.«

»Und wir wissen ja«, raunt Sarah, »was das bedeutet.«

»Ach ja?« Ich war nicht sicher, ob ich es erfahren wollte.

»Er sinniert, wie du schmeckst«, erklärt Müller, als wäre das eine apodiktische Tatsache. Sarahs verschleierter Blick in meine

Körpermitte macht klar, dass die beiden dabei nicht über meinen Mund reden.

Ich riskiere, über die Schulter zu Karim zu sehen, der gerade einen seiner raren Blicke an die Lady hinter der Theke vergeudet. Das gefällt mir nicht.

»Da!«, ruft Müller. »Jetzt wird Wanda auch noch eifersüchtig. Es ist ernst. Richtig ernst!« Sie hält die Hand hoch, und Sarah klatscht sie ab.

»Ach redet ihr nur«, erwidere ich und schnalze abfällig mit der Zunge, weil es eben dazugehört, sich vor den Freundinnen ein wenig zu zieren. Fakt ist: Ich habe überhaupt nichts dagegen, dass es ernst wird, allerdings jede Menge Zweifel, ob Karim das auch so sieht.

Wir haben uns noch nicht einmal richtig geküsst, und ich weiß so wenig von ihm, dass mir die brennend intensive Sehnsucht nach seiner Nähe übertrieben vorkommt und doch nicht vergeht.

»Wanda ist verlie-hiebt«, singt Sarah leise, und ich sehne mich nach dem Moment, in dem der Alkohol sie dazu bringt, schweigend vor sich hin zu starren und mit offenen Augen von Johnny Depp zu träumen.

Mitternacht ist unbemerkt vorübergezogen, als wir uns auf den Heimweg machen und in alter Tradition zuerst Sarah nach Hause bringen, die in der Altstadt wohnt, ganz in der Nähe des Rheins, in einer Gegend, die von spezialisierten Buchhandlungen, Kunstgalerien und zu Cafés umgebauten Fabriken dominiert wird. Wir schlendern über die Promenade, weichen den Dutzenden anderen Menschen aus, die den warmen Spätjuliabend ebenfalls für einen Spaziergang nutzen. Am Strandufer auf der anderen Seite haben Jungs ein Feuer gemacht und tanzen mit nackten Oberkörpern darum herum. Wir hören verhalten ihr Pseudo-Kriegsgebrüll.

»Affen«, kommentiert Müller, muss allerdings schmunzeln.

»Das sollten wir auch mal machen.« Sarah löst ihren Pferdeschwanz, sodass ihre roten Ringellocken um ihren Kopf fliegen und vom Wind in ihr Gesicht getrieben werden. Aus einer nahen Kneipe dringt ein grauenhafter Ballermann-Hit, und sie beginnt zu tanzen.

»Morgen wird sie wieder behaupten, sich an nichts zu erinnern«, flüstere ich Karim zu, vielleicht auch nur, um einen Vorwand zu haben, ihm ganz nah zu kommen. Er lacht lautlos. Dann schlägt sein Gesicht plötzlich um, und er macht einen Satz in Sarahs Richtung. Ich bemerke einen Sekundenbruchteil später, dass sie ins Stolpern geraten ist. Sie droht zu stürzen und greift nach einem der vielen Menschen, die uns entgegenkommen. Die Frau weicht aus, dummerweise auf die Seite, wo das steile betonierte Ufer liegt, und kreischt erschrocken auf, weil sie beinahe ins Wasser stürzt und sich erst im letzten Moment fangen kann. Ein Mann ist sofort an ihrer Seite, offenbar ihr Partner, denn sie klammert sich an seinen Hals und vergräbt ihr Gesicht an seiner breiten Brust. Karim hat zwischenzeitlich Sarah erreicht und stützt sie.

»Langsam«, sagt er. »Dein Alkoholpegel passt zwar zu Michael Wendler. Aber so schlimm, dass du dich und harmlose Passanten ersäufen musst, ist die Musik auch nicht.«

Ich wechsle einen erleichterten Blick mit Müller und Marc. Das hätte ins Auge gehen können. Gleichzeitig zwickt mich das schlechte Gewissen. Wir wissen alle, dass Sarah gerne einen über den Durst trinkt. Normalerweise bremsen wir sie, aber heute hat niemand so recht darauf geachtet. Ich war wohl zu abgelenkt …

Dass etwas nicht stimmt, bemerke ich erst, als Müller erschrocken nach Marcs Hand greift. Sie starren zu Karim und Sarah. Die beiden stehen drei Männern und drei Frauen gegenüber, die offenbar alle zu der Dame gehören, die Sarah beinahe angerempelt hätte. Ein paar tragen Fußballtrikots, andere trotz der Wärme einen Schal mit dem Emblem eines Drittligisten drauf, dessen Mannschaft heute gegen die Fortuna verloren hat. Es ist leise, nur einer der Männer spricht, ich verstehe seine Worte auf die Entfernung nicht, wohl aber die Aggression, als läge sie wie etwas Greifbares in der Luft.

Wir treten zu der Gruppe, gleichzeitig wendet sich Sarah ab. Offenbar ist ihr übel, sie schwankt schon wieder, und ich überlasse es Marc und Müller, sich um sie zu kümmern. Karim steht allein den sechs Personen gegenüber und gibt ruhige Erklärungen ab. »Sie hat es etwas übertrieben, ja. Das kennen wir doch alle.«

Mir ist auf den ersten Blick klar, worauf er anspielt: Alle sechs haben den Frust ihrer Niederlage augenscheinlich in reichlich Bier ertränkt. »Es ist nichts passiert.«

»Ich hätte ertrinken können!«, krakeelt die Frau und presst sich an ihren Begleiter, der zwar nichts sagt, aber zustimmend grunzt.

Karim lächelt. »Wir hätten Sie schon gerettet, wenn Sie ins Wasser gefallen wären.«

»Willst du das irgendwie runterspielen?«, mischt sich ein anderer Mann ein. Der Typ gefällt mir nicht, nichts an ihm und am wenigsten die abfällige Art, mit der er die Lippen schürzt. Er riecht noch auf zwei Meter Entfernung nach Knoblauch und Bier. »Willst du das, Türke?«

»Es ist nichts passiert«, wiederholt Karim langsam, fast hypnotisch.

Der andere hebt die Hände, zeigt uns die Fäuste und seine Finger, auf denen in schäbigen Strichen H-A-S-S eintätowiert ist.

Karim gibt beim Ausatmen ein winziges Geräusch von sich, fast ein genervtes Stöhnen. *Du gehst mir auf die Nerven*, mehr sagt der kleine Laut nicht.

»Alles okay«, sage ich leise, als unser Gegenüber demonstrativ die Fäuste ballt und vielsagende Blicke mit seinen grinsenden Freunden wechselt. Meine Kehle ist eng, ich bekomme die

Worte nur mit Mühe hervor. Ich habe absolut gar kein Interesse an dieser Auseinandersetzung; nein, um ehrlich zu sein, habe ich Angst. Diesem Typ und seinen Kumpanen geht es nicht um den Beinahe-Unfall und auch nicht um Karims Herkunft. Die wollen bloß Frust abbauen. Sie suchen einen Grund für eine Schlägerei. Solche Menschen machen mir die allergrößte Angst, denn sie handeln völlig willkürlich. Das macht sie so gefährlich.

Aus dem Augenwinkel sehe ich, dass Müller ihr Handy am Ohr hat, sicher ruft sie vorsichtshalber die Polizei. Ich hoffe nur, dass sie schnell da sind. Wenn ich in die Gesichter der Fußballfans sehe, kann ich mir kaum mehr vorstellen, dass das hier gut ausgeht. Ich wünsche mir Marc an unsere Seite und hoffe zugleich, dass er klug genug ist, sich im Hintergrund zu halten. Marc ist nicht der Größte und ein wenig mollig, was ihn automatisch zu einem leichten Opfer für aggressive Typen macht.

»Bei euch, im Türkenland, kann man so mit Frauen umgehen«, pöbelt der HASS-Tätowierte weiter. »Bei uns nicht, hast du das kapiert? Hast du kapiert, Türke!« Er ist der Hagerste von ihnen, ein drahtiger, langer Kerl, aber er scheint sich für den Anführer zu halten und reckt das Kinn hoch.

»Karim, nicht«, kommt es mir fast lautlos über die Lippen. Es ist nicht nötig, ihn zu beruhigen, er macht einen vollkommen entspannten Eindruck, aber er geht zwei Schritte vor. Seine Bewegungen bleiben so geschmeidig, als hole er sich bloß einen Drink, als wäre es sein Alltag, allein drei Hooligans gegenüberzutreten. Er steht aufrecht mit geradem Rücken, erhobenem Kopf, die Schultern locker. Ohne es zu wollen, stelle ich ihn mir in weiten Jeans und einem Hoodie vor statt in seinem unauffälligen Hemd. Es ist ein Bild, als hätte er eine gewaltige Gang im Rücken, und mir kommt die plötzliche Erkenntnis, dass es irgendwann einmal so gewesen war, ohne dass ich benennen könnte, woher.

Die Hooligans treten von einem Bein aufs andere, eine der Frauen, eher ein Mädchen, spuckt auf den Boden, eine andere stemmt die Hände in die Hüften. Die Männer bauen sich drohend auf. Sie wollen wohl Überlegenheit ausdrücken – Kampfbereitschaft. Ich fürchte mich vor ihnen und durchschaue sie gleichermaßen: Sie winden sich.

Karim steht unmittelbar vor dem Tätowierten. »Ich bin kein Türke«, sagt er, und zum ersten Mal höre ich einen deutlichen orientalischen Akzent in seiner Stimme. Ich trete neben ihn, berühre seine Hand, aber er nimmt mich gar nicht wahr. »Ich bin Perser.«

Es klingt hart und wie eine Drohung aus einer Sprache, die ich nicht verstehe, und ich sehe den Tätowierten schlucken. Er zögert einen Moment zu lange, Karim macht einen Schritt vor, und sein Gegenüber dreht sich ein wenig zur Seite weg, um den Abstand zu halten, als lägen um beide Magnetfelder, die sich gegenseitig abstoßen. Er hebt seine hässlich tätowierten Hände, die nun leicht geöffnet sind.

»Hey, alles gut. Nich' aufregen, woll?«

Einer seiner Kumpels, ein unscheinbarer, gedrungener Kerl scheint das anders zu sehen und plustert sich auf, und im gleichen Moment spannt Karim die Schultern an. Alles geht sehr schnell. Als ich die Bewegung sehe, ist es schon zu spät. Ich höre ein feuchtes Knallen und weiß, ohne hinzusehen, dass der Kerl Karim mit der Faust ins Gesicht geschlagen hat. Karims Brille fliegt zu Boden und schlittert über den Asphalt. Eine Sekunde scheint nichts zu geschehen, doch dann … Ich begreife nicht, wie Karim den Typen gepackt hat, aber mit einem Mal schleudert er seinen Gegner in einem kleinen Kreis um dessen eigene Achse und dreht ihm scheinbar mühelos den Arm auf den Rücken. Karim hat sich nicht vom Fleck bewegt, doch der Schläger steht nun mit dem Rücken zu ihm. Karim umfasst seine Faust – die Faust, die ihn getroffen hat. Ich sehe einen Ring mit einem blauen Stein an einem Mittelfinger blitzen. Der Mann geht langsam in die Hocke, denn Karim hebelt ihn buchstäblich um, ganz langsam. Als seine Knie den Asphalt berühren, lässt Karim los und versetzt ihm einen Tritt in den unteren Rücken. Der Mann kippt auf die Straße, rappelt sich auf und flieht eilig weiter aus Karims Einflussbereich. In einer Seitenstraße heulen die Sirenen eines Polizeiwagens auf, und nur einen Augenblick später flutet blaues Licht die Promenade. Doch da ist bereits alles entschieden und vorbei.

Die Hooligans entschließen sich zum Rückzug. Karim regt sich kein Stück, er scheint nicht einmal zu atmen. Er sieht ihnen nach, wie sie sich davonmachen, und das Einzige, was sich an ihm bewegt, ist ein Tropfen Blut, der seine Wange herabrinnt. Der Schlag hat ihn am Wangenknochen getroffen, die Stelle schwillt bereits an. Der Ring muss seine Haut geritzt haben.

Ich will etwas sagen, aber mein Mund öffnet sich stumm, mir kommt nichts über die Lippen. Es ist kein Platz für Worte, kein Platz für Hooligans und genau genommen nicht einmal Platz für mich. Karims Präsenz verdrängt alles.

Ich muss mich zwingen, die Hand zu heben und sie an seine Brust zu legen, ein wenig Druck auszuüben, als wolle ich ihn zurückschieben, um selbst Raum zum Luftholen zu bekommen.

Karim atmet aus, und ich nehme ein winziges Zittern in seinen Schultern wahr, das sich in seinen Armen wieder verliert.

Um uns scheint eine Blase zu zerspringen, plötzlich erkenne ich, dass ein paar Gaffer stehen geblieben sind. Zwei Polizisten steigen aus dem abgestellten Wagen, und die Schaulustigen gehen weiter.

Sarah sitzt auf einem flachen Mäuerchen und weint. Müller taucht neben uns auf und hält Karim ein Papiertaschentuch und seine Brille hin, sie ist völlig verbogen, und ein Riss teilt eines der Gläser. Er scheint sie gar nicht zu sehen. Er schaut auf meine zitternden Hände. Seine hängen einfach an seinem Körper herab. Nichts an ihm scheint mehr aus einem Guss.

»Meine Mutter kam aus dem Iran und ist in den Iran zurückgegangen«, sagt er leise, sodass nur ich es hören kann. Als wäre es wichtig, das vor mir richtigzustellen. Seine Worte tragen immer noch den fremden Akzent wie eine Kostümierung, aus der er sich nicht so schnell befreien kann. Er scheint mir, als hätte ihn etwas zerrissen, als würden seine Teile nicht mehr zusammenpassen. »Mein Vater ist Amerikaner.«

Ich bebe, streiche ihm über die unversehrte Wange und will ihn küssen, doch mein Verstand hat wieder eingesetzt und sagt mir, dass das nicht die Situation für den ersten Kuss ist.

Und dann nehmen die Polizisten ihn fest.

Es gibt ein unsägliches Hin und Her, weil Karim seinen Ausweis nicht dabeihat und die beiden Polizisten der festen Überzeugung sind, dass er den Streit angefangen haben muss und deshalb mit aufs Revier soll. Sie scheinen die Erklärungen, die Müller, Marc und ich abgeben, nicht ernst zu nehmen, allerdings muss ich zugeben, dass ich vor Stress ein wenig hysterisch werde, was mich nicht glaubhafter macht. Sarahs Hilfe erschöpft sich in einem Heulkrampf, und ich fühle mich zu allem Überfluss auch noch schuldig daran. Karim versucht gar nicht erst, sich zu verteidigen. Kaum, dass die Handschellen zuschnappen, verschließt er den Mund und sieht ins Leere, als ginge ihn das alles nichts an.

Erst nachdem sich unbeteiligte Zeugen einmischen und unsere Aussagen bestätigen, entfernen die Polizisten die Handschellen wieder und lassen Karim los, aber nicht ohne die Ermahnung, er solle sich in Zukunft zusammenreißen und nicht mehr auffällig werden. Ich unterdrücke mühsam einen Tobsuchtsanfall. Was bilden die sich ein! Wir müssen uns behandeln lassen wie Verbrecher, und die Gruppe, die uns angepöbelt hat, ist inzwischen über alle Berge!

Karim jedoch nimmt die Schmach mit stoischer Gelassenheit und beruhigt selbst meine aufgewühlten Nerven mit ein paar tiefen, ruhigen Worten, aus denen der Akzent wieder vollends gewichen ist.

6

»Wer sich vom Mahl des Schicksals nährt,
fürchtet nicht den Schlaf zu kosten.«
Khalil Gibran, Sämtliche Werke

Ich musste mir auf die Lippe beißen, um den Taxifahrer nicht zur Eile anzutreiben. Plötzlich erschien mir alles so quälend langsam. Was hatte ich daheim getan, was in der Schule – was tat ich hier? Ich sollte bei ihm sein. An seinem Bett sitzen, seinen Schlaf bewachen und nicht von seiner Seite weichen, bis er die Augen aufschlägt.

Im Krankenhaus verlief ich mich fast, fand die Schleuse zur Intensivstation erst, nachdem ich jemanden gefragt hatte. Schwester Astrid war nicht da. Die Schwester, die mich an der Milchglastür abholte, musterte mich aus misstrauischen, kleinen Augen und hielt es nicht für nötig, sich mir vorzustellen. Sie fragte nach meinem Verwandtschaftsgrad zu Karim, und das Erste, was sie mir in einem vollständigen Satz mitteilte, war eine pseudo-bedauernde Erklärung, dass nur Verwandte zum Patienten dürfen. Zum Glück wusste ich, dass Dr. Laumann in Karims Unterlagen vermerkt hatte, dass ich jederzeit zu ihm durfte. Das musste die Schwester wohl oder übel akzeptieren, aber es schien ihr nicht zu gefallen. Vielleicht bildete ich mir das aber auch nur ein, weil sie mir so unsympathisch war. Sie roch nach kaltem Zigarettenrauch und Schweiß, und ich beschloss, sie zu hassen, einzig und allein, um mich diesmal nicht wieder in der Gefühlsleere zu verlieren, die mich am Tag zuvor von den Füßen geholt hatte. Vor ihr wollte ich mir keinesfalls anmerken lassen, wie sehr mich Karims tiefer Schlaf und sein fremder Atemrhythmus belasteten. Ich setzte mich mit geradem Rücken neben ihn und begrüßte ihn mit leisen Worten, als hätte ich das schon tausend Mal getan. Erst als sie das Zimmer verließ und ich allein mit Karim in seiner von einem Vorhang abgetrennten Zimmerhälfte war, sackte ich zusammen, wie leere Kleidung, aus der der Körper gewichen ist.

Er lag da, die geschlossenen Augen lila und blau verfärbt, der Kiefer aufgeschürft, die freie Hand kraftlos auf der Decke. In künstlichen Bewegungen wurde sein Brustkorb aufgepumpt.

»Karim«, flüsterte ich. »Karim?«

Die Sonne wanderte und sandte einen Lichtstrahl durch die Lamellen der Jalousien. Ein Windhauch streifte durchs offene Fenster und trug den Duft der Linden, die draußen im Park standen, zu uns herein. Ein Hubschrauber knatterte über das Krankenhaus hinweg. Krankenwagensirenen jaulten.

Karim aber reagierte nicht.

Ich streckte die Hand aus, zögerte und wagte dann einen riesigen Schritt, indem ich seinen Handrücken berührte. Aus irgendeinem Grund hatte ich angenommen, er müsse sich kalt anfühlen, doch er war ganz warm. Es durchzuckte mich wie ein Blitz, eine gleißende Gewissheit, die das Dunkel durchbrach: Er war nicht tot.

Ich nahm seine Hand zwischen meine, hielt sie, drückte sie ein wenig und wartete so sehnlich auf eine Reaktion, dass ich in jedem sachten Pulsschlag eine Bewegung vermutete, in der Schwere seiner Hand ein Drücken und in jedem ihm aufgezwungenen Atemzug einen Versuch, zu sprechen.

Die Schwester kam zu mir, blieb einen Moment neben mir stehen und beobachtete die Monitore der piependen Apparaturen, die Karims Herzaktivitäten, die Sauerstoffsättigung seines Bluts und was wusste ich noch alles aufzeichneten und dokumentierten. Die Geräusche hatten sich nicht verändert, seit ich hier war, aber nun ergab ich mich der Hoffnung, dass die Geräte mehr wussten. Er musste doch irgendwie auf meine Anwesenheit reagieren?

Ich bemerkte erst, dass ich die Schwester fragend ansah, als diese den Kopf schüttelte. Sie stank noch immer, aber sie wirkte nicht mehr ganz so patzig. »Manchmal registrieren die Patienten die Anwesenheit ihrer Familie. Meist können wir das dann am Puls erkennen.«

»Aber bei ihm nicht?«

»Tut mir leid.« Sie rieb sich die Nasenwurzel.

Ich betrachtete Karims Hand in meiner. Bildete ich es mir ein, oder wurde die Haut an seinen Unterarmen bereits blasser? Er war ein Mensch, der die Sonne brauchte – die Vorstellung, dass er den ganzen Sommer über in diesem Zimmer liegen würde, wollte mir nicht in den Kopf.

»Können Sie«, fragte ich vorsichtig, »sein Bett vielleicht an die Fensterseite stellen?«

Sie lächelte. Auf ihrem Namensschild stand Deborah P. Sie hatte nikotingelbe Zähne und sah abgekämpft aus. Vielleicht war ihre Unfreundlichkeit bloß Stress und Müdigkeit und Frust, weil ihre Patienten allen Bemühungen zum Trotz einfach nicht gesund wurden. »Glauben Sie, das würde ihm gefallen?«

Ich nickte, und sie zog einen Block aus ihrer Kitteltasche und notierte etwas.

»In wenigen Tagen. Vielleicht auch noch heute.« Sie warf einen seltsamen Blick auf den Vorhang, hinter dem die Apparaturen des zweiten Patienten fiepten, und ich verstand: Dieser Mensch würde sterben, und die Schwester wusste es.

»Sie haben doch Erfahrung, oder?« Ich sah sie nicht an, starrte immer noch auf Karims Hand. »Wie stehen seine Chancen? Geben Sie mir eine Zahl.«

Sie ließ den Atem vernehmlich ausströmen und blieb lange still, ich konnte ihr Schweigen nicht einmal in Sekunden zählen. Dann sagte sie: »Wetten würde ich keine mehr auf ihn abschließen. Ich hole Ihnen mal einen Kaffee.«

Ich blieb zurück, eingefasst in Verwirrung wie ein Insekt in einem Bernsteintropfen. Alles fühlte sich so anders an als erwartet.

Karims Haut war warm, aber sein Herz reagierte nicht auf

meine Nähe. Schwester Deborah war das Gegenteil von feinfühlig, aber ihre Ehrlichkeit war mir ein skurriler Trost. Niemand nannte mir mehr eine Zahl, und das, was dem noch am nächsten kam – die Pieptöne der Apparate –, war endlos, und ich konnte sie nicht zählen, was mich immerhin beruhigt hätte. Im Krankenzimmer roch es nicht nach Desinfektionsmittel und Bohnerwachs, wie in jedem Buch über Krankenzimmer berichtet wird, sondern nach dem Schweiß einer Krankenschwester, die auf Karim nicht mehr wetten würde. Statt zu verzweifeln, musste ich lächeln, murmelte eine Verwünschung und beleidigte meinen Liebsten aufs Übelste, weil er so blöd gewesen war, sich überfahren zu lassen. Ich küsste seine Stirn, den kleinen Streifen Haut, der weder vom Kopfverband verdeckt noch von Wunden versehrt war. Eine Sekunde lang war er mir so vertraut wie an jedem frühen Morgen, wenn wir zusammen geschlafen hatten und ich früher aufstand, während er sich noch mal umdrehte, um ein weiteres Mal einzudösen und zehn Minuten länger im Bett zu bleiben. Mein dummer Karim. Ich bettete meinen Kopf auf seiner Brust, wo er kitzelig gewesen war und wo ich endlich wieder weinen konnte, bis die weiße Decke wegen der Tränen und Mascara aussah wie gefrorener Schneematsch auf den Hauptstraßen. Nass, grau und unbehaglich. Willkommen in der Realität im Brunnenland.

Am nächsten Tag kam ich früher. Ich musste mir nichts mehr beweisen, allen anderen schon gar nicht, und vielleicht war das der Grund, dass ich die Schleuse zur Intensivstation sofort fand. Schwester Astrid ließ mich ein, und allein durch ihre Anwesenheit veränderte sich etwas. Die Station wurde zu ihrem Frau-Holle-Haus, das in einer anderen Zeitebene zu existieren schien als die Welt draußen.

Als ich Karims Zimmer betrat, traf mich fast der Schlag. Sein Bett war fort.

»Nicht erschrecken«, meinte Schwester Astrid und fasste

mich von hinten an den Ellbogen, als drohte ich, zu fallen. »Die Kollegen haben ihn heute früh ans Fenster geschoben. Ich weiß auch nicht, warum.«

Wogen von Erleichterung und Enttäuschung flossen Hand in Hand durch mich hinweg. Mein erster Gedanke war, dass er nicht mehr hier war. Tot. Oder verlegt, weil er aufgewacht war. Aber sie hatten nur sein Bett ans Fenster geschoben, was nicht viel nützte: Der Himmel war grau wie nasse Pappe und hing tief und warm über der Stadt. Wenn man aus dem Fenster sah, konnte man den Boden nicht erkennen, so viel Morgennebel hatte sich ausgebreitet. Wir befanden uns in einem grauen, realistischen und albtraumhaften Wolkenkuckucksheim, und meine einzige Chance, nicht den Verstand zu verlieren, war, es mir hier schön behaglich zu machen.

Ich versuchte zu verdrängen, dass irgendwann in dieser Nacht der Mann gestorben war, mit dem Karim das Zimmer geteilt hatte. Ob Karim auf die Anwesenheit des Todes reagiert hatte? Oder ignorierte er ihn ebenso wie mich?

»Ignorierst du irgendetwas nicht?«, fragte ich ihn.

Ich fragte aus Interesse, auch wenn er mir nicht antworten würde, aber Schwester Astrid fasste meine Worte wohl schärfer auf, als sie gemeint waren.

»Na, na«, tadelte sie mich. »Wir wollen hier keinen Druck auf den Patienten ausüben, nicht wahr?«

Ich biss mir auf die Lippe und sagte nichts mehr, bis sie mich allein ließ. Ich hatte die Broschüren gewälzt und die halbe Nacht damit verbracht, das Internet zu durchforsten, auf der Suche nach Hinweisen, was ich tun konnte. In meinem Rucksack befand sich ein Sammelsurium an Dingen, mit denen ich versuchen wollte, Karim eine Reaktion zu entlocken.

»Vermutlich werde ich dir tierisch auf die Nerven gehen«, murmelte ich, während ich meinen MP3-Player hervorkramte. »Falls du deine Ruhe haben willst, ist das ganz einfach. Wach auf und sag mir, dass ich dir lästig bin.«

Meine eigenen Worte brachten mich wehmütig zum Lächeln. »Du bist mir lästig« war unser kleiner Insiderwitz. Damals war mir das »Ich liebe dich« schwergefallen, es war einfach kein Satz, der mir vertraut war. Es erinnerte mich zu sehr an das genervte Augenrollen meiner Mutter und das abfällige »So ein Kitsch!« meines Vaters, sobald sie diese Worte vernahmen – meist im Fernsehen. Es hatte eine kleine Ewigkeit gedauert, bis ich die drei Worte sagen konnte, ohne beschämt zu erröten, und Karim hatte mir über diese Zeit mit dem Vorschlag hinweggeholfen, doch einfach etwas anderes zu sagen. »Du bist mir lästig« war seine Idee gewesen. Auch wenn dies bei vielen Menschen zu größter Irritation geführt hatte – er hatte mich immer richtig verstanden.

»Hast du gehört?«, sagte ich etwas lauter, als es sich auf einer Intensivstation richtig anfühlte. Immerhin war das Fiepen und Piepen und Pumpen ein ungeheurer Krach. »Du bist mir extrem lästig. Ich kann gar nicht ausdrücken, wie lästig du mir bist!«

Nichts geschah. Nur Schwester Astrid steckte den Kopf ins Zimmer – konnten die die Türen hier eigentlich nicht schließen? – und fragte, ob alles in Ordnung sei.

»Alles bestens.«

Sie zog sich zurück, aber ich sah noch, dass sie den Kopf schüttelte.

Ich schaltete die Musik ein und switchte zwischen den Liedern herum. Das meiste, was er mochte, war mir im Moment zu schwermütig.

»Du bekommst von mir keinen Soundtrack zum Sterben«, flüsterte ich. Es fühlte sich eigenartig an, so zu reden. Makaber und pietätlos. Aber auch befreiend. Und Karim liebte meinen schwarzen Humor. Im Internet hatte ich die Erfahrungsberichte eines ehemaligen Wachkoma-Patienten gelesen, der erzählte, dass das Schlimmste gewesen war, das Leid seiner Liebsten permanent um sich herum zu fühlen und nicht darauf reagieren zu können. Karim war nicht wirklich wach, aber auch bei ihm war nicht auszuschließen, dass sein Geist etwas aufnahm, während sein Körper schlief. Ich schob die Beklemmung, die diese Überlegung in mir verursachte, schnell beiseite.

»Und wage es bloß nicht, an Langeweile zu sterben, hörst du. Dafür kommt man bestimmt in die Hölle.«

Ich drückte ein paar weitere Songs weg, bis ich bei Muse angelangt war: *Undisclosed Desires*. Wir hatten zu dem Song getanzt, im letzten Sommer. Nachts, im Meer, ziemlich nackt bis auf meine Sandalen, weil ich immer panische Angst davor habe, auf einen Krebs zu treten. Wir hatten getanzt, bis Karim der MP3-Player aus der Hand gefallen und von einer Welle fortgespült worden war, weil wir in dem Moment Wichtigeres zu tun hatten, als das kleine Gerät zu retten.

Ich startete den Song, hielt mir die Kopfhörer ans Ohr und lauschte den ersten Klängen, um die Lautstärke zu kontrollieren. Dann hielt ich sie an seine Ohrmuscheln, in denen etwas Blut angetrocknet war, wie ich jetzt erst sah. Ich konzentrierte mich auf das monotone Piepen, versuchte, einen Unterschied in den Frequenzen wahrzunehmen. Nichts.

»Erinnerst du dich wenigstens?« Mit den Fingerspitzen glitt ich über seinen Hals, grub meine Hand in den Halsausschnitt seines Krankenhausnachthemds, strich ihm mit der flachen Hand über die Brust. Sie wurde hochgepumpt und sank schlapp wieder herab. Wurde hochgepumpt und sank herab. Wurde hochgepumpt und …

Vier Jahre zuvor

Der Abend in der Altstadt ist exakt eine Woche her. Wir haben uns zwischenzeitlich auf einen Kaffee getroffen, ganz in der Nähe von Karims Arbeit, von der ich immer noch nichts Genaueres weiß, als dass er sie irgendwo in Neuss verrichtet. Als was? Ich habe keine Ahnung. Auch wo er wohnt, weiß ich nicht.

Ich kenne weder sein Alter noch seinen Nachnamen – ich habe nicht danach gefragt. Wohl aber weiß ich, dass er *Drei ???*-Hörspielen lauscht, wenn er nachts nicht schlafen kann, dass er eine Vorliebe für bunt illustrierte Kinderbücher, persischen Rock, deutschen Punkrock und alle Musik von Queen hat und dass er nur selten Fleisch isst, genauer gesagt nur, wenn er sicher ist, dass es aus artgerechter Tierhaltung kommt. Und damit, habe ich beschlossen, weiß ich mehr als genug von ihm, um einen entscheidenden Schritt weiter zu gehen und die Phase zu beenden, in der wir uns unverbindlich treffen.

Wie sagte Müller? Er schmachtet mich an – sie besteht darauf, dass er es tut!

Und ich? Ich bin diesem Mann, von dem ich nicht weiß, ob er Perser ist oder nicht – von dem ich nicht weiß, ob seine dunklen Augen braun sind oder grün –, verfallen. Er beherrscht meine Gedanken, er mogelt sich sogar schon in vagen Konturen in meinen Träumen herum. Er macht mich ganz struppig im Kopf.

Es ist an der Zeit, ihn das wissen zu lassen – wenn auch sicher nicht in vollem Umfang, denn männliches Ego braucht in aller Regel nicht so stark befeuert zu werden. Es ist an der Zeit, eine entscheidende Frage zu stellen und selbst eine Antwort zu geben, und ich habe nicht vor, das dem Zufall zu überlassen.

Die Einladung gilt für ein Abendessen und anschließendes DVD-Schauen in meiner Wohnung. Ich habe den Boden gewischt, den Fernseher von seiner gemütlichen Staubschicht befreit und in enervierender Fummelei Wan-Tans für eine selbstgemachte Suppe vorbereitet. Die Sushi-Auswahl ist exquisit und aus der besten Sushi-Bar der Stadt, und den Kuchen, den ich zum Dessert anbieten möchte, habe ich nach einem Rezept meiner Mutter gebacken. Mit diesem Kuchen hat sie vor einem knappen halben Jahr *Das Perfekte Dinner* für sich entschieden und gleichzeitig der Welt – und in erster Linie meinem Vater – ihren erlesenen neuen Einrichtungsgeschmack präsentiert.

Meine Wohnung ist nun nicht gerade eine Behausung, die

Schöner Wohnen abdrucken würde – zu klein, der wenigen Fenster wegen zu dunkel und zu vollgestopft –, und ich habe mehr als genug Details über iranisches Essen gegoogelt, um zu wissen, dass ich da bei Weitem nicht mithalten kann, aber ich will dem Mann schließlich nicht vorlügen, ein gutes Hausweibchen zu sein. Ich habe andere Vorzüge und außerdem das Gefühl, dass er von den meisten bereits eine Vorstellung hat. Aus einer Laune heraus reiße ich das von meiner Mutter gebügelte Tischtuch vom Esstisch und breite es stattdessen über einem Umzugskarton aus, den ich mitten in meine kleine Wohnstube stelle, gleich unter das Dachfenster, auf das seit drei Tagen und zwei Nächten unaufhörlich Regen trommelt. Um das improvisierte Tischchen verteile ich alle Decken und Kissen, in einem möglichst wahllos wirkenden, aber perfekt abgestimmten Arrangement, sodass man es überall, wo man sich hinsetzt, gleich bequem hat. Anschließend schleppe ich eine mit eiskaltem Wasser gefüllte Waschschüssel ins Wohnzimmer und stelle sie in Griffweite auf: Darin möchte ich gleich das japanische Bier kaltstellen, das ich passend zum Sushi besorgt habe, und je nachdem, was der Abend so bringt, später noch eine Flasche Wein. Wer nur über einen winzigen Kühlschrank verfügt, muss improvisieren. Ob Kerzen übertrieben sind? Vermutlich schon. Ich stelle trotzdem eine auf, nur eine einzige, oben auf dem Deckel des Klaviers.

Nachdem ich fertig bin, rede ich mir zehn Minuten lang ein, dass Karim vermutlich anrufen und absagen wird. Doch dann klingelt es fünf Minuten vor acht, und erst als ich den Türöffner drücke, fällt mir ein, dass ich mich nicht einmal geschminkt habe.

Müllers Seufzen schlängelt sich durch meine Hirnwindungen. *Arme Wanda. Irgendwann läuft sie noch wie in einem dieser schlimmen Albträume ohne Hose draußen rum, weil sie aus Nervosität vergessen hat, eine anzuziehen.*

Was soll's. Karim ist sicher auch nicht geschminkt! Wobei er permanent aussieht, als würde er Kajalstrich tragen, so dicht und dunkel sind seine Wimpern. Mein Blick verhakt sich an diesem Bild, als er im grell beleuchteten Treppenhaus vor mir steht. Der Moment, den ich ihn anstarre, anstatt ihn hereinzubitten, dehnt sich ins Unmanierliche, bis er verschämt grinsend den Blick gen Fußmatte senkt und mir bewusst wird, dass ich immer noch in der Tür stehe und drauf und dran bin, den Kopf zu verlieren. Dieser Kopf verfärbt sich himbeerfarben, zumindest lässt die Hitze es vermuten.

Karim kommentiert mein Wohnzimmer mit »Gemütlich«, streift sich die Schuhe ab und lässt sich in die Kissen auf dem Fußboden sinken. Ich hole derweil das japanische Bier, hoffe inbrünstig, dass es schmeckt, und schalte den Herd an, um die Suppe aufzuwärmen.

Wir prosten uns zu und trinken direkt aus den Flaschen, denn Gläser habe ich vergessen. Das Schweigen hätte sich angenehm anfühlen können – ich weiß inzwischen, dass man mit Karim in wunderbarem Schweigen schwelgen kann, aber mich belastet die Frage, wie ich ihm klarmachen soll, dass ich mehr will. Nicht mehr als Schweigen – ach, Unsinn –, sondern mehr als diese vage Freundschaft, die uns nicht recht zu passen scheint. Es ist ein viel zu weites Gewand für uns beide, das überall rutscht und Zugluft hereinlässt.

»Ich … gehe mal nach der Suppe sehen.« Um ehrlich zu sein, flüchte ich in die Küche und komme mir erbärmlich dabei vor. Verdammt, Wanda, was ist los mit dir! Zeig mal etwas Selbstvertrauen!

Am Spiegel huscht jedoch eher ein nervöses Huhn vorbei statt einer stolzen Frau. Wie ärgerlich! Während der letzten beiden Jahre habe ich zehn Kilo abgenommen, all der Babyspeck, den meine Mutter mir über die Jahre angefüttert hatte, bis meine Klassenkameraden meinen Hintern mit dem von Brauereipferden verglichen, ist weg, und ich habe vielleicht keine Modelmaße, aber definitiv eine akzeptable Figur. Mein Gesicht ist ganz hübsch, ich bekomme laufend gesagt, dass ich schöne Augen habe, und für meine braun marmorierten Haare werde ich meinem Vater und seinem Erbgut wohl zu ewigem Dank verpflichtet sein. Ich bin eine begehrenswerte Frau, sage ich mir in Gedanken vor, und es gibt keinen Grund, zu befürchten, dass dieser Mann kein Interesse an mir haben könnte, schließlich verbringt er seinen Samstagabend freiwillig auf meinem Fußboden. Und trotzdem habe ich vor einer Abfuhr zu viel Angst, um ihm einfach mein Herz vor die Füße zu werfen. Ich mag ihn noch nicht lange kennen, aber schon jetzt ist er mir wichtig, so wichtig, dass ich in der Uni unkonzentriert bin und am Ende eines Tages kaum noch weiß, was ich in den letzten Stunden gelernt habe – hätte lernen sollen.

Die Sache mit dem Verlieben ist ein schreckliches Dilemma.

Die Suppe ist erst lauwarm, ich schlendere zurück ins Wohnzimmer, murmle etwas von fünf Minuten und scharre verlegen mit den Füßen.

»Du könntest was spielen«, meint Karim und nickt in Richtung des Klaviers.

Das könnte ich. Ich blättere ein Notenheft durch und halte bei der *Mondscheinsonate*, erster Satz, inne. Ja, Mondschein wäre heute Abend schön, draußen hängen dichte Wolken, und vom Mond hat man schon lange nichts mehr gesehen.

Karim legt sich auf den Rücken, als ich zu spielen beginne. »Was ist das?«, fragt er. Er hat die Augen geschlossen. »Ich kenne es, aber ich weiß nicht, wie es heißt.«

Ich muss mich konzentrieren, um ihm zu antworten, ohne mich zu verspielen oder das Tempo zu verändern. »Beethoven. Klaviersonate Nr. 14, die *Mondscheinsonate*. Er nannte diese Sonate selbst *Sonata quasi una Fantasia*, die einer Fantasie gleichende Sonate.«

»Hat sie eine Geschichte?«

»Viele. Die meisten sind recht kitschig.«

»Klar. Über die Jahre bleiben immer nur die romantischen Geschichten im Gedächtnis der Menschen.«

»Da ist was dran.« Ich denke darüber nach und vergesse, bei der nächsten Bassnote mit dem Pedal zu dämpfen. »Aber die wahre Geschichte kennt nur der Komponist selbst. Ich glaube nicht, dass er jemandem erzählt hat, was wirklich dahintersteckt.«

»Warum nicht?«

»Er hätte das Stück sonst nicht *Fantasia* genannt. Er will damit nicht seine Geschichte erzählen, sondern Raum für eigene Geschichten schaffen.«

Er bewegt sich nicht, lächelt nur. Ich spiele das Stück zu Ende, danach muss ich in die Küche, auch wenn es sich unpassend anfühlt. Doch die Suppe siedet inzwischen, und ich will nicht, dass sie überkocht und der Dampf den Rauchmelder zum Singen bringt, wie es mir neulich passiert ist.

»Kann ich helfen?«

Ich erschrecke. Karim ist lautlos im Türrahmen aufgetaucht. Mir fällt ein Wan Tan aus der Hand und plumpst in die heiße Suppe. Spritzer treffen meine Haut. Ich unterdrücke einen Fluch.

»Alles okay? Hab ich was falsch gemacht?«

Verdammt. Jetzt hält er meine Nervosität vermutlich für zickiges Verhalten und glaubt, ich sei von ihm genervt. Fantastisch, Wanda.

Ich schüttele den Kopf. Schweige und überlege dann und gestehe ihm schließlich: »Ich bin etwas durch den Wind. Struppig im Kopf.« Mein Lächeln gerät gequält.

Er lehnt sich mit der Schulter gegen meinen Schrank. Meine Küche ist schlauchförmig und so eng, dass er mir damit den Weg nach draußen versperrt. Er hat den Kopf gesenkt und schlägt die Lider hoch, um mich anzusehen. *Verwundbar* ist das Adjektiv, das mir in den Sinn kommt. Er sagt: »Kenn ich.«

»Du auch?« Ich stelle bis auf Weiteres das Atmen ein.

»Hm-m. Ich muss die ganze Zeit an früher denken, an die Zeit in der Grundschule. Da war alles ziemlich einfach. Man hat sich nicht die Zunge verknotet, sondern ein simples Zettelchen geschrieben, mit Kästchen zum Ankreuzen. Ja oder Nein.«

»Oder vielleicht.«

»Ja, aber das war die blödeste Abfuhr überhaupt. Das bedeutete immer: Nein, eigentlich will ich einen anderen, aber ich halt mir dich mal warm, falls der andere mich nicht will.«

Ich muss lachen, was mich zwingt, endlich wieder Luft zu holen. »Man hätte es bei Zetteln belassen sollen.«

»Es war wohl zu einfach. Alles, was einfach ist, wird automatisch zum No-Go, wenn du zwölf wirst.« Er lächelt nicht, aber seine Augen bekommen etwas Schalkhaftes. »Würdest du mir denn einen schreiben?«

Die Wan Tans trudeln in ihrer Brühe herum wie Winddrachen am Herbsthimmel. Eine der Teigtaschen reißt auf. Nur ich komme nicht aus meiner Haut und weiche einer klaren Antwort aus. »Würdest du Ja ankreuzen?«

»Ja.« Er sagt das so vollkommen selbstverständlich, dass mir warm im Bauch und kalt an den Händen wird. »Aber lieber noch würde ich den Zettel schreiben. Ein Mann sollte, wenn er schon nicht den Mumm hat, auszusprechen, was er wirklich will, zumindest den ersten Zettel schreiben und der Lady die Wahl lassen, denkst du nicht?«

Ich denke gar nichts mehr, um ehrlich zu sein. Ich mühe mich damit ab, nicht zu schwanken, als er auf mich zukommt, eine Hand an meinen Nacken und mein Haar legt, und sich zu mir herabbeugt. Als sich unsere Lippen fast berühren, hält er inne und wartet, ganz Gentleman, dass ich ihn zuerst küsse.

7

»Ewiger Sonnenschein schafft eine Wüste.«
Arabisches Sprichwort

»Was machen Sie da?«

Frau Holle hatte die Hände in die Hüften gestemmt und sah mich an, als hätte ich ihr Brunnenland auf irgendeine unverzeihliche Weise entweiht.

»Ich lese«, gab ich zurück, verunsichert, denn es irritiert, wenn herzensgute Menschen glauben, Strenge auffahren zu müssen.

Sie trat zu mir an Karims Bett und nahm mir das Taschenbuch aus der Hand. Ohne ein Lesezeichen klappte sie es zu. »Stephen King?« Ihrer Betonung nach schreibt der Mann etwas richtig Unanständiges.

»Warum nicht?«

»Haben Sie eigentlich zugehört, was man Ihnen gesagt hat? Haben Sie …« Sie nahm sich mühevoll zusammen, schien sich nur schwer dazu ermahnen zu können, dass sie eine erwachsene Frau vor sich hatte und kein Kind, das gemaßregelt werden musste. »Können wir uns einen Moment draußen unterhalten, Frau Kirsch?«

Ich zuckte mit den Schultern. Langsam fühlte ich mich tatsächlich wie ein Kind. Diese Station war Schwester Astrids Hoheitsgebiet, hier war ihr jeder unterlegen. Ich hatte längst gemerkt, dass sie sogar die Ärzte herumkommandierte. Bis eben war mir das sympathisch erschienen.

Ich folgte ihr auf den Flur, wo man normalerweise um keinen Preis der Welt herumstehen oder warten durfte. Die Flure auf der Intensivstation mussten frei bleiben – das war Schwester

Astrids höchstes Gesetz. Das sie heute brach, denn sie blieb stehen.

»Frau Kirsch.« Sie atmete durch. »Wir haben Sie mehrfach an unserem Wissen über das Bewusstsein der Patienten teilhaben lassen. Dass Sie sich überhaupt nicht an unsere Empfehlungen halten, enttäuscht mich.«

Ich wusste zunächst überhaupt nicht, wovon sie sprach. Offenbar sah sie mir meine Hilflosigkeit an, denn dann erklärte sie in aller Ausführlichkeit: »Es ist nicht auszuschließen bis wahrscheinlich, dass Herr Hozouri auch in seinem Zustand etwas von dem wahrnimmt, was um ihn herum passiert.«

Ja, aus dem Grund war ich hier. Ich hätte mich nicht darum gerissen, jede freie Minute an seinem Bett zu sitzen und ihm beim Sterben zuzusehen, aber die vage Möglichkeit, dass er sich ohne mich einsam fühlen könnte, ließ mich das vergessen.

»Allerdings ist sein Geist nicht mehr in der Lage, die auf ihn einströmenden Informationen zu filtern. Es ist also möglich«, sie atmete erneut durch, »dass er den Inhalt Ihres Buchs versteht, aber nicht begreift, dass es sich um einen Roman handelt. Er könnte die Texte auf sich beziehen und sich bedroht fühlen.«

Sie wiegte das Buch in ihrer Hand. Gleichzeitig legte sich ein Gewicht auf meine Schultern. Das Letzte, was ich wollte, war, Karim zu ängstigen. Ich wollte ihm Sicherheit geben.

»Wir haben uns solche Bücher früher immer gegenseitig vorgelesen«, murmelte ich. »Es ist eine Art Ritual. Ich dachte, es fühlt sich vielleicht vertraut für ihn an.«

Die Spannung wich aus Schwester Astrids Körper, und sie wurde von einem auf den anderen Moment wieder weich. »Das war früher.«

»Aber ich habe ein gutes Gefühl dabei«, wagte ich mich vor. Es ist das erste Mal, dass ich mich traute, ein Gefühl verlauten zu lassen. Etwas, das man nicht zählen, messen oder dokumentieren konnte. In der Broschüre stand viel über die Bedeutung der Gefühle, und dass man lernen musste, an sie zu glauben. Ich habe diese Passagen Hunderte Male gelesen, bis ich sie auswendig konnte. Sie waren mein einziger Trost, wenn ich wieder einmal nicht wusste, ob es in Ordnung war, Karim zu berühren, solange er doch nicht die kleinste Möglichkeit hatte, sich mir zu entziehen oder zu sagen, was ihm in seiner Situation nicht recht war.

»Das können Sie nicht beurteilen«, sagte Schwester Astrid. Und mein Kartenhaus aus Vertrauen in mich selbst stürzte ohne einen Laut in sich zusammen.

»Nehmen Sie es nicht zu schwer. Sie haben es ja nur gut gemeint.« Schwester Astrid wollte mich trösten und bewirkte das Gegenteil. Ich fühlte mich erbärmlich. Ich hatte nicht mehr gewollt, als Karim etwas Gutes zu tun, und womöglich hatte ich ihn damit verstört. Gut gemeint war eben ungleich gut gemacht. Ich war eine selten blöde Kuh. Wer wusste, was ich sonst noch in Karims schutzlosen Geist angestellt hatte. Ich hatte ihm *Wake-up Call* von Maroon 5 vorgespielt, nur weil ich krampfhaft einen Humor vortäuschen wollte, den ich nicht empfand. Karim konnte Maroon 5 nicht ausstehen, Adam Levines Stimme machte ihn aggressiv, trieb seinen Puls hoch. Zumindest hatte er das immer behauptet. Ich hatte gedacht, es sei einen Versuch wert.

»Wenn Sie etwas vorlesen wollen, dann kommen Sie doch ins Schwesternzimmer. Wir haben geeignete Bücher da.«

Ich traute mich nicht, zu fragen, was geeignet war. Kätzchenromane? Bergarztgroschenhefte? Die kleine Raupe Nimmersatt?

Verfluchter Zynismus, ich hätte Geld bezahlt, um ihn loszuwerden.

Schwester Astrid ging vor mir wieder zurück ins Zimmer. »Sie sind ihrer hübschen Freundin aber nicht böse, nicht wahr, Herr Hozouri? Sie wollte Ihnen keine Angst machen, sie wird Ihnen gleich erzählen, dass alles in Ordnung ist und Sie in Sicherheit sind. Sie brauchen keine Angst mehr zu haben!«

Was für hohle Phrasen – Karim würde sie hassen, sagte mein Zynismus.

Aber ich war nicht mehr sicher. Der alte Karim – mein Karim – hatte leere Phrasen nicht ausstehen können. Aber was war mit diesem neuen Karim, der da im Bett lag? Was genoss er, was mochte er nicht leiden?

Wer war er denn jetzt? War er noch mein Karim? Wer war er?

Ich verließ das Krankenhaus am frühen Nachmittag, um vor Ladenschluss noch ein paar Dinge einzukaufen. Karims Auto wartete auf dem Parkplatz auf mich. Ich benutzte es seit über einem Jahr häufiger, als Karim es genommen hatte – seit Wochen war er nicht mehr damit gefahren. Trotzdem fühlte es sich nun seltsam an, damit zu fahren, ohne wenigstens die Möglichkeit zu haben, ihn vorher zu fragen. Wäre er an diesem verfluchten Tag doch mit dem Wagen gefahren und hätte das blöde Fahrrad stehen gelassen … Manchmal kratzten die Schuldgefühle mich so stark, dass es sich anfühlte wie eine große offene Wunde tief in mir drin. Hätte ich doch den Zug genommen, um zum Klassentreffen zu fahren.

In meiner Tasche fischte ich nach Münzen, die ich immer lose hineinwarf, um Geld für den Parkautomaten griffbereit zu haben. Als ich nebenbei mein Mobiltelefon einschaltete, sah ich einen verpassten Anruf von einer Nummer, die mir vage bekannt vorkam. Für gewöhnlich rief ich selten zurück, wenn ich nicht sicher war, wer angerufen hatte, aber diesmal tat ich es.

Eine Stimme, die ich nicht einschätzen konnte, begrüßte mich mit einem vielsagenden »Nja?«.

»Ahm. Wanda Kirsch hier. Sie haben bei mir angerufen?«

»Wanda! Hallo.«

»Hi?« Wer zum Teufel war das? Sollte ich den Mann erkennen? Ich blieb am Parkautomaten des Krankenhausparkplatzes stehen und wartete auf einen Hinweis, wen ich am Telefon hatte.

»Der Grund, warum ich anrufe«, fuhr der Mann mit zögerlicher Stimme fort, »sind die Sachen hier. Ich weiß nicht, was ich damit machen soll.«

»Sachen? Hier?« Ich verstand kein Wort. Hatte der Typ sich verwählt?

»Nicht hier bei mir. Im Büro.«

Er sprach das Wort eigenartig aus. *Bürro*. Aber das half mir auch nicht weiter. »Entschuldigen Sie. Ich weiß leider nicht, was Sie meinen und wer Sie –«

»Ach so!« Er lachte. »Hier spricht Christian Peters – Chris.«

Das erklärte alles. Karims Arbeitskollege Chris, der nicht nur grundsätzlich ein wenig durcheinander wirkte, sondern tatsächlich alles und jeden durcheinander*brachte*. Fachidiot, bezeichnete Karim ihn mit einer gewissen Anerkennung. Ein Genie auf seinem Gebiet, aber nicht in der Lage, sich selbst ein Brot zu toasten, ohne dass nicht mindestens ein Rauchmelder anschlug. Ich hatte Chris kennengelernt, aber seine Stimme klang am Telefon völlig anders.

»Karim hat noch persönliche Sachen hier im Büro.« Wieder dieses komische *Bürro*. »Ich dachte, dass du sie vielleicht abholen willst?«

Der Gedanke an persönliche Dinge – vielleicht so persönlich, dass sie mir etwas Neues über Karim erzählten – brachte meine Haut im Nacken zum Kribbeln. Gleichzeitig war mir beklommen zumute. Wenn es etwas Privates war, durfte ich das nicht einfach durchwühlen. Karim war nicht tot! Ich steckte mein Parkticket in den Automaten, meine Hände waren dabei so unruhig, dass ich es knickte.

»In Ordnung«, erwiderte ich. »Ich gehe am Montag wieder zur Arbeit. Kann ich danach vorbeikommen? Am frühen Nachmittag?«

»Na klar. Ich bin bis vier im *Bürro*. Bis dann, Wanda.«

»Bis dann.« Ich schluckte und schob eine Münze in den Schlitz. »Chris, warte mal. Magst du Karim vielleicht mal …«

Besuchen. Das hatte ich fragen wollen. Ob er ihn mal besuchen wollte, damit Karim nicht immer so allein war. Und ich auch nicht. Aber Chris hatte schon aufgelegt.

Am frühen Abend begleitete mich Müller ins Krankenhaus. Es war zugleich tröstend und niederschmetternd, dass ihr genau jenes Unbehagen im Gesicht stand, das ich permanent als kalten Schatten in meinem Inneren fühlte. Sie wusste auch nicht, was sie sagen sollte. Als Schwester Astrid nach einer Dreiviertelstunde, in der wir leeres Gewäsch von uns gaben, um uns und Karim nicht anzuschweigen, darum bat, es nicht zu übertreiben – immerhin war der Tag stressig genug gewesen –, nahm Müller die Gelegenheit beim Schopf und verabschiedete sich. Zwar mit einer festen Umarmung und ganz viel Güte im Herzen, aber dennoch eilig, als könnte sie nicht schnell genug hier verschwinden. Ich konnte es ihr nicht verdenken.

Vier Jahre zuvor

»Und das ist … dir wirklich ernst, ja?«

»So ernst war es mir noch nie«, erwidere ich, aber mein Strahlen erlischt unter dem düsteren Blick meiner Mutter.

Sie lächelt, sagt »Wie schön«, aber in ihren Augen sehe ich Abscheu, grün wie Schimmelsporen, die sich rasch vermehren.

»Aber du willst ihn nicht gleich heiraten!«

Ich hätte Nein gesagt, natürlich nicht, Karim und ich waren gerade erst eine Woche zusammen und hatten noch nicht einmal miteinander geschlafen! Aber wenn meine Mutter der Meinung ist, Tatsachen zu formulieren statt Fragen, brauche ich mir nicht die Mühe zu machen, ihr zu antworten. Ich verschränke bloß die Arme, starre in den Dampf, der aus meinem Kräutertee aufsteigt, und versuche, anhand des Dampfvolumens auszurechnen, um wie viel kondensiertes Wasser es sich handelt.

»Ich will dir da nicht reinreden«, sagt sie. Natürlich nicht! Das würde sie *nie* tun! »Immerhin bist du 21 Jahre alt und solltest deine Freunde selbst auswählen.« Wie liberal! »Aber man liest halt immer so einiges von Irakern.«

Ja, in der BILD-Zeitung ... »Iran, Mama. Das ist ein anderes Land. Oder bist du Polin?«

»Diese ganze Kultur ist schon etwas ... speziell.«

Ich hebe die Brauen, ohne sie anzusehen. »Ach ja? Welche Kultur denn? Karims Mutter ist Iranerin. Sein Vater kam aus Texas, war in Ramstein stationiert und lebt inzwischen wohl in Australien. Karim hat einen deutschen Pass. Er spricht nicht einmal Persisch. Vor welcher Kultur soll ich mich jetzt fürchten? Vor der iranischen? Der amerikanischen? Oder der deutschen?«

Sie bleibt erstaunlich ruhig, was mir zeigt, dass sie es ernst meint. »Ich will nur nicht, dass du einen Fehler machst. Nachher musst du um Erlaubnis bitten, wenn du das Haus verlassen willst. Das ist bei denen normal!«

»Mama!« Ich reibe in kreisenden Bewegungen mit den Fingerspitzen meine Stirn und schäme mich in Grund und Boden. Ich habe Lust, ihr vorzuwerfen, dass sie in dieser Hinsicht besser still sein sollte: Ich hatte in meiner Jugend keinen Freund haben dürfen, und bis zu meinem 18. Geburtstag musste ich jeden Abend um 21 Uhr daheim sein. Allein, versteht sich. Meine Mutter hat bis heute keine Ahnung, dass man Freunde auch küssen kann, ohne es Mutti zu sagen, und dass sich ein Zimmer im Erdgeschoss ebenso gut durchs Fenster wie durch die Tür verlassen lässt. Ohne meine rebellische Ader wäre ich als Teenager unter der Herrschaft dieser Frau zugrunde gegangen.

»Tu doch nicht so, als hättest du eine Ahnung von fremden Kulturen«, entgegne ich mit unterdrücktem Zorn. »Die haben dich doch noch nie interessiert. Bis eben kanntest du nicht mal den Unterschied zwischen dem Iran und dem Irak. Außerdem sind die Menschen dort genau wie hier: grundverschieden. Deine Vorurteile nerven.«

Beleidigt schürzt meine Mutter die Lippen und trinkt dann einen Schluck Tee.

»Erinnerst du dich nicht an meine Austauschschülerin aus den Staaten?«, frage ich versöhnlich, denn ich mag nicht mehr mit ihr streiten. Ich bin die Zankereien so leid – haben wir nicht lange genug gestritten? Ich wünsche mir, dass sie mich versteht und offen auf Karim zugeht, denn er möchte sie kennenlernen. Gerne, hatte ich ihm gesagt, mir aber insgeheim überlegt, dass ich sie unbedingt vorbereiten und briefen muss, um das Schlimmste zu verhindern. Das bestätigt sich heute bei selbstgebackenem Rhabarberkuchen und Sojasahne, die einen bitteren Nachgeschmack auf meiner Zunge zurückgelassen haben, den selbst Mamas selbstgetrockneter Fenchel-Anis-Tee nicht wegspülen kann. Eigentlich sollte er beruhigend wirken. Hatte sie geahnt, dass sie ihn heute brauchen würde?

»Die Austauschschülerin, ja sicher. Katie hieß sie doch, oder?«

»Kate. Und sie fragte, warum wir denn nicht mehr den Schultag mit dem Deutschen Gruß beginnen würden, und war verwundert, dass wir in Europa schon Strom haben. So viel zu den Vorurteilen über uns.«

Mama seufzt. »Also, ich weiß es ja nicht. Bei einem Iraner –«

»Er ist kein Iraner«, falle ich ihr ins Wort. »Er ist …«

Perser, hatte er sich selbst gegenüber den Hooligans genannt, weil das Wort archaisch klingt und Idioten einschüchtert. Okay, das mit den Idioten hatte ich dazugedichtet, aber ich hatte mich auch eingeschüchtert gefühlt und war mir idiotisch dabei vorgekommen.

»Er ist Deutscher«, sage ich schließlich.

»Moslem?«

Ich zucke mit den Schultern. »Ich glaube nicht.« Ich bin nicht sicher. Er scheint sich an keinerlei religiöse Regeln zu halten, aber wie viele Katholiken tun das?

»Da hast du es, du weißt es nicht«, schnappt meine Mutter,

als wäre eine Religionszugehörigkeit oder der Fakt, dass ich Karims nicht kenne, ein Beweis für seinen schlechten Charakter. Ich werfe ihr an den Kopf, dass Cat Stevens, den sie toll findet, auch zum Islam konvertiert ist, da trifft sie fast der Schlag, und sie knallt ihre Tasse so heftig auf den Untersetzer, dass bestimmt irgendwo ein Stückchen Porzellan abspringt.

»Du willst konvertieren? Wanda!«

Ich lasse die Stirn in meine Hand sinken. Es ist hoffnungslos mit ihr.

»Nein, das will ich nicht«, sage ich konsterniert. »Karim ist mein Freund. Ob du das gut findest oder nicht, wird nichts daran ändern. Es macht mich nur traurig, wenn du ihn nicht akzeptierst.« Und weil ich genau weiß, wo ich sie empfindlich treffen kann, und mich in diesem Fall auch kein schlechtes Gewissen mehr zurückpfeift, füge ich hinzu: »Vater mag ihn bestimmt.«

Sie lässt die Hände an ihren Seiten auf die Couch sinken, und ich bin sicher, gewonnen zu haben.

»Du musst wissen, was du tust, Wanda. Ich werde die Göttin um Schutz für dich bitten.«

Das finde ich albern – wie alles, was ihre heidnischen Gottheiten betrifft –, gestehe es ihr aber zu. Wenn sie sich damit besser fühlt …

»Und ich hoffe«, setzt sie nach, »nein, ich erwarte, dass deine Begeisterung für dein Studium nicht darunter leidet!«

Ach, Mama. Siehst du wohl je ein, dass ich erwachsen geworden bin?

Für den Abend hat Karim mich zu sich nach Hause eingeladen, immerhin ist er mir noch einen Caesar Salad schuldig. Den besten, den ich je probiert habe – laut seiner Beschreibung. Er kann nicht wissen, dass ich diesen Salat in den Staaten gegessen habe und seitdem weiß, warum er so berühmt geworden ist. Bis dahin kannte ich ihn bloß aus der McDonald's-Plastikschale, doch in den USA, wo gesundes Essen ohnehin keine Selbstverständlichkeit darstellt, ist dieses einfache Gericht in den kleinen Diners eine Delikatesse. Oder aber eine Katastrophe, die man selbst nach drei Tagen Hungern noch verschmähen würde.

Karim ruft mich fünf Minuten vor unserem Treffen an, ich sitze auf dem Roller, bin längst auf dem Weg zu der von ihm genannten Adresse und voller Neugier auf sein Zuhause. Dass das Mobiltelefon klingelt, nehme ich nur wahr, weil ich es in die hintere Hosentasche gesteckt habe und das Vibrieren fühle. Ich fahre rechts ran, parke zwischen abgestellten Autos, nehme den Helm ab und das Gespräch an.

»Karim? Du willst nicht absagen, oder?« Ich zähle die Autos, die mich auf meiner Seite passieren, und dividiere die Anzahl der entgegenkommenden Wagen. »Ich bin doch fast da.«

Er lacht leise. »Will ich nicht. Wir müssen bloß umdisponieren. Im Haus haben die Handwerker ganze Arbeit geleistet. Sie haben eine Stromleitung zerschossen und auf den Schreck hin erst mal Feierabend gemacht. Nein, im Ernst, es ist wohl aufwändiger, das zu beheben. Ich habe bis morgen keinen Strom.«

Ich bin erleichtert, dass es weiter nichts ist und lasse das Rechnen wieder. »Dann bleibt die Küche wohl kalt«, erwidere ich und denke an Kerzenlicht.

»Und mein Bio-Hühnchen vergammelt? Können wir nicht in deine Wohnung ausweichen?«

Ich tilge das romantische Kerzenlicht aus meiner Vorstellung und ersetze es mit einem Bild von Karim, der in meiner Küche für mich kocht.

»Wanda?«, fragt er. »Ist die Verbindung schlecht, oder hast du gerade geschnurrt?«

»Hier ist gerade ein Diesel vorbeigefahren.«

Karim muss noch frischen Salat kaufen, wir verabreden uns bei einem türkischen Gemüsehändler in der Nähe, und ich flitze los.

Karim trägt die Tasche, in der bereits das Hühnchen auf seinen Einsatz wartet, und ich meinen Helm. Die Finger unserer freien Hände haben wir ineinander verflochten. So betreten wir das türkische Geschäft, in dem man Karim mit Namen begrüßt. Er lässt mich nicht los, sondern stellt die Tasche ab, um dem Verkäufer, ein alter, ergrauter Mann mit wettergegerbtem Gesicht, respektvoll und herzlich zugleich die Hand zu drücken. Ich werde aus dunklen Augen interessiert gemustert. Der Gemüsehändler sagt etwas auf Türkisch. Ohne ein Wort zu verstehen, weiß ich, dass ich gemeint bin. Karim antwortet, worauf der andere sich schmunzelnd abwendet.

Mir gefällt das nicht, ich beginne aus Unbehagen Butternut-Kürbisse zu zählen. Ich hasse es, wenn gesprochen wird und ich nichts verstehe. Ungefähr so, wie wenn man merkt, dass über die eigene Person getuschelt wird.

Karim sagt dem Verkäufer, welche Salate und Kräuter er haben will und obwohl alles griffbereit ausliegt, sodass er es selbst einpacken könnte, bedient der ältere Mann ihn mit Enthusiasmus. Als er sich abwendet, um eine Zutat zu holen, die ich falsch verstanden haben muss – oder was will Karim mit Anchovis im Salat? –, murmle ich: »Ich wusste nicht, dass du Türkisch sprichst.«

»Nur ein paar Worte. Ist praktisch, wenn man ständig für einen Türken gehalten wird.«

»Verstehe. Und was hat er eben gesagt?«

Karim grinst. »Keine Ahnung. So gut ist mein Türkisch nicht.«

»Du hast geantwortet.«

»Ja. Es klang wie eine Vermutung, und ich habe eine Floskel erwidert. So viel wie, dass er recht hat und ich das ebenso sehe.«

Ich lache in mich hinein, und während Karim noch weißes Brot und Ayran kauft und sich bei mir rückversichert, ob ich auch wirklich gutes Olivenöl im Haus habe, spiele ich in Gedanken durch, was der Händler alles hätte sagen können und wie skurril Karims Antwort darauf wirken würde. Karim bezahlt, und wir nehmen meinen Roller, um zu mir zu fahren. Wie gut, dass ich immer einen zweiten Helm im Staufach unter dem Sitz habe. Karim lehnt seine Brust an meinen Rücken und balanciert seine Einkaufstaschen links und rechts wie Lenkgewichte eines Luftschiffs.

In meiner Küche fühlt er sich gleich wie zu Hause. Er schaut interessiert in jeden Schrank und jede Schublade, um einen Überblick zu bekommen, und drückt mir kurzerhand sein biologisch aufgezogenes und zweifelsfrei glücklich totgestreicheltes Hühnchen in die Hände, damit ich es wasche und die restlichen Federn zupfe, die der Bio-Bauer mir übrig gelassen hat, damit ich einen Zeitvertreib habe, während Karim Rosmarin und Knoblauch hackt.

»Das mit meiner Mutter …«, beginne ich vorsichtig, ohne zu wissen, wie ich ihm erklären soll, dass ich mehr Zeit brauche, um sie vorzubereiten. »Wärst du mir böse, wenn wir das noch vertagen?«

Er schüttelt den Kopf, aber ich sehe, wie er sich einen winzigen Moment lang auf die Innenseite seiner Unterlippe beißt. »Kein Problem.« Er arbeitet schweigend weiter, aber setzt dann doch noch etwas nach. »Hat sie ein Problem mit mir?«

Ich seufze abgrundtief. »Du hättest eines mit ihr. Sie ist … kompliziert.«

»Lass mich raten«, sagt Karim, grinst schalkhaft und lässt doch erkennen, dass er ein wenig getroffen ist. »Sie hat kein Problem mit Ausländern, solange die nicht ausgerechnet ihre Tochter vögeln.« Ein wenig? Ich korrigiere mich: Es tut ihm weh.

Ich kann nur beklommen mit den Schultern zucken. »Tröstet es dich, dass meine größte Angst ist, dass ich vor Fremdschämen im Boden versinke, wenn sie den Mund aufmacht?«

Sein Lächeln wird weich. »Das brauchst du nicht. Ist schon okay. Ich werde es ertragen wie ein Mann.«

»Du wirst jammern, heulen und leiden?« Ich muss einen kleinen Salatkopf auffangen, den er nach mir wirft.

»Wasch den Salat, Weib«, befiehlt er, kommt zu mir und küsst mich innig. Dann wirft er sich gespielt in die Brust und sagt förmlich: »Ich kann es ertragen, dass du deine Mutter als eines deiner hundert Geheimnisse bewahrst. Ich werde tapfer meine Zeit erwarten.« Damit nimmt er mir das gewaschene und trocken getupfte, gerupfte Hühnchen weg und beginnt, es mit meinem größten Messer in vier Stücke zu zerteilen.

Ich pruste los. »Hundert Geheimnisse? Ich?« Karim gegenüber fühle ich mich durchschaubar, gewöhnlich und beinahe langweilig. Sicher habe ich keine Geheimnisse, mal abgesehen von den Spitzendessous, die ich heute mit den entsprechenden Absichten unter der Jeans und meiner Karobluse trage. Wobei ... wenn ich seine Blicke nicht falsch interpretiere, weiß er selbst darüber längst Bescheid.

»Lass es tausend sein«, erwidert er und wirft mir einen ganz kurzen Blick zu, ehe er dem nicht mehr so glücklichen Huhn die Wirbelsäule zerhackt. In Karims Augen glüht etwas und lässt mir heiß im Bauch werden.

»Das sind große Erwartungen.« Ich trockne meine Hände ab, verschränke die Arme und lehne mich an einen Schrank, während ich ihn dabei beobachte, wie er das Fleisch mit Salz und Pfeffer würzt und danach mit dem Gemisch aus Olivenöl, Knoblauch und Rosmarin bestreicht. »Bist du sicher, dass wirklich so viel dahintersteckt, wie du glaubst, Pip?« Ich spiele auf den Dickens-Roman an, und er scheint zu verstehen, denn er mustert mich einen Moment lang voller Skepsis, als würde er vergleichen, wie viel Ähnlichkeit ich mit der zu einem herzlosen Wesen gemachten Estella aufweise. Seine Hände sind voller Marinade und Kräuter, und aus irgendeinem Grund lässt mich dieser Anblick dahinschmelzen. Mein Lächeln scheint ihn zu beruhigen, er übergeht meinen Einwand, als hätte er keine Ahnung, wovon ich spreche.

»Du bist wie ein Sudoku-Rätsel für mich«, sagt er, schaut mich aber nicht mehr an, sondern achtet auf seine Finger, denn er schneidet das Brot in grobe Würfel. »Aus deinen geliebten Zahlen, die ich überhaupt nicht verstehe. Und immer, wenn ich ein Rätsel gelöst habe, schalten sich weitere Verzweigungen frei, und wenn man denkt, dass auch die geschafft sind, tut sich eine weitere Seite auf.«

»Ich bin ein Rätselheft!«, rufe ich lachend aus, kann aber nicht ganz leugnen, dass seine Ausführungen mich faszinieren. Ein solches Sudoku sollte es geben, ich würde es sofort kaufen.

Ich zähle die Brotwürfel, die er mit dem geteilten Huhn auf dem Backblech verteilt. Karim gießt die restliche Marinade über das Brot und legt Rosmarinzweige über das Huhn, ehe er es in den Ofen schiebt.

»Wir haben eine gute Stunde Zeit«, sagt er, tupft mir mit dem Zeigefinger Olivenöl auf die Nase und dreht mit dem Ellbogen das Wasser an, um sich die Hände zu waschen.

»Was machen wir da nur?«, frage ich.

»Oh, mir fällt schon etwas ein.« Sein Blick hat etwas Verschlagenes. Er trocknet sich sorgfältig die Hände ab, nimmt dann meine Finger zwischen seine und betrachtet sie, als wären es schöne Blumen. In meinem Bauch kribbelt es. Unterhalb meiner Rippen kribbelt es. In meinem Schoß kribbelt es.

Karim küsst meine Fingerspitzen. »Komm«, sagt er rau und zieht mich ins Wohnzimmer. Aber wir landen weder auf dem Boden noch auf meinem Zweisitzer-Sofa, sondern dicht aneinandergepresst auf dem Klavierhocker. Er sitzt hinter mir, drückt seine Hüfte gegen meinen Hintern und rahmt meine Oberschenkel mit seinen ein. Er hat ziemlich lange Oberschenkel. Feste Muskeln, die sich durch die Stoffhose abzeichnen.

»Zeig's mir«, flüstert er in mein Ohr. Sein Atem berührt meinen Hals, ich wünsche mir seine Lippen an diese Stelle. Ich weiß, dass er meinen Wunsch errät, doch er lässt mich zappeln. »Zeig mir, wie man spielt. Bring es mir bei.«

»Kannst du Noten lesen?« Meine Stimme zittert, es klingt wie eine Art hauchfeines Arpeggio.

»Nein.« Seine Stimme ist sehr fest.

»Dann ist das nicht so einfach.«

»Doch, das ist es. Zeig es mir. Ich merke mir, was du tust, und mache es nach.«

Meine Klavierlehrerin würde weißglühend im Grabe rotieren. Aber ich verdränge sie, meine Mutter und alle anderen Menschen aus meinen Gedanken, nicke nur und blättere durch mein Notenheft. Ich fühle mich willenlos und wunderbar und fliege im Geist durch die Stücke. Bei einem halte ich inne. *Es ist zu schwer für den Anfang*, ist mein erster Gedanke. *Es ist perfekt*, lautet der bleibende. *Das Intro und die Ballade sind nicht schwer zu spielen.*

Karim versteift sich leicht in meinem Rücken. Ich weiß, dass er Queen mag, vor allem die Stücke aus den Siebzigern, *Bohemian Rhapsody* wird er lieben.

Ich beginne zu spielen, Karims Kinn liegt dabei auf meiner Schulter, und er schaut gebannt zu. Es macht den Anschein, als würde er die Musik überhaupt nicht wahrnehmen, seine ganze Aufmerksamkeit gilt meinen Fingern und den Tasten, die ich anschlage. Ich glaube, er hat in seiner Konzentration sogar die Zunge zwischen die Zähne geklemmt, wie ein kleiner Junge. Ich schmunzle. Manchmal kommt er mit so jung vor, fast kindlich, und einen Wimpernschlag später habe ich das Gefühl, einem Mann gegenüberzustehen, der mir an Lebenserfahrung ein Vielfaches voraus ist. Und er spricht von Rätseln, die ich *ihm* aufgebe?

Ich höre auf zu spielen, bevor das Stück zu schwierig wird, und einen Augenblick sitzen wir bewegungslos. Er schluckt, ich höre das trockene Knacken in seiner Kehle. Ich drehe mein Gesicht zu ihm, würde ihn jetzt so gerne küssen, aber er streicht mir durchs Haar und neigt meinen Kopf nach vorne, um meinen Nacken zu küssen und den Rest von mir in Flammen zu setzen. Seine Hände wandern an meinen Seiten herab, streichen über meiner Bluse meine Rippen entlang bis an meinen Bauch.

»Es ist Segen und Fluch, dass wir die ganze Nacht Zeit haben«, flüstert er in mein Ohr. Ich weiß genau, was er meint. Auch ich zögere Schönes für mein Leben gern hinaus, um die Vorfreude länger auszukosten.

Ich muss mich räuspern, bevor ich sprechen kann. »Ich … hole uns mal was zu trinken.«

Mit wackligen Knien stehe ich auf und taumle eher in die Küche, als dass ich gehe. Meine Finger zittern ein wenig, als ich Gläser auf ein kleines Tablett stelle und eine Weinflasche sowie eine Flasche Mineralwasser dazu. Das Ganze in meinem Zustand quer durch mein Apartment zu balancieren ist purer Leichtsinn, aber wieder mal bestätigt sich, dass das Glück mit den geistig Armen ist, denn ich schaffe es unfallfrei ins Wohnzimmer. Karim sitzt am Klavier und berührt Tasten, ohne sie anzuschlagen. Er imitiert die Anschläge des Stücks, das ich ihm eben vorgespielt habe, und macht dabei kaum einen Fehler. Erst nach einer guten Minute hält er inne und schaut frustriert zu mir herüber.

»Zeig es mir noch einmal. Bitte.«

Und ich spiele erneut.

Hatte ich noch einen leisen Zweifel an der Einzigartigkeit dieses Mannes, so verfliegt dieser beim Essen. Wenn Karim etwas verspricht, dann hält er es. Ich habe zwei Dutzend verschiedene Versionen Caesar Salad gegessen – aber keinen, der auch nur annähernd an Karims herankommt. Das Fleisch ist saftig, der Salat frisch, die Brotstücke krachen im Mund und geben eine unvergleichliche Würze frei. Es ist der reinste Genuss. Karim schiebt meine Begeisterung selbstzufrieden lächelnd auf die Anchovis, die er irgendwo im Dressing versteckt hat.

Wir spülen gemeinsam, pusten Schaumflocken durch meine Küche und landen schließlich auf dem Küchenboden: Er mit dem Rücken an einen Schrank gelehnt, ich auf seinem Schoß. Seine Lippen im tief geöffneten Ausschnitt meiner Bluse und mein Herz in seinen Händen.

Auf dem Weg in mein winziges Schlafzimmer lassen wir eine Spur aus Kleidungsstücken hinter uns. Ich zittere. Der Regen prasselt auf das Dachfenster, kühle Luft zieht durch das schlecht gedämmte Dach herein und lässt die Flamme des Feuerzeugs tanzen, mit der ich die Kerze auf dem Nachttisch entzünde. In ihrem Licht wirkt die Haut auf Karims Brust dunkler und seine Augen schwarz. Meine Finger folgen der schmalen Linie aus Haaren, die sich von seinem Bauchnabel nach unten zieht, mich lockt, dorthin, wo ich ihm die Fassung raube.

Ehe Karim mir das letzte Kleidungsstück vom Körper streift, hüllt er mich in meine warme Decke, und ehe er in mich eindringt, deckt er mich mit warmen, weichen, wunderbaren Blicken zu. Etwas in mir schmerzt, und das tut gut. Etwas will zerspringen, und ich genieße es.

Ich hatte mich immer gefragt, woran man merkt, dass man mehr als nur verknallt ist, dass man verliebt ist – dass man liebt.

Das weiß ich nun, wenn ich auch keine Ahnung habe, woher. Aber spielt das eine Rolle?

8

»Das Ursprüngliche in uns ist Schweigsamkeit;
das Erworbene Beredsamkeit.«
Khalil Gibran, Sämtliche Werke

Am nächsten Montag wollte ich von der Schule aus zu Karims Arbeitsstelle fahren, um möglichst wenig Zeit zu verlieren und danach schnell ins Krankenhaus zu kommen. Zwar hatte sich an Karims Zustand nichts verändert, wohl aber an meinem: War es mir zunächst regelrecht unangenehm gewesen, an seiner Seite zu sein und nichts tun zu können, fühlte ich mich inzwischen in jeder Sekunde schlecht, die ich nicht bei ihm war. Der Drang, ihn nicht allein zu lassen, schwoll in mir an, wann immer ich nicht bei ihm sein konnte, am liebsten hätte ich selbst die Nächte in seinem Zimmer verbracht.

Um meine Ungeduld ein wenig zu zügeln, rief ich vom Lehrerzimmer aus auf der Intensivstation an und erkundigte mich, ob im Laufe der Nacht und des Vormittags alles in Ordnung gewesen war.

»Alles unverändert«, sagte eine mir nur flüchtig bekannte Schwesternschülerin. Das sollte mich erleichtern – Karim war noch immer nicht über den Berg. Tatsächlich aber erwischte ich mich bei einem enttäuschten Seufzen.

»Schlechte Nachrichten?«, fragte Hendrik, der eine Freistunde dazu nutzte, um Tests zu korrigieren.

Im Lehrerzimmer offen zu sprechen war immer ein bisschen riskant. Wo viel geredet wurde, geschah das auch immer mal wieder hinter dem Rücken der Betroffenen. Das war so wenig böse Absicht, wie es zu verhindern war – und dennoch lästig. Aber heute waren Hendrik und ich allein mit der Fünf-Liter-Kaffeekanne, und da ich noch ein paar Minuten Zeit hatte, wenn ich nicht zu früh in Karims Büro erscheinen wollte, setzte ich mich zu ihm und nahm mir einen Keks.

»Gar keine Nachrichten. Nichts Neues. Es ist zermürbend.«

»Hm.« Hendrik sah von seiner Arbeit auf und legte den Stift beiseite. »Wie lange nun schon?«

»Seit letzte Woche Samstag.«

Hendrik atmete vernehmlich aus. »Neun Tage und keine Veränderung. Das muss schwer sein. Wie geht es dir?«

»Na ja. Wie soll es mir schon gehen …«

»Kann man etwas für dich tun? Irgendwas?«

Ich schüttelte den Kopf, sagte allerdings: »Ich weiß nicht recht.«

Hendrik beugte sich vor. Er spürte, dass mir ein Gedanke im Kopf lag, bei dem ich Hilfe gebrauchen konnte. Ich hatte heute Nacht wach gelegen, an die Decke gestarrt und nachgedacht.

»Er ist so oft allein«, begann ich vorsichtig, weil ich nicht wusste, wie ich es ihm erklären sollte. »Er hat ja keinen Kontakt mehr zu seiner Familie –«

»Gar keinen?«, unterbrach mich Hendrik erstaunt.

Ich senkte den Blick. »Nein. Und ich kenne die genauen Gründe nicht, er hat nie gerne darüber gesprochen.« Das war untertrieben. Er hatte das Thema gemieden und abgebrochen, wenn ich es angeschnitten hatte. »Es muss einiges im Argen gewesen sein.«

Hendrik nickte und nahm einen Schluck Kaffee.

»Aber es muss doch noch weitere Menschen in seinem Umfeld gegeben haben. Gute Freunde, Arbeitskollegen …« Dass jemand, der charmant und witzig war wie Karim, keine Freunde gehabt haben sollte, konnte ich nicht glauben, da mochte er den einsamen Wolf noch so überzeugend spielen.

Hendrik schien verwirrt. »Du wolltest den Mann heiraten, warst mehrere Jahre mit ihm zusammen, und kennst niemanden aus seiner Vergangenheit? Keine Menschenseele?«

So wie er das benannte, klang das völlig verrückt. Aber ich hatte das nie als merkwürdig empfunden. Innerhalb weniger Wochen war es für mich vollkommen selbstverständlich geworden, dass Karims Kontakte nach seinem Umzug eben eingeschlafen waren. »Er war nie auf Portalen wie Facebook und Stayfriends und wie sie alle heißen, und wenn mal ein Anruf von früheren Bekannten kam, dann meist auf seinem iPhone. Und das ist bei dem Unfall kaputtgegangen. Da waren Kontakte drauf, klar. Aber ich habe keine Möglichkeit, diese Leute zu finden.«

»Und dabei brauchst du Hilfe?«

Wieder zuckte ich mit den Schultern. Ich wollte nicht, dass Hendrik sich verpflichtet fühlte, für mich zu recherchieren. Eigentlich hatte ich mir das selbst vorgenommen, aber vermutlich musste ich viel Zeit einplanen, um im Internet zu suchen und Telefonate zu führen. Beides war vom Krankenhaus aus nicht möglich. Karims frühere Freunde zu finden würde bedeuten, ihn allein zu lassen.

»Ich weiß, auf welchem Gymnasium er in Hannover war«, sagte ich. Das war recht wenig.

Hendrik zückte seinen Filzschreiber und notierte sich Jahr und Stadt auf einem Zettel. »Das ist doch schon mal etwas. Ich habe Familie über drei Ecken in Hannover. Da finden wir schon was.«

»Du musst das nicht für mich –«

»Ach, Wanda!« Er grinste. »Das ist doch kein Aufwand. Lass mich mal machen.«

»Danke, Hendrik.«

»Nicht dafür. Das ist doch nur eine Kleinigkeit.« Damit beugte er sich wieder über seine Tests, und ich flüsterte den Abschiedsgruß nur mehr, um ihn nicht länger bei seiner Arbeit zu stören.

Seit dem frühen Morgen regnete es ununterbrochen. Ich hatte ein wasserdichtes Cape an und wich den größten Pfützen mit meinem Roller aus, dennoch war ich völlig durchnässt, als ich bei den Büroräumen des Ökostromunternehmens angekommen war, in dem Karim Verkaufsleiter war. Das Unternehmen lief super und war erst kürzlich in ein neues Gebäude umgezogen, in dem ich noch nie gewesen war. Es lag mitten in einem Industriegebiet, alle paar Augenblicke donnerten Lastwagen vorbei. Das Firmenlogo, ein bunter Kinderdrachen in dem Namen Fly-a-Kite eingebettet, passte nicht recht zu dem nüchternen, fast sterilen Eindruck, den das klotzartige Gebäude auf mich machte.

Der Eingang führte in ein Vorzimmer, in dem ein sehr junger Mann, vermutlich ein Azubi, seine Zeit mit Angry Birds totschlug. Er vergaß das Spiel zu pausieren, ehe er zu mir kam, um mich zu fragen, wie er mir helfen könne.

»Ich möchte zu Chris Peters. Ich bin …«

»Karims Freundin, natürlich!«, rief der junge Mann, und sogleich verdüsterte sich seine Miene. »Schlimme Sache. Wie geht's ihm denn?«

Ich lächelte unglücklich. »Ich frag ihn, sobald er aufwacht.«

»Dann wissen Sie noch nichts Neues?«

»Nein, leider nicht. Hatten Sie viel Kontakt zu ihm?«

Er winkte ab. »Ich bin erst seit zwei Wochen hier. Praktikum. Aber alle reden von dem Unfall und von Karim. Kommen Sie, ich bringe Sie zu Chris.«

Er führte mich durch einen Flur, von dem mehrere Räume abzweigten. An einer Tür klopfte er, wartete das »Herein« ab und öffnete mir die Tür.

»Viel Glück mit den wütenden Vögeln«, sagte ich, ehe er ging. Dann schluckte ich und betrat das Büro, das Karim sich mit Chris geteilt hatte.

Am liebsten hätte ich einen Schritt zurück gemacht. Großer Gott, hier roch es immer noch leicht nach Karims Aftershave. Mein Blick blieb an der leeren Schreibtischseite hängen. An dem Bürostuhl, dessen Sitzfläche über die Zeit eine leichte Kuhle bekommen hatte. An der Computertastatur, über die Karims Finger tausend Mal geflogen waren. An dem Telefon, durch das er mir manchmal schöne Worte geflüstert hatte, und auch die eine oder andere kleine Schweinerei.

Von meinem Regencape tropfte Wasser auf den Nadelfilzboden. Chris Peters, der aussah, als hätte er das Haarewaschen nicht nur gestern, sondern auch schon an etlichen Tagen davor vergessen, blickte mich an, als erwartete er etwas von mir. Hatte er was gesagt?

»Hallo, Chris«, murmelte ich.

Er nickte mir freundlich zu. »Komm rein, Wanda. Magst du einen Kaffee oder Tee?«

»Nein danke.« Ich sah mich um. Von Chris' Tischplatte war nichts mehr zu sehen, sein Arbeitsplatz war übersät mit Papieren, Ordnern, Zetteln, und dazwischen lagen Schokoladenbonbons sowie etliche leere Papierhüllen dazu. Selbst auf dem Drucker stapelten sich Blätter, Broschüren und Akten, lediglich ein schmaler Streifen an der Papierausgabe war frei.

»Gibt es was Neues von Karim?«

Ich lernte, die Frage zu hassen, dabei stellte ich sie dem Krankenhauspersonal mehrmals täglich. »Nein.«

»Hauptsache, keine Verschlechterung«, murmelte Chris, aber wir wussten beide, dass das eine leere Phrase war. Keine Veränderung *war* eine Verschlechterung, denn jeder Tag, den das Koma andauerte, senkte die Chancen, dass er wieder aufwachte.

»Ist echt komisch hier, ohne ihn«, sagte Chris. »Ich meine, er war ja auch zwischendurch mal im Urlaub oder so, aber seit er weg ist … also im Krankenhaus, meine ich, hat sich irgendwas verändert.«

Ich nickte. »Zu Hause auch. Der Schall in den Räumen ist irgendwie intensiver, als wären die Zimmer leer und die Wände nackt.«

Chris sah mich merkwürdig an. »Ja, genau so. Klingt verrückt, oder?« Er warf einen Blick über sein Chaos. »Dabei kann man das hier nicht gerade leer nennen, seit er nicht mehr aufräumt.« Wir grinsten beide, gezwungen und erleichtert zugleich.

Chris umrundete die sich gegenüberstehenden Schreibtische und trat an Karims Platz. Er öffnete einen niedrigen Schrank und eine Schublade. »Hier sind ein paar Sachen drin, die du vielleicht mitnehmen willst. Ein Datenstick, ein Notizbuch oder so was, ein paar private Aufzeichnungen.«

Ich setzte mich auf Karims Stuhl und sah seine Besitztümer durch. Es fühlte sich eigenartig an, als wühlte ich gegen seinen Willen in seiner Privatsphäre. Doch ich entdeckte nichts Beunruhigendes, nichts, was er nicht auch in seiner oder meiner Wohnung offen herumliegen gelassen hätte. Die oberste seiner Schubladen brachte mich zum Schmunzeln: Er hatte seine Kugelschreiber und Filzmarker nach Farben sortiert, Radiergummis, Anspitzer und Post-it-Päckchen nach geometrischen Formen und allen weiteren Kram nach einem Prinzip, das sicher logisch und nachvollziehbar war – ich kannte Karim –, ich aber nicht durchschaute.

»Tzz«, machte Chris und ließ sich so schwer in seinen Drehstuhl fallen, dass ich besorgt über den Tisch zu ihm rübersah. »Koma. Ich komme damit gar nicht klar, Wanda. Nächsten Monat wäre er vier Jahre im Unternehmen, und so lange kenne ich ihn auch. Dass ausgerechnet er …«

»Er ist länger als vier Jahre hier«, korrigierte ich, obwohl das nun wirklich unwichtig war.

Chris schüttelte den Kopf. »Nein, nächsten Monat sind es vier Jahre. Wir haben extra in den Verträgen nachgesehen, weil wir an dem Tag eine kleine Überraschungsparty feiern wollten. Am 24. Juli hat er hier angefangen. Als Aushilfe!« Chris lachte, was ich nicht verstand. Überhaupt verstand ich diesen Mann oft nicht. Er war konfus.

Am 24. Juli 2008 war ich bereits mit Karim zusammen gewesen. Er hatte, seit wir uns kannten, nie den Arbeitgeber gewechselt, wohl aber mehrmals die Stelle im Unternehmen.

»Du musst dich irren«, sagte ich und blätterte die Papiere in Karims Schublade durch. »Er arbeitet schon länger für Fly-a-Kite, mindestens seit Mai 2008. Aber vielleicht ist er im Juli in deine Abteilung gekommen.«

Chris stellte die Ellbogen auf den Tisch und legte eine Faust in die andere Handfläche. »Nein, Wanda. Es war Juli, und er war neu im Unternehmen. Mehr als nur neu, er war quasi ein unbeschriebenes Blatt. Ich erinnere mich noch genau, wie er sich vorstellen kam. Wenn du darauf bestehst, zeige ich dir die Verträge.«

Das war nicht nötig, trotzdem war ich verwirrt. Hatte ich nicht mitbekommen, dass er die Arbeitsstelle gewechselt hatte? In der euphorischen Anfangszeit unserer Beziehung? Das kam mir mehr als unwahrscheinlich vor. Chris musste sich irren. Er war halt ein wenig zerstreut.

»Er kam damals über eine dieser Zeitarbeitsfirmen zu uns«, fuhr er fort. »Und zwar ohne Papiere. Kein Arbeitszeugnis, kein Ausbildungsnachweis, nicht mal einen Schulabschluss konnte er nachweisen. Er meinte, das müsse er nachreichen, das wäre alles noch in seiner früheren Wohnung in irgendeiner Stadt. Berlin? Weiß ich nicht mehr.«

Ich kannte Karims Schwäche, wichtige Dinge zu verlegen. Darum verwahrte er einige Unterlagen im Büro, das zwang ihn zu mehr Ordnung, sagte er immer. Wo er diese Dinge hier lagerte, wusste ich allerdings nicht, aber da musste ich auch vorerst nicht dran. Das Krankenhaus hatte nur nach der Karte seiner Krankenkasse verlangt, und die war natürlich nicht in seinem Portemonnaie gewesen.

»Die Chefin hatte da ihre Prinzipien und wollte ihn nicht einstellen. Aber es gab auch ein immenses Problem. Karims Vorgängerin war nämlich schwanger geworden. Drillinge. Und das bedeutet sofortige Krankschreibung und damit den Ausfall einer tragenden Kraft.«

»Und das war sicher im Juli 2008?«, hakte ich noch mal nach.

»Absolut sicher. Das weiß ich genau, weil ich Mitte Juni Urlaub hatte. Kaum zurück in der Firma, kam diese ›frohe Botschaft‹ über uns. Na ja, war ja dann doch nicht so schlimm, weil Karim hier auftauchte, als hätte ihn das Schicksal geschickt.«

»Ich dachte, es war eine Zeitarbeitsfirma, die ihn schickte?«

»Ja, genau. Aber Karim überzeugte die Chefin, weil er reden kann wie kein Zweiter und weil sie ihm vom ersten Gespräch an zutraute, den Leuten Stromverträge aufzuschwatzen. Sie sagte damals, der Junge würde auch Bilderbücher an Blinde verkaufen. Also bekam er den Job als Klinkenputzer, aber erst mal nur für ein paar Monate. Und noch bevor er seinen Festanstellungsvertrag unterschrieb, hatte er bereits wichtige Firmenkunden übernommen, statt in Supermärkten die Rentner und Hausfrauen zu nerven.«

Ein wenig verloren blickte ich in einen Taschenkalender, den ich gefunden hatte. Mir war nicht bewusst gewesen, dass Karim auf der Straße Kundenakquise gemacht hatte. Er war Ansprechpartner für die Unternehmen gewesen, die bei Fly-a-Kite ihren Strom bezogen, ehe er in diesem Frühjahr die Verkaufsleitung für den deutschsprachigen Raum übernommen hatte. Allerdings musste ich zugeben, dass wir in den ersten Monaten sehr wenig über seinen Beruf gesprochen hatten. Mir war das durchaus aufgefallen, aber aus irgendeinem Grund hatte ich damals geglaubt, dass sein Arbeitsplatz vielleicht bedroht war. Später hatte ich nicht mehr gefragt, weil sich alles normalisierte und Karim immer mehr erzählte. Hatte er sich für den Klinkenputzerjob geschämt?

»Alles okay, Wanda?«, fragte Chris.

Ich erwischte mich dabei, mit gerunzelter Stirn in den Taschenkalender zu starren. Die meisten Seiten waren leer. Überhaupt standen nur ein paar zusammenhanglose Einträge in dem Büchlein, einige Kreuze an bestimmten Daten, hin und wieder eine Telefonnummer mit abgekürzten Namen und Firmen und jede Menge gekritzelte geometrische Formen, die immer entstanden, wenn Karim beim Telefonieren einen Stift in die Hand bekam.

»Ich hab nur nachgedacht«, antwortete ich, klappte den Kalender zu und packte ihn in meinen Rucksack. »Ich denke, ich habe erst mal alles.«

»Hoffen wir, dass Karim die Sachen selbst wieder herbringt«, meinte Chris leise. »Soll ich dich rausbegleiten?«

»Nicht nötig, danke. Aber für den Fall, dass du mal etwas Zeit hast, Chris … Ich glaube, Karim würde sich freuen, wenn du ihn mal besuchen kommst. Er ist gerade nicht besonders redselig, aber er weiß Gesellschaft zu schätzen. Denke ich.«

Chris schluckte. »Ja. Bestimmt. Ich denke, dass lässt sich einrichten. Ich muss mal schauen, wann ich …«

»Alles klar«, sagte ich, meinte aber: Schon okay, weil ich wusste, dass er nicht kommen würde. Er hatte genau so viel Angst vor der Tatsache, dass Karim schlief, als wäre er tot, wie ich. Aber im Gegensatz zu mir hatte er wenig echte Gründe, diese Angst zu überwinden. Zu wenig. »Bis dann.«

»Wiedersehen, Wanda«, murmelte Chris. Dabei schaute er bereits wieder auf seinen Bildschirm.

Dreieinhalb Jahre zuvor

Ich glaube, Frauen brauchen grundsätzlich eine gewisse Zeit, um sich einem neuen Partner so weit zu öffnen, dass sie mit ihm über Frauenthemen sprechen können. Daher ist eine Beziehung zu einem Mann für mich erst dann eine echte Liebe, wenn ich mit ihm über dasselbe sprechen kann wie mit meinen besten

Freundinnen. Über manches spricht man notgedrungen schon nach wenigen Wochen – Periode und Zyklus. Vieles ergibt sich von selbst.

Schatz, benutzt du zufällig ein Unisex-Deo, ich habe meins zu Hause vergessen? Wow, deine Haare riechen gut – welches Shampoo nimmst du?

Wieder andere Themen umgeht man in den nervösen und von permanenten Selbstzweifeln geplagten ersten Wochen und Monaten und spart sie sich für die Zeit auf, wenn der Liebste zumindest mal eine Bluse für einen gebügelt hat, man ihm nachts ihm Schlaf heimlich ein Herz aus Lippenstift auf die Wange gemalt hat und man regelmäßig seine Socken wäscht und sich von ihm Tampons aus dem Supermarkt mitbringen lässt.

Körperbehaarung und deren Beseitigung ist so ein kritischer Punkt. Um ehrlich zu sein, wäre es mir am liebsten, dieses Thema niemals vor anderen Menschen anzusprechen. Die Natur hat mich mit vollem, kräftigem Haar ausgestattet, bedauerlicherweise aber nicht nur auf dem Kopf. Tägliches Rasieren verträgt sich nur schwer mit empfindlicher Haut, und so war es nur eine Frage der Zeit, bis Karim das erste Mal Zeuge einer meiner Schimpfattacken auf das lästige Übel der Nassrasur wurde.

Er trug es mit bemerkenswerter Fassung, sagte mir, ich solle für ein paar Tage das Rasieren sein lassen und ihm dann vertrauen.

»Wachs?« Ich starre auf den Plastiktiegel in Karims Hand. »Oh nein, auf gar keinen Fall Wachs! Das habe ich einmal versucht – nie wieder, das ist die Hölle!«

Er schüttelt den Kopf und grinst sein Lausbubenlächeln. »Ist doch kein Wachs. Probier's aus, es ist großartig!«

Ich mustere den Inhalt. Die feste Masse glänzt honiggelb. »Was soll das sein, wenn's kein Wachs ist?«

»Halawa.«

Ich verschränke die Beine und lehne mich auf der Couch zurück, dem einzigen Möbelstück in seinem kahlen Wohnzimmer, sofern man einen Kistenstapel als Schrank und einen Karton als Tischersatz nicht als Möbel betrachtet. »Nenn es, wie du willst. Das sieht aus wie Wachs.«

Sein Lächeln bleibt bestehen. Karim ist geduldig. »Es funktioniert wie Wachs –«

»Wusst ich's doch!«

»Aber es tut nicht halb so weh. Vertrau mir, ich benutze es selbst.«

Unweigerlich schießen meine Augenbrauen in Richtung meines Haaransatzes. Er? Benutzt ein dubioses Enthaarungs… zeug?

»Wanda, schau mich nicht so verstört an. Hast du schon mal einen Halbiraner oder wahlweise auch einen Halbtexaner mit von Natur aus glatter Brust gesehen? Würde mich wundern. Wenn ich nichts dagegen tue, habe ich einen Dschungel unter dem Hemd, in dem man Promis verstecken könnte.«

Noch bin ich skeptisch, aber zu wissen, dass er es aushält, beruhigt mich. Karim ist in Sachen Schmerzempfinden keine Ausnahmeerscheinung. Er erträgt jedes Leiden wie ein Mann: Er jammert.

Nun aber weist er mich an, meine Jeans auszuziehen und es mir bequem zu machen, während er mit seinem merkwürdigen Tiegel in seiner eigenwillig sortierten Küche verschwindet. Ich überlege eine Weile, dann beschließe ich, es zu riskieren. Abbrechen kann ich immer noch.

Karim kehrt mit dem Halawa, einem kleinen Plastikspatel und einem in Streifen geschnittenen Geschirrtuch zurück. Er macht eine Kopfbewegung, und ich tue, was er will, und lehne mich zurück.

»Ich kenne das noch aus meiner Kindheit«, sagt er, setzt sich neben meine angewinkelten Beine und streckt sie über seinen Oberschenkeln aus. Zärtlich streicht er über meine Knie. Ich schäme mich ein wenig. Noch nie habe ich einem Mann meine Beine gezeigt, wenn sie seit einer knappen Woche nicht rasiert waren. Doch Karims Hände und seine ruhige Stimme beschwichtigen meine Komplexe, und nachdem ich mich nicht mehr darum sorge, nicht schön genug auszusehen, kann ich mich entspannen.

»Halawa besteht aus geschmolzenem Zucker und Zitrone«, sagt er. »Im ganzen Orient benutzen die Frauen nichts anderes, um sich zu enthaaren.«

»Sie enthaaren sich«, frage ich neugierig nach, »obwohl sie doch verschleiert sind?«

»Gerade dann. Der Prophet hat empfohlen, Scham- und Achselhaare zu entfernen, und strenge Muslime halten sich daran.«

Ich grinse mit geschlossenen Augen. »Ein Muslim bist du offenbar nur auf der Brust.«

»Ach was. Ich bin Atheist, aber eitel.« Er verteilt die warme Masse auf meinem Schienbein. Warm und klebrig fühlt es sich an, aber nicht unangenehm.

»Als ich klein war«, sagt Karim, und ich höre ein Lächeln in seiner Stimme, »habe ich die Töpfe ausgeleckt. Du kannst Halawa nämlich auch essen, es schmeckt sehr lecker.« Er beugt sich schnell über meine Beine und drückt einen Kuss dorthin, wo er das Zuckerzeug aufgetragen hat. Ich muss lachen, komme mir komisch vor und kann gleichzeitig nicht verhindern, dass mich sein Verhalten ein bisschen erregt. Er könnte mir vermutlich ziemlich wehtun, aber ich weiß genau, dass er das nicht tun wird, und das fühlt sich gut an, warm und watteweich im Bauch. Ehe ich weiter darüber nachdenken kann, drückt er die Stoffstreifen auf meine Haut, und mir schießt wie aus dem Nichts ein Gedanke in den Kopf.

»Du hast Schwestern, oder? Ältere Schwestern!«

Er hält eine Sekunde inne, dann reißt er den ersten Streifen ohne Vorwarnung blitzschnell ab, und ich keuche auf. Es zieht –

nicht so schlimm, wie ich vermutet hatte, aber hinreichend, um meinen Puls anzutreiben.

»Au, verdammt! Kannst du mich nicht vorwarnen?«

Er wirkt ein wenig fahrig, drückt aber schon den nächsten Streifen an. »Ich wollte, dass du merkst, dass es wirklich nicht wie Wachs ist. Tut doch kaum weh, oder?«

Widerwillig muss ich ihm recht geben. Kalt- oder Heißwachs ist schmerzhafter. Aber auch das hier zwiebelt.

»Wie kommst du auf die Idee«, meint er dann, »dass ich Schwestern hätte?« Seine Stimme klingt belegt und ein wenig frustriert. Hatte ich ihn ungewollt gekränkt?

»So was beobachtet man nicht bei seiner Mutter.« Aber vielleicht bin ich auch der einzige Mensch, der die Vorstellung, der Mutter beim Enthaaren zuzusehen, vollkommen abwegig findet. Doch etwas in Karim scheint auf meine Worte anzuspringen, seine Mundwinkel zucken, er sieht aus, als sei er unschlüssig, ob er missmutig die Lippen verziehen oder lächeln soll, also rate ich weiter. »Du hast das bei einer oder mehreren Schwestern abgeguckt, und da sie sich offenbar nicht daran gestört haben, dass du dabei bist, nehme ich an, dass sie sehr viel älter sind als du und dich nur als kleines Kind wahrgenommen haben, nicht als Jungen, der irgendwann ein Mann werden will.«

»Reine Spekulation«, erwidert Karim mit undurchschaubarer Miene. »Es hätte ganz anders sein können.«

»Du hast das kaum von einer Kosmetikerin gelernt.« Karim kann man zwar in gewisser Weise als metrosexuell bezeichnen, oder wie man das nennt, denn sein Aussehen ist ihm wichtig, aber seine Grenzen liegen weit vor der Tür eines Schönheitssalons. Andererseits gibt es vielleicht eine Exfreundin, die …?

»Womöglich bin ich ja im Bordell aufgewachsen«, sagt er leichthin. Sein Blick bleibt ernst. Der Schalk ist bloß im Augenwinkel zu erahnen, ich bin nicht sicher, ob er mich neckt oder sich hinter dem Humor versteckt. Ich habe den Eindruck, ihn sehr tief verletzen zu können, wenn ich jetzt lache oder das Falsche sage, und das bewirkt, dass ich mich mit einem Mal sehr hilflos fühle.

»Womöglich«, meine ich. Es klingt lahm. »Dann hättest du viel zu erzählen.«

»Und bestimmt keine Lust darauf.« Mit einem Ratschen zieht er einen weiteren Streifen von meiner Haut, und ich ziehe zischend die Luft ein, mehr aus Schreck als Schmerz.

Ohne es zu wollen, bin ich enttäuscht. Ein halbes Jahr sind wir nun schon zusammen, und doch ist Karim in manchen Punkten so verschlossen wie damals, als ich noch nicht einmal seinen Nachnamen kannte. Ich fühle mich zu ihm hingezogen, in seine Gefühlswelt und seine Vergangenheit, tief hinein in die unsichtbaren Schauplätze, Kulissen bis zum Fundament, die sich hinter der im Rampenlicht stehenden Frage »Wer bist du?« verbergen. Und immer wieder stoße ich dabei auf neue Kanten, wie an einen Abgrund. Wir sind kurz davor, ins Aushorchen und Misstrauen zu kippen, indem ich Grenzen überschreite, die er wahren möchte, und indem er Grenzen an Stellen setzt, wo sie mich verletzen.

Warum erzählt er mir so wenig von sich? Warum bekomme ich das Gefühl, mich auf dünnes Eis zu begeben, wenn ich ihn nach seiner Familie frage?

Vielleicht weil er nicht an sie denken möchte, gebe ich mir die Antwort im Stillen selbst, und mein Magen zieht sich zusammen. Was muss wohl passieren, ehe man nicht mehr bereit ist, an seine Familie zu denken?

Karim seufzt, als würde er meine trüben Gedanken lesen. »Nimm das doch nicht so ernst«, sagt er. »Die Vergangenheit liegt hinter uns, und wenn meine mich eines gelehrt hat, dann ist es, Schlussstriche zu ziehen und sie zu akzeptieren.« Er beugt sich über mich, bis sein Mund meinem so nah kommt, dass ich spüren kann, wie warm seine Lippen sind, obgleich wir uns noch nicht berühren.

»Ich bin hier«, flüstert er. Ich atme jedes seiner Worte. »Ich bin glücklich hier. Und ich habe keine Schwester, überhaupt keine Geschwister. Ich bin Einzelkind.«

Er gibt mir keinen Grund, daran zu zweifeln, aber dennoch glaube ich ihm nicht. Meine Zweifel lösen sich nicht in Wohlgefallen auf, bloß in ein temporäres Vergessen, als er mich küsst.

9

»Zwischen Gelächter und Spiel
wird die Seele gesund.«
Arabisches Sprichwort

Sie beobachtete mich.

Schwester Astrid, diese herzliche Frau Holle, die mir emotional so nah kam, dass sie mich mehr verletzen konnte als jeder andere in diesem Krankenhaus – Karim einmal außen vor. Ihre Freundlichkeit kam mir mit jedem Tag, mit jedem kurzen Blick, den sie in das Zimmer warf, aufgesetzter vor. Wann immer sie mir einen Kaffee und ein paar aufmunternde Worte brachte, registrierte ich ihre durch den Raum huschenden Augen. Immer prüfte sie, ob ich nicht wieder einen Fehler machte, in der stummen Annahme, dass es ohnehin passieren würde. Sie vertraute mir nicht. Ich war sicher, dass sie mir nichts Böses unterstellte, aber sie hielt mich offenbar für unfähig, mit ihrem Patienten umzugehen, weil ich nicht exakt das imitierte, was sie mir vorzumachen versuchte. Inzwischen suchte ich nach meinen eigenen Wegen, um damit klarzukommen, dass Karim schlief. Ich versuchte, kein Mitleid zu fühlen, sondern es zu akzeptieren. Ich gab mir größte Mühe, ihn ernst zu nehmen als den Menschen, der er gewesen war und in meinen Augen noch war, auch wenn er momentan nicht so wirkte. Ich weigerte mich, ihm harmlose Kinderreime vorzulesen und mit ihm zu reden, als wäre er drei Jahre alt.

Das passte ihr nicht. Meine Art, mit ihm zu sprechen und ihn zu berühren, widersprach dem, was sie für die korrekten Methoden hielt, und das machte alles, was ich tat, zu einem Problem für sie, was sie mir unterschwellig und hinter viel vorgegaukelter Herzenswärme zu spüren gab.

Sie ließ mich wissen, dass dieser Karim nicht mehr mein Karim war, sondern der ihre. Sie kannte ihn jetzt besser als ich, denn sie war in der Lage, an den Untersuchungsergebnissen abzulesen, wie es ihm ging. Und das konnte ich nicht. Manchmal brachte sie mich dazu, ihr das zu glauben, bevor mein Trotz wieder hervorkam und mir einredete, dass Karim irgendwann erwachen und mir recht geben würde. Vielleicht war das aber auch nur meine Wahrnehmung, aus Verzweiflung geboren und mit nur einer kleinen Grundlage.

Ich fühlte mich wie eine schmutzige, vor Dreckwasser triefende Pechmarie in diesem blütenweißen Brunnenland, in dem jeder meiner Schritte irgendwo Flecken hinterließ – aber es gab keine Alternative, denn Karim war gezwungen, hierzubleiben und ich damit ebenfalls.

Wenn Schwester Astrid mich im Blick behielt, war es die Nervosität, die mich Fehler machen ließ, über die ich mich im Nachhinein ärgerte. Fehler wie das Handy, das ich vergaß, abzustellen. Es piepte nach Murphys Gesetz natürlich genau dann, als Schwester Astrid im Raum war, und ich bekam es erst aus der Tasche gefischt und abgestellt, nachdem sie mich eine unangenehme Ewigkeit strafend musterte.

»Frau Kirsch.« Sie lächelte dieses selbstzufriedene Lächeln. »Ich habe Ihnen doch erklärt, warum wir unsere Telefone aus Rücksicht auf die Patienten abstellen, nicht wahr?«

Hatte sie. »Tut mir sehr leid.«

»Das Geklingel stört unsere Patienten. Sie können nicht zur Ruhe kommen, wenn es ständig piept und fiept.«

Eine eigenartige Argumentation inmitten all der Geräte, die piepend und fiepend jede Regung von Karims Körper kommentierten. Aber wenn man lange Zeit auf der Intensivstation arbeitete, nahm man diese vermutlich nicht mehr wahr. Ich begann selbst schon unruhig zu werden, wenn ich allein war und keine Pieptöne zum Zählen da waren.

Schwester Astrid tätschelte Karim den Arm. »Ist doch so,

Herr Hozouri, das stört Sie doch, da muss ich etwas sagen, nicht?«

Es stört ihn, dass Sie ihn ständig anfassen und mit ihm sprechen, als hätte er den Verstand verloren, dachte ich. Aber ich sagte nichts. Stattdessen wartete ich, bis sie wieder weg war, und verließ dann die Intensivstation, ging nach unten und setzte mich dort mit einem Kaffee, der hier auch nicht besser schmeckte als im Angehörigenzimmer oben, an einen Tisch in der hintersten Ecke, um zu sehen, wer mich zu erreichen versucht hatte. Zwischenzeitlich war noch eine SMS zu dem verpassten Anruf dazugekommen, sie war von Hendrik.

»Meld dich mal.«

Ob er schon etwas herausgefunden hatte? Ich tippte eilends auf Zurückrufen, und er nahm das Gespräch nach dem ersten Klingeln an.

»Hallo Wanda, ich habe noch eine Frage an dich. Ich hab die Gymnasien jetzt durchtelefoniert, aber keinen Treffer gehabt.«

»Aber … wie kann das sein?« Ich schob meinen Kaffee von mir und zählte die Löcher in der kleinen Häkeldecke auf dem runden Tisch.

»Ach, da gibt es einige Möglichkeiten. Vielleicht hat er eine Schule außerhalb besucht. Oder er ist von einer anderen Schulform fürs Abi auf eine Abendschule gewechselt. Seinen Namen kann er nicht zufällig geändert haben?«

»Nicht, dass ich wüsste.« Ich überlegte. Gab es so wichtige Dinge wie eine Hochzeit, die er mir verschwiegen haben könnte? Doch dann erinnerte ich mich an ein Bilderbuch, das er von seiner Mutter bekommen und aufbewahrt hatte. Ihr Nachname stand darin, A. Hozouri, der gleiche Name, den auch Karim trug. »Nein, ausgeschlossen«, bestätigte ich mich.

»Hast du sonst noch einen Hinweis? Ich könnte meine Cousinen mal losschicken, um die Sportvereine abzuklappern.«

Da hätte ich selbst drauf kommen können. »Taekwondo!«, rief ich laut. Ein älterer Herr am Nebentisch warf mir einen missmutigen Blick zu. »Das hat er für sein Leben gern gemacht und ganz früh angefangen.« Ich hatte Bilder von seinen Prüfungen gesehen; Karim als schlaksiger Vierzehnjähriger mit einem blauen Gürtel um die Taille, konzentriert auf den nächsten Kup hinarbeitend oder in respektvoller Verbeugung vor den Prüfungsrichtern. »Das hat er definitiv in einem Verein gelernt. Wenn ich nur wüsste, in welchem ...«

»Das lässt sich rausfinden«, meinte Hendrik, und dann legte er auch schon wieder auf, ohne dass ich ihm für seine Mühe hätte danken können. Wieder war ich allein mit meinen Zweifeln, 256 Löchern in der Häkeldecke und einer Tasse lauwarmem Kaffee, der immer noch nicht besser schmeckte.

Drei Jahre zuvor

Vor mir liegt eine Steigung. Hinter mir vier Tage und gute 420 Kilometer, die wir mit den Fahrrädern bewältigt haben. Schwer atmend stütze ich mich auf den Lenker, stabilisiere das Fahrrad mit dem rechten Bein und beuge und strecke meinen linken Fuß, um den Krampf abzuwenden, der sich als Ziehen in meinem Wadenmuskel ankündigt. Mein Blick gleitet den Hügel empor. Karim sagt, es sei ein Deich, aber das hat er vor einer halben Stunde auch schon behauptet, und das war nur ein schnöder Berg gewesen. Vermutlich der einzige gottverfluchte Berg Hollands. Seitdem ist die Karte wieder in meinem Besitz, und es braucht eigentlich nur einen Blick auf das GPS-Gerät, um mich zu vergewissern, ob das hier wahrhaftig ein Deich ist. Hinter dem das Meer liegt – unser Ziel.

Zwischen dem von der Sonne ausgedörrten Gras und rötlichem Heidekraut zu beiden Seiten des Schotterwegs wachsen Strandastern und Queller, was ein gutes Zeichen ist. Der Sand am Wegesrand stammt vom Strand, hin und wieder sieht man bereits eine Muschelscherbe. Aber meine Erschöpfung macht mich misstrauisch. Das hier sieht zwar nach einem Deich aus – aber es könnte auch ein weiteres Deichtal dahinter liegen, und danach noch eines. Wer weiß, wie weit Kinder Muscheln schleppen. Wie weit kann Wind den Sand tragen? Ich denke schaudernd an den Saharasand aus Afrika, der mindestens einmal jährlich meine Fensterscheiben trübe macht.

Karim steht mit seinem Rad zwei Meter vor mir. Er stellt sich auf die Zehenspitzen, um möglichst weit sehen zu können, dabei fängt sein schwer beladenes Fahrrad an zu schwanken und fällt beinah um. Er hat nicht nur das Zelt, sondern auch den Campingkocher und die Gaskartuschen in seinen Packtaschen.

»Siehst du was?«, frage ich. Meine Kehle fühlt sich so wund an wie meine rechte Ferse, an der der neue Sportschuh seit dem Regen am Morgen scheuert.

»Kann nicht mehr weit sein.«

Ich schieße ihm einen bösen Blick zu, als er sich zu mir umdreht, und sehne mich nach meinem Roller.

»Wanda, komm schon. Man kann das Meer schon riechen.«

Karim riecht das Meer seit der holländischen Grenze, die wir am zweiten Tag erreicht haben. Meine Nase funktioniert überhaupt nicht mehr, das heftige Atmen unseres Endspurts scheint meine olfaktorischen Fähigkeiten ausgeknockt zu haben. Vielleicht ist das auch besser so. Das T-Shirt klebt mir in den Achselhöhlen, und unter dem Fahrradhelm pappen mir die Haare am Kopf.

»Los, es sind nur noch ein paar Meter!«

Sein Enthusiasmus ist unerträglich, und dass dabei nur ein elegantes Rinnsal Schweiß seine Schläfe herabläuft und er mit seinem entspannten Gesicht aussieht wie ein Sportkleidungs-Model, macht die ganze Sache nicht besser.

»Ich falle um, wenn ich noch weiterfahren muss. Ich kann nicht mehr.«

Er lacht, und für eine Sekunde hasse ich ihn. »Du willst jetzt schlappmachen? Jetzt!? Wanda, wir haben 420 Kilometer geschafft, und du brichst einen Meter vor der Ziellinie ein? Das ist nicht dein Ernst. Ich kann schon ins Meer spucken.«

Ich dagegen habe kaum noch genug Spucke, um zu schlucken. Ich trinke ein winziges bisschen Traubenschorle, um antworten zu können. Es schmerzt und tut gleichzeitig wohl. »Das ist gar nicht unser Ziel«, jammere ich dann heiser. Denn auch wenn es schon später Nachmittag ist, können wir unser Zelt nicht einfach am Strand aufbauen. Das Wildcampen ist verboten, und sie kontrollieren das hier bestimmt ebenso wie im Park, wo wir das letzte Mal mitten in der Nacht abbauen mussten. »Bis zum Campingplatz sind es noch mal zehn Kilometer.«

»Acht«, sagt er, aber das bewirkt nur, dass mir Tränen in die Augen schießen. Heiße, brennende Tränen. »Ich hab 'nen Krampf«, presse ich durch zusammengebissene Zähne hervor. »Und Ohrensausen.« Und eine blutende Blase an der Ferse, und Seitenstechen und Sonnenbrand auf den Wangen. Es ist ungerecht, dass Karim, der sich weigert, meine sauteure Sonnencreme zu benutzen, nicht mal gerötete Wangen hat. Ich fühle mich wie ein Hummer nach dem Kochtopf.

»Ich schwöre, ich kann das Meer jetzt riechen!«, versucht Karim es noch mal. Ich schmecke Salz auf meinen Lippen vom Schweiß. »Du hast doch eben die Schilder gesehen. Und schau doch, die Möwen! Es muss direkt hinter dem Deich liegen.«

Ich bin so gereizt, dass nicht einmal er den Mut hätte, mir einen Bären aufzubinden. Alles, was ich sage, soll mir nur einen Augenblick mehr Zeit verschaffen. Ich will noch einen Moment hier stehen, das Pochen in meinen Muskeln fühlen und den leichten Wind über meinen nass geschwitzten Körper streichen spüren. Einen Moment noch ausruhen. »Und wenn nicht?«

»... hast du drei Wünsche frei.«

»Ein Hotel!«, rufe ich patzig. Es ist ein verbaler Arschtritt für das Zelt, den Campingplatz und den Gaskocher.

»Sollst du haben.«

»Mit beheiztem Pool! Und Sauna, Whirlpool, Cocktails mit scheiß Schirmchen und einem abgefuckt heißen Masseur!«

»Finde ich.«

»Und wir laden Müller ein, und sie wird die ganzen eineinhalb Wochen mit uns verbringen. Und Sarah!«

Er deutet eine Verbeugung an, was sein Rad wieder in bedenkliche Schräglage bringt. »Alles, was du willst, ich zahle.«

Mir ist längst klar, dass ich in diesem Sommerurlaub weder Sauna noch Pool von innen sehen werde. Die Chancen für den Cocktail und den Masseur stehen besser, denn ich mixe passable Drinks, Papierschirmchen gibt es überall, und Karim massiert besser als jeder andere Mensch, der je an meinen wehleidigen Rücken durfte. Das Hotel will ich nicht wirklich – was kann ein Hotel schon bieten, was unser kleines Zelt nicht hat? Und die einzigen beiden Wochen, in denen ich Karim allein für mich habe, mit Müller und Sarah zu teilen, ist, bei aller Freundschaft, das Letzte, was ich will. Ich muss nur wissen, wie ernst er das meint und ob er wirklich der festen Überzeugung ist, dass das Meer hinter dem Hügel liegt. Er löst seine Wettschulden immer ein, also muss ich etwas androhen, das ihm wehtut.

»Komm, Wanda, reiß dich zusammen!«, fordert Karim. Er bittet nicht mehr, sondern verlangt von mir, meine Grenzen zu überschreiten. Ich kenne das aus unserem gemeinsamen Training: Immer, wenn er das tut – und er setzt es wohldosiert ein –, hasse ich es, mich von ihm herumkommandiert zu fühlen. Und jedes Mal merke ich, dass er recht hat, dass er weiß, was er von mir verlangen kann und was ich noch zu leisten vermag. Mehr zu schaffen, als man glaubt, ist ein überwältigendes Gefühl, vielleicht das erhabenste, das man empfinden kann.

Ich beiße die Zähne zusammen, stoße mich mit dem verkrampften Fuß ab und trete in die Pedale. Jeder Meter ist ein Kraftakt und fordert das Letzte von mir; das Letzte und immer noch ein bisschen mehr, obwohl ich glaube, längst vollkommen leer zu sein. Die Steigung kommt erst noch. Dennoch fliege ich fast an Karim vorbei, der mir ein »Hey – geht doch!« nachschreit und dann selbst weiterradelt. Ich höre den Kies unter seinen Reifen knirschen.

Ich vergesse sämtliche Tipps zur Krafteinteilung und versuche, ein so hohes Tempo wie nur möglich zu erreichen, um den Schwung mitzunehmen, wenn der Weg ansteigt. Meine Oberschenkel brennen, die Waden spüre ich nicht mehr. Ich konzentriere mich auf den Fahrtwind, der meine sonnenverbrannten Wangen kühlt.

Karim zieht neben mich, ich sehe den Schweiß auf seiner Oberlippe glänzen, erkenne seine Anstrengung an seiner verspannten Stirn.

»Komm schon, komm«, zischt er atemlos und meint sich selbst ebenso wie mich. Ich muss lachen und weiß nicht, warum. Zwingt man sich selbst über seine Grenzen hinaus, reagiert der Körper nicht mehr nach den Gesetzen der Vernunft.

Karim liegt eine Fahrradlänge vor mir, als er den Kamm des Deichs erreicht. Er stößt einen Jubelschrei aus, und schon verschwindet er auf der anderen Seite. Ich trete ein letztes Mal so fest ich kann in die Pedale, und dann sehe ich es auch.

Das Meer ist graublau, trägt silberweiße Kronen auf jeder Welle und glitzert wie zerschlagenes Glas in der Sonne. Es rauscht mit einem Mal so laut und intensiv, dass ich mir nicht erklären kann, wie wir es hatten überhören können. Ich bleibe einen Moment auf dem Deich stehen und blicke dorthin, wo Himmel und Meer in einer undefinierbaren Linie zusammenlaufen und zu einem Ganzen verschmelzen. Dann folge ich Karim, der in einem wahnsinnigen Tempo den Pfad zum Strand herunterbraust. Ich folge ihm, beide Bremsen halb angezogen. Meine Hände zittern. Karim lässt sich einfach rollen und nimmt immer mehr Fahrt auf. Mit einem Mal endet der Pfad. Ich sehe trotz der Entfernung, wie Sand aufwirbelt, als sich seine Räder tief hineinbohren. Sein Fahrrad pflügt einen guten Meter weiter und kippt dann einfach um. Karim fällt, löst sich irgendwie von seinem Rucksack und rollt wie ein Kind durch den Sand. Mit gen Himmel gestreckten Beinen bleibt er liegen. Sein Brustkorb zuckt, würde ich ihn nicht so gut kennen, hätte ich Angst, dass er sich etwas gebrochen hat. Aber ich erkenne es, wenn Karim lacht.

Eine Familie, die in der Nähe einen Drachen steigen lässt, schaut herüber, die Kinder kommen neugierig näher. Ihr Hund bellt Karim an.

Ich bremse und stelle das Rad ab. Meine Knie zittern schlimmer als meine Hände, und die wiederum sind so steif und nass geschwitzt, dass ich die Handschuhe nur mit Mühe ausgezogen bekomme. Ich gehe ein paar schwerfällige Schritte und lasse mich dann neben Karims Rad in den Sand sinken, um erst mal die Schuhe auszuziehen. Die Ferse meines linken Sockens ist von Wundwasser, Schweiß und Blut durchtränkt, die Blase muss irgendwann aufgeplatzt sein. Ich pelle mir die Strümpfe von den Füßen und schaue nicht auf die verletzte Stelle, ich will es gar nicht sehen. Bis ich fertig bin, hat Karim sich längst von T-Shirt und Hose befreit. In weiser Voraussicht muss er bereits am Morgen seine Badeshorts druntergezogen haben.

»Komm schon, los, komm!«, ruft er, stapft auf mich zu und hält mir die Hände hin, um mich hochzuziehen. Ich schaffe es kaum, wieder auf die Beine zu kommen, weil meine Muskeln schmerzen, aber genauso sehr, weil mich ein Lachen überkommt. Karim hat Sand in den Haaren, in den Augenbrauen, auf der Haut und in den Ohren, und seine Brille hängt ihm schief im Gesicht.

Wir haben Flut, und es sind nur ein paar Meter bis zum Wasser, aber diese Meter ziehen sich ins Endlose, weil unsere Füße so tief in den weichen Sand einsinken. Die Körnchen scheuern schmerzhaft an meiner aufgeplatzten Blase, ich weiß nicht recht, ob es Schweißtropfen oder Tränen sind, die mir übers Gesicht rinnen. Ist auch egal, ich bin abgeschlagen, mein Körper ist wund, mein Gehirn fühlt sich aufgequollen an wie ein

Schwamm. Ich fühle nichts mehr, außer Erleichterung, endlich hier zu sein.

Karim wirft sich ins knietiefe Wasser und zerrt mich ungeachtet der Tatsache, dass ich meine Kleider noch trage, einfach mit sich. Die erste Welle brandet über unsere Köpfe hinweg.

Ich bekomme Wasser in den Mund. In die Nase. Es brennt in meinen Augen, raubt mir den Atem. Wir klammern uns aneinander und lachen uns fast tot.

»Wahnsinn«, keucht Karim irgendwann. Ich weiß nicht, wie wir dahingekommen sind, aber wir knien inzwischen in den Wellen, sodass das Wasser uns allenfalls noch bis zum Bauchnabel reicht, und sehen zum Horizont. »Es ist genauso, wie ich es mir vorgestellt hatte.«

Ich stutze. »Du warst noch nie am Meer?«

Er lässt seine Hand durchs Wasser gleiten. »Noch nie so nah.«

Ich muss an diesen alten Film mit Til Schweiger denken, den meine Mutter so liebte und den ich in meiner Schulzeit schlechtgeredet hatte, weil es schick war, Filme mit Til Schweiger schlecht zu finden: *Knockin on Heaven's Door.* In diesem Film waren zwei Todkranke aus dem Krankenhaus abgehauen und mit einem geklauten Auto zum Meer geflüchtet, weil sie es noch nie gesehen hatten. Und einer der beiden ist dann dort gestorben.

Ich kann es mir nicht erklären – vielleicht liegt es an der Überanstrengung –, aber ich habe plötzlich schreckliche Angst, Karim zu verlieren. Endgültig zu verlieren. Der fürchterliche Moment dehnt sich, er treibt mir Tränen in die Augen, und alles in mir zieht sich zusammen wie ein krampfender Muskel.

»Und nächstes Jahr«, meint Karim und zerreißt den Moment damit, ohne es zu bemerken, »fahren wir ans Mittelmeer. Wenn du willst.«

Ich lege meine Hände an seine Wangen und sehe ihn ernst an. »Von mir aus auf Rollschuhen«, sage ich.

10

*»Argwohn wiegt in der reinsten Sphäre sich
wie in dem lichten Himmelsblau die Krähe.«*
William Shakespeare, Sonette

Karims Wohnung zu betreten machte mich jedes Mal beklommen. Es fühlte sich an, als hätte ich kein Recht, hier zu sein, während er keine Chance hatte, mir zu sagen, was er wollte. Natürlich war das Unsinn, er selbst hatte mir den Schlüssel gegeben, und genau genommen war diese Wohnung nur noch eine Formalität. Meist hatte Karim bei mir übernachtet. Sein Kater wohnte bei mir, sein Rasierzeug lag in meinem Bad, und seine Lieblingsbücher standen in meinen Regalen. In wenigen Wochen wären wir zusammen in eine größere Wohnung gezogen – dem Vermieter hatte ich absagen müssen. Und doch … Gefühle lassen sich nicht davon beeindrucken, dass sie haltlos sind – Gefühle brauchen keinen Halt, sie können schweben.

Ich war froh, dass Müller mich dieses Mal begleitete. Alles rasch Verderbliche hatte ich schon rausgeschafft, doch es waren noch genug Lebensmittel in der Küche, die dort nicht über Wochen bleiben konnten. Mir graute vor der Vorstellung, dass ich die Wohnung eines Tages vielleicht ganz ausräumen musste …

»Wanda?« Müller legte ihre Hand auf meinen Arm. »Alles in Ordnung?«

Ich nickte fahrig. »Ich war nur in Gedanken.«

Ohne viele Worte zu verlieren, begannen wir, die Lebensmittel in Umzugskartons und Wäschekörbe zu räumen. Es versetzte mir spitze Stiche, überall auf Karims eigenwillige Ordnungssysteme zu stoßen. Er sortierte Lebensmittel nach seinen Lieblingsrezepten, sodass Zutaten und Küchengeräte, die er meist gemeinsam brauchte, auch beisammenstanden, was für Müller wie ein riesiges Chaos aussah. In Wahrheit war Karims System viel logischer, als alle Schüsseln in einen und alle Konservendosen in einen anderen Schrank zu räumen. So war Karim. Er sortierte sein ganzes Leben nach eigenen Regeln und machte sich damit für jeden anderen Menschen zu einem Buch mit sieben Siegeln.

Erneut begann in meinem Kopf wieder die Grübelei. Ich konnte mir immer noch nicht erklären, wie ich mich hinsichtlich Karims Arbeit so hatte irren können. Hatte er damals absichtlich ein Geheimnis darum gemacht, oder hatte ich einfach etwas falsch verstanden?

Wir hatten schon einige Kisten in Müllers Auto getragen und waren beinahe fertig, als es an der Tür klopfte. Ich zuckte zusammen. Wer konnte das sein?

Ich öffnete und musste schlucken, denn vor mir stand Frau Grämer, Karims Vermieterin. Sie trug eine dicke Mappe mit der Aufschrift »Mieter« wie einen Säugling im Arm. Ihr Terrier bellte in der Wohnung unter uns. Frau Grämer lächelte unbeholfen bei der Begrüßung. Ihre Fragen machten mir bereits Angst, ehe sie sich überwinden konnte, sie zu stellen. Ich bat sie herein.

»Ich kann Ihnen leider nichts zu trinken anbieten, wir haben den Kaffee und den Tee eingepackt, und der Wasserkasten ist auch schon im Auto.«

»Das macht doch nichts, ich will Sie gar nicht lange stören.« Frau Grämer setzte sich an den Küchentisch und beobachtete Müller, die durch den letzten Schrank wischte und dann den Lappen ausspülte.

»Sie stören nicht«, sagte ich, »wir sind so gut wie fertig.«

Frau Grämer räusperte sich. »Nun ja, es ist so …«

Ich konnte mir denken, warum sie da war. Jemand musste Karims Miete bezahlen, die ältere Dame lebte von diesen Einnahmen. Von Karim wusste ich allerdings, wie sehr sie selbst der kleinste Konflikt belastete. Er hatte sie immer harmoniesüchtig genannt, ohne es abfällig zu meinen. Sie tat mir leid, die Situation musste ihr enorm unangenehm sein.

»Sie möchten bestimmt wissen, wie es mit der Miete aussieht, nehme ich an?«, versuchte ich ihr zu helfen.

Sie nickte dankbar. »Es ist mir ja sehr peinlich, danach fragen zu müssen, aber …« Im Erdgeschoss kläffte sich ihr Terrier heiser.

»Das muss es nicht«, sagte ich, obgleich ich nicht wusste, wie ich sie beruhigen sollte. »Wenn ich das richtig verstanden habe, wird sich das Sozialamt bei Ihnen melden und sich darum kümmern. Ich kann mich gerne für Sie kundig machen, wer Ihr Ansprechpartner ist, dann können Sie nachfragen und –«

»Um ehrlich zu sein«, ein erneutes Räuspern, »hatte ich gedacht, dass Sie das übernehmen. Sie waren ja so gut wie verheiratet. Und mit dem Amt … ob das direkt so klappt? Ich bin ja nun auch keine reiche Frau.«

»Verstehe«, sagte ich und spürte meine Worte in meinen eigenen Ohren taub und leer werden. »Aber ich habe keine Vollmacht über das Konto meines Verlobten. Das wird alles der gesetzliche Betreuer machen.«

Frau Grämer rutschte auf dem Stuhl hin und her. »Und bis das eingespielt ist, könnten Sie da nicht einspringen? Die Miete ist ja die Tage fällig.«

Müller wandte sich um und legte ihr Spültuch mit Nachdruck auf den Tisch. »Frau Kirsch«, sagte sie, auf mich weisend, »ist Referendarin. Wissen Sie, was man da verdient? Sie kann sicher nicht zwei Wohnungen bezahlen.«

»Ist schon gut«, murmelte ich. Ich war darauf vorbereitet, dass man finanzielle Forderungen an mich stellen würde. Eine Schwester hatte mich vorgewarnt und mir geraten, niemandem Geld zu versprechen. »Sie sind nur verlobt«, hatte sie mir eingebläut. »Im Ernstfall haben Sie als Verlobte keinerlei Rechte – aber auch keine Pflichten. Lassen Sie sich bloß nichts einreden, das Ganze ist schwer genug für Sie, auch ohne dass man Ihnen noch finanzielle Verpflichtungen aufdrückt.«

»Frau Grämer, ich kann Ihre Sorgen nachvollziehen.« Ich versuchte, entschlossen zu klingen, doch ich merkte, dass es in die Hose ging. »Aber das Amt wird das alles regeln.« Zumindest zwei oder drei Monate lang. Dann würde vermutlich eine fristlose Kündigung in Kraft treten, und die arme Frau Grämer konnte zusehen, wo sie so schnell einen neuen Mieter herbekam. Die Sache war äußerst ungerecht, aber Müller hatte recht: Ich hatte zwar keine finanziellen Probleme, war aber weit davon entfernt, zwei Wohnungen zahlen zu können.

»Ich hatte extra eine Kopie vom Mietvertrag mitgebracht«, gab Frau Grämer nicht auf und schob mir einen Bogen Papier zu, als bestünde die Aussicht, dass ich es mir anders überlegte.

Ich zuckte mit den Schultern, schüttelte ratlos den Kopf und entschuldigte mich. Dann, aus einem Impuls heraus, und weil ich Karims Unterschrift sehen wollte, griff ich nach der Kopie und blätterte zur letzten Seite. Und erstarrte.

Das Datum!

Ich verglich es mit dem weiter vorne, wo der Beginn des Mietverhältnisses festgehalten worden war: 1. August 2008.

»Das kann doch nicht sein«, flüsterte ich und sah zu Frau Grämer rüber. »Ist Karim wirklich erst am 1. August 2008 hier eingezogen?«

Sie nickte. »Ja, na sicher.«

»Das kann kein Irrtum sein? Ein Fehler in der Jahreszahl?«

»Junge Frau«, meinte sie langsam. »Ich mag schon einige Sommer auf dem Buckel haben, aber senil bin ich nicht.« Nein, ein Fehler war wohl auszuschließen, das Jahr von vorne wiederholte sich bei den beiden Unterschriften und lautete jedes Mal gleich. Karim war umgezogen, als wir bereits zusammen waren, und ich hatte es nicht bemerkt?

Ich entschuldigte mich ein letztes Mal, Frau Grämer nicht helfen zu können und begleitete sie zur Tür. Kurz kam mir der

Gedanke, dass ich es war, die sich im Datum irrte. Konnte es sein, dass ich erst im Spätsommer mit Karim zusammengekommen war, nach seinem Umzug und nachdem er den Job angenommen hatte? Nein, unmöglich, solange ich nicht vollkommen den Verstand verloren hatte. Ich wusste, wann ich ihn kennengelernt hatte, wann unser erstes Date gewesen war und wann der erste Sex. Solche Daten vergaß man ebenso wenig wie den eigenen Geburtstag. Und ich erinnerte mich doch genau, dass wir in den Sommerferien viele Tage am Badesee verbracht hatten, oder an dem kleineren See in der Nähe meiner Wohnung, in dem das Schwimmen verboten war, was Karim nie abgehalten hatte und mich am Ende auch nicht mehr.

Ich wusste noch, dass Karim mich damals sehr lange nicht zu sich nach Hause eingeladen hatte. Zuerst gab es ein Problem mit dem Strom, dann mit dem Wasser, und schließlich lag es an Frau Grämer, die angeblich bei Frauenbesuch immer Stress machte, was sich später in keiner Weise bestätigte. Ich hatte damals geglaubt, er würde sich schämen, weil er ein Chaot war – vielleicht war er ja ein kleiner Messie –, aber als ich sein Refugium dann doch endlich hatte betreten dürfen, war dieser Eindruck verschwunden. Die Wohnung war damals so gut wie leer gewesen, er verfügte nur über die nötigste Einrichtung und kaum ein persönliches Teil. Wie unbewohnt hatten seine vier Wände ausgesehen. Oder … wie gerade erst bezogen.

Aber warum sollte er mir einen Umzug verschwiegen haben?

Müller fuhr mich und meine Fracht in ihrem Auto zu meiner Wohnung, als mein Handy klingelte und Hendriks Name im Display erschien.

»Hallo Wanda«, begrüßte er mich, und ich hörte bereits an seiner Stimme, dass er etwas herausgefunden hatte. Er klang wie ein Kind beim Detektivspielen und brachte mich unweigerlich zum Lächeln. »Ich habe eine Spur – hör zu! Der Taekwondo-Verein war ein guter Tipp, ich habe da angerufen und gleich einen Trainer ans Telefon gekriegt, der sich an deinen Karim erinnert. Was er sagte, klang allerdings nicht so sympathisch«, Hendrik räusperte sich, »aber das Ganze ist ja auch schon eine ganze Weile her.«

»Was hat er denn gesagt?«, fragte ich. Mein Herz klopfte spürbar.

»Na ja, er soll wohl ... recht ›impulsiv‹ gewesen sein.«

Eine Pädagogenbezeichnung für einen Schläger. Aber doch nicht Karim! »Sprechen wir von der gleichen Person?«

Müller sah besorgt zu mir rüber und formte ein »Alles okay?« mit den Lippen. Ich nickte und lauschte Hendrik.

»Jetzt mach dir darüber mal keine Gedanken, der Trainer meinte selbst, dass er Karim weit über zehn Jahre nicht gesehen hat und damals die meisten Jungs aus dieser Gegend ihre Probleme hatten. Was seine Freunde von früher betrifft, kann er uns nicht weiterhelfen, er kennt nur noch Vornamen.« Vielleicht verwechselte er ihn ja! »Aber er wurde vor nicht allzu langer Zeit schon mal angerufen und nach Karim gefragt. Von einer alten Bekannten, die nach seiner neuen Adresse sucht.«

»An die müssen wir ran!«, rief ich. Ich war mittlerweile fest entschlossen, Licht in dieses Dunkel zu bringen. Es musste eine logische Erklärung für all das geben, und ich würde sie finden und meine ätzenden Zweifel an Karim auslöschen.

»Klar«, meinte Hendrik. »Der Trainer war nicht sicher, ob er mir die Telefonnummer der Frau geben darf, aber er wird sie anrufen, ihr sagen, dass Karim im Krankenhaus ist, und ihr deine Festnetznummer geben. Ich hoffe, das ist in deinem Sinne? Wenn nicht, rufe ich ihn an und –«

»Nein, das ist völlig okay«, sagte ich. »Danke Hendrik, du hast echt was gut bei mir.«

Er murmelte etwas, das ich nicht richtig verstand. »Was hast du gesagt?« Ich musste mich verhört haben. Hatte er mich gerade nach einem Date gefragt? Mich? Deren Verlobter im Koma lag?

»Ich sagte: Du könntest für mich mal Arbeiten korrigieren, wenn ich mein nächstes Date habe.«

Erleichtert atmete ich aus. »Ach so. Na, lass das mal nicht die Chefin hören, sonst setzt die dich beim Sommerfest auf den Grill.«

Hendrik lachte. Kam es mir so vor, oder klang es etwas gezwungen? »Mach's gut, Wanda.«

»Du auch.«

»Was ist los, das klang interessant?«, wollte Müller wissen und setzte den Blinker. »Und an wen musst du ran?« Sie hielt vor meinem Haus in der Parkbucht jener Nachbarn, die es am genausten nahmen, weshalb ich mich mit dem Ausladen beeilen und mir dabei überlegen wollte, wie ich ihr erklären konnte, dass ich meinem Verlobten nachschnüffelte. Ich hatte Glück. Mir fiel zwar keine Erklärung ein, mit der ich mich nicht paranoid und kontrollsüchtig fühlte, aber das Kistenschleppen brachte meine Freundin auf andere Gedanken, und sie vergaß, noch mal danach zu fragen.

Etwas später fuhr sie heim, und ich setzte mich ans Klavier, auch wenn ich nach der Schlepperei eine Dusche nötiger gehabt hätte. O'Malley sprang auf meinen Schoß, stieg von dort aus mit den Vorderpfoten auf die Tasten und erzeugte zwei Töne, die er mit einem missgelaunten »Mee« kommentierte.

»Soso«, flüsterte ich ihm zu. »Dein Herrchen soll also ein *impulsiver* Jugendlicher gewesen sein.« Das war einerseits absurd, denn es passte überhaupt nicht zu Karim. Karim war erklärter Pazifist, jeglicher Kampf war ihm allenfalls im sportlichen Wettkampf willkommen. Andererseits kannte ich bloß den erwachsenen Karim.

Ich dachte an meine eigene Jugend zurück. An die 14-jährige pummelige, brave Wanda mit der pinken Glitzerzahnspange und den Pferde-Sweatshirts; eine Wanda, die selbst zum Fahrradfahren zu ängstlich gewesen war und nicht mal 800 Meter am Stück joggen konnte. Dieses Geschöpf war mir mit 18, als ich den Sport für mich entdeckt hatte, vollkommen fremd geworden.

Menschen veränderten sich. Doch dass Karim eine solche Kehrtwende gemacht hatte, kam mir unnatürlich vor. Er war ein derart in sich ruhender Mann, dass ich geglaubt hatte, er hätte sogar als Kleinkind schon souverän und lässig im Sandkasten gesessen. Jetzt allerdings erschien mir diese stille Tiefe bedrohlich. War es möglich, dass er darin, irgendwo an ihrem finsteren Grund, etwas verbarg?

Der Kater fing an zu schnurren, drehte sich auf meinem Schoß dreimal um seine eigene Achse und begann anschließend den Katzenmilchtritt, wobei er mir seine Krallen immer gerade so weit in die Oberschenkel bohrte, dass es unangenehm war, aber nicht schmerzte. Ich wartete, bis er sich zum Schlafen zusammenrollte, dann spielte ich die paar Töne von dem Lied, das Karim immer noch suchte.

Ich konnte mir nicht erklären weshalb, aber plötzlich spürte ich, dass es einen Zusammenhang zwischen der Melodie und den Antworten auf meine Fragen geben musste. Dort, wo ich herausfinden würde, wie das Lied hieß und wie der Text lautete, würde man mir Karims Vergangenheit offenlegen.

Zweieinhalb Jahre zuvor

Ich schaue auf den Fernsehbildschirm, ohne richtig etwas wahrzunehmen. Die Späße der Sitcom und das Konservengelächter ziehen an mir vorbei wie Lichtstrahlen, die mich nicht treffen.

Es ist nicht das erste Mal, dass Karim mich warten lässt. Pünktlichkeit gehört nicht zu seinen Stärken. Für gewöhnlich stört mich das nicht weiter, denn er ist nie mehr als ein paar Minuten zu spät. Jetzt ist es bald eine halbe Stunde. Sein Handy ist aus. Und obgleich ich nicht zu den ängstlichen Frauen gehöre, die den Liebsten gleich in den Armen einer anderen Frau oder tot in der Gosse sehen, mache ich mir Sorgen. Mein Gefühl sagt, dass etwas nicht stimmt.

Als ich sein Auto vor dem Haus parken höre, entweicht mir ein Stoßseufzer. Er klingelt, ich gehe zur Tür und lausche seinen Schritten, die schwerfällig sind, wie ich es nicht von ihm kenne. Er tritt in mein Sichtfeld, und mir versteinert der Atem in der Brust, wo er als Klumpen liegen bleibt.

Karim erinnert mich an ein Gemälde, das ich im Museum gesehen hatte. Ein Ritter in silberner Rüstung, das Schwert siegreich gen Himmel gereckt. Unter seinem Helm lugen ein paar nass geschwitzte Haare hervor; ein winziges Detail, das dem Gemalten all die kraftvolle Überheblichkeit nimmt und ihn verletzlich wirken lässt. *Krieger nach gewonnener Schlacht*, stand auf dem Schild darunter.

Genauso steht er vor mir.

Selbst die Haare unter der tropfenden Kapuze seines Hoodies sind klitschnass. Er trägt keine Jacke, dabei hat es draußen nur wenige Grad über null. Zu seinen Füßen sammelt sich das Wasser binnen Sekunden zu einer Pfütze.

»Was ist passiert?«, höre ich mich wispern.

Sein Blick, von dem ich zuerst gedacht hatte, dass er zu Boden ging, fällt auf seine Hände in der Bauchtasche des Pullovers. Er zieht etwas hervor, das ich auf den ersten Blick für eine tote Ratte halte.

Aber es ist keine Ratte. Es ist ein winziges, struppiges Kätzchen, ebenso nass wie Karim. Es liegt in seinen Händen und rührt sich nicht.

»Wir brauchen einen Tierarzt«, sagt er. »Weißt du, wo einer ist?«

»Komm rein!«, antworte ich und nehme ihm den kleinen Körper ab. Ich spüre das winzige Herz schlagen, und gleich darauf graben sich spitze Milchzähnchen in meinen Daumenballen. Das Katzenbaby ist zu schwach, um mich zu verletzen, und fühlt sich so kalt an, als wäre es schon tot. »Wo hast du es her?«

»Aus dem Rhein«, knurrt er.

Ich will gar nicht wissen, wie es da hineingekommen ist und wie Karim es rausgeholt hat. »Zieh erst mal was Trockenes an. Dann bringen wir es zum Tierarzt.« Während Karim im Schlafzimmer verschwindet, reibe ich das Tierchen behutsam mit einem Handtuch ab, öffne dann die unteren Knöpfe meiner Bluse und schmiege es an meinen Bauch, um es zu wärmen. Es wirkt lethargisch und lässt alles über sich ergehen, als hätte es bereits mit dem Leben abgeschlossen.

Karim braucht nur wenige Augenblicke, bis er in trockenen Kleidern vor mir steht und seine nassen Schuhe wieder anzieht, weil er kein Ersatzpaar bei mir hat.

»Auf der Schreberstraße ist eine Tierärztin«, überlege ich laut und schaue auf die Uhr. Halb neun. »Die hat sicher nicht so lange auf, aber vielleicht ist noch jemand da. Ansonsten müssen wir zur Tierklinik.«

»Dann los.« Karim bleibt einsilbig, seine Hände zittern noch, und er presst die Zähne hart aufeinander. Ich meine, unter seinem Frieren Wut zu spüren. Er will nicht einmal das Kätzchen halten, er hilft mir bloß in meine Jacke und zieht den Reißverschluss zu, während ich unseren kleinen Patienten an meinen Bauch schmiege und seine flachen, hastigen Herzschläge zähle.

Draußen malt unser Atem durchsichtige Wölkchen in die Luft. Karim schließt das Auto auf und setzt sich wortlos auf den Fahrersitz, der noch triefend nass ist. Er fährt hochtourig wie nie und stellt sich vor der Tierarztpraxis ins Halteverbot. Wir haben Glück, die Tierärztin und eine Helferin sind noch da, sie lotsen uns ohne einen Umweg ins Behandlungszimmer. Es riecht komisch hier. Nach krankem Hund. Nach Angst.

Die Tierärztin untersucht das Katzenbaby schweigend. Ihr Kopf hängt die ganze Zeit auf ein wuchtiges Doppelkinn herab, sie sieht aus, als würde sie selten lachen. Das Fell des Tierchens trocknet langsam. Es ist rötlich. Ich zähle die Sekunden, in denen die Tierärztin das Herz abhorcht. Es sind zu viele, als dass ihre Untersuchungen Routine sein könnten.

Schließlich schüttelt sie den Kopf. »Das sieht nicht gut aus.« Sie setzt das Kleine auf eine Waage, es liegt da wie tot. »230 Gramm ist viel zu wenig. Ich schätze es auf drei Wochen, knapp vier, und es müsste inzwischen das Doppelte wiegen. Sehen Sie?« Sie blickt mich an, nicht Karim, der einen Schritt hinter mir steht. »Die Haut ist faltig und ausgedörrt, der kleine Kater ist massiv unterernährt und ausgekühlt. Woher haben Sie ihn?«

»Gefunden«, sage ich.

»Könnten da, wo Sie ihn herhaben, noch mehr Katzenwelpen sein?«

Ich sehe zu Karim. Er schüttelt den Kopf, es sieht aus wie ein Reflex, als bewege sich sein Körper ohne seinen Willen.

»Armes Ding«, meint die Tierärztin. »Aber ich fürchte, ich kann ihm nicht mehr helfen.«

Karim tritt vor. »Dann fahren wir in die Tierklinik.«

»Ich glaube nicht, dass die mehr tun können. Das Tierchen stirbt, das sehen Sie doch. Alle Versuche quälen es bloß.«

»Was können Sie versuchen?«, fragt Karim. Als sie nicht gleich antwortet, setzt er ein zaghaftes, aber darum nicht weniger forderndes »Bitte tun Sie es« nach.

»Wir brauchen ein kleines Wunder für diese Katze.«

»Ein Wunder ist kein Problem«, knurrt Karim.

Der Blick der Tierärztin sagt, dass sie lieber widersprechen würde, aber sie tut es nicht, und ich frage mich nach dem Grund. Vielleicht, weil sie schon weiß, dass eine Diskussion mit Karim zu nichts führt. Sie nickt ihrer Helferin zu. »Melanie, mach bitte eine Infusion fertig.«

»Angewärmt?«

»Natürlich. Die antibiotische Prophylaxe sparen wir uns. Die Nebenwirkungen könnten zu groß sein. Wir müssen hoffen, dass der Kleine keine Infektion bekommt.«

Die Tierärztin rasiert eine Stelle am Bein des Kätzchens. Die Ader, in die sie die Infusion setzt, ist fein wie ein Härchen, aber sie erwischt sie beim ersten Versuch. Die Babykatze faucht schwach, es ist kaum zu hören, nur zu sehen.

»Schon okay, O'Malley«, flüstert sie.

Karim sieht auf. »O'Malley?«

Sie antwortet nicht gleich, sondern kontrolliert erst konzentriert, wie die Flüssigkeit in den kleinen Körper rinnt. »So nenne ich alle Kater.« Dann rührt sie eine kleine Menge weißes Pulver zu Milch an und reicht mir eine Pipette. »Sie können das Füttern gleich üben. Sollte er wirklich überleben, wird das in den nächsten Wochen Ihre Aufgabe. Beginnen Sie mit fünf Tropfen stündlich, um den Organismus nicht zu überfordern.«

Sie erklärt, was wir zu tun haben, und ich präge mir alles genau ein, während Karim dem Kätzchen Milch einflößt. Er steht mit gesenktem Kopf und nach vorne hängenden Schultern vor dem Tisch, sein Rücken ein Schutzwall um das kleine Tier herum. Viereinhalb von den fünf Tropfen laufen dem Kätzchen wieder aus dem Maul und versickern in der Papierunterlage.

Die Tierärztin seufzt, ich höre heraus, dass sie es doch gewusst hat. »Ich gebe Ihnen erst mal nur eine kleine Menge Milchpulver mit, Sie müssen nicht gleich die ganze Dose kaufen.«

Karim besteht darauf, die ganze Dose zu kaufen. Er bezahlt, bevor wir gehen, mit aufgeweichten Scheinen aus seinem durchnässten Portemonnaie. Das Kätzchen steckt wieder unter meinem Pullover. Unser Atem malt jetzt dichte, weiße Wolken in die Winternacht.

Es ist fast halb drei Uhr nachts, als wir endlich im Bett liegen, ich an der Wand, Karim an der Außenkante und das Kätzchen, eingeschlagen in ein angewärmtes Handtuch, in dem engen Raum zwischen uns. Wir haben wenig geredet bisher, um nicht zu sagen: Wir haben überhaupt nicht geredet, nur ein paar unwichtige Worte gesagt, was nicht dasselbe ist.

»Woher hast du es?«, frage ich ein zweites Mal, und diesmal muss er mir antworten.

»Ich bin am Rhein entlanggefahren und habe einen Kerl gesehen, der etwas hineingeworfen hat. Eine Plastiktüte. Ich dachte zunächst einfach an ein Umweltschwein, das Müll entsorgt, und hab gehalten, um ihm ein paar Takte zu erzählen.«

Ich muss lächeln. Typisch Karim. Er sieht nie weg. Es ist kein Wunder, dass er so selten pünktlich ist.

»Es war aber kein Müll, es waren Katzenbabys.«

»Mehrere?«

Er nickt. »Zwei waren schon tot. Ich war zu langsam.«

»Oh Karim.« Ich ziehe ihn an mich, drücke sein Gesicht gegen meine Schulter. »Und der Mann?«, frage ich schließlich.

Karim zieht sich von mir zurück und legt sich aufs Kissen. »Der ist abgehauen.« Er schließt die Augen und den Mund; er macht buchstäblich zu. Aber ich habe genug gesehen. Er hat gelogen. Und er weiß, dass ich es erkannt habe, er weiß es sehr genau.

Karim hat beschlossen, das nächtliche Füttern zu übernehmen, doch als sein Handy mich mit leisem Summen weckt, schläft er einfach weiter. Ich streiche ihm das Haar aus der Stirn und erschrecke. Seine Haut glüht. Ich knipse das Licht an, das Kätzchen blinzelt und streckt sich, fast als würde es sich wohlfühlen. Ich ziehe etwas von der vorbereiteten Milch in die Pipette, wärme sie zwischen meinen Händen und versuche es zu füttern. Ein bisschen Milch geht daneben, aber es trinkt schon besser. Um seine Verdauung anzuregen, reibe ich mit einem Waschlappen über den Bauch, und es pinkelt. Mir geht das Herz auf, und ich lache über mich selbst: Ich freue mich tatsächlich über Katzenpipi im Bett, das ist echt nicht ganz normal. Aber die Tierärztin hatte gesagt, dass O'Malley Chancen hätte, wenn die Verdauung funktioniert. Ich bin kurz davor, Karim zu wecken, um es ihm zu erzählen, aber sein Gesicht ist kalkweiß, und er zittert leicht trotz der Hitze, die von seinem Körper abstrahlt. Besser, ich lasse ihn schlafen.

Ehe ich mich selbst wieder für eine Stunde hinlege, wechsle ich das Handtuch, in das wir die Katze eingekuschelt haben und lege ein zweites darunter, um die Matratze zu schützen. Als ich den Frotteestoff zwischen Bett und Wand feststecke, stoßen meine Finger an etwas Hartes. Es muss die Fernbedienung für die Stereoanlage sein, die wir seit Tagen suchen, denke ich zuerst. Doch als ich den Gegenstand hervorziehe, wird mir klar, dass ich mich geirrt habe. Frostiger Schweiß bricht mir im Nacken aus. Ich halte ein Messer in der Hand. Es ist kalt und schwer, und die Klinge ist so lang wie das schlafende Kätzchen, wenn es sich streckt.

»Leg das wieder weg«, sagt Karim schlaftrunken, als wäre es nur ein albernes Spielzeug.

Ich halte den Griff der Waffe und ziehe sie aus der Lederscheide. Das Licht der kleinen Lampe bricht sich in der Klinge und malt Sterne an die Wand, die sich bewegen, weil meine Hand zittert. Wenn es Sternschnuppen wären, dürfte ich mir etwas wünschen.

»Karim, was ist das?«, frage ich, obwohl ich die Antwort weiß. Ich habe mit Waffen nichts zu tun, aber ich erkenne eine, die töten kann, wenn ich sie sehe.

»Bloß ein Messer.«

Wir leben im 21. Jahrhundert, erinnere ich mich, nicht in irgendeiner mittelalterlichen Fantasywelt. »Wozu … hast du ein Messer im Bett?«

Er schaut nach der Katze und dreht sich dann um, wendet mir einfach den Rücken zu. »Falls jemand Brötchen zum Frühstück bringt. Schlaf ein bisschen, Wanda.«

Als das Handy ein weiteres Mal klingelt, schrecke ich hoch, verwirrt, wie ich unter den Umständen wieder hatte einschlafen können. Ich erinnere mich nicht einmal mehr daran, das Messer zurückgelegt zu haben. Vielleicht war es nur ein Traum?

Karim hat Schweiß auf der Stirn, er fiebert zweifelsfrei. Ich hole ihm eine Flasche Wasser, während er das Katzenbaby füttert. Er bedankt sich, sagt, dass er mich liebt, und fällt, kaum dass er die Katze versorgt hat, wieder in den Schlaf.

Ich taste nach dem Messer. Es ist fort, vielleicht war es nie da.

Der Morgen bringt Schnee. Dem Katerchen geht es etwas besser, es trinkt ganze fünf Tropfen und verlangt danach mit heiserem »Mee« nach mehr. Karim hat fast vierzig Fieber und flucht und friert, obgleich er glüht. Er ruft bei der Arbeit an, meldet sich krank und findet es amüsant, dass er nicht einmal gezwungen ist, seinen Chef anzulügen. Seine Augen glänzen wie Glasmurmeln, und sein Puls rast.

Ich beschließe, erst am Mittag zur Uni zu gehen und leihe mir Karims Auto, um zur Apotheke zu fahren und ein paar Medikamente für ihn zu besorgen. Bei der Rückfahrt laufen im Lokalradio gerade Nachrichten. Ich höre nur halbherzig hin, doch plötzlich bannt die weibliche Stimme meine ganze Aufmerksamkeit.

»In den gestrigen Abendstunden gegen zwanzig Uhr wurde der 69-jährige Friedrich K. von einem ihm unbekannten, südländisch aussehenden Mann grundlos angegriffen, zusammengeschlagen und anschließend beinahe im Rhein ertränkt. Der Rentner wurde mit schweren Verletzungen und stark unterkühlt ins Krankenhaus eingeliefert. Die Polizei ermittelt und erbittet bei der Suche nach Zeugen die Mithilfe der Bevölkerung. Mit Hinweisen wenden Sie sich …«

Ich drehe den Lautstärkeregler herunter, bis das Radio schweigt, stoppe am Straßenrand und presse mir die eiskalten Hände gegen die Stirn. Mein Kopf fühlt sich an, als müsse er explodieren. Meine Finger treffen kaum die Tasten meines Handys, als ich versuche, eine gespeicherte Nummer zu wählen. Eine blecherne Stimme sagt mir, dass sie nicht verfügbar sei. Ich wähle erneut, rufe bei mir zu Hause an.

»Dieser Mann«, flüstere ich, als Karim sich meldet, »der die

Katzen in den Rhein geworfen hat. Hast du den …« Ich bekomme den Satz nicht zu Ende, aber das ist auch nicht nötig.

»Ja«, sagt Karim, als ginge es ihm nur darum, dass ich mich nicht länger quälen muss. »Habe ich.«

»Er ist im Krankenhaus.«

Schweigen. Dann: »Ich weiß. Ich habe den Notarzt gerufen.« Er klingt weniger resigniert oder ertappt als vielmehr erleichtert, und das tröstet mich auf makabre Weise. Er hat mich zumindest nicht gerne angelogen.

Ich atme durch. *Nachdenken, Wanda, ruhig blieben und nachdenken.* In meinem Gehirn schießen Impulse umher, treffen sich, verfehlen sich, schlagen krachend gegeneinander.

Hatte der Mann es verdient? – Wie konnte Karim einen wehrlosen, alten Mann verprügeln? – Der Mistkerl hat die Katzen ertränkt! Wehrlose Katzenbabys. – Und Karim hat immerhin den Notarzt gerufen.

»Hat dich jemand gesehen?«, stelle ich die wichtigste meiner Fragen laut.

»Niemand.«

»Schmeiß die Handykarte weg, mit der du den Notruf abgesetzt hast.«

»Habe ich.«

»Okay.« Ich beruhige mich nur langsam. Zähle Karims Atemzüge. Jeder davon klingt gequält. Ich zähle Schneeregenflocken, die auf der Windschutzscheibe schmelzen.

»Wanda? Kommst du nach Hause?«

In seiner Frage schwingt noch mehr mit. Zwischen den Worten will er wissen, ob ich zurückkomme, schweige und nie wieder von dem scheußlichen alten Mann spreche. Ob ich ihm verzeihe, was er getan hat.

Ich bin mir eine Sekunde lang vollkommen bewusst, dass da noch mehr ist. Entscheidenderes als der alte Mann im Krankenhaus. Schlimmeres. In seiner Vergangenheit. Ich sage Ja, ehe der Moment vorbeigezogen ist.

Als ich nach Hause komme, geht es Karim elend, aber der kleine Kater scheint kräftiger geworden zu sein. Er trinkt acht Tropfen Aufzuchtsmilch und kotet mir danach bei der Massage auf die Hand – ein Anlass zur Freude. Als unser Katzenbaby wieder schläft, fragt Karim mich: »Hättest du den Kerl einfach davonkommen lassen? Sei ehrlich zu mir, ganz ehrlich. Hättest du?«

»Ich hätte ihn nicht verdroschen und in den Rhein geworfen«, erwidere ich kühl.

Karims Blick bekommt trotz Fieberglanz etwas Arrogantes. »Warum, Wanda, leckt sich der Hund an den Eiern und der Mann nicht? Weil der Hund es kann.«

11

*»Wenn ihr allen Irrtümern die Tür verschließt,
dann kann auch die Wahrheit nicht herein.«*
Rabindranath Tagore

In dieser Nacht träumte ich von dem alten Mann, den Karim wegen der gequälten und getöteten Kätzchen verletzt hatte. In meinem Traum war es dieser Kerl, der ins Koma gefallen war, und plötzlich lag er in dem Bett, in dem ich Karim vermutet hatte. Ich erwachte schweißnass, und nach all den Jahren fiel mir zum ersten Mal wieder ein, dass wir nach dem Tag, an dem ich es erfuhr, nie wieder darüber gesprochen hatten. Er hatte recht behalten, kein Zeuge hatte ihn gesehen, und nachdem die lokale Presse sich zwei, drei Tage lang mit dem Fall beschäftigt hatte, waren andere Themen interessanter geworden. Ich erinnerte mich, dass es mich verstört hatte, mit welcher Selbstverständlichkeit Karim den Vorfall ruhen ließ, aber eben diese Selbstverständlichkeit hatte mich davon abgehalten, tiefer zu bohren. Es schien ihm wirklich egal zu sein, und genau das hatte ich nicht wahrhaben wollen. Mir war wohler bei dem Gedanken, dass Karim nicht darüber sprach, weil er sich für seine Tat schämte.

»Bereust du es?«, fragte ich ihn heute bei meinem Besuch, nachdem ich lange schweigend an seinem Bett gesessen hatte, überfordert von all den Fragen, auf die er mir keine Antworten geben konnte. »Bereust du wenigstens, was du getan hast, oder rechtfertigt deiner Meinung nach die Grausamkeit eines anderen alles?«

Karims Augen blieben geschlossen, nicht einmal seine Lider zuckten, und mich überkam aus dem Nichts eine bodenlose Wut auf ihn, von der ich wusste, wie ungerecht sie war, schließlich hatte er sich seinen Zustand ja nicht ausgesucht. Aber Wut ist wie Liebe. Sie kommt und geht nach unberechenbaren Kriterien und fragt nicht nach Sinn und Verstand. Ich war so verdammt wütend, weil er mich mit all den Sorgen und Problemen allein ließ, die eigentlich die seinen waren; mit all den Entscheidungen, die *er* treffen und der Verantwortung, die *er* tragen sollte – nicht ich.

Doch diese Wut musste im Stillen brodeln, schließlich kann man niemanden anbrüllen, der in tiefem Schlaf liegt. Karims Schlaf machte mich leise und zwang mich zum Flüstern, obwohl ich doch nichts lieber getan hätte, als ihn anzuschreien. Aber nein, selbst zitternd vor Wut hauchte ich meine Worte nur und schwächte sie ab.

»Es ist alles so ungerecht«, wisperte ich, statt das herauszuschreien, was ich wirklich fühlte: *Du bist so ungerecht! Wie kannst du da herumliegen und pennen, während mir meine Welt unter den Füßen zerbricht. Verdammt, Mistkerl, du hast versprochen, immer für mich da zu sein, immer an meiner Seite!*

Noch während diese Gedanken in mir tobten und ich nach außen stumm auf das Laken starrte, steckte Schwester Astrid den Kopf ins Zimmer und warf mir ein Lächeln zu. Mit dem Lächeln erreichte mich die permanente Ruhe, die sie nicht nur verströmte, sondern auch einforderte, auf freundliche und fast unerträglich herzliche Art. Und endlich erwischte es mich: das schlechte Gewissen. Was für ein schlechter Mensch muss man sein, wenn alles, was man am Krankenbett des Geliebten empfindet, Wut, Anklage und Selbstmitleid ist?

Ich hielt es nicht mehr aus. Hastig sprang ich auf, murmelte eine Entschuldigung an Karim, dem es vermutlich egal war, ob oder was ich sagte, weil er es höchstwahrscheinlich doch nicht mitbekam, und lief aus dem Zimmer. Im Gang stieß ich mit einem Pfleger zusammen, dessen Namen ich mir noch nicht hatte merken können.

»Frau Kirsch, an der Anmeldung steht eine junge Frau. Eine

Bekannte Ihres Verlobten. Da Sie die nächste Angehörige sind und wir uns bei Nichtverwandten immer gerne absichern, würde ich von Ihnen gerne wissen …« Er stockte mitten im Satz, als er in mein Gesicht sah. »Ist alles in Ordnung?«

Erst jetzt merkte ich, dass mir Tränen übers Gesicht liefen. Ich nickte, stammelte Ja und wiederholte dieses Ja, als der Pfleger seine Frage zu Ende stellte, ob er die Besucherin zu Karim lassen dürfe. Für den Augenblick war mir diese Frau, auf deren Erscheinen ich so gewartet hatte, vollkommen egal. Ich brauchte nichts anderes als Unmengen von Taschentüchern und kaltes Wasser für meine brennenden Augen. Hastig eilte ich zu den Toiletten und atmete erst durch, als ich die Tür einer winzigen Kabine zuschlagen und ein lang unterdrücktes Schluchzen herauslassen konnte. Ungehemmt heulte und schniefte ich in kratziges, graues Klopapier, bis sich mein ganzes Gesicht wund anfühlte und mein Kopf schmerzte, aber mein Herz ein kleines bisschen leichter war. Erst dann wagte ich mich aus der kleinen Kabine heraus, wusch mir das Gesicht und rieb mir die verschmierten Mascara-Reste unter meinen Augen mit der Handwaschseife von der Haut. Der Spiegel warf mir ein ernüchterndes Ergebnis vor den Kopf; ich sah krank, erschöpft und vollkommen fertig aus, und das war in Ordnung. Es ging mir auch kein Stück besser. Ich war es leid, nach außen hin stark und voller Hoffnung wirken zu müssen. Wem wollte ich etwas vormachen?

Ich beeilte mich, zurück zum Zimmer zu kommen. So lange hatte ich darauf gehofft, jemanden zu treffen, der Karim von früher kannte. Diese Frau und die Möglichkeit, etwas über Karims Vergangenheit zu erfahren, durfte ich nicht verpassen. Doch schon im Gang merkte ich, dass etwas nicht stimmte. Jemand rief etwas. Der Pfleger von eben stürzte in Karims Zimmer, als ginge es um Leben und Tod.

Mein Herz gefror.

Leben und Tod. Leben. Tod. Worum sollte es sonst gehen, wenn hier Hektik aufkam?

Karim war aufgewacht. Oder schlief. Nun für immer.

Ich schwankte. Was ich sah, passte nicht zu dem, was ich dachte. Was ich dachte, passte nicht zu dem, was ich fühlte.

Der Pfleger verließ Karims Zimmer und führte eine Frau mit sich, die ich nicht kannte. Sie schien sich halbherzig zu wehren und rief einen Satz, den ich erst zeitverzögert verstand und selbst dann noch nicht begriff.

»Du hast das verdient, du Bastard!«

Die Milchglastür der Intensivstation schloss sich hinter ihr. Mein Kopf wurde wieder klar. Meine Absätze klapperten ein Stakkato, als ich in Karims Krankenzimmer lief, wo ich auf Schwester Astrid traf, die gerade seine Decke zurechtzog. Sein Brustkorb bewegte sich, alle Apparaturen gaben die üblichen Töne von sich, auf den Monitoren zeigten ihre Linien und Bögen die mir vertraute Handschrift.

»Was ist passiert?«, fragte ich.

Schwester Astrid stemmte die Hände in die Hüften und sah mich so vorwurfsvoll an, als wäre alles, was hier geschehen war, meine Schuld. »Diese Frau eben«, sagte sie leise, aber entrüstet, »war nicht gerade eine enge Freundin Ihres Verlobten.«

»Das weiß ich nicht, ich kenne sie nicht.«

»Wir haben doch extra Ihre Zustimmung für den Besuch eingeholt.« Es hätte weder die Formulierung noch den Tonfall gebraucht – ich verstand die Schuldzuweisung auch so. »Wir fragen immer nach, um genau so etwas zu vermeiden. Haben Sie eine Vorstellung, was es für Ihren Freund bedeutet, in dieser verletzlichen Lage feindlichen Übergriffen ausgeliefert zu sein? Wir –«

»Es interessiert ihn nicht«, flüsterte ich, und weil es meiner eigenen Logik widersprach, zu flüstern, wiederholte ich mich lauter: »Es interessiert ihn überhaupt nicht! Sehen Sie doch mal hin. Er zuckt nicht mal mit den Lidern. Es ist ihm scheißegal, ob wir ihm schöne Märchen vorlesen oder ihn beschimpfen. Er ist …«

Überhaupt nicht mehr da, hatte ich sagen wollen, scheiterte aber an meiner eigenen Courage, weil ich es nicht wahrhaben wollte.

Schwester Astrids Blick bekam etwas zutiefst Herablassendes, obgleich sie wieder ihr verständnisvolles Lächeln aufsetzte. »Sie gehen jetzt besser und beruhigen sich erst mal. Man darf schon mal an seine Grenzen geraten, aber wir sollten uns alle Mühe geben, dass dies nicht vor den Patienten geschieht. Nehmen Sie sich eine Pause. Kommen Sie wieder, wenn es Ihnen besser geht.«

Ich schluckte und konnte mich erst eine Ewigkeit später dazu überwinden, stumm zu nicken. Darauf vergingen noch einmal gefühlte hundert Jahre, ehe es mir gelang, mich nach einem letzten Blick auf Karims Brustkorb abzuwenden und die Intensivstation zu verlassen.

Jenseits der Milchglastür ging mein Atem etwas leichter. Die größte Verzweiflung wich und machte den Fragen Platz, die in den Hintergrund geraten waren: Wer war diese Frau? Wirklich eine Bekannte aus seiner Jugend? Und warum hatte sie Karim Schlechtes gewünscht? Eine schwer gedemütigte Exfreundin war die einzige Erklärung, die mir schlüssig vorkam, und damit erblühten noch weitere Szenarien in meiner Fantasie. Ich sah vom Vater verlassene Kinder, eine verzweifelte Frau, die suchte und suchte und ihn doch nicht finden konnte. Ihn nicht erreichte. Eine Frau wie mich.

Ich beeilte mich, rannte die Stufen nach unten und sah mich im Foyer hektisch um. Es herrschte viel Betrieb heute, aber die Frau konnte ich nicht entdecken. Ohne große Hoffnung lief ich nach draußen, um sie vielleicht noch auf dem Weg zum Parkplatz zu erwischen, und stieß vor dem Eingang fast mit ihr zusammen. Ich erkannte sie hauptsächlich daran, dass sie ebenso aufgebracht war wie ich. Sie sah auf wütende Art verzweifelt aus, zog die Nase hoch und rauchte drei hastige Züge von ihrer Zigarette.

»Warten Sie«, sagte ich, und ihr feindseliger Blick traf mich.

Ich trat einen Schritt von ihr zurück, auch wenn ich sie lieber festgehalten hätte, aus Angst, sie könnte wegrennen und die Antworten auf meine Fragen mit sich nehmen wie eine Diebin. Aber dann würde sie garantiert überhaupt nicht mit mir reden.

»Sie waren eben bei meinem Verlobten«, sagte ich so neutral man das eben in Anbetracht der Geschehnisse sagen konnte. »Bei Karim.«

Sie nahm einen weiteren Zug von ihrer Zigarette. »Ja, ich war bei Karim.« Es klang, als würde sie gleich in Tränen ausbrechen.

»Was wollten Sie von ihm?«

»Was sollte ich von ihm wollen? Er liegt im Koma, hab ich gehört. Ich wollte nur sehen, ob es stimmt.« Sie räusperte sich, führte die Zigarette zum Mund, um sie dann auf den Boden zu werfen und auszutreten.

»Sind Sie jetzt zufrieden?«

Sie fuhr sich über die Augen und seufzte. »Das hat nichts mit Ihnen zu tun. Ich wollte Sie nicht erschrecken, das war nicht meine Absicht.«

»Was wollten Sie dann? Nur sehen, wie er da liegt und … eben da liegt?« Ich grinste freundlos. »So spannend ist das nicht, oder?«

Sie seufzte erneut. »Ich weiß nicht, was ich wollte. Als ich hier eben auf den Parkplatz fuhr, dachte ich noch, dass ich ihm vergeben wollte. Aber dann, als er dort lag und sich nicht rührte, kamen so viele Erinnerungen hoch und …« Sie wandte sich von mir ab, rang sichtbar um Fassung. »Entschuldigung«, kiekste sie, »das interessiert Sie natürlich überhaupt nicht.«

Wenn du wüsstest!, wäre es beinah aus mir herausgeplatzt. Ich biss mir auf die Zunge. »Was denn für Erinnerungen? Verstehen Sie mich nicht falsch, ich will Ihnen nicht zu nahe treten. Aber ich bin immerhin mit Karim verlobt. Ich kenne ihn ziemlich gut, und ich frage mich, was er getan haben könnte, das man ihm nicht verzeihen kann.«

In ihrem Blick funkelte etwas auf. Vielleicht die unausgesprochene, sarkastische Frage, ob ich ihn wirklich kannte. Sie schien zu überlegen, ob und was sie mir sagen konnte, und mir wurde bewusst, dass ich nun gezwungen war, sie festzuhalten, wenn ich nicht riskieren wollte, dass sie mich einfach ins Leere laufen ließ und sich einfach mit einem Vorwand aus dem Staub machte.

»Darf ich Sie auf einen Kaffee einladen?«, fragte ich, auch wenn es absurd war. Die Frau war erst vor fünf Minuten keifend aus Karims Krankenzimmer gezerrt worden – und ich lud sie zum Kaffee ein? Meine Neugier war eine elende Verräterin.

»Wie lange kennen Sie ihn schon?«, fragte sie zurück, als hinge ihre Entscheidung an meiner Antwort.

»Vier Jahre«, sagte ich.

Sie lächelte, als würde sie mir irgendetwas vergeben, von dem ich nicht wusste, dass ich es verbrochen hatte. »Ich heiße Susan.«

»Wanda.«

»Freut mich, Wanda. Einen Kaffee könnte ich jetzt wirklich gut gebrauchen.«

Und so gingen wir Kaffee trinken, und ich erfuhr Dinge, die ich eigentlich nicht hatte wissen wollen.

Zwei Jahre zuvor

Als Karim mir den Schlüssel zu seiner Wohnung gab, musste ich dem kindischen Drang widerstehen, ihn mir wie ein Schmuckstück an einer Kette um den Hals zu hängen, sodass jeder ihn zwischen meinen Brüsten glitzern sehen konnte. Ich hinterfragte den Grund nicht, aber ich wusste diese Geste als einen ganz besonderen Vertrauensbeweis zu schätzen, der Karim trotz unserer langen Beziehung nicht leichtgefallen war. Es war, als hätte er mir mit diesem Schlüssel nicht nur seine Tür geöffnet, sondern viel mehr.

Manchmal überkommt mich dieses Gefühl noch immer. Gerade wurde ein Päckchen angeliefert, das ich in Empfang genommen habe. Ein zerbeultes, kleines Paket. Es sieht aus, als wäre der Karton mehrfach wiederverwendet, unzählige Male geöffnet und mit unterschiedlichen Materialien wieder zugeklebt und das eine oder andere Mal nass geworden. Besonders auffällig sind die vielen bunten Post- und Zollmarken, die auf den ersten Blick verraten, dass das Päckchen einen weiten Weg zurückgelegt hat. Ein zweiter Blick verrät mir, wo es herkommt: Teheran. Der Absendername sagt mir nichts.

Am liebsten würde ich Karim anrufen, ihm aufgeregt von der Post erzählen und darauf hoffen, dass er schnell nach Hause kommt, um das Päckchen zu öffnen. Ich kann meine unbändige Neugier nicht leugnen: Ich weiß so wenig über Karims Familie, nur, dass seine Mutter im Iran lebt und sich seit Jahren nicht bei ihm gemeldet hat. Was sonst soll in dem Päckchen sein, wenn nicht der Versuch seiner Familie, Kontakt aufzunehmen?

Ich rufe ihn nicht an, er will ohnehin in wenigen Minuten zu Hause sein, und ich überbrücke die Zeit, indem ich mir einen Tee aufgieße und ein paar Seiten in dem Thriller schmökere, der mit einem Kassenzettel als Lesezeichen in der Küche neben dem Herd liegt. Das Buchcover hat beim letzten Kochen ein paar Fettspritzer abbekommen, aber ich weiß, dass dem Abendessen das Buch noch weniger bekommen ist. Karim war so in die Geschichte versunken, dass ihm alles angebrannt war.

Als ich ihn die Tür aufschließen höre, überkommt mich eine freudige Nervosität, und ich fühle mich wie ein Kind, das auf den Nikolaus wartet. Ich gehe ihn im Flur begrüßen, wo das Päckchen auf der Kommode liegt. Er küsst mich, hängt seine Jacke auf, küsst mich ein zweites Mal und fragt nach meiner Arbeit. Er kann das Päckchen nicht übersehen haben, beachtet es aber gar nicht.

»Eben kam der Paketdienst, ich hab was für dich angenommen«, sage ich.

Er zuckt mit den Schultern. »Mach ich später auf.«

Merkt er meine Neugier nicht? Hat er vielleicht nicht gesehen, wo das Päckchen herkommt? Er hat keine Brille auf, die trägt er selten, wenn er mit dem Fahrrad fährt, aus Sorge, dass sie ihm herunterfällt.

»Ich glaube, es kommt von weit her«, versuche ich es noch einmal. »Bist du gar nicht neugierig?«

»Nein«, sagt er, es klingt so neutral wie ein Wort nur klingen kann, und er geht an mir vorbei in die Küche und gießt sich eine Tasse mit dem Tee voll, den ich eben gekocht habe.

Ich bleibe im Türrahmen stehen. »Und wenn es von deiner Familie kommt?«

»Das tut es bestimmt«, antwortet er in seine Tasse.

»Und es interessiert dich trotzdem nicht?«

Er seufzt. »Wenn du wissen willst, was drin ist, mach es halt auf. Ich vermute Süßigkeiten. Halva, Gebäck, getrocknete Früchte. Vielleicht eine handgesiedete Seife oder bestickte Taschentücher. Was man so verschickt. Es ist immer dasselbe.«

»Von wem kommt es? Ich dachte, du hättest keinen Kontakt zu –«

»Zu meiner Mutter? Das kommt nicht von meiner Mutter.«

Ich atme durch. Es ist anstrengend, ihm immer alles aus der Nase ziehen zu müssen, vor allem, wenn er vorgibt, dass alles, wonach ich frage, vollkommen bedeutungslos sei. Das ist es nicht, das kann es nicht sein. »Sondern? Fällt es dir denn so schwer, darüber zu reden?«

Er zieht einen Mundwinkel hoch, verdreht die Augen und schiebt sich an mir vorbei. Dann nimmt er das Päckchen, trägt es in die Küche und legt es auf die Arbeitsplatte. Er greift in eine Schublade, nimmt sein schärfstes Küchenmesser und einen Wetzstahl heraus, um in aller Ruhe die Klinge zu schärfen.

»Möchtest du mich reizen?«, frage ich betont freundlich.

»Natürlich.« Er lacht leise und wetzt sein Messer. »Ich möchte vor allem wissen, warum du so neugierig bist.«

Nach einem kurzen Blick in meine Augen rammt er das Messer in die Mittelnaht der zugeklebten Kartonkanten und zieht es quer über den Karton, sodass er aufklafft. Karim kippt den Inhalt auf den Tisch. Wie er gesagt hatte, sind Süßigkeiten drin, die meisten selbstgemacht, dazu ein paar Packungen, in denen ich Gebäck vermute.

»Meine Tante glaubt, es gäbe in Deutschland keine Kekse«, meint Karim amüsiert und schiebt mir ein Papiertütchen hin, in dem sich etwas befindet, das ich als türkischen Honig bezeichnet hätte.

»Das ist Halva«, meint er und nimmt einen Würfel davon heraus. »Solltest du nur probieren, wenn deine Zähne in gutem Zustand sind. Und du musst es unbedingt mit geschlossenen Augen essen. Es ist pervers süß, aber sehr lecker.« Er schiebt mir das Stück zwischen die Lippen, und ich muss ihm mit allem recht geben.

»Das ist köstlich. Macht deine Tante es selbst?«

»Jede Iranerin macht es selbst.«

»Und sie schickt dir häufiger solche Päckchen?«

Karim steckt sich selbst eines in den Mund und brummt zustimmend.

»Warum hast du mir nie davon erzählt?«

Er grinst so breit, dass ich das weiße Halva in seinem Mund glänzen sehe. »Du siehst doch, was ich davon habe. Jetzt muss ich teilen.«

Der Schalk in seinem Blick bewirkt, dass ich es dabei belasse. Ich fische ihm das Tütchen mit Halva aus den Fingern und nehme mir noch eines. »Du solltest deine Tante bitten, dir das Rezept zu schicken. Dann kannst du mir welches backen und musst deine Geschenke nicht teilen.«

»Daraus wird leider nichts, meine Tante kann weder lesen noch schreiben, soweit ich weiß. Wobei ich gestehen muss, dass das Hörensagen ist, ich kenne sie nicht.«

»Nur ihre Süßigkeiten?«

»Nur ihre Süßigkeiten.«

»Oh nein. Das tut mir leid.«

Das scheint ihn zu belustigen. »Ja? Das muss es aber nicht.«

»Willst du deine Wurzeln denn gar nicht kennenlernen?«

»Meine Wurzeln«, wiederholt er und klingt mit einem Mal ernst, beinahe verächtlich. »So sehr interessieren mich diese Leute wirklich nicht, das sind doch Fremde, auch wenn wir zufällig verwandt sind. Ich werde sie bestimmt mal besuchen, sollte ich irgendwann zufällig in den Iran reisen. Und natürlich schicke ich eine Kleinigkeit als Dankeschön zurück. Ich werde ein bisschen darüber grübeln, was angebracht ist – ein Seidenschal oder Deko-Kitsch vielleicht? –, und mich dann wie ein anständiger Neffe fragen, ob es meiner Tante gefällt. Aber nimm es mir nicht übel – es bedeutet mir nichts weiter als Höflichkeit. Findest du das wirklich so schlimm?«

Ich schüttle den Kopf und wundere mich ein wenig über mich selbst. Meine eigene Großmutter lebt im selben Land wie ich, Kontakt habe ich zu ihr allerdings auch keinen, von der obligatorischen Weihnachtskarte und dem Anruf zum Geburtstag abgesehen. Wir hatten nie einen Draht zueinander und beide nicht das Bedürfnis, ein Treffen zu erzwingen. Warum macht es mich traurig, dass Karim zu seinen Verwandten nicht mehr Bezug hat als ich zu meinen? Vielleicht, weil es bei ihm nicht die freie Entscheidung aller Beteiligten ist, sondern diese gewaltige Entfernung.

»Warum wollt ihr Frauen eigentlich immer alles kitten, reparieren und jede Seele retten?«, fragt Karim mich spöttisch, und ich muss grinsen. Ich schenke mir von Karim abgewandt Tee nach. Aus dem Augenwinkel bemerke ich, wie er einen Umschlag aus dem Päckchen nimmt und in seine hintere Hosentasche schiebt. Was mag das sein? Ein Brief? Von der Tante, die weder lesen noch schreiben kann?

»Keine Ahnung«, sage ich, als hätte ich nichts bemerkt. »Aber vielleicht ist es genau das, was wir brauchen, und deshalb suchen wir uns schwierige Männer mit düsterer Vergangenheit und traurigen Augen. Es kann doch kein Zufall sein, dass der unkomplizierte, nette Kerl von nebenan meist noch mit vierzig als Single bei Mutti lebt.«

»Wenn eine persische Familie für dich eine düstere Vergangenheit ist …«, murmelt Karim und verlässt die Küche in Richtung Bad, ohne den Satz zu Ende zu sprechen. Als er zurückkommt, streiche ich ihm im Vorbeigehen beiläufig über den Rücken und lasse meine Hand auf seinen Hintern rutschen. Er grinst schelmisch, fast eine sexuelle Anspielung, aber eben nur fast, keineswegs plump. Alles wie immer. Aber mir läuft ein kleiner, kalter Schauder über den Rücken. Denn der Brief, den er eben eingesteckt hat, ist fort. Einen Moment lang glaube ich, ihm einen Schritt voraus zu sein, entschuldige mich, um mich im Bad rasch frisch zu machen, und reiße dort sofort den Mülleimer auf. Doch da sind nur eine leere Shampooflasche und eine ausgediente Zahnbürste drin. Ich hätte es mir denken können. Mein Misstrauen beschämt mich – ich hatte nicht ernsthaft in der Post seiner Familie herumschnüffeln wollen, oder doch? –, und gleichzeitig sagt mir ein kleiner Stich in der Brust, dass es berechtigt ist. Denn in dem kleinen Badezimmer riecht es trotz des geöffneten Fensters ganz leicht nach verbranntem Papier.

12

»Wer soll was von wem wann erzählen?
Jeder wird sein Eig'nes nur erwählen.«
Chawaja Mîr Dard

»Wenn man in der 9. Klasse zu den Mädchen gehört, von denen alle wissen, dass sie noch nie geküsst wurden«, erzählte Susan Schneider, »sollte man skeptisch werden, wenn der hübscheste Junge der Schule plötzlich Interesse zeigt. Ich hätte es ahnen müssen. Das hat er mir später selbst gesagt. Er sagte: *Susan, du hast doch nicht ernsthaft geglaubt, dass ich wirklich was von dir will. Du wusstest, dass das nur ein Spaß war. Und du hast mitgespielt. Also heul jetzt nicht rum.* Tja. Er hatte recht, wissen Sie? Eigentlich hatte ich es gewusst.«

Ihr Lächeln war so bitter wie der Kaffee. Sie war blass geworden, sah krank aus und erweckte den Anschein, dass sie nicht nur zu einem Besuch im Krankenhaus war, sondern als Patientin.

»Er hatte es drauf. Damals. Er hatte dieses Wilde, Unberechenbare, aber gleichzeitig war er charmant und konnte sich viel besser ausdrücken als die ganzen anderen Jungs. Er sagte immer das, was man hören wollte, aber nie schwülstige, erlogene Liebeserklärungen oder so was. Nein, er machte das geschickter, beinahe ehrlich. Schwärmte über den Mond oder über den Wind und ließ mich dabei glauben, er würde mich meinen mit all seinen hübschen Worten.«

Ich wusste genau, was sie meinte. Und hatte ich mir zuvor einreden können, dass sie Karim mit jemandem verwechselte, war das nun vollkommen ausgeschlossen. Ihre Beschreibungen trafen Karim genau. Und mich ins Herz.

»Natürlich schlief ich mit ihm, obwohl meine Freundin mir

prophezeite, dass das alles war, was er von mir wollte, und er mich danach fallenlassen würde. Wie gesagt, ich war nicht überrascht, dass er danach sofort Schluss machte. Traurig, das ja. Gedemütigt und verzweifelt. Aber nicht überrascht.« Sie blickte ins Leere und rührte in ihrem Kaffee herum, der inzwischen sicher kalt war.

»Das muss schlimm für Sie gewesen sein«, sagte ich mitfühlend. Mit 15 oder 16 war ich ein ähnlicher Mädchentyp gewesen. Dass ich solche Erfahrungen nicht hatte machen müssen, lag ausschließlich daran, dass es bei mir nur die ungeschicktesten Jungs versucht hatten; plump und durchschaubar. Und alle hatten sich im Laufe der Zeit zu freundlichen Männern entwickelt, denen ihre pubertären Verfehlungen peinlich waren.

»Das?«, fragte Susan Schneider mich irritiert. Dann lachte sie. »Nein, das war nun wirklich nicht dramatisch. Es gibt mit 15 weit Schlimmeres, als mit dem Ruf zu leben, im Bett des coolsten Jungen der Schule gewesen zu sein. Aber so ließ er mich ja nicht davonkommen.«

Ich schluckte.

»Zuerst war ich seine Freundin. Dann seine Ex. Immerhin wurde ich endlich wahrgenommen. Aber dann …«

Ich wollte es nicht hören und hing doch an ihren Lippen.

»Dann tauchten die Bilder auf, die er heimlich von mir gemacht hatte. Von uns. Während wir … während er mich …«

»Ich verstehe.«

»Sie tauchten wie aus dem Nichts auf, nachdem ich schon fast mit ihm abgeschlossen hatte. Sie waren überall. Am Schwarzen Brett in der Schule. An der Bushaltestelle. An der Tür vom Klassenzimmer. Gestochen scharf und in Farbe, so nah rangezoomt, dass jeder mich auf den ersten Blick erkannte.« Susan Schneiders Stimme zitterte. Sie rang um Fassung und gewann. »Er hat diese Fotos, auf denen er mich vögelte, in der ganzen Stadt verteilt. Und nein, das ist nicht übertrieben. In der Firma, in der mein Vater gearbeitet hat, tauchten sie auf. In der Schule meiner kleinen Schwester. Beim Bäcker, wo meine Oma ihre Brötchen holte.«

»Oh Scheiße.«

»Das kann man wohl sagen. Es war kaum auszuhalten. Egal wohin ich ging, überall tuschelten die Leute: Ist das nicht das Mädchen von den Sexfotos? Und bei mir zu Hause war die Hölle los. Meine Eltern sind konservative Menschen, sie haben mir diese Schande bis heute nicht verziehen. Damals haben sie die erste Gelegenheit einer Versetzung meines Vaters genutzt, und wir sind umgezogen. Dass sie mich nicht ins Kloster gesperrt haben, war alles. Ich war so verletzt, ich hätte nicht widersprochen.«

»Ich kann kaum glauben, dass Karim so etwas getan haben soll.«

»Wollen Sie behaupten, dass ich lüge?«

Sie klang plötzlich so verzweifelt, dass ich mich für meine Worte schämte. »Natürlich nicht. Ich glaube Ihnen. Es ist nur schwer zu begreifen, dass ausgerechnet Karim …«

Sie schnaubte wütend. »Er hatte noch nicht mal den Anstand, mir ins Gesicht zu sagen, warum er das getan hat. Ich meine, was hatte er davon, mein Leben zu ruinieren? Ich hatte ihm nichts getan – ganz im Gegenteil. Ich war in ihn verliebt gewesen, zum ersten Mal in meinem Leben. Ich hatte ihm vertraut.«

»Karim hat sich geändert«, sagte ich. Leise und heiser. »Das entschuldigt nicht, was er getan hat.« Wenn es denn stimmte, was Susan Schneider erzählte. Aber warum sollte sie lügen? »Ich weiß nicht, was ihn damals dazu gebracht hat oder warum er ein solches Ekel war. Um ehrlich zu sein, weiß ich überhaupt nichts darüber. Er redet nie über seine Vergangenheit. Aber Sie müssen wissen, dass er Ihnen heute anders gegenübertreten würde. Er ist ein anderer Mensch geworden. Ein guter Mensch.«

»Tja«, erwiderte sie müde. »Wie schön für ihn. Ich bin leider kein anderer Mensch geworden.«

Ich nickte stumm, weil ich begriff; das Erlebnis verfolgte sie bis heute, sie konnte Männern nicht mehr vertrauen.

»Ich habe ein paar Jahre nach ihm gesucht. Im Internet, in Telefonbüchern, bei Stayfriends und bei Facebook. Ich wollte ihn anschreiben oder treffen, um ihn zu fragen, warum er mir das angetan hat. Meine Therapeutin meinte, das wäre gut für mich, selbst wenn er nur unverschämt zu mir wäre. Dann könnte ich ihn endlich als Arschloch abhaken. Also habe ich gesucht. Aber ich habe ihn nie gefunden, bis dieser Kampfsportlehrer sich meldete.« Sie griff in ihre Tasche, legte eine Zigarettenschachtel auf den Tisch und schob sie von einer Hand in die andere. »Rauchen Sie?«

»Nein.«

»Begleiten Sie mich trotzdem nach draußen?«

Ich nickte. Wir räumten unsere Tassen nicht auf die Abräumwagen, sondern ließen alles stehen und gingen vor den Haupteingang. Susan Schneider schnippte ihr Feuerzeug an und zündete sich eine Zigarette an, während sie durch die Tür trat. Sie nahm drei tiefe Züge.

»Da lag er dann«, sprach sie weiter. »Wie tot. Vollkommen am Ende. Und es gab mir überhaupt nichts. Keine Genugtuung, kein Gefühl von Gerechtigkeit. Und wissen Sie, was das Merkwürdigste daran war?«

Ich konnte es mir denken, schwieg aber.

»Dass ich trotzdem so unfassbar wütend auf ihn war – nein, dass ich es immer noch bin! Weil ich jetzt vermutlich nie eine Antwort auf die Frage nach dem Warum kriegen werde.«

Sie rauchte hastig. Ich nickte schweigend, und als das nicht mehr reichte, berührte ich tröstend ihren Oberarm und kramte mit der anderen Hand nach Papiertaschentüchern. Für uns beide.

»Wir haben etwas gemeinsam«, sagte ich leise. Unsere Wut auf Karim, der es sich einfach und uns unerträglich machte, indem er schlief und schwieg.

»Ich freue mich sehr, dass ihr mich Weihnachten besuchen kommt«, sagt meine Mutter. Ihr Lächeln ist noch gezwungen, aber sie schaut Karim nicht mehr an, als wäre er ein faszinierendes, aber gruseliges Insekt. Nach weit über zwei Jahren kann sie endlich damit leben, dass wir eine feste Beziehung haben und ich entgegen ihrer Ängste weder in eine Burka gehüllt herumlaufe noch in den Irak entführt wurde, den sie weiterhin konsequent mit dem Iran gleichsetzt, so wie sie alles, was schwarzgelb gestreift ist und fliegt, Biene nennt, egal, was es eigentlich ist.

»Ich mache uns einen schönen Gänsebraten – Geflügel esst ihr doch gern, nicht wahr?«

Mit »ihr« meint sie nicht Karim und mich. Sie meint Karim und sämtliche Iraner – ach was, vermutlich meint sie sämtliche Menschen mit schwarzem Haar und dunklen Augen. Ich wünsche mir wahlweise Karim und mich oder meine Mutter an einen sehr weit entfernten Ort. Wie gesagt, sie kann mittlerweile damit leben. Wir nur, solange wir ihr eine gewaltige Portion Nachsicht zugestehen. Karim fällt das leichter als mir.

»Aus artgerechter Haltung«, beeile ich mich zu sagen, damit sie unsere Weigerung, Massentierhaltung und Tierquälereien zu unterstützen, als meinen Spleen betrachtet und nicht als Karims. »Wenn du möchtest, besorgen wir das Tier.«

»Sie haben ja schon die ganze Arbeit mit dem Kochen, dann ist das nur fair«, unterstützt mich Karim.

Der Blick meiner Mutter sagt »Na, ich weiß nicht«, aber sie stimmt zu, unter der Voraussetzung, dass wir dann auch Rezepte mitbringen sollen. Ich nicke und verrate ihr nicht, dass eine Gans vom Bio-Metzger auch nicht anders zubereitet wird als eine aus der Aldi-Tiefkühltruhe. Karim und ich grinsen uns an, als sie gerade nicht schaut.

»Nicht, dass zu viel übrig bleibt.« Meine Mutter schiebt

ihren Kuchenteller von sich. »Karim, warum bringen Sie denn nicht Ihre Eltern mit? Es würde mich so freuen, sie kennenzulernen, immerhin sind wir ja bald so was wie Familie, nicht wahr?«

Ich verschlucke mich beinahe an meinem Tee. *Das* aus ihrem Mund überrascht mich nun doch, zumal wir keine Hochzeitspläne haben.

»Wissen Sie mehr als ich, Frau Kirsch?«, fragt Karim, sein Lächeln wirkt verschmitzt.

»Nun ja.« Meine Mutter errötet zart. »Ich bin ja noch nicht im klassischen Alter, um Oma zu werden, aber …«

Ich werde ebenfalls rot. So rot wie die Blüte des Christsterns, den meine Mutter mitgebracht hat. Seit zwei Tagen bin ich überfällig, und noch weiß Karim nichts davon. Vermutlich bin ich auch nicht schwanger, die Wahrscheinlichkeit ist wirklich winzig, schließlich verhüten wir ja an den fruchtbaren Tagen. Ich möchte keine Pferde scheu machen, nur weil sich meine Periode – nicht zum ersten Mal – um einige Tage verspätet.

»Was ist denn, Wanda?«, fragt meine Mutter, der mein Schreck aufgefallen ist. »Findest du die Idee so grauenhaft?«

»Nur die Vorstellung, dass du dem armen Kind dieselben Polyesterstrampler strickst, die ich damals tragen musste.«

Mutters Tasse klirrt, als sie sie auf den Tisch stellt. »Wanda. Das war ein Scherz. Ein Witz, verstehst du? Ha-ha. Oder bist du etwa schwanger?!« Der Satzbau hat etwas von einer Frage, aber ihr Tonfall sagt: Wage es bloß nicht, schwanger zu sein. »Ich meinte doch die Idee, Karims Familie einzuladen. Damit wir uns mal kennenlernen.«

Das wäre schön, da hat sie zweifelsfrei recht, leider aber vollkommen unmöglich.

»Tut mir sehr leid, Frau Kirsch, aber das wird nicht gehen«, sagt Karim. »Möchten Sie noch Kuchen?«

»Gerne, vielen Dank. Ach, wie schade. Aber wie dumm von mir – Ihre Eltern feiern vermutlich kein Weihnachten, oder?«

»Vermutlich nicht, nein.« Er schneidet den Stollen in dünne

Scheiben und legt meiner Mutter gleich zwei davon auf den Teller. »Genau kann ich es Ihnen nicht sagen. Meine Eltern leben nicht in Deutschland.« Und ohne mit der Wimper zu zucken, tischt er meiner Mutter eine Geschichte auf, die ich nie zuvor gehört habe.

»Mit einer in der Lotterie gewonnenen Greencard nach Amerika ausgewandert, soso.«

Meine Mutter ist gegangen, ich spüle das Kaffeegeschirr und reiche die Tassen zum Abtrocknen an Karim weiter. »Kannst du mir verraten, warum du ihr so einen Mist erzählst?«

Er rollt mit den Augen. »Die wahre Geschichte ist zu kompliziert für eine Adventskaffeetafel, findest du nicht?«

»*Meine Eltern sind getrennt, mein Vater lebt in Amerika und meine Mutter im Iran* klingt für mich jetzt nicht sonderlich kompliziert.«

»Aber äußerst unromantisch.« Er zwinkert.

»Romantik ist natürlich wichtiger als Ehrlichkeit«, erwidere ich flapsig. »Meine Mutter mag ja harmoniesüchtig sein, aber du kannst sie deshalb doch nicht einfach anlügen.«

Eine Sekunde lang sagt Karims Blick »Du siehst doch, dass ich es kann«, doch dann wird sein Gesicht weich. »Du hast recht, es tut mir leid. Ich habe nicht nachgedacht.«

»Kann man so sagen. Wenn ich jetzt schon etwas erzählt hätte!«

»Hast du? Was gibt es denn da zu erzählen?«

Ich seufze. »Es geht ums Prinzip.«

»Und ich habe mich bei dir entschuldigt. Was willst du denn noch?« Er wirkt genervt, und das wiederum nervt mich.

»Den Grund erfahren, warum du Storys erzählst.«

Er knüllt das Küchentuch zusammen und schmeißt es auf den Tisch. »Willst du das wirklich wissen?«

Ich stemme die Fäuste in die Hüften. »Willst du das wirklich wissen?«, äffe ich ihn nach. »Ja, würde ich sonst fragen?«

»Weil sie eine intolerante, verbohrte dumme Kuh ist«, sagt

Karim. Er braucht seine Stimme nicht zu heben, und trotzdem fühle ich mich von ihm angeschrien. »Weil sie ungefähr hunderttausend Vorurteile mit sich herumschleppt und jedes einzelne hegt und pflegt und lieb hat. Erinnerst du dich ans letzte Mal? Da hat sie mich gefragt, wie ich zu Al-Qaida stehe, und mir lag auf der Zunge, zurückzufragen, ob sie Mitglied bei den Nationalsozialisten war, als sie noch jung war.«

»Hättest du mal besser gemacht«, schmolle ich.

»Vergebene Liebesmüh.« Karim wirft in einer hilflos anmutenden Geste die Arme hoch. »Sie hätte den verdammten Witz doch überhaupt nicht verstanden.«

Er hat es mal wieder geschafft – ich muss lachen, auch wenn er Witze über die Intelligenz meiner Mutter macht.

Karim lacht nicht mit. »Man sollte darüber lachen«, sagt er. »Aber manchmal kann ich das nicht mehr. Es nervt mich, wenn ich sehe, wie alles, was ich sage, einen Film in den Köpfen der Menschen startet. Familie im Iran? Das reicht jemandem wie deiner Mutter, um sich auszumalen, wie ich dich heirate, um dich dann aus Deutschland als Sklavin zu meiner Familie zu schaffen, oder im Tausch gegen zehn Kamele und einen Esel oder was weiß ich!«

Ich trete zu ihm und ziehe ihn am Hemd dicht zu mir. »Lass sie ihre Filme fahren. So ist sie eben, sie wäre nicht weniger misstrauisch, wenn du Schwede wärst. Oder Bayer – oh Gott, sie würde ausrasten, wenn du aus Bayern kämst! Aber sei nicht mehr unehrlich, ja?«

Er seufzt, küsst mich auf die Stirn, legt seine Arme um mich und nickt dann endlich. »Ist okay, Wanda. Versprochen.«

Und während wir so dastehen, eng umschlungen und ohne ein Wort zu sagen, frage ich mich still, ob man nur unehrlich ist, wenn man Lügen erzählt. Oder auch dann, wenn man etwas nicht erzählt?

13

»Gleich sind an Form und Gestalt Freude und Leiden:
Die Rose – nenn sie geöffnetes Herz, nenn sie gebrochenes Herz.«
Chawaja Mîr Dard

»Frau Kirsch, auf ein Wort, bitte.«

Mir wurde jedes Mal ganz anders, wenn ein Arzt mich ansprach. Ganz besonders bei Dr. Laumann mit dem traurigen Totengräbergesicht, und dieser bat mich noch dazu in sein teuer eingerichtetes Büro. Ich wäre am liebsten schreiend weggelaufen. Alles deutete auf schlechte Nachrichten hin. Gute erfuhr man im Krankenhaus immer zwischen Tür und Angel, niemand hatte Zeit für aufmunterndes Geplauder. Für schlechte Nachrichten nahm man sich Zeit – das hatte ich bei den anderen Patienten und ihren Angehörigen oft genug beobachtet.

Dr. Laumann schloss die Tür und setzte sich mir gegenüber. »Es sieht so aus, als hätten wir ein Problem«, sagte er und wirkte hilflos dabei. Ich begann meine Atemzüge und gleichzeitig die Holzmaserkringel im Tisch zu zählen, um nicht zu hyperventilieren. Was könnte ein größeres Problem als Koma sein?

Tod. Karim lag im Sterben.

Ich zählte und rechnete mit den Zahlen im Kopf herum – addierte und subtrahierte sie, multiplizierte und dividierte.

»Ich frage Sie nur äußerst ungern um Ihre Hilfe, aber da Sie die einzige Verwandte sind – oder zumindest nah an einem Verwandtschaftsverhältnis dran –, können wir in Ihrem Fall vielleicht eine Ausnahme machen.«

Im Film, dachte ich, würden sie jetzt von mir verlangen, zu entscheiden, ob die lebenserhaltenden Geräte weiterlaufen oder abgeschaltet werden. Ich wusste, dass in Deutschland keine Maschinen abgeschaltet wurden, aber allein die Gewissheit, dass es kein allzu großes Problem darstellen würde, löste Horrorfilme in meinem Kopf aus. Karims Zustand war so zerbrechlich, dass es mir immer noch Angst machte. Was geschah eigentlich, wenn der Strom ausfiel?

»Frau Kirsch?«

Ich riss mich zusammen. »Wie kann ich Ihnen helfen?«

»Nun, es ist so, dass wir in Herrn Hozouris Brieftasche ein paar Dokumente nicht finden konnten. Das fängt mit seinem Personalausweis an.«

Ich rieb mir die Stirn. Auch das noch! »Den hat er irgendwann mal verlegt, hatte er mir erzählt. Vor der Hochzeit wollte er noch zum Bürgerbüro, um einen neuen zu beantragen. Ich dachte, er hätte das inzwischen getan.«

»Mag sein«, sagte Dr. Laumann und notierte sich etwas. »Vielleicht liegt der Ausweis schon dort zur Abholung bereit. Was uns aber für den Augenblick mehr Probleme bereitet, ist die Krankenkasse. Die Karte fehlte nämlich auch. Bei der entsprechenden Kasse ist ein Herr Karim Bin Ainur Al Hozouri versichert. Ihr Verlobter heißt unseres Wissens aber nur Hozouri, oder?«

Ich nickte, doch dann wurde ich mir unsicher. Von den weiteren Vornamen hatte ich noch nie gehört. Hatte ich je ein offizielles Dokument von Karim gesehen? Einen Ausweis, eine Geburtsurkunde oder seinen Führerschein? Ich konnte mich nicht erinnern. Es hatte sich einfach nie ergeben.

»Sie wohnen doch zusammen, richtig?«, fragte Dr. Laumann. Wieder nickte ich. Dass wir offiziell noch zwei Wohnungen hatten, schien mir unnötig kompliziert, immerhin kümmerte ich mich um Karims Appartement und die Räumung.

»Dann seien Sie doch bitte so gut und schauen mal, ob Sie Dokumente finden. Die Versicherungskarte oder die Mitgliedsnummer der Krankenkasse, damit wir da Sicherheit haben. Vielleicht können Sie ja auch den neuen Personalausweis auftreiben oder eine Geburtsurkunde. Und dann steht ja noch die Frage an, wer die gesetzliche Vormundschaft übernimmt. Dies wird nun bedeutsam, da bei langfristigeren apallischen Zuständen nach wenigen Wochen in die Langzeitversorgung gewechselt wird. Zu Deutsch, wir würden Ihren Verlobten gerne in ein spezielles Pflegeheim für Apalliker verlegen, sollte sein Zustand stabil bleiben. Das sollte etwa in zwei Wochen geschehen und ist auch in seinem Interesse, denn dort ist man für solche Zustände besser ausgebildet, und es herrscht viel mehr Ruhe. Dazu muss allerdings zunächst der medizinische Dienst der Krankenkasse die Pflegestufe festsetzen, und zu diesem Schritt ist ein Vormund nötig – auch der Finanzierung wegen. Das Vormundschaftsgericht kann jemanden dafür bestellen, aber vielleicht möchten Sie das selbst übernehmen?«

»Ich … ja, ich denke schon, dass ich das tun sollte. Das ist sicher besser, als wenn jemand Fremdes das macht. Oder?«

»Dann sollten Sie sich beim Amtsgericht melden. In der Regel wird solchen Anträgen zugestimmt, und meiner Erfahrung nach werden Sie bei der entsprechenden Sachbearbeiterin auch gut beraten.«

Erleichtert bedankte ich mich. Es war ein gutes Gefühl, etwas für Karim tun zu können, waren es auch nur bürokratische Angelegenheiten.

Ich musste schmunzeln. Karim hasste sämtlichen Verwaltungsaufwand und schob dergleichen immer endlos vor sich her. Ich vermutete, entweder einen riesigen Haufen unsortierter Papiere in dem Pappkarton vorzufinden, den er mit den Buchstaben »Bürokram« beschriftet hatte, oder aber gar nichts, da Karim sich auch schmerzlos von allem löste, was in seinen Augen unnötig war – in die runde Ablage unter seinem Tisch.

Als ich später wieder an Karims Bett saß, leise aus einem langweiligen Buch vorlas, wie Schwester Astrid es sich von mir wünschte, hatte ich das Gespräch mit Dr. Laumann und das Telefonat mit dem Amtsgericht fast vergessen. Mir spukte immerzu im Kopf herum, was mir Susan Schneider erzählt hatte.

Wie hatte er sie so demütigen können? Was ich heute über Karim erfahren hatte, passte so gar nicht zu dem, den ich zu kennen glaubte …

Nun gut, Susan Schneider hatte von dem jugendlichen Karim erzählt. Dem pubertären Halbstarken. Sind nicht die meisten jungen Männern phasenweise so? Kann so etwas nicht einfach zum Erwachsenwerden gehören wie eine krächzende Stimme oder Pickel?

Nicht in diesem Ausmaß, sagte etwas in mir. Nein, der Kontrast war einfach zu heftig.

Ich legte das Buch auf die Matratze und nahm Karims Hand. Wie jedes Mal schimmerte ein Hoffnungslicht in mir, er würde diesmal darauf reagieren, und wenn es nur ein Wimpernflattern war. Doch nichts geschah. »Was ist damals passiert, was hat dich so verändert?«, fragte ich ihn leise. Doch ich würde meine Antworten selbst finden müssen. Karim blieb still.

Eineinhalb Jahre zuvor

»Wann gedenkst du, ihn zu machen?«, fragt Karim, ohne den Blick von dem Thriller im Fernseher zu nehmen – ein spannender, wie unsere Zeitung behauptet, aber ich habe keine Zeit zum Fernsehen. Bis zum nächsten Morgen muss eine Klassenarbeit korrigiert sein.

»Wen denn?«, frage ich halbherzig.

»Den Schwangerschaftstest.«

Ich schrecke von der Arbeit hoch. »Welchen … verdammt. Woher weißt du von dem Test?« Ich hatte ihn am Vortag in der Apotheke gekauft. Seitdem lag er in meiner Handtasche.

»Warum sagst du mir so etwas nicht?«, fragt Karim, ohne mir zu antworten.

»Wühlst du in meinen Sachen?«

Er kneift die Augenlider halb zusammen, sein Mund wird ein dünner Strich. Und er schweigt – ein höchst effektives Mittel, um mich zum Reden zu bringen.

»Ich bin erst ein oder zwei Tage überfällig.« Oder vielleicht auch vier. »Und das nicht zum ersten Mal. Ich habe den Test nur zur Sicherheit geholt. Um einen dazuhaben.«

Er nickt, sein Blick bleibt beim Bildschirm.

»Machst du jetzt einen auf Macho, oder was?«, frage ich, Wut steigt in mir auf. »Kannst du mich bitte ansehen, wenn wir miteinander reden.«

Provokant langsam wendet er mir den Blick zu. »Sagst du es mir, wenn er positiv ist? Oder behältst du das dann auch für dich?«

»Warum sollte ich? Sollte er positiv sein, geht dich das ebenso viel an wie mich. Noch mal: Was hast du in meiner Tasche zu suchen?«

»Taschentücher«, gibt er zurück, und sein Blick wird weich. »Die waren leer, meine Nase lief, du warst im Bad, und die Tür war zu. Ich weiß, dass du immer welche in der Handtasche hast. Tut mir leid, ich hätte fragen sollen.«

»Ach Quatsch.« Nein, es wäre wirklich albern, wenn er erst um Erlaubnis bitten müsste, ehe er sich ein Tempo aus der Handtasche nimmt. Augenblicklich wird mir mein zickiges Verhalten peinlich.

»Ich wollte ihn morgen früh machen«, sage ich leise. »Weil es schon drei Tage sind.«

»Vier«, korrigiert er mich, schaltet den Fernseher aus und kommt zu mir an den Schreibtisch. »Morgen sind es fünf.«

»Du kennst meinen Zyklus besser als ich.«

Er lacht leise, massiert meinen Nacken und meine Schultern. »Mach ihn sofort. Man braucht dafür heutzutage keinen Morgenurin mehr.«

»Karim, ich glaube nicht, dass –«

»Bitte mach ihn. Ich kann sonst die ganze Nacht nicht schlafen.«

»Aus Angst, er könnte positiv sein?« Unter Karims Händen an meinem Genick spüre ich eine Gänsehaut über meine Haut krabbeln. Habe *ich* Angst, der Test könnte positiv sein? Eine Schwangerschaft ist noch nicht geplant, wäre aber auch keine Katastrophe – sonst hätten wir ganz anders verhütet. Letztlich war uns beiden in den letzten Monaten bewusst gewesen, dass es passieren könnte.

Ich spüre Karims Atem an meinem Ohr, als er sich zu mir runterbeugt. »Aus Angst«, sagt er, »dass er es nicht ist.«

Mein Herz beginnt auf dem Weg zur Toilette zu rasen. Meine Hand zittert, als ich in den ausgewaschenen Joghurtbecher pinkle und die Folie um das Teststäbchen aufreiße. Karims bedeutungsschwere Worte hallen in meinen Ohren nach. Ich begreife nur langsam, was sie bedeuten. Dass er ein Kind will. Jetzt. Mit mir.

In meinem Kopf hüpft ein aufgeregtes Männchen voller Freude auf und ab. Wir werden ein Baby bekommen – wir werden eine Familie sein! Vielleicht heiraten wir, vielleicht auch nicht. Aber wir werden ein Kind zusammen haben, ein winziges, weiches Baby, das wir in den Schlaf wiegen werden und das nachts zwischen uns schlafen wird. Wir werden im Winter gemeinsam mit ihm Schlitten fahren und im Sommer Sandburgen bauen. Ich träume von tapsigen ersten Schritten und durchwachten Nächten bei jedem einzelnen Zähnchen, während ich den Schwangerschaftstest in den Urin halte und die Kappe verschließe. Vorsichtig, als könnte eine ruckartige Bewegung das Ergebnis verfälschen, lege ich den Test auf die Ablage, wasche meine Hände und trete aus dem Bad.

Karim hat vor der Tür gewartet. »Und?«, fragt er. Vor Aufregung hat er ganz rote Wangen.

»Wir müssen ein paar Minuten warten.«

Wir schauen abwechselnd uns und die geschlossene Badezimmertür an. Bloß jetzt den Test nicht stören. Irgendwann grinst Karim. »Es wird bestimmt ein Mädchen.«

»Aha.« Ich muss schmunzeln. »Und woher willst du das wissen? Wir wissen noch nicht mal, ob ich wirklich schwanger bin.«

»Wenn du es bist, dann wird es ein Mädchen. Das Geschlecht wird durch die Spermien bestimmt.«

»Und du kannst nur Mädchen?«

»Nein, aber diesmal hab ich Mädchen losgelassen. Glaub mir, ich weiß das. Ich kenne mich.«

»Du *hättest* wohl gerne ein Mädchen, hm?«, necke ich ihn, und er wiegt den Kopf hin und her.

»Für den Anfang wäre das bestimmt besser. Mädchen sind die einfacheren Kinder.«

Jetzt muss ich laut lachen. »Das denkst du, weil du keine Ahnung hast. Ich bin hier die Pädagogin. Lass dir gesagt sein: Jungs sind vielleicht manchmal wilder – aber auch gradliniger. Mädchen sind viel komplizierter.«

Karim bleibt vehement. »Nein, Frau Lehrerin, da irrst du dich aber massiv. Glaub mir – Mädchen sind einfacher! Man hat weniger Sorgen mit ihnen. Frag meine Mutter. So, sind die drei Minuten jetzt langsam mal um? Können wir nachschauen?«

Ich beiße mir auf die Lippe. »Ich glaube schon.«

Karim überlässt es mir, die Tür zu öffnen. Er schaut mir über die Schulter, als ich den Test in die Hand nehme.

»Ein Punkt«, stellt er fest.

Ich seufze. »Ja. *Ein* Punkt. Ich bin nicht schwanger, sonst wären es zwei. Also kein Mädchen.«

Karim legt sein Kinn auf meine Schulter, er wirkt enttäuscht. »Vielleicht hättest du doch Morgenurin nehmen sollen.«

»Vermutlich soll es einfach noch nicht sein. Vernünftiger wäre es ohnehin, wir würden damit bis nach meinem Staatsexamen warten. Und wenn ich mich nicht langsam an die Arbeit mache, habe ich das erst, wenn meine Freundinnen schon längst Omas sind.«

14

»Den ohne Wurzeln wird der Wind davontragen.«
Herkunft unbekannt

»Viel Glück«, sagte die mollige Apothekerin zu mir und zwinkerte. »Irgendwann muss es ja mal klappen!«

Die Scham stieg mir dunkelrot ins Gesicht. Über das letzte Jahr verteilt hatte ich wohl ein halbes Dutzend Schwangerschaftstests bei ihr gekauft. Sie musste mich für eine dieser bedauernswerten Frauen halten, die es ewig versuchen und doch nicht schwanger werden. Sie konnte nicht ahnen, dass wir es zwar nie darauf angelegt, insgeheim aber jeden Monat auf eine Verhütungspanne gehofft hatten. Die Tests waren alle negativ gewesen, so wie auch dieser Test. Meine Regel war störanfällig. Leichter Stress bewirkte eine Verspätung – und mehr Stress als im Moment hatte ich noch nie in meinem Leben gehabt.

»Danke«, murmelte ich, bezahlte und nahm das Tütchen entgegen, um es in meine Handtasche zu stecken. Ein Déjà-vu überfiel mich – nein, eine Erinnerung. An damals, vor Weihnachten, als Karim den Test in meiner Tasche gefunden hatte. Plötzlich war da etwas – eine diffuse Ahnung, dass irgendetwas nicht stimmte. Als sähe ich in einen Raum, in dem ein einziges Teil nicht an seinem Platz stand, ohne dass ich hätte sagen können, was fehlte.

Denk nach, Wanda! Denk nach!

Und dann hatte ich es.

Es war nur eine winzige Kleinigkeit, und doch erschreckte sie mich so sehr, dass mir das Tütchen aus der Hand fiel und in einer Pfütze landete. Ich ließ es liegen, konzentrierte mich ganz auf meine Erinnerung. Vielleicht irrte ich mich ja? Nein. Karim hatte eine Bemerkung gemacht, die mir nicht wirklich aufgefallen war, doch mein Unterbewusstsein musste seine Worte gespeichert haben. Vielleicht hatte ich die Widersprüchlichkeit damals schon unbemerkt wahrgenommen und mir deshalb seine Worte so genau gemerkt.

Karim hatte immer behauptet, er habe keine Geschwister. Als es aber um die Frage gegangen war, ob Mädchen einfacher zu erziehen seien als Jungen, hatte er gesagt: *Frag meine Mutter.*

Das musste doch bedeuten, dass es eine Schwester gegeben hatte, oder nicht?

»Wanda? Wanda, hey!«

Ich schrak aus meinen Gedanken hoch. Mein Kollege Hendrik kam auf mich zu. Er eilte, er rannte fast, als befürchtete er, ich würde gleich in Ohnmacht fallen und müsse aufgefangen werden.

»Alles in Ordnung?«

Ich nickte. »Natürlich. Hallo Hendrik. Was machst du denn hier?«

Er stieß erleichtert die Luft aus und bückte sich nach meinem Tütchen, das immer noch in der Pfütze lag. »Ich hol nur rasch mein Insulin. Wusstest du nicht, dass ich Diabetiker bin?«

Nein, das hatte ich nicht gewusst. Erstaunlich, wie viel man nicht über seine Mitmenschen weiß, auch wenn man sie jeden Tag sieht.

»Du hast deine Tüte fallen lassen und gar nicht reagiert, sondern nur so vor dich hin gestarrt. Wirklich alles okay?«

Er hatte sicher nicht neugierig sein wollen, aber ich bemerkte, dass er einen Blick in die Tüte warf, bevor er sie mir reichte.

»Ich hab bloß nachgedacht«, sagte ich. »Hatte ein Déjà-vu.«

»Ah. Ist das …? Du weißt schon.«

»Ein Schwangerschaftstest.« Nicht rot werden, Wanda. »Ist nicht für mich, sondern für eine Freundin.« Nun wurde ich doch rot, der albernen Lüge wegen. Aber ich wollte das Mitleid nicht noch vergrößern, das mich immer und an jeden Ort begleitete, wohin ich auch ohne Karim ging. Die Verlobte des Komapatienten zu sein reichte schon. Die schwangere Verlobte des Komapatienten war mir entschieden zu viel Dramatik. Und gleichzeitig vermutlich die letzte Chance, Karims und meinen Wunsch nach einem Kind doch noch zu erfüllen.

»Verstehe«, meinte Hendrik, sichtbar bemüht, die Situation zu überspielen. »Nett von dir, dass du hilfst.«

Vor Scham wäre ich am liebsten im Boden versunken. »Ich muss dann jetzt los, Hendrik. Wir sehen uns morgen in der Schule.«

»Mach's gut.« Er wandte sich ab. Dann schien er es sich noch einmal anders zu überlegen. »Ach, Wanda? Ich habe für Freitagabend zwei Freunde zum Essen eingeladen. Möchtest du nicht auch kommen?«

Ich zögerte.

»Komm schon. Ein bisschen Ablenkung tut dir sicher gut.«

Da hatte er bestimmt recht. »In Ordnung, ich bin dabei.«

»Prima. Gegen sieben, ja? Bis morgen dann.«

»Tschüss, Hendrik.«

Ich warf das Tütchen mit dem Test auf den Beifahrersitz und fuhr auf dem Weg nach Hause beim Supermarkt vorbei, wo ich eine Flasche Wein für Freitag besorgte. Erst an der Kasse bemerkte ich, dass ich gedankenlos nach Karims Lieblingswein gegriffen hatte. Ich kehrte um, stellte den Wein zurück und nahm mir Zeit, um einen anderen auszusuchen. Dabei kreisten meine Gedanken ohne Unterlass um das, was ich glaubte, herausgefunden zu haben.

Karim musste gelogen haben. Er war sicher kein Einzelkind gewesen.

Zu Hause schnitt ich mir rasch ein paar Zucchini in die Pfanne und setzte Nudeln auf. Dann griff ich zum Telefon. Karims potentielle Geschwister gingen mir nicht mehr aus dem Kopf, und mir war eingefallen, wer mir in dieser Sache weiterhelfen könnte.

Susan Schneiders Telefonnummer war schnell gefunden. Sie war über meinen Anruf überrascht und mehr noch über meine Frage.

»Hatten Sie nicht gesagt, Sie wollten den Mann heiraten? Und wissen nicht mal, ob er Geschwister hat?«

Ein Kloß schwoll in meiner Kehle an. »Schräg, nicht wahr? Aber so ist es wohl.« Ich konnte es selbst kaum glauben, gleichzeitig war mir mein Anruf schon fast wieder peinlich.

»Na ja, geht mich ja nix an«, meinte Susan Schneider. »Ich kann mich definitiv an einen Bruder erinnern. Der muss ein bisschen jünger als Karim gewesen sein, er war zwei oder drei Klassen unter uns.«

»Sind Sie ganz sicher?« Ich hoffte mit aller Kraft, sie würde sich irren. Wenn nicht, hatte ich Gewissheit: Karim hatte mich belogen. Seit Jahren.

»Absolut. Ich weiß das noch ganz genau, ich war ja mehrmals bei ihm zu Hause. Karim hatte auch behauptet, die Sache mit den Fotos wäre sein kleiner Bruder Jaron gewesen. Aber der hätte das nie ohne Karims Okay getan, der kleine Hozouri war der Schatten vom großen und vergötterte ihn. Die beiden waren wie Pech und Schwefel. Kaum zu glauben, dass sie keinen Kontakt mehr haben.«

»Ja, sehr seltsam«, sagte ich matt. »Gab es noch mehr Geschwister? Eine Schwester vielleicht?«

»Puh. Hm, kann sein. So genau erinnere ich mich nicht. Aber doch, ich glaube, da war noch eine ältere Schwester. Sie war aber schon ausgezogen, ich habe sie nur ein einziges Mal gesehen.«

»Und Sie haben vermutlich nicht rausgekriegt, ob die Familie noch in der Gegend wohnt?«

Susan Schneider schnaubte. »Gott bewahre! Mit der Bagage will ich nichts mehr zu tun haben.«

»Kann ich verstehen. Haben Sie vielen Dank, Sie haben mir sehr geholfen.«

»Darf ich Ihnen einen Tipp geben, Wanda? Nur für den Fall, dass er wach wird: Heiraten Sie ihn nicht.«

Jaron Hozouri. Die Suchmaschine spuckte eine Menge Hozouris aus, aber keinen Jaron. Karim allerdings auch nicht, ich fand zwar das Facebook-Profil eines Karim Hozouri, aber dabei handelte es sich, wie ich mit einem Klick feststellte, um einen übergewichtigen 13-jährigen, der offenbar unter Legasthenie litt.

Also ging ich die Suche auf die altmodische Weise an.

Eine Stunde später hatte ich ein knappes Dutzend Hozouris angerufen. Zwei Personen hielten mich offenbar für eine Callcenter-Mitarbeiterin und legten sofort auf. Die anderen kannten keine Brüder, die Karim und Jaron hießen. Ein Mann war besonders hilfsbereit, versprach sich zu erkundigen und rief mich etwas später zurück. Tatsächlich gab es zwei Brüder mit diesen Namen in seiner Familie, allerdings waren beide noch kleine Kinder.

Ich musste etwas anderes ausprobieren, wenn ich Jaron finden wollte. Und wie sehr ich das wollte! Sollte es so kommen, dass Karim keine Zukunft mehr hatte, dann war der einzige Weg zu ihm seine Vergangenheit. Außerdem wollte dieser Bruder doch sicher erfahren, wie es Karim ging? Selbst wenn sie im Streit auseinandergegangen waren – und danach sah alles aus –, änderte ein Koma vermutlich alles. In meinem Kopf formte sich die fixe Idee, dass dieser jüngere Bruder womöglich der Schlüsselreiz war, der Karim dazu brachte, die Augenlider zu bewegen und irgendwann wieder aufzuwachen. Bestimmt hatte er ihn vermisst. Vielleicht nach ihm gesucht, wie er nach diesem Lied gesucht hatte, von dem er sich nur noch an ein paar Töne entsinnen konnte. Ein Lied aus seiner Vergangenheit.

Denk nach, Wanda. Wer von unseren gemeinsamen Bekannten konnte Karim noch von früher kennen, aus den Zeiten, als er noch einen Bruder gehabt hatte? Es war erschreckend, regelrecht beschämend, dass mir niemand einfiel. Ich hatte über Jahre mit einem Mann zusammengelebt, und erst jetzt merkte ich, dass ich niemanden aus seinem Leben kannte. Es war, als hätte Karim eine Grenze gezogen zwischen zwei Leben: dem vor mir und dem mit mir. Aber warum?

Und dann fiel mir doch eine kleine Begebenheit ein, an der diese saubere Grenzlinie eine Macke hatte: Bei unserem ersten Date hatte Karim mich mit in diese schmuddelige Bar genommen, in der man ihn gekannt hatte. Wir waren nie wieder dort gewesen – er hatte es nicht angeregt, und ich hatte nicht danach gefragt. In den ersten Wochen unserer Beziehung waren wir zwei Gestrandete in ihrem eigenen kleinen Kosmos, und hinterher hatte ich diese unscheinbare Bar einfach vergessen. Doch nun erinnerte ich mich plötzlich schlaglichtartig. Die Leute dort hatten Karim gekannt.

Am gleichen Abend machte ich mich auf den Weg. Ich fuhr mit dem Auto bis zu dem Restaurant, in dem wir zum ersten Mal gegessen hatten, parkte dort und eilte weiter. Fort von dem Ort voller schöner Erinnerungen, die nun alle bitter waren. Es dauerte eine Weile, bis ich die Seitenstraße zur Bar fand. Beinah wäre ich an dem Gebäude vorbeigegangen, an dessen Seite eine Kellertreppe nach unten führte. Nichts wies darauf hin, dass sich hinter der Metalltür eine Bar befand. Kein Schild, kein Aushang – nichts. War sie geschlossen worden? Ich sah auf meine Uhr. Es war neun, es dämmerte langsam, inzwischen müsste doch geöffnet sein. War ich überhaupt am richtigen Ort?

Ich lief die Treppen runter und sah nach, ob die Tür verschlossen war. Natürlich war sie es. Als ich die Stufen wieder hochging, kam mir eine sehr kleine, ältere Frau entgegen. Ich erkannte sie sofort, sie hatte uns damals am Tresen bedient und Karim angebrüllt, er solle ihr Klavier nicht anfassen. An das traurige Klavier erinnerte ich mich gut. Ich war richtig!

»Was machen Sie hier?«, fragte mich die Frau mit einem Gesichtsausdruck, als wäre ich verboten über einen Zaun auf das Grundstück geklettert.

»Entschuldigen Sie. Ich mag mich irren, aber hier war doch mal eine Bar, oder nicht?«

Ihr Blick blieb skeptisch. »Das war mal. Früher. Wieso?«

»Ich war vor Jahren einmal mit meinem Verlobten hier. Man kannte ihn hier, ich meine mich zu erinnern, dass Sie seinen Namen kannten. Karim. Karim Hozou …«

»*Sie* sind mit Karim verlobt?« Sie betonte die Frage, als hätte ich etwas verbrochen, aber vielleicht bildete ich mir das nur ein. Sie verlieh auch Karims Namen einen seltsamen Klang, betonte die erste Silbe. Es klang wie Karin. Dann nickte sie plötzlich. »Stimmt, ja. Er hat Sie mal mit hergebracht, nicht? Hat uns alle ziemlich gewundert und Karim selbst wohl am meisten. Er war dann auch recht bald hier weg und kam nicht mehr her.«

»Warum denn nicht?« Ich begriff immer weniger.

»Na, weil es ihm peinlich war, nehme ich an.« Sie sagte das, als sei es offensichtlich, aber ich verstand noch immer nicht, und das sah sie mir offenbar an.

»Sie haben keine Ahnung, wo Sie hier sind, oder?« Sie lachte und zeigte ihre schiefen Zähne, wandte sich ab und schlurfte zum Vordereingang des Hauses. »Gar keine Ahnung. Na so was.«

Sie verabschiedete sich nicht von mir, was ich als Aufforderung betrachtete, ihr zu folgen. Vor dem Eingang lungerte ein junger Kerl herum und musterte mich.

»Versuch es gar nicht erst, Joschi, die Frau will dein Zeug nicht haben«, knurrte die alte Frau.

Der Typ zuckte mit den Schultern und trat zur Seite, um uns Platz zu machen. »Schad' drum«, sagte er.

Die Haustür ließ sich einfach aufschieben, im Flur dahinter fielen mir etliche Zettel auf, die wahllos an die Wände gepinnt waren. Unter meinen Füßen wellte sich rissiger PVC-Boden. Auf einem Tisch mit breiten Rissen in der Platte standen eine alte, dreckig aussehende Kaffeemaschine und jede Menge angeschlagene Tassen. Eine davon füllte die Frau mit einem wässrig-braunen Gebräu, das sowohl Tee als auch dünner Kaffee hätte sein können. Wir waren allein im Eingangsflur, nur ein struppiger Mischlingshund gesellte sich zu uns und schubberte seine Schulter am Knie der kleinen Frau.

»Der Laden hier heißt ›Bleibe‹«, sagte sie, probierte ihr Getränk und verzog missmutig den Mund. »Man kann hierherkommen, wenn man sonst nicht weiß, wohin man gehen soll. Solang man sich halt nichts aus Kaffee macht. Möchten Sie welchen?«

»Nein, vielen Dank.«

»Ist auch besser so.«

Mein Blick fiel auf den Briefkopf, der auf einigen der Aushänge prangte, *Bleibe e.V.* Ein Verein, der in diesem Haus eine Übernachtungsmöglichkeit für Obdachlose zur Verfügung stellte.

»Mit der Bar unten im Keller«, erzählte die Frau, »haben wir früher ein bisschen Geld verdient. Für Strom, Wasser, Kaffee, Suppe, Klopapier. Was man halt so braucht. Da hatte das Amt dann aber was gegen.« Sie schüttelte frustriert den Kopf. »Die wollen das nicht, dass wir selbstständig werden und unsere Rechnungen selber zahlen. Die wollen, dass wir abhängig von den Spenden bleiben. Sesselfurzer, die.«

»Und Karim …«, wagte ich mich vor, weil all das wenig zusammenpasste. »Was war mit ihm? Hat er hier gearbeitet?«

Die Frau, die gerade aus ihrer Tasse trinken wollte, hielt in der Bewegung inne und sah mich mit gerunzelter Stirn an. »Der Karim? Der hat hier gewohnt. Ziemlich lange sogar. Die jungen Leute sind meist nur eine Weile hier und ziehen dann weiter. Aber der Karim, der war mehr als ein Jahr hier.«

»Karim war … obdachlos?« Das ergab keinen Sinn.

»Offiziell«, die Frau setzte das Wort mit einer Geste ihrer

freien Hand in Anführungszeichen, »war er das. Aber er hatte ein Zuhause. Hier, auch wenn's hier nix Dolles ist, aber immerhin ein Zuhause, nicht? Hat sich ein Zimmer mit dem Martin geteilt. Der kommt noch hin und wieder und bringt Kekse mit oder mal einen Kasten Bier. Feiner Kerl, aber erst auf den dritten Blick.« Plötzlich schien ihr etwas einzufallen, sie stellte die Tasse ab und stemmte beide Hände in die Hüften. »Aber die feine Art ist das von Ihnen nicht, herzukommen und mich argloses Weib über den Karim auszufragen, wenn er doch ihr Verlobter ist! Es ist keine Schande, hier zu wohnen. Die am Bahnhof rumhängen und nachts in den Tunneln schlafen, die müssten sich schä–«

»Es ist überhaupt keine Schande, Sie haben vollkommen recht!«, unterbrach ich sie, ehe sie sich in Rage redete. »Und ich würde Karim auch selbst fragen, aber …« Ich musste schwer schlucken.

»Aber?«

Ich erzählte ihr von dem Unfall und von Karims Zustand und musste im nächsten Moment erst einmal dafür sorgen, dass sie sich auf die Treppenstufen setzte. Kurz befürchtete ich, sie würde einfach umkippen. Nachdem sie sich gesetzt hatte, fing sie sich wieder, und die Farbe kehrte in ihr Gesicht zurück. Der Hund leckte ihre Wangen.

»Ach je, Karim«, murmelte sie betroffen. »Was machst du denn für Sachen, Junge?«

»Möchten Sie ihn nicht besuchen?«, schlug ich spontan vor. »Er würde sich bestimmt freuen.«

Sie wiegelte ab, als hätte ich etwas völlig Absurdes vorgeschlagen. »Zu den Ärzten ins Krankenhaus kriegen mich keine zehn Pferde! Wenn der mich sehen will, dann muss er seinen Hintern schon herbewegen.«

Ich musste lächeln. »Ich werde es ihm ausrichten. Verstehen Sie jetzt, dass es mir sehr wichtig ist, Karims Familie oder seine Freunde von früher zu finden? Auch wenn er keinen Kontakt mehr hat, wollen sie bestimmt erfahren, dass er im Krankenhaus liegt.«

»Ja, sicher. Aber ich fürchte, da kann Ihnen hier keiner helfen. Er war ja immer ein netter Junge, der Karim, aber viel von sich erzählt hat der nie. Der hatte früher aber auch niemanden zum Reden. Kam ja aus dem Iran, kannte keinen und zog dann gleich hier ein. Hatte Glück, dass Sommer war, da kriegt man manchmal ein Einzelzimmer. Im Winter gibt es so 'nen Luxus nicht. Da freut man sich über ein eigenes Bett für jeden.«

»Er kam … aus dem Iran?« Das Ganze wurde immer mysteriöser. »Ich bin mir ganz sicher, dass Karim in Deutschland aufgewachsen ist.«

Die Frau nickte. »Uns hat es auch gewundert, weil er besser Deutsch sprach als die meisten Deutschen. Wir haben uns alle gefragt, was der wohl hier macht, so ein patenter junger Mann! Aber er hat uns später erzählt, dass er zwar in Deutschland geboren wurde, aber mehrere Jahre im Iran gelebt und studiert hat. Das Studium wurde hier aber nicht anerkannt, und er durfte nicht in seinem Job arbeiten.«

»Verstehe. Erinnern Sie sich denn, wann er hergekommen ist?«

Die alte Frau, sie hatte sich mir irgendwann als Maria vorgestellt – Maria, aber weniger heilig als die Jungfrau –, konnte mir keine genauen Daten nennen, aber sie meinte, Karim sei im Frühjahr 2007 gekommen. Im Sommer 2008 hatte ich ihn kennengelernt, und wenige Tage später, so erzählte Maria, war Karim dann weg gewesen. »Das ist ja immer so bei den jungen Leuten. Wenn sie sich verlieben, ordnen sie ihr Leben. Die meisten kommen ja zurück – aber nicht der Karim, der nicht. Der kam nur ein einziges Mal, traf sich mit Julia – das war unsere Sozialarbeiterin hier, weißt du? Er hat sich immer ihr Auto ausleihen dürfen, kein Mensch wusste, wohin der ständig wollte und warum. Aber die Julia war ein bisschen verknallt, glaube ich, und hat es ihm immer gegeben. Und später kam er angeblich mit

Geld. Wie im Film mit einem kleinen Koffer voll. Hat ihr das Auto einfach abgekauft und mitgenommen.«

»Kann ich denn mit dieser Julia reden?«, fragte ich.

Maria schüttelte den Kopf. »Mit der Julia hat es der da oben auch nicht gut gemeint. Hat Brustkrebs bekommen und ist gestorben, die Arme.«

»Das tut mir leid.«

»Tja. Die Guten holt der Teufel da oben immer früh, die gönnt der uns nicht. Ach, ich kann das immer noch nicht glauben, dass der Karim im Krankenhaus liegt. Das hat er doch nicht verdient.«

»Nein, das hat er nicht«, sagte ich leise, versuchte vergebens, nicht an Susan Schneider zu denken, die da sicher anderer Meinung war, und fragte mich erneut, wann Karim sich geändert hatte. Und warum.

In der »Bleibe« hatte sich Karim mit einem Martin Freißner ein Zimmer geteilt. Wenn jemand mehr über Karim wusste, hatte Maria gesagt, dann Martin. Sie hatte mir seine neue Adresse mitgegeben, und ich hatte den ganzen Tag über versucht, eine Telefonnummer herauszufinden. Ohne Ergebnis. Also fuhr ich am frühen Abend zu der angegebenen Adresse, um es gleich persönlich zu versuchen. Wenn ich gedacht hatte, eine eigene Wohnung sei eine Verbesserung im Vergleich zur »Bleibe«, so kamen mir nun ernste Zweifel. Die Gegend war verwahrlost, viele Scheiben in dem Haus mit der Nummer 42 zerborsten und von innen mit Lumpen oder Pappe abgeklebt. Aus den Rissen in der Fassade wucherte Schimmel. Dicht neben der Haustür lag eine zerbrochene Bierflasche in einer angetrockneten Lache und verströmte in der schwülen Sommerluft einen Gestank, der mir fast den Magen umdrehte. Schon von außen hörte ich Menschen im Inneren des Mehrparteienhauses keifen, und am liebsten wäre ich umgekehrt. Doch ich kannte mich zu gut: Wenn ich jetzt den Schwanz einzog, würde es mich ewig nicht loslassen.

M. Freißner, war mit Kugelschreiber auf ein Stück Papier gekritzelt und mit Klebeband neben einer der acht Klingeln angebracht. Ich drückte darauf und hörte ein penetrantes Schellen durch den Hausflur schrillen. Irgendwo kläffte ein Hund. Ansonsten geschah nichts. Der Mann war wohl nicht zu Hause. Ich seufzte und wandte mich ab, ging zurück zu meinem Auto, da bemerkte ich aus dem Augenwinkel, wie sich im zweiten Stock ein Fenster öffnete. War das nicht Freißners Wohnung? Und … hatte ich den Mann, der mir skeptisch nachsah, nicht schon einmal gesehen?

»Herr Freißner?«, rief ich. »Martin Freißner?«

»Wer will'n das wissen?«

Ganz charmant. Ich spielte mit dem Gedanken, einfach zu gehen, und verwarf ihn wieder. »Ich bin Wanda Kirsch. Mein Verlobter heißt Karim Hozouri. Ich glaube, Sie kennen ihn?«

Er starrte mich einen Moment lang einfach nur an, als hätte er nicht verstanden, was ich von ihm wollte. Dann nickte er kaum wahrnehmbar, murmelte etwas, das wie »Komm rein« klang und schloss das Fenster. Ich ging zur Tür, die summend vibrierte und sich öffnen ließ.

An der Wohnungstür zögerte ich, als mir ein Schwall schlechter Luft entgegenschlug. Alter Schweiß, Katzenurin und Zigarettenrauch. Mühsam riss ich mich zusammen, um mir meinen Ekel nicht anmerken zu lassen, und trat ein. Der Teppich klebte unter meinen Schuhsohlen, Freißner war barfuß und schien es trotzdem nicht zu bemerken. Ich hatte mich nicht geirrt, ich kannte Martin Freißner. Damals, mit Karim in der Bar, hatte ich ihn insgeheim den Wikinger genannt, weil er so groß gewesen war und sein rötlichblondes Haar lang getragen hatte. Nun war es raspelkurz, und auch sonst erinnerte an Freißner nichts mehr an einen Wikinger. Er hatte zugenommen und sah aus wie ein Mann, der alt geworden war, lange bevor es Zeit dafür war.

»Willst du dich setzen?«, fragte er mich, deutete auf ein Sofa, das mehr Kleiderablage war, und grinste unbeholfen.

»Ich habe leider gar nicht lange Zeit«, sagte ich schnell und blieb im Korridor stehen. »Martin … ich darf doch Martin sagen? Ich weiß nicht, ob du es gehört hast, aber Karim hatte einen Unfall.«

Er glotzte mich an und sah dabei aus wie das nette Monster Sullivan aus der Monster AG.

»Offenbar nicht … Ein Verkehrsunfall. Er liegt im Koma.«

»Oh.« Freißner stieß die Luft aus. »So'n Dreck. Aber er wird wieder, oder?«

Ich senkte den Kopf. Am Boden verrieten Aschespuren, dass hier schon die eine oder andere Kippe auf dem Teppich ausgetreten worden war.

»Also nicht«, sagte Freißner und wiederholte: »So'n Dreck.«

»Niemand weiß es genau«, erklärte ich, »aber die Chancen stehen sehr schlecht. Und ich habe nun ein größeres Problem. Wir waren noch nicht verheiratet, der Unfall passierte zwei Wochen vor der Hochzeit.« Mir versagte fast die Stimme. Morgen wäre es soweit gewesen. Mühsam riss ich mich zusammen. »Ich habe keinerlei Handhabe oder Rechte, irgendwelche Entscheidungen zu treffen.«

»Entscheidungen, ob sie die Maschinen abstellen?«

»So ungefähr«, antwortete ich. Ich brauchte unbedingt ein Druckmittel, damit Freißner mir Informationen gab, also entschied ich mich, ihm nicht mehr zu sagen, damit seine Vorstellungskraft für mich arbeitete. Mein Plan schien aufzugehen, er wurde sichtbar nervös. Seine Hände zuckten zum Mund, als würde er an einer imaginären Zigarette ziehen.

»Karim hatte nur hin und wieder Kontakt zu seiner Familie«, fuhr ich fort und begann zu lügen, dass sich die Balken bogen. »Und ich habe auch nur gelegentlich jemanden getroffen, nur ab und an seine Schwester in der Stadt oder bei einer Feier im Restaurant. Ich habe leider keine Ahnung, wo Karims Geschwister genau wohnen und kann sie auch sonst nicht erreichen. Er hatte die Telefonnummern bloß im Handy und das ist beim Unfall kaputtgegangen. Ihr habt euch doch damals ein Zimmer geteilt, hat Karim mir mal erzählt. Vielleicht weißt du ja, wo ich seinen Bruder oder seine Schwester erreichen kann. Sie wissen noch gar nichts von dem Unfall.« Meine Geschichte hatte ein paar mächtige logische Löcher, aber Freißner schien sie nicht zu bemerken.

»Dreck«, wiederholte er, ließ mich im Flur stehen und tigerte unruhig durch sein Wohnzimmer. In jedem Schrank wühlte er herum, bis er endlich irgendwo eine Zigarette und ein Feuerzeug fand.

»Ich würd' dir eine anbieten, hab aber keine mehr«, meinte er entschuldigend.

»Kein Problem, ich rauche nicht.«

»Karim hat auch nie geraucht.« Er zog zwei, drei Mal an seiner Zigarette, schien zu überlegen. »Aber ich versteh das gar nicht, was du da redest. Karim hat doch keine Schwester.«

Keine Schwester? Das war wirklich seltsam. Zu viele Kleinigkeiten hatten das nahegelegt, und Susan Schneider hatte es bestätigt. Vielleicht wusste Martin Freißner nichts von ihr?

Ich musste rasch improvisieren. »Er hat einmal erzählt, dass es einen Streit gegeben hatte. Vielleicht hatten sie damals keinen Kontakt? Aber von dem Bruder weißt du doch? Er hat einen jüngeren Bruder.«

Mit einem Mal bekam ich das böse Gefühl, einen Fehler gemacht zu haben. Einen dummen Fehler. Denn in Martin Freißners Gesicht veränderte sich etwas. Ein Hauch Aggression überzog seine Miene. Das naive, nette Monster war dahintergekommen, dass es betrogen wurde, und deutete nun durch ein kaltes Lächeln an, dass seine Zähne scharf waren.

»Nordstede«, sagte er knapp und drückte seine Zigarette an der fleckigen Tapete aus, als wollte er sich den Rest für später aufheben. »Da wohnt der Bruder. Karim ist mal mit dem Auto von der Sozialarbeiterin hingefahren. Mehr weiß ich nicht.«

»Danke, das hilft ...« Mein Handy klingelte und unterbrach

mich. »Moment, bitte. Entschuldigung.« Hendriks Name stand auf dem Display, und mir fuhr der Schreck in die Glieder. Verdammt, es war schon kurz nach sieben.

»Hallo Hendrik. Tut mir schrecklich leid, mir ist noch was dazwischengekommen, ich bin auf dem Weg, bin gleich da.«

»Dann beeil dich mal, Wanda. Ich warte mit der Vorspeise auf dich und halt mich bis dahin an den Aperitif. Du kommst besser nicht zu spät, in deinem eigenen Interesse. Wenn der Meisterkoch sich betrinkt und langsam wird, ist das Rind nachher umsonst gestorben.«

»Scherzkeks«, murmelte ich und ließ das Handy in meine Handtasche fallen.

Martin Freißner stand an die Wand gelehnt und beäugte mich misstrauisch. »Dein Neuer?«

»Mein ... was?«

»Dein neuer Stecher. Ging ja schnell.«

Eine kurze, heiße Welle aus Wut durchfuhr mich, als ich begriff, was er meinte. »Das war ein Arbeitskollege«, zischte ich. »Und das geht dich mit Verlaub nichts an. Ich gehe jetzt besser.« Ich zog eine Visitenkarte der Klinik aus der Handtasche, auf die ich Karims Zimmernummer notiert hatte, und reichte sie Martin Freißner. »Falls du ihn besuchen möchtest – er liegt auf der Intensivstation. Dort klingeln und anmelden. Und ...«, ich konnte es mir einfach nicht verkneifen, »vorher ein Bad nehmen.«

Damit verließ ich die stinkende Wohnung, rannte beinah zu meinem Auto und fuhr mit quietschenden Reifen davon.

Eineinhalb Jahre zuvor

»Als ich das letzte Mal zwischen so viel zerknülltem Geschenkpapier unter dem Baum saß, war ich zehn Jahre alt«, sage ich zu Karim. Er strahlt fast ebenso wie ich. Seine Wangen sind rot von der Hitze der zwei Dutzend Kerzen, die munter an unserem Weihnachtsbaum flackern. Ihr Schein spiegelt sich in seinen dunklen Augen. Es riecht nach Tanne und den Bratäpfeln, die im Ofen vor sich hinbrutzeln, und ich finde den Moment so romantisch und wunderschön, dass ich ihn am liebsten in einer großen Keksdose einfangen und aufbewahren möchte, um später ein wenig davon naschen zu können.

Ich bin zufrieden mit meinem Geschenk für Karim und vor allem mit dessen Wirkung. Als er sah, dass der CD- und DVD-Box von einem Live-Auftritt seiner Lieblingsband Queen sogar ein altes Original-Autogramm von Freddy Mercury beilag, klappte ihm kurzzeitig die Kinnlade runter. Doch Karim hat es mal wieder übertrieben. Neben dem Buch, das ich mir gewünscht hatte, schenkte er mir ein Parfum, einen Gutschein zum Ralley-Quad-Fahren und Dessous, die sündhaft teuer wirken.

Nun sitzen wir mit gemütlich ausgestreckten Beinen inmitten unserer Geschenke, trinken einen Wein, der so dunkelrot ist wie die Glaskugeln in unserem Baum, und warten auf die Bratäpfel.

»Glaubst du mir«, frage ich ihn, »dass das mein erster Heiligabend zu zweit zu Hause ist?« In den Jahren davor waren wir an diesem Tag immer unterwegs gewesen. »Ich könnte mich daran gewöhnen.« Genüsslich lehne ich meinen Rücken an seine Brust.

»Du meinst zu dritt«, sagt er schmunzelnd und deutet auf den Kater, der auf der Couch hockt wie eine Sphinx und auf uns herabsieht, als würde es ihn sehr wundern, dass wir plötzlich auf der Erde liegen. Für ihn, so sagt sein arroganter Blick, ist das nichts.

»Wobei«, meint Karim leise und versonnen, »ich mir auch ein Weihnachten zu viert vorstellen könnte.«

»Hmhm.« Tatsächlich habe ich das in den letzten Tagen häufig getan – mir ein Baby vorgestellt, das wir über den Weihnachtsmarkt tragen, oder ein kleines Kind, dem wir dort kandierte Äpfel und unzählige Chips für das altmodische, kleine Kettenkarussell kaufen. In meiner Fantasie sind wir nicht viel älter als jetzt, aber ich bin immerhin mit meinem Studium fertig.

»Erstaunlich.« Karim spielt mit den Spitzen meiner Haare. »Ich hätte nie gedacht, dass ich mir mal Kinder wünsche. Wie kommt das? Wie hast du das gemacht?«

»Na ja, stell dir meine Gene kombiniert mit deinen vor«, scherze ich. »Da muss was richtig Tolles bei rumkommen. Ich und meine Zahlen und du mit deinem Talent zum Reden. Das schreit doch danach, es zu kombinieren, das wird das klügste Kind der Welt!«

»Ja, außer das Ganze wird verwechselt.«

Ich lache. »Dann zieht das Chaos ein. Und welchen Nachnamen werden unsere Kinder haben?«

Er rückt ein kleines Stück von mir ab und grinst mich an. »Was meinst du denn damit?«

»Wir wollen doch nicht ernsthaft meine Mutter mit einem unehelichen Kind schocken, wenn es soweit ist?«

Karim lacht. Die Kerzenflammen aus dem Baum spiegeln sich ein letztes Mal in seinen Augen, bevor die ersten heruntergebrannt sind. »Liebste Wanda, möchtest du etwa einen Heiratsantrag von mir?«

Möchte ich? Mein Herz pumpt nicht mehr, es springt in meiner Brust herum. »Na ja«, sage ich gedehnt. »Du kannst kochen. Und du bügelst deine Hemden selbst.«

»Noch«, erklärt er gönnerhaft.

»Du siehst äußerst passabel aus und würdest dich gut als Accessoire zu einem langen, weißen Kleid mit Schleier machen«, fahre ich fort, als hätte ich ihn nicht gehört. Mein Blick fällt auf meine Geschenke. »Und du kennst meine Kleidergröße. Damit bist du definitiv die Art von Mann, den man nicht kampflos ziehen lassen sollte.«

»Ich muss dir keinen Antrag machen«, meint Karim leiser. »Das habe ich schon, erinnerst du dich?«

Ja, das tue ich. Wobei er nicht ganz recht hat, er hat mir keinen Antrag gemacht, er hatte einfach gefordert: Heirate mich! Damals hatte ich gelacht und die Aussicht, seine Worte irgendwann einmal ernst zu nehmen, für vollkommen absurd gehalten. Ich hatte ihn wirklich interessant, witzig und charmant gefunden, aber nie hätte ich mir träumen lassen, mich wenig später in ihn zu verlieben. Und wann aus dieser munteren, ungezwungenen Verliebtheit Liebe geworden war, kann ich bis heute nicht sagen.

»Ich weiß«, flüstere ich, »Und ich weiß, dass ich irgendwann Ja sagen werde. Sobald sich die Geheimnisse um dich herum auflösen und ich das Gefühl habe, dich endlich zu kennen.«

Karim regt sich nicht. Seine Miene bleibt amüsiert, seine Augen liebevoll, und trotzdem bemerke ich, wie sich etwas in ihm verspannt.

»Habe ich etwas Falsches gesagt?« Eine dumme Frage, ich kenne die Antwort.

»Nein.« Er lügt und weiß es.

»Doch. Ich bin dir zu nahe getreten, das tut mir leid.« Ich hatte das nicht gewollt und fühle mich im gleichen Moment bestätigt. »Es war nicht so gemeint und sollte dich nicht unter Druck setzen. Du bist nur so furchtbar schlecht zu durchschauen.« Und ehe ich dich nicht durchschaue, denke ich, wären eine Hochzeit oder Babyplanungen noch zu früh.

Karim seufzt und steht auf. »Ich bin mal eben in der Küche«, sagt er. »Vielleicht kann ich dich mit meinen legendären Bratäpfeln überzeugen.« Er geht, bleibt aber im Türrahmen noch einmal stehen. »Ich bin nicht schwer zu durchschauen«, sagt er, ohne sich zu mir umzudrehen. »Das wirkt nur so auf dich, weil du krampfhaft nach Dingen suchst, die nicht da sind. In Wahrheit gibt es da einfach nichts zu sehen.«

15

»Sich verwirrt zu fühlen, ist der Anfang des Wissens.«
Khalil Gibran

Schwester Astrid hatte keinen Dienst. Es kam mir wie ein Omen vor; ein geheimes Zeichen, das mich wissen ließ: Heute ist Zeit zum Reden, wir sind allein, und niemand wird alle paar Minuten neugierig die Nase ins Zimmer stecken, um nachzusehen, was ich wieder falsch mache. Die anderen Schwestern waren wesentlich weniger präsent.

Ich nahm Karims Hand. Sie fühlte sich kühl an und irgendwie schwammig. Wie ein Händeschütteln ohne den geringsten Druck. Wenn der Unfall nicht gewesen wäre, hätte ich in dieser Stunde einen Ring an seinen Finger gesteckt und er einen an meinen. Die Ringe, die jetzt verwaist zu Hause in meinem Geheimfach lagen. Was sollte ich nur mit ihnen anstellen? Ich fühlte mich um meinen Ring, um meinen Mann und um mein Leben betrogen und hatte niemandem, dem ich die Schuld daran geben konnte.

»Ich weiß, dass du gelogen hast«, sagte ich leise, aber ohne zu flüstern. »Ich habe alles herausgefunden.«

Karim reagierte nicht. Auch das Piepen und Fiepen oder die Linien der Geräte gaben nicht den kleinsten Hinweis darauf, dass er mich hörte. Aber ich glaubte, dass er mich hörte, ich glaubte ganz fest daran.

»Als ich dich kennengelernt habe«, sagte ich, »warst du arbeitslos und hast in einem Obdachlosenheim gelebt. Du hast mir erzählt, was du beruflich machst – aber den Job hast du erst viel später bekommen. Du hast mich nie in deine Wohnung eingeladen, weil du keine hattest. Es gab damals so viele Hinweise.« Ich musste bitter lachen. »Aber ich habe nichts gemerkt, ich habe nie Verdacht geschöpft. Und darum, Karim, habe ich auch nie Fragen gestellt. Darum ging es dir doch, nicht wahr? Ich sollte keine Fragen stellen.«

Es piepte und fiepte, piepte und fiepte im immer gleichen Rhythmus. Aber Karims Finger wurden warm zwischen meinen Händen.

»Dein Plan ist nicht aufgegangen. Ich habe herausgefunden, dass du gelogen hast. Und ich frage dich jetzt, Karim: Warum? Woher bist du gekommen, dass du in der ›Bleibe‹ schlafen musstest? Wo warst du vorher, warum warst du dort, und warum bist zu zurückgekommen? Warum musstest du lügen, Karim? Du lügst nicht gerne, das weiß ich. Warum hast du es trotzdem gemacht, wieder und immer wieder? Was hast du getan?«

Inzwischen waren meine Hände kälter als Karims. Mir wurde klar, dass meine letzte Frage genau ins Ziel traf. Er hatte etwas getan; etwas, das verschwiegen werden musste; etwas, um das ein dichtes Gespinst aus Lügen und Schweigen und vielen Ausreden geflochten werden musste. Etwas Schlimmes.

»Aber was nur, Karim? Was?«

Als ich das Krankenhaus wenig später verließ, blendete mich die gleißende Mittagssonne, und ein warmer Windstoß blies mir ins Gesicht. Meine Mutter hatte mich zum Kaffee in ihrem Garten einladen wollen, und Müller hatte gefragt, ob wir zusammen in den Biergarten gehen. Sie wollten mich an diesem Tag nicht allein lassen, aber ich hatte beiden unter einem Vorwand abgesagt. Denn ich hatte mir fest vorgenommen, in das 200 Kilometer entfernte Nordstede zu fahren und nach Karims Familie zu suchen. Ich hatte jemanden gefunden, der infrage kam. Ein oder eine A. Hozouri hatte dort im Telefonbuch gestanden, laut Internetrecherche sogar viele Jahre lang. Inzwischen war die Nummer nicht mehr vergeben, aber das bedeutete nicht zwangsweise, dass die Familie umgezogen war. Und selbst wenn, wussten die Nachbarn vielleicht, wohin. Ich würde endlos grübeln, wenn ich es nicht versuchte.

Also fuhr ich los.

Die Fahrt dauerte gute zwei Stunden, und in dieser Zeit kletterte das Thermometer auf über dreißig Grad. In Karims Wagen mit der defekten Klimaanlage garte ich im eigenen Saft. Als ich an der recherchieren Adresse anhielt und ausstieg, war mein Rücken klitschnass, und unter meinen Achseln hatten sich dunkle Flecken auf meinem T-Shirt gebildet. Ein hervorragendes Erscheinungsbild, um einer Familie wirklich schlimme Nachrichten vom verlorenen Sohn zu überbringen, dachte ich sarkastisch und erwischte mich ein weiteres Mal dabei, wie ich nach Argumenten suchte, die rechtfertigten, dass ich wieder umkehrte und nach Hause fuhr.

»Du ziehst das jetzt durch, Wanda«, flüsterte ich mir zu und sah mich um.

Die Gegend war besser gepflegt als der Block, in dem ich Martin Freißner ausfindig gemacht hatte, aber auch hier wohnten sicher keine reichen Leute. Sozialwohnungen vielleicht. Ich sah nur wenige Menschen, und sie schienen alle bereits Rentner zu sein. Das Haus, in dem jahrelang ein oder eine A. Hozouri gelebt hatte, versteckte sich grau und unscheinbar zwischen all den anderen grauen Häusern; ohne die Hausnummern hätte man eines nicht vom anderen unterscheiden können. In den unteren Stockwerken hingen, wie in jedem anderen Haus der Reihe, schwere, weiße Gardinen, durch die nicht der kleinste Blick ins Innere möglich war. Ich ging zur Haustür und überflog die Klingelschilder. Fehlanzeige – keine Hozouris. Ich hätte es mir denken müssen.

Doch jetzt war ich schon einmal hier und konnte doch nicht einfach zwei Stunden lang wieder heimfahren, ohne nur den kleinsten Schritt weiter zu sein? Ich drückte auf die Klingel einer Erdgeschosswohnung und hatte Glück. Die Tür wurde entriegelt, ich trat in ein herrlich kühles Treppenhaus und machte hinter einer nur halb geöffneten Wohnungstür einen älteren Mann in Jogginghose und Unterhemd aus. Er sah mich nicht unfreundlich an, also fragte ich ihn.

»Hozouri«, wiederholte er und kratzte sich am Bauch, der ein ganzes Stück über den Hosenbund hing. »Ja sicher doch. Die beiden haben im Dachgeschoss gewohnt und sind vor etwa drei Jahren umgezogen. Oder sind das schon vier Jahre? Zwei sehr nette Frauen, wir haben gelegentlich ein bisschen mit ihnen geschwatzt.«

»Zwei Frauen?«, hakte ich nach. »Ich suche eigentlich nach einem Jaron Hozouri.«

Er kratzte sich erneut. »Nein, die alte Frau Hozouri wohnt allein mit ihrer erwachsenen Tochter. Einen Mann hab ich da nie gesehen. Nicht ein einziges Mal in den Jahren, die die hier gewohnt haben. Und auch später nie – das wäre mir aufgefallen. Oder zumindest meiner Frau.« Er lachte. »Sie nennt die beiden die eisernen Jungfern. Ist aber nicht bös gemeint, das verstehen Sie doch?«

»Später? Wissen Sie denn, wo die Frauen hingezogen sind?«

»Aber sicher doch. Die sind nur ein paar Häuser weiter gezogen. Ich sehe sie hin und wieder an der Bushaltestelle.«

»Und wohin genau?«

Und wieder ein Kratzen. »Das kann ich nicht sagen. In die 60 vielleicht. Oder die 62? Irgendwo weiter die Straße hoch in jedem Fall. Ich könnte mal meine Frau fragen, aber die kommt erst gegen Abend. Wenn Sie dann noch mal wiederkommen wollen?«

Ich bedankte mich herzlich, hoffte aber, dass das nicht nötig sein würde. Ich spazierte die Straße hoch und schaute bei jedem Haus auf die Klingelschilder. Die schwüle Hitze war drückend, und mir klebte bald die Zunge am Gaumen, aber auch als ich die Hausnummer 80 erreicht hatte, hatte ich Karims Namen noch auf keinem Schild entdeckt. Verdammt! Was, wenn diese angeblich eisernen Jungfern geheiratet hatten und einen anderen Namen trugen? Ich musste unbedingt eine Flasche Wasser kaufen, die Hitze machte mich schon ganz schwindelig. Nur noch zwei Häuser. Nur noch eines. Verdammt, verdammt! Nun aber wirklich nur noch ein einziges Haus. Und noch eines!

Und dann stand der Name zwischen sieben anderen auf dem Klingelschild; auf den ersten Blick hätte ich ihn beinahe übersehen. Mein Mund wurde noch trockener, als er es ohnehin war, mein Herz klopfte laut. Ich klingelte, wartete, klingelte ein zweites Mal und erschrak über meine Ungeduld. Es summte, die Tür ließ sich aufdrücken. Ich ging durch ein Treppenhaus, in dem altmodische Puzzles an den Wänden und vergilbte Gardinen an den Fenstern hingen, bis in den dritten Stock, wo sich die Hitze unter dem Dach staute.

Die Wohnungstür war nur einen winzigen Spalt weit geöffnet, ich erkannte eine Türkette und gleich dahinter ein dunkles Auge. Einen Moment befürchtete ich, dass mir vor Herzrasen übel werden würde, denn ich sah Karim hinter dieser Tür stehen, wach und lebendig, bloß viel scheuer und fragender, als ich ihn je erlebt hatte. Dann war der Augenblick vorbei, ich wurde wieder klar. Es war nicht Karim; es war eine Frau, eine ältere Frau, viel kleiner als er und mit ergrauten Brauen, aber mit seinen Augen.

»Frau Hozouri?« Was für eine dumme Frage, ich wusste sofort, dass sie es war. Seine Mutter. Die Frau, die im Iran lebte. Wieder eine Lüge.

Sie antwortete nicht, verengte nur die Augen und fragte damit stumm, was ich wollte. Und ob ich nicht sehen würde, dass ich nicht erwünscht war?

»Ich komme wegen Karim.« Wegen Ihrem Sohn. »Er –«

»Nix versteh!«, rief sie, kaum dass ich seinen Namen ausgesprochen hatte. Sie schlug die Tür zu, ich hörte sie hinter dem Holz gedämpft wiederholen: »Nix versteh, nix versteh.« Ihre Verzweiflung war so übermächtig, dass sie durch jede Ritze der Wohnungstür zu mir durchdrang.

»Ich weiß, dass Sie mich verstehen.« Sie hatte jahrelang in Deutschland gelebt, vermutlich war sie gar nie in den Iran gezogen, wie Karim behauptet hatte. So selbstverständlich, wie Karim Deutsch sprach, war es seine Muttersprache – seine Mutter sprach Deutsch, ich hätte meinen Kater darauf verwettet. Und wie hätte sie sonst auch mit den alten Nachbarn schwatzen können?

»Frau Hozouri, ich muss wirklich dringend mit Ihnen sprechen. Bitte machen Sie auf. Ich will Ihnen nichts, ich will doch nur …« Ja, was wollte ich überhaupt von ihr? Antworten? Auf welche Fragen? Wollte ich wissen, warum Karim gelogen hatte, warum sein ganzes Leben auf Lügen zu fußen schien? Wollte ich das wirklich wissen, mit allen Konsequenzen?

»Ich will Ihnen nur sagen, wie es ihm geht. Er liegt im Krankenhaus, Frau Hozouri.«

Hinter der Tür hörte ich sie ein einziges Mal aufschluchzen, doch dann wurde es sofort wieder still.

Ich klopfte. »Frau Hozouri, bitte. Ich will kein Geld, ich werde niemandem etwas sagen, wenn Sie das nicht wollen. Ich will nur reden. Bitte.«

Ich klopfte lauter, polterte beinahe gegen das Holz. »Verdammt, reden Sie mit mir! Das können Sie doch nicht machen!«

Sie konnte. Ich wusste genau, dass sie dicht hinter der Tür stand und dort verharrte. Wenn Karim nach seiner Mutter kam, würde sie dort bis tief in die Nacht stehen, solange ich nicht fortging.

»Ich will Ihnen nichts Böses, wirklich nicht«, versuchte ich es ein letztes Mal. Mir lag auf der Zunge, dass es mir nur um Karim ging, aber dann kam mir im letzten Moment der Gedanke, dass sie sich womöglich nicht im Guten getrennt hatten und sie mir vielleicht nur nicht öffnete, *weil* ich wegen Karim kam.

»Ich habe nur Fragen, Frau Hozouri. Bitte, überlegen Sie sich, ob Sie mit mir sprechen können!«

Ich kramte einen Stift und ein Stück Papier aus meiner Handtasche, notierte meinen Namen, meine Adresse und meine Telefonnummer und ließ den Zettel auf der Fußmatte zurück.

Den Rückweg zum Auto musste ich mich schleppen. Mir war, als machten all die Fragen, die nicht weniger, sondern beständig mehr wurden, meinen Körper schwer wie Blei.

Ein Jahr zuvor

Die Schwüle hat den ganzen Tag gedrückt und liegt selbst am frühen Abend noch feucht und schwer auf der Haut. Karim und ich sind schweißnass, als wir mit Grillspießen und einer großen Schale mit Kichererbsensalat bei meinem neuen Kollegen Hendrik aufschlagen, der uns zum Grillen eingeladen hat. Nein, zum Barbecue. Ich hatte gerätselt, was wohl der Unterschied ist, der Hendrik wichtig war. Als wir Hendriks Garten hinter einem freundlichen Zweifamilienhaus betreten, begreife ich ihn sofort. Ein weiß gedeckter Tisch ist wie für ein feines Menü mit buntem Sand und Steinen dekoriert, auf der Wiese stehen kleine Feuerschalen, und der Grill – Weber! – sieht aus, als hätte er weit mehr gekostet, als ich bereit wäre, für einen Kleinwagen zu investieren. Auf einem weiteren Tisch drängen sich Porzellanschalen mit mariniertem Fleisch und Fisch, würzig in Öl gewendeten Meeresfrüchten sowie etlichen bunten Salaten, Saucen, Dips und zweifelsfrei selbstgebackenem Brot. Ich schaue mich um, ob jemand schräg guckt, als ich meine Plastikschüssel mit dem Salat unauffällig dazustelle und damit zweifelsfrei einen hässlichen Stilbruch begehe. Niemand beachtet mich, die Gäste unterhalten sich und präsentieren ihre makellose Sommermode, als läge irgendwo ein Fotograf auf der Lauer.

Karim und Hendrik mustern sich gegenseitig, als ich sie einander vorstelle, und mir ist sofort klar, dass hier keine Freundschaft zu erwarten ist. Wie schade, ich mag meinen neuen Kollegen und hatte gehofft, wir könnten in Zukunft häufiger etwas gemeinsam unternehmen.

»Du hast dich mächtig ins Zeug gelegt«, sagt Karim zu Hendrik. Ich beneide ihn ein wenig um seine Souveränität. Mich schüchtert diese Perfektion ein.

»Das Kochen ist eine kleine Leidenschaft von mir«, meint Hendrik leichthin. »Oder meine Macke, wie man es nimmt. Einmal im Jahr mache ich ein Barbecue, dann muss eben alles perfekt sein.« In der Schule erinnert er mich an einen Nerd mit seiner starken Brille und den kleinkarierten Hemden. Heute trägt er ein weißes Poloshirt und Kontaktlinsen. Er fühlt sich anscheinend pudelwohl in seiner schicken Gastgeberrolle.

Wir kennen niemanden näher, aber die anderen Gäste sind offen und freundlich, und die Gespräche ergeben sich von allein. Hendrik verteilt Weißwein und fachsimpelt darüber, eine seiner früheren Kommilitoninnen, die ebenfalls bereits als Lehrerin arbeitet, unterhält sich mit mir über das Studium, seine Eltern stoßen auf ein Bier dazu und erzählen, dass auch sie beide Lehrer sind. Irgendwer füllt unbemerkt unseren Kichererbsensalat aus der hässlichen Schüssel in eine farblich passende Porzellanschale um und versteckt das Plastikungetüm in der Spülmaschine, Hendrik grillt mit einem seligen Lächeln nach Knoblauch duftende Riesengarnelen und Rinderfiletsteaks. Beim Essen sitzt Hendrik Karim gegenüber.

»Wusstest du«, beginnt Hendrik, »dass Wanda und ich uns auf der Uni nur um ein Jahr verpasst haben? Ich hab in dem Jahr meinen Abschluss gemacht, als sie zur Uni kam. Sonst hätten wir uns sicher dort schon kennengelernt.«

Bestimmt, denke ich ironisch. Bei all den Studenten …

Irgendetwas ist faul, seine Bemerkung irritiert mich, auch wenn ich nicht benennen kann, was mich stört.

Karim lächelt höflich. »Das wusste ich nicht, nein.«

»Wo hast du denn studiert?«, fragt Hendrik Karim.

Der macht mit dem Besteck in der Hand eine ausweichende Bewegung. »Ich habe überhaupt nicht studiert.«

Die blonde Frau neben ihm berührt seinen Oberarm. »Das kann ich verstehen. Hattest du keine Lust auf den Uni-Mief?«

»Ein Studium war nie eine Option«, entgegnet Karim und nimmt einen Schluck Wein. »Dazu fehlte mir der Schulabschluss. Ich war zu der Zeit mehr als glücklich, die Schulpflicht hinter mich gebracht zu haben, mich hätten keine zehn Pferde dazu gebracht, auch nur einen Tag länger in der Schule zu bleiben als unbedingt notwendig.«

Die Blonde wirkt pikiert, Hendrik scheint überfordert, darauf eine Antwort zu finden.

»Ihr wisst ja, wie das in dem Alter manchmal ist«, sagt Karim, als hätte er überhaupt nicht bemerkt, in was für ein Fettnäpfchen er bei den Lehrern getreten ist. Ich muss grinsen, weil ich es besser weiß, und stoße ihn unter dem Tisch mit dem Fuß an. Manchmal ist mein Liebster ein Kindskopf, der Perfektion erst dann würdigen kann, wenn er einen Makel entdeckt hat. Findet er keinen, verursacht er einen.

»Der Fisch ist göttlich, Hendrik«, versuche ich das Thema zu wechseln. »In was hast du ihn eingelegt?«

»Cajun«, antwortet er mir knapp und wendet sich wieder Karim zu. »Hattest du keine Angst, dass du dir damit Chancen verbaust? Es muss schwierig gewesen sein, einen Ausbildungsplatz zu finden.«

»Ach«, meint Karim, »das wird überbewertet.«

»Darf ich fragen, was du gelernt hast?«

Karim schaut Hendrik mit einem harmlosen Lächeln an, hinter dem ich den Schalk hervorblitzen sehe. »Jede Menge.«

»Ich meine beruflich.«

»Ach so, sag das doch gleich! Ich bin in der Energiebranche tätig, erneuerbare, um genau zu sein.«

»Als Arbeiter?«, fragt Hendrik.

»Ja, ich arbeite«, erwidert Karim glatt. »Marketing und Werbung.«

Das Gesicht der Blonden leuchtet auf, ihre Wimpern klimpern. »Freunde von mir studieren das. Das ist ja so wahnsinnig spannend!« Die beiden beginnen ein Gespräch über die psychologische Manipulation der Werbung, Karim erzählt der Blonden irgendetwas offenbar wahnsinnig Spannendes über Backmischungen, und Hendrik ist endlich bereit, mir genauer zu erklären, wie man Fisch zum Grillen mariniert. Ich höre allerdings kaum zu, weil es mich irritiert, dass die Blonde Karim ihr Dekolletee unter die Nase hält. Es ist eindeutig zu warm, die Hitze scheint allen ein wenig aufs Hirn zu schlagen.

»Was sollte das eben?«, frage ich Karim wenig später. Wir stehen am Rand der Terrasse neben einem Spalier, an dem sich gelbe und lachsfarbene Rosen emporarbeiten. Jemand hat Musik aufgelegt und die Feuerbecken und ein paar Lampions entzündet. Der Esstisch wurde beiseitegerückt, sodass für alle Platz zum Tanzen wäre, würde sich jemand überwinden, damit anzufangen. Mich plagen die Mücken, Karim scheint sie nicht zu spüren.

Er schaut mich harmlos an. »Was meinst du, Wanda?«

»Du weißt genau, was ich meine. Warum ärgerst du Hendrik? Nur weil er bessere Grillsaucen macht als du und seinen Garten schmückt, als käme königlicher Besuch?«

»Es sieht aus wie in einem Tennisclub«, meint er. »Bloß ohne Tennisplätze, aber die sind ohnehin das Unwichtigste in gehobenen Tennisclubs.«

»Weich mir nicht aus! Woher willst du wissen, wie es in gehobenen Tennisclubs aussieht, kannst du überhaupt Tennis spielen?«

»Nein«, sagt er verschmitzt, »aber ich kann Cocktails reichen und die leeren Gläser abräumen. Dafür braucht es keinen Schulabschluss.«

Ich knuffe ihn fest in die Seite.

»Entschuldige, Wanda.« Er wirkt fast überzeugend. »Er hat mich provoziert. Und dieser feine Garten gibt es nicht her, dass wir Bäume ausreißen, Steine um die Wette werfen oder uns boxen, wie Männer das nun mal gerne tun.«

»Seit wann hegst du die Bedürfnisse eines Höhlenmenschen?«

»Der Höhlenmensch steckt in uns allen, mein Liebling«, sagt er mit gespieltem Bedauern. »Und die kultivierte Außenschicht ist bei einem Tölpel wie mir sehr dünn.«

Ich rolle mit den Augen. »Du spinnst bloß manchmal gerne, nicht wahr? Was soll das überhaupt heißen – er hat dich provoziert? Was hat er denn gemacht?«

»Er baggert meine Freundin an.«

»Er baggert … wen an? Von welcher Freundin sprichst du, bitte? Ich wusste nicht, dass du einen Harem unterhältst.«

»Ich meine das ernst, Wanda.«

Aller Plänkelei zum Trotz ist mir absolut klar, dass er nicht scherzt. »Aber du irrst dich. Er –«

»Baggert dich an!«, beharrt Karim.

»Tut er nicht.«

»Doch. Auf diese feige Art, die man nur ahnen, aber nicht greifen kann, die er jederzeit verleugnen und ich im Leben nicht beweisen kann. Aber er tut es. Ich sehe, wie er dich ansieht.«

»Und wie sieht er mich an?«, frage ich genervt, weil ich offenbar blind bin oder Karim Gespenster sieht.

»Genauso wie ich.«

»Ach was!«

»Doch. Und soll ich dir ein Geheimnis verraten? Auch auf die Gefahr hin, dass du dann dein Leben lang schlecht von deinem Kollegen denken wirst?«

Ich seufze. »Un-be-dingt.«

»Er hat das Blondchen auf mich angesetzt.«

»Karim, das war ironisch gemeint. Aber was soll das nun wieder heißen? Welches Blondchen?«

»Nina, der ich erklärt habe, warum man in Backmischungen Eier und Butter einrühren muss.«

»Für die Bindung?«, rate ich, aber Karim schüttelt den Kopf.

»Früher hat man Backmischungen mit Wasser angerührt, das funktionierte genauso gut. Aber die Leute hatten nicht das Gefühl, etwas geschaffen zu haben – gebacken zu haben. Darum wurden die Mischungen verändert. Damit die Leute sich gut fühlen und denken, sie könnten Kuchen backen.«

»Und was hat das mit dieser Nina zu tun?«

»Außer, dass sie so was in ihrem ach so wichtigen Studium nicht gelernt hat? Gar nichts. Nina interessiert sich auch nicht für Psychologie in Marketing und Werbung, wie sie mir weismachen wollte, sie hat überhaupt keine Ahnung davon. Sie wollte mich nur anmachen.«

»Du bist eben unwiderstehlich.«

Karim schaut mich über den Rand seiner Brille an. »Danke.« Rasch weicht er meiner Hand aus, als ich ihm einen weiteren Knuff versetzen will. Ein kleineres Grüppchen stellt sich ganz in unsere Nähe, und Karim fährt mit gedämpfter Stimme fort: »Aber so unwiderstehlich ich auch sein mag, auf Nina wirkt das nicht. Sie erfüllt bloß eine Aufgabe, um ihrem Bruder zu helfen.«

Ich begreife langsam gar nichts mehr. »Ihrem Bruder? Wer ist das nun schon wieder?«

Karim schiebt beide Hände in die hinteren Hosentaschen. »Hendrik. Wusstest du das nicht? Ich finde, man sieht es auf den ersten Blick.«

Wirklich? Ich halte unauffällig nach den beiden Ausschau, sehe aber nur Hendrik. »Ich weiß nicht …«

»Aber ich. Als ich eben auf der Toilette war, habe ich im Wohnzimmer ein Familienfoto gesehen.«

»Na gut, dann bist du eben Sherlock Holmes, und Nina ist Hendriks Schwester. Ist das verboten?«

»Nein, aber der Grund, warum sie mich anbaggert, obwohl sie eigentlich kein Interesse an mir hat.«

Langsam wird es absurd. »Wie kommst du denn auf so was? Kann sie nicht einfach ein bisschen … distanzlos sein? Oder dich wirklich scharf finden? Warum sollte sie das denn sonst tun?«

Karim atmet durch, als wäre ich schwer von Begriff, und lehnt sich vorsichtig mit der Schulter gegen das Rosenspalier. »Damit ich Höhlenmensch darauf anspringe, du eifersüchtig wirst und dich bei deinem netten, verständnisvollen und studierten Kollegen ausweinst. Woraufhin er dich trösten kann.«

»Und das weißt du woher?«

»Das sehe ich.« Karim legt mir die Hände um die Taille und zieht mich an sich. »Außerdem würde ich es vermutlich genauso machen, wenn ich einem anderen Kerl die Frau ausspannen wollte.«

»Soso. Und du meinst wirklich, ich würde mich so einfach in andere Höhlen verschleppen lassen?«

»Natürlich nicht, ansonsten würde ich sicher nicht ›wer hat den Längeren‹ mit deinem Kollegen spielen.« Mit Zeige- und Mittelfinger fährt Karim am Ausschnitt meines Tops entlang. »Aber soll ich deshalb so tun, als würde ich nicht kapieren, dass er in seiner Fantasie seine Griffel tief in meine Angelegenheiten steckt?«

Typisch Karim. Nach außen lässt sein Stolz ihn glänzen, aber nach innen ist es wie ein Ausschlag, der nässt und ihn juckt.

»Du spinnst eindeutig«, sage ich mit nachsichtigem Lächeln. »Aber weißt du was? Mir gefällt es, wenn du ein bisschen eifersüchtig bist.«

»Ein bisschen?« Er lächelt dieses gefährliche Lächeln, das mich unruhig macht, in jeder nur erdenklichen Hinsicht. Als er sich ein Stück zur Seite bewegt, reißt ihm ein Rosendorn den oberen Hemdsärmel kaputt. Er scheint es kaum zu bemerken. »Ich fühle mich eher wie eine Bombe kurz vorm Explodieren, Wanda.«

Ich lege eine Hand an die Seite seines Halses und fahre mit dem Daumen über seinen Adamsapfel. »Explodier nicht«, flüstere ich. Die Unruhe zieht sich direkt in meinen Schoß zurück. »Nicht hier.«

»Wo denn dann?«

»In unserer Höhle. Wenn wir allein sind.«

Ganz lassen kann es auch Hendrik nicht. Als wir etwas später beisammenstehen, kommt er noch einmal auf das Gespräch zurück.

»Als Lehrer interessieren mich ja immer die Gründe, warum junge Leute vorzeitig die Schule abbrechen«, sagt er zu Karim, und jetzt, nach unserem Gespräch, halte selbst ich sein nettes Lächeln für aufgesetzt und meine, eine Provokation darunter zu erkennen.

»Vielleicht kannst du mir Tipps geben, Karim, wie man als Lehrer dafür sorgen kann, dass die Jugendlichen die Schule nicht als sinnlose Zeitverschwendung betrachten?«

Karim hebt die Hände. »Tut mir leid, da bin ich der Falsche. Ich habe die Schule ja nicht vorzeitig abgebrochen.«

»Nicht? Eben sagtest du –«

»Ich habe sie genau zum richtigen Zeitpunkt verlassen«, erwidert Karim. »Bloß waren nicht alle dieser Meinung. Aber stimmst du mir nicht zu, wenn ich sage, dass wir weniger auf andere hören sollten und mehr auf uns selbst?«

»Sicher«, gibt Hendrik gequält zurück, obgleich uns allen klar ist, dass ihm die Meinung anderer sehr viel bedeutet, was er nicht zugeben will. »Aber hätte es für dich keine Motivation gegeben, mehr aus dir zu machen?«

Karim scheint zu überlegen. Dann sagt er: »Nein.« Er lächelt nicht, er zeigt seine Zähne. »Warum?«

»Es führen doch viele Wege nach Rom«, sage ich einlenkend, denn die unterschwellige Aggression der beiden geht mir langsam auf die Nerven. Ich kann einerseits nachvollziehen, dass Karim sich beleidigt fühlt, andererseits verstehe ich auch Hendrik, für den Karims Laufbahn neu und unbekannt ist. Natürlich weckt das sein pädagogisches Interesse. Oder geht es ihm wirklich darum, Karim bloßzustellen?

»Auf welcher Schule warst du denn?«, fragt Hendrik. Weit entfernt grollt Donner und verspricht ein nahendes Gewitter, und etwas Seltsames passiert mit Karim. Er scheint innerlich zu verkrampfen. Sein Blick wird stechend, seine Lippen schmaler, und an seinem Hals treten Sehnen und Adern hervor.

»Was geht dich das eigentlich an?« All die unterdrückte Aggression schwingt nun offen in seiner Stimme, als hätte Hendrik mit seiner banalen Frage einen wunden Punkt getroffen. »Ich komme nicht von hier, ich –«

»Reg dich nicht auf, es war doch nur eine Frage.«

»Dann kommt hier nur eine Antwort: Es geht dich einen Scheiß an!«

»Können wir nicht das Thema wechseln?«, unterbreche ich die beiden und zähle die Mückenstiche, die ich auf meinen nackten Beinen fühle. »Es ist doch wirklich egal, wer wann auf welcher Schule welchen Furz gelassen hat. Wir haben die Schulzeit alle hinter uns gelassen und sind erwachsen. Können wir uns bitte auch so verhalten?«

»Entschuldigung«, sagt Hendrik und hebt die Schultern. »Ich wollte dir nicht zu nahe treten.« Da ist der Anflug eines Lächelns in seinen Mundwinkeln, das verrät, dass er schwindelt. Er wollte Karim sehr wohl provozieren, und es erfüllt ihn mit Genugtuung, es geschafft zu haben.

»Schon gut«, murmelt Karim. »Mir tut es leid. Reden wir über was anderes.«

Das Donnergrollen ist noch weit entfernt, kommt aber näher. Wir reden an diesem Abend nicht mehr viel. Die Anspannung bleibt in Karim wie ein zäher Muskelkater. Kurz darauf fahren wir nach Hause.

Ich hätte es ahnen müssen. Karim ist und bleibt mein einsamer Wolf, den Menschen reizen, wenn sie ihm zu nahe rücken.

16

*»Ich verlangte nach einer Mutter und einem Vater
Und ich fand die Nacht und das Meer.«*
Khalil Gibran

»Frau Kirsch, wann sind noch mal Ferien?« Neo klebte heute schon die zweite Hofpause an meinen Fersen. In den letzten Tagen hatten wir uns noch einmal sehr aktiv darum bemüht, ihn in die Gruppe zu integrieren, sodass er nun viel häufiger mit Klassenkameraden spielte. Unser Einsatz schien Früchte zu tragen, er wirkte zufriedener und unbekümmerter und kam gut zurecht. Heute allerdings schien ihn etwas zu belasten, das er nicht mit anderen Kindern teilen konnte.

»Noch zwei Wochen«, erkläre ich ihm. Ich hoffe, ihr habt Glück und das Wetter bleibt so, damit ihr in den Ferien die Sonne genießen könnt.«

Das Gesicht des Kleinen verdüsterte sich. »Zwei Wochen … das sind noch zweimal Montag, zweimal Dienstag … und so weiter. Gar nicht mehr lange, oder?«

»Nein, gar nicht lange. Das geht jetzt ganz schnell.«

Neo senkte den Kopf. »Mist.«

»Warum denn Mist? Freust du dich denn gar nicht auf die Ferien?«

Er zögerte, schüttelte dann trotzig den Kopf.

»Warum denn nicht?« Ich konnte es mir denken. Vermutlich langweilte er sich zu Tode, während seine Eltern ihrem liebsten Hobby frönten – dem Dauerfernsehen.

»Also, ich …«, druckste er und knetete einen Zipfel seines T-Shirts. »Ich weiß halt immer noch nicht, was mit dir los ist, Frau Kirsch. Ob du krank bist, oder so. Und in den Ferien sehe ich dich ja gar nicht.« Er hob den Blick und sah mich aus großen Augen an. »Ich hab Angst, dass du nicht mehr wiederkommst.«

Es mochte unprofessionell sein, aber mir blieb keine Wahl. Ich musste den kleinen Kerl einfach an mich drücken. »Du musst dir keine Sorgen machen«, sagte ich leise. »Ich komme nach den Ferien auf jeden Fall wieder.« Nach den Prüfungen würde ich fest angestellt werden und mit etwas Glück sogar Neos Klasse als Klassenlehrerin übernehmen. Das wollte ich den Kindern aber erst erzählen, wenn ich Brief und Siegel darauf hatte.

»Ganz bestimmt?«

»Versprochen, Neo. Ich bin doch gar nicht krank, wie kommst du denn darauf?«

»Du bist … komisch. Traurig. Und wenn man immer traurig ist, dann ist es bestimmt Krebs. Das weiß ich, weil bei meiner Oma war das auch so.«

Ich drückte den Jungen ein zweites Mal. »Ich bin ganz kerngesund, ehrlich.«

»Und trotzdem traurig? Warum denn?«

Es hatte keinen Sinn, diesem sensiblen Bürschlein etwas vorzumachen. Er durchschaute mich, und auch wenn es nicht richtig war, ihn mit meinen Problemen zu belasten, fühlte sich noch falscher an, ihn anzulügen. »Mein Freund, den ich eigentlich heiraten wollte, hatte einen Unfall.«

»Oh. Ist er tot?«

»Nein. Aber er liegt im Krankenhaus. Und muss noch sehr lange da bleiben. Vielleicht für immer.«

»Oh«, wiederholte er bedrückt. »Das ist wirklich blöd. Nein, dann würde ich ihn auch nicht heiraten, Frau Kirsch.«

So traurig das Thema war, über Neo musste ich lachen. »Du Schlaumeier! Nun geh noch ein bisschen spielen, sonst kannst du in der letzten Stunde wieder nicht stillsitzen.«

Der Junge trollte sich, und ich ging auf Hendrik zu, der sich mit mir die Hofaufsicht teilte. Der letzte Freitagabend, an dem er mich zum Essen eingeladen hatte, war ziemlich verkrampft abgelaufen. Hendriks Freunde hatten kurzfristig abgesagt, und bei einem Essen zu zweit hatte ich mich nicht wohlgefühlt. Zu gut erinnerte ich mich daran, wie skeptisch Karim Hendrik gegenüber gewesen war. Er hatte nie glauben wollen, dass wir nur befreundete Kollegen waren, ich hatte Karim nie davon abbringen können, dass Hendrik ein Auge auf mich geworfen hatte. Dementsprechend unwohl fühlte ich mich, wenn ich mit ihm allein war. Und Karim allein in seinem Bett im Krankenhaus.

»Guten Morgen, Wanda«, begrüßte Hendrik mich. »Geht es deinem Kopf besser?«

Ich hatte ihm von Kopfschmerzen erzählt, um mich rasch aus der Affäre zu ziehen, ohne unhöflich zu sein, aber vermutlich hatte er meine Schwindelei durchschaut.

»Ja, danke dir. Es muss die Hitze am Freitag gewesen sein. Und der Stress wegen Karims Verwandten.« Trotz aller Bedenken hatte ich ihm von meinem Besuch bei Karims Mutter erzählt, auch wenn Karim mir dafür aufs Dach steigen würde. Aber genau das sollte er tun! Langsam hatte ich das Gefühl, ihn bewusst und mit voller Absicht provozieren zu müssen, damit er endlich die Augen aufschlug und mir seine Meinung um die Ohren schlug.

»Dann hoffe ich«, sagte Hendrik, »dass dir meine Neuigkeiten nicht gleich wieder aufs Gemüt drücken. He, Oliver, lass sofort Maries Zopf los!« Damit sprintete er los, um eine Erstklässlerin vor dem Skalpieren zu retten und ein paar Tränen zu trocknen. Langsam kam ich dazu und erreichte ihn, als die Kinder wieder in alle Richtungen davonstoben.

»Was gibt es denn an Neuigkeiten?«, fragte ich gespannt.

»Ich hatte dir doch erzählt, dass ich jemanden kenne, der in Nordstede im Rathaus arbeitet«, begann Hendrik.

»Ja, ein Kommilitone deiner Schwester, nicht wahr?«

»Richtig. Den hab ich angerufen, und rate mal, was ich über Karims Familie herausgefunden habe!«

»Was denn?«

»Sie haben nicht immer in Nordstede gewohnt.«

Ich wusste nicht, worauf Hendrik hinauswollte. »Ja klar, wir wissen doch, dass er aus Hannover kommt!«

»Zwischenzeitlich hat seine Familie aber noch woanders gewohnt.«

Die Schulglocke verkündete das Ende der Pause. Scharenweise stürmten die Kinder den Eingängen entgegen.

»Und wo?«, fragte ich skeptisch. War doch etwas dran an der Version, die man mir in der »Bleibe« erzählt hatte? War Karim im Iran gewesen? Ich spürte Nervosität aufkeimen, wie instinktiv begann ich, zur Beruhigung die Kinder zu zählen, sortiert nach Mädchen und Jungen, Blonde und Braunhaarige, Rock- und Hosenträger.

»Hier«, antwortete Hendrik, als wäre diese Information das Ei des Kolumbus. »Sie haben eine kurze Weile hier gewohnt, ehe sie – die Mutter und zwei Kinder – nach Nordstede gezogen sind.«

»Ganz sicher?«

»Absolut. Mein Bekannter hat das alles für mich nachgeschlagen.«

Ich hob die Brauen. »Das darf der so einfach?«

Hendrik zuckte mit den Schultern. »Man könnte ja auf ganz offiziellem Weg eine Meldeauskunft einholen, aber ... Ist doch egal, Wanda. Wir müssen rein, die Stunde beginnt.«

Zerstreut nickte ich. »Vielen Dank, echt nett, dass du dich so reinhängst.« Dann fiel mir allerdings noch etwas Entscheidendes ein. »Könntest du deinen Bekannten vielleicht noch etwas anderes fragen? Ich wüsste gerne den Namen der beiden Kinder, meinst du, du kannst das für mich herausfinden?«

»Ganz bestimmt«, sagte Hendrik, winkte mir zu und wandte sich der Sporthalle zu.

Ich bekam meine Antwort am Nachmittag per SMS. »Asal Hozouri ist mit einer Tochter, Fariba, nach Nordstede gezogen«, stand auf meinem Display. »Leider ist keine Rede von Söhnen.«

»Dann sind wir jetzt trotzdem schlauer«, sagte Müller und reichte mir mein Handy zurück. »Denn dass Karim einen Bruder hat, wissen wir ja von dieser ehemaligen Klassenkameradin. Jetzt hast du auch Gewissheit, dass da eine Schwester sein muss. Und du hast Namen.«

»Und du meinst«, überlegte ich, »dass die Schwester eher bereit ist, mit mir zu sprechen, als ihre Mutter?« Ich bezweifelte das, und Müllers Gesicht zeigte, dass es ihr nicht anders ging.

»Freiwillig vermutlich nicht. Offenbar ist da was vorgefallen, und sie wollen nichts mehr mit ihm zu tun haben.« Sie musterte mich und tätschelte mir dann tröstend die Hand. »He, mach dir keine allzu großen Sorgen. So was kommt in den besten Familien vor.«

»Sicher. Aber was kann so schlimm sein, dass man so rigoros ist, selbst jetzt, wo Karim im Koma liegt.«

»Vermutlich haben sie Angst.«

Herzlichen Glückwünsch, genau das hatte ich hören wollen. »Wovor denn, verdammt?«

»Vielleicht«, sagte Müller leise, »vor der Sache, über die ich mit dir reden wollte.« Sie zog die nackten Füße zu sich auf die Couch und legte die Arme um die Beine. »Wanda, ich habe über deine Idee nachgedacht, dich als gesetzlichen Vormund anzubieten.«

Ich horchte auf. Ich hatte Müller um Rat gebeten, doch jetzt ließ mich ihre Miene annehmen, dass ich ihn eigentlich gar nicht hören wollte.

»Ich weiß, dass du gern was Sinnvolles für Karim tun möchtest, aber ich kann dir davon nur abraten. Ich habe lange darüber nachgedacht, aber mir scheint hier einiges viel zu undurchschaubar. Allein die Geschichte mit der Krankenversicherung …

Jetzt geh mal vom schlimmsten Fall aus und stell dir vor, dass Karim vielleicht gar keine Krankenversicherung hat.«

Natürlich hat er die, wollte ich antworten, doch die Erwiderung blieb mir im Hals stecken. Konnte ich da sicher sein? Karim war, seit ich ihn kannte, kein einziges Mal beim Arzt gewesen. »Die werden mir doch selbst dann keine privaten Rechnungen stellen, wenn ich Vormund wäre, oder?«

»Natürlich nicht«, meinte Müller. »Das sind vermutlich hohe sechsstellige Beträge, das können sie nicht einfach von dir fordern. Aber es könnte schon sein, dass sie dir Druck machen. Es fehlen doch immer noch Unterlagen, oder?«

Ich nickte betreten. Nichts hatte ich gefunden, rein gar nichts, und im Bürgerbüro, wo Karim einen neuen Ausweis beantragt hatte, durfte man mir keine Auskunft geben.

»Dann lass die Finger davon«, beschwor mich Müller. »Für den Fall, dass da irgendwas nicht ganz in Ordnung ist, werden sie dir unterstellen, Karim zu decken.«

»Was sollte denn nicht in Ordnung sein?«

»Wanda, Schatz, glaub mir einfach. Du weißt, dass ich Karim gut leiden kann. Aber im Gegensatz zu dir war ich nie der Meinung, dass der eine weiße Weste hat. Der hat irgendwo eine Leiche im Keller.«

Mir schauderte. Ich musste an eine längst vergessene – verdrängte – Begebenheit denken. Karim, mein friedliebender Karim, hatte einen alten Mann zusammengeschlagen.

»Vermutlich hat er sein Finanzamt betuppt«, meinte Müller mit einer wegwerfenden Handbewegung, »sicher nichts Schlimmes. Aber bestimmt auch nichts, in das du hineingezogen werden möchtest. Lass das die Leute vom Amt machen, die kennen die rechtlichen Grundlagen, und niemand kann ihnen vorwerfen, persönlich involviert zu sein und daher irgendwas vertuschen zu wollen. Genau das wird man bei dir versuchen.«

Ich nickte. »Meinst du, seine Familie will deshalb nichts mit ihm zu tun haben? Weil sie befürchten, dass sie Schulden für ihn abbezahlen müssen?«

»Eben das ist meine Vermutung.«

Der Kater kam zu mir, rieb sich genüsslich an meiner Seite und begann zu brummen wie ein Propellerflugzeug. »Kann das sein?«, fragte ich ihn leise. »Kann es denn sein, dass sie nichts mehr von deinem zauberhaften Herrchen wissen wollen, nur weil sie Angst haben, dass man ihnen Geld abknüpft?«

Ein Jahr zuvor

Karim liebt das Meer.

Wann immer wir am Meer sind, sehe ich ihn aufatmen wie jemand, der ständig eine schwere Last auf seinem Rücken trägt und sie gerade für eine sehr kurze Pause abstellen darf. Wann immer wir wieder abreisen, scheint die Last für ein paar Tage schwerer geworden zu sein, so schwer, dass er sie gerade noch tragen kann. Er spricht dann nicht viel, wirkt abwesend, und wenn ich mit ihm reden möchte, muss ich ihn zuerst mit einer Berührung ins Hier und Jetzt holen, weil es sonst passiert, dass er mir nicht zuhört, ja, gar nicht bemerkt, dass ich etwas gesagt habe.

Es war eine dumme Idee, auf dem Rückweg in Hamburg Zwischenhalt zu machen, denke ich, als ich Karim neben mir im Zug sitzen sehe, die Augen glasig vor Glück und Elend zugleich. Ich wollte schon immer *Das Phantom der Oper* sehen, und Karim hatte die Karten gebucht, sodass wir zuerst nach Hamburg fahren konnten und im Anschluss für eine Woche an die Nordsee. Dann allerdings war in seiner Firma ein großer Auftrag dazwischengekommen, und er hatte seinen Urlaub vorverlegen müssen, da es für die heiße Phase des Projekts Urlaubssperre gab.

»Kriegst du das hin?«, hatte ich ihn gefragt. »All die Menschen …«

Karim hatte nur gegrinst. »Ich bin ein bisschen komisch,

Wanda. Nein, um ehrlich zu sein, habe ich eine schreckliche Macke. Aber eine Sozialphobie habe ich nicht. Nicht«, sein Grinsen verwischte zu einem Lächeln, »wenn du bei mir bist.«

So sind wir mit unserem Zelt und den Schlafsäcken ans Meer gefahren, haben die Sonne jeden Tag auf- und wieder untergehen sehen, kaum geschlafen, aber oft miteinander und eine wundervolle Woche verbracht. Und nun sitzen wir im Zug nach Hamburg, um dort zwei Nächte im Hostel zu verbringen und uns mein Musical anzuschauen. Karim ist still, und ich bin es auch, weil ich weiß, dass er das nun braucht, um die beiden folgenden Tage zu überstehen, die ihm sicher mehr abverlangen als ein halbes Jahr Arbeit ohne einen freien Tag.

Unser Zug hat Verspätung. Gefühlte Stunden steht er auf der Stelle, und wir dösen in unserem Abteil eng aneinandergeschmiegt, sodass wir hellwach und ausgeruht sind, als die Bahn endlich in den Hamburger Hauptbahnhof einfährt. Wir schleppen unser Gepäck hinaus, werfen alles auf einen großen Haufen auf dem Gleis, und Karim sieht mich fragend an.

»Freie Auswahl, Liebling. Schwitzende Menschen in der U-Bahn oder Fußweg inklusive Rückenschmerzen und Blasen an den Zehen?«

Von der Hitze im Zug klebt mir bereits das T-Shirt am Rücken wie eine zweite Haut, und meine Turnschuhe würden dampfen, wenn ich sie auszöge. Schlimmer kann es ohnehin nicht mehr werden, also wähle ich aufopferungsvoll den Fußweg, der Karim mehr zusagt als die U-Bahn. Wir schultern unsere Rucksäcke und stapfen los, raus aus dem kühlen Bahnhof, hinein in einen versmogten, staubig heißen Großstadtabend.

»Es ist nicht weit«, sagt Karim. Ich hoffe, dass sich unsere Definition von »nicht weit« diesmal nicht dramatisch unterscheidet, und kämpfe gegen die Versuchung an, meinen gigantischen Campingrucksack einfach irgendwo abzustellen und ohne ihn weiterzulaufen. Von Hamburg sehe ich nicht viel, beim Gehen achte ich nur auf meine schweren Füße. Innerlich grolle ich mit Karim und vor allem mit mir selbst, weil ich Karim zuliebe seine Variante gewählt habe. Ich weiß nicht, wie er das immer wieder anstellt, aber auf irgendeine hundsgemeine Art manipuliert er mich, um seinen Kopf durchzusetzen! Ich zähle meine Schritte und rechne sie in Meter um.

»Warte mal, Karim«, sage ich irgendwann, als wir an einem Mäuerchen vorbeigehen, das mir bekannt vorkommt. Ich sehe auf. Zu unserer Rechten liegt ein kleiner, aber dicht bewaldeter Park, in dem irgendwer sitzt und leise Gitarre spielt. »Hier waren wir eben schon!«

»Ich weiß«, murmelt er entschuldigend. »Ich bin eine Straße zu früh links gegangen, und als ich es gemerkt habe, dachte ich, dass wir schneller wieder auf dem richtigen Weg sind, wenn wir einen kleinen Bogen gehen, statt den ganzen Weg zurück.«

»Na super! Du wolltest bloß nicht zugeben, dass du falsch gegangen bist.« Erschöpft lasse ich meinen Rucksack fallen und knete mit der rechten Hand meine linke Schulter. »Wenn wir das Hostel gefunden haben, bist du so was von fällig, Kerl! Du wirst mich die ganze Nacht massieren, für das, was du mir hier zumutest.«

»Du hast dich fürs Zufußgehen entschieden«, gibt Karim unbeeindruckt zurück. Doch auch er stellt seinen Rucksack ab und streckt den Rücken durch. Sofort tut er mir leid. Karim schleppt das Zelt und den Gaskocher, sein Gepäck ist deutlich schwerer als meins.

»Ich habe einen Vorschlag«, sagt er. »Dort hinten ist ein Kiosk. Ich gehe nach dem Weg fragen.«

»Ruf uns lieber ein Taxi!«

»Wenn es noch weit ist, mache ich das. Ansonsten laufen wir.« Er sieht meinen Einwand und schiebt rasch nach: »Und ich hole uns Eis.«

»Na gut«, seufze ich und setze mich auf das Mäuerchen, während Karim mit nahezu unverschämter Leichtfüßigkeit zum Kiosk joggt.

Ich mache einen Kutscherbuckel und lasse den Kopf hängen, um meinen Rücken zu entspannen. Im Park gegenüber hat das Gitarrenspiel aufgehört, dafür höre ich Stimmen. Aufgebrachte Stimmen, die mich aus meiner Erschöpfung reißen. Viele Worte verstehe ich nicht, nur »Dieb«, »Junkie«, »Dreckspack« und Ähnliches, ausgerufen von zwei oder drei jüngeren Männern. Ich höre Aggression und Verachtung und Wut. Ohne darüber nachzudenken, stehe ich auf und überquere die kleine Straße, spähe durch die Haselnusssträucher, die den Park abtrennen. Ich sehe so viel wie ich höre. Bruchstücke eines Streits, drei Personen, die sich kreisförmig um eine weitere bewegen. Ihrem Geschrei kann ich entnehmen, dass einem der drei Männer etwas gestohlen wurde und man die vierte Person verantwortlich macht, die dies aber abstreitet. Mir wird trotz der Hitze eisig kalt, als einer der Kerle die Gitarre über seinen Kopf hebt und an der Parkbank zerschlägt, sodass der Korpus abbricht und nur noch an den Seiten hängt. Erneut hebt der Mann den Gitarrenhals und schlägt der vierten Person, dem angeblichen Dieb, das zerstörte Instrument mit voller Wucht auf den Kopf.

»Hey!«, schreie ich. »Sofort aufhören!« Ich drehe mich in Richtung Kiosk um, rufe nach Karim, aber von dem ist nichts zu sehen. Auch sonst ist niemand auf der Straße. Verdammt!

Die Kerle scheinen sich von meinem Ruf nicht gestört zu fühlen. Einer packt das Opfer – ich erkenne, dass es ein sehr junger Mann ist, eigentlich mehr ein Junge – und schleudert ihn wild herum. Ein anderer versetzt ihm einen Tritt, sodass der Junge zu Boden stürzt. Der dritte Angreifer ist bereits zur Stelle, zieht ihn hoch und schlägt ihm die Faust ins Gesicht. Der Junge schreit, schrill und panisch wie eine Frau.

Ich laufe um die Büsche herum und ziehe beim Rennen mein Handy aus der Tasche. Der Akku hat vor Tagen aufgegeben, aber vielleicht kann ich die Kerle trotzdem vertreiben. Je näher ich komme, desto klarer wird mir, dass der Junge keine Chance hat. Die Angreifer sind nicht nur zu dritt, sie sind auch deutlich größer und massiger als er. Sie schubsen ihn zwischen sich herum wie ein Spielzeug und schlagen ihm ohne jede Hemmung immer wieder mit den Fäusten ins Gesicht. Längst blutet er, und so schmal wie der Junge ist, fürchte ich bei jedem Schlag, dass sie ihm das Genick brechen.

»Aufhören!«, brülle ich, dann halte ich mein totes Handy ans Ohr. »Polizei? Sie müssen sofort kommen, schnell! Hier wird jemand totgeschlagen!« Verdammt, verdammt. Mein Herz rast und droht sich zu überschlagen. Ich weiß nicht einmal, wohin ich meinen imaginären Polizeieinsatz bestellen muss!

Die Kerle bemerken mich endlich und brüllen Verwünschungen in meine Richtung, von denen ich nicht einmal merke, ob sie deutsch oder eine andere Sprache sind. Mir rauscht das Blut in den Ohren. Der Junge hängt schlaff am Arm eines Angreifers, der ihn zu Boden fallen lässt wie einen Lumpen, einen Schritt zurücktritt und mit dem rechten Fuß ausholt.

»Nein, nicht!«, kreische ich, während einer seiner Kumpanen viel lauter »Mach ihn fertig!« grölt.

Ich renne. Will dazwischengehen.

Aber es braucht nur einen der drei Kerle, um mich schmerzhaft am Arm zu packen und damit unschädlich zu machen. Ich kann zerren, treten, kratzen und kreischen, wie ich will – der Typ hält mich fest wie ein Terrier das Karnickel. Und einer der anderen tritt dem Jungen in den Bauch, bis er nicht mehr keucht und würgt, sondern nur noch unter den Tritten zuckt und daliegt wie tot.

Ich versuche ein weiteres Mal, mich loszureißen, diesmal gelingt es mir zu unerwartet, sodass ich strauchle und neben dem Jungen zu Boden falle. Ehe ich mich ihm zuwenden kann, sehe ich den Grund, warum der Mann mich losgelassen hat.

Karim.

Ich erkenne ihn erst auf den zweiten Blick und eher an der Tatsache, dass er auf meiner Seite ist, als an seinem Aussehen. Er sieht fremd aus, so verzerrt ist sein Gesicht. Er drischt den Kerl, der mich festgehalten hat, mit einem einzigen Faustschlag zu Boden, lässt ihn achtlos liegen und baut sich drohend vor den beiden anderen auf, die unmittelbar zum Angriff übergehen.

Ich bin wie gelähmt, und mir schießt das Bild von den Hooligans durch den Kopf, die Karim in eine Schlägerei verwickeln wollten. Und doch ist die Situation heute vollkommen anders. Damals ging es schnell, schneller als ich Angst bekommen konnte, und der Angreifer hatte keine Chance gegen Karim. Diesmal ist Karim allein gegen drei Männer, die aussehen, als ob jeder von ihnen es mühelos mit Karim aufnehmen könnte. Einer steht im Hintergrund und wartet die Polizei ab. Die nicht kommen wird.

Karim ist schneller als die Kerle. Er weicht einigen Schlägen aus. Die, die ihn treffen, tun es mit voller Wucht und jagen mir den nackten Terror in den Magen. Karim wird am Kinn getroffen. Im Bauch. Am Hinterkopf. Ich schreie jedes Mal auf, als würden die Schläge mich treffen. Peripher bemerke ich, dass der Junge zu sich kommt. Er sieht mich mit Angst in den Augen an und kriecht unter der Bank und durch die Haselnusssträucher davon. Am liebsten würde ich ihn an den Füßen zurückzerren – er kann uns doch jetzt nicht im Stich lassen! –, aber bis ich mich zu einer Regung überwinde, ist er viel zu weit weg. Dass ich heule, merke ich nur, weil ich nichts mehr sehe. Karim landet einen empfindlichen Treffer bei einem Gegner, sodass dieser taumelt. Aber auch Karim bewegt sich längst nicht mehr leichtfüßig. Er hat viel einstecken müssen, seine Nase blutet, und auch wenn er vorgibt, voller Kraft und Mut zu sein, sehe ich ihm an, dass beides schwindet. Ich muss Hilfe holen, ehe diese Irren ihn umbringen. Wütend grabe ich die Finger in den Schotter am Boden, um den Kerlen, wenn mir sonst nichts bleibt, wenigstens Dreck ins Gesicht zu werfen. Gerade rapple ich mich hoch, da ruft der dritte Mann, der etwas abseits steht, plötzlich: »Ey, Abgang.« Zuerst passiert gar nichts, einer versucht, Karim zu schlagen, doch der weicht ihm gerade noch aus. »Bullen!«, ruft der Dritte. Und endlich hören sie auf, grunzen noch etwas Unverständliches und drehen ab.

Erst als sie ein paar Meter weit fort sind, höre ich in der Ferne ein Martinshorn.

»Wir verschwinden«, faucht Karim und packt mich nicht weniger grob am Arm als der Mann vorhin. Ich wehre mich halbherzig, weil ich glaube, dass ich nicht mehr laufen kann und nicht sicher bin, ob Karim es in seinem Zustand tun sollte, aber er fährt mich nur an: »Tu einmal, was ich sage, verdammt!«

»Wir können doch nicht abhauen!«

»Doch!«

»Karim, nein, ich –«

»Hör auf jetzt!«, schreit er mich an und zerrt grob an meinem Arm. In seiner Stimme klingt ein Akzent mit, der mir so fremd ist wie der ganze zornschnaubende Karim. »Lauf jetzt, Wanda!«

»Unsere Rucksäcke liegen noch –«

»Scheiß drauf!« Die Aggression dringt ihm aus jeder Pore, und einen Moment, einen ganz kurzen nur, tue ich, was er sagt, weil ich Angst vor ihm habe.

Wir rennen in die andere Richtung als die Kerle eben, biegen zweimal ab und laufen weiter, bis ich vor Seitenstechen nicht mehr kann. Erst jetzt lässt Karim meinen Arm los und erlaubt ein gemäßigteres Tempo.

»Was soll das?«, keuche ich, als ich wieder genug Atem habe. »Bist du verrückt geworden? Warum rennen wir weg?«

»Hast du Lust, vorsichtshalber eine Nacht verhaftet zu werden?«, gibt er zurück. Er hat sich so weit abreagiert, dass ich wieder meinen Karim in ihm sehe, aber er ist immer noch fuchsteufelswild. »Und frag *mich*, ob ich verrückt geworden bin! Wer stellt sich denn als Frau drei besoffenen Schlägern in den Weg? Du bist ja wohl bescheuert! Hältst du dich für Wanda-Wonderwoman, oder was sollte das gerade?! Die hätten dich …« Er bricht ab.

»Irgendwas musste ich doch tun!«

»Und wenn ich nicht gekommen wäre?«

Ich presse meine staubtrockenen Lippen aufeinander. Tatsächlich hatte ich nicht besonders weit gedacht. »Die hätten den Gitarrenjungen totgeschlagen, wenn niemand geholfen hätte«, murmle ich. »Ich konnte da nicht einfach zuschauen.«

Karim schnauft abschätzig. »Dein Gitarrenjunge hat leider nicht deinen Mut, sondern sich feige aus dem Staub gemacht. Wie es sich verdammt noch mal gehört für jemanden, der viel schwächer ist.«

»Er hat aber die Polizei gerufen, nehme ich an.«

Karim nickt, aber nicht so, als würde er ihm das anrechnen. »Ja«, grummelt er schließlich, bleibt stehen, lehnt sich an eine Hauswand und rauft sich die Haare. »Scheiße.« Von einem auf den anderen Moment wirkt er sehr klein. Mir wird ganz anders bei den Erinnerungen an den Kampf eben. »Ich hasse das!«, sagt Karim. »Ich hasse Gewalt, und ich hasse es, wenn mich etwas dazu zwingt. Das sollte nicht sein, man muss das anders lösen. Das ist verachtenswert.«

»Ich habe versucht, sie anzusprechen«, entgegne ich, »aber die haben gar nicht zugehört. Was hätten wir denn machen sollen?«

»Ich hasse es trotzdem!«, schreit er. »Scheiße, verdammte Scheiße!«

»Du … du bist verletzt«, sage ich leise und durchsuche die Taschen meiner dünnen Weste nach einem sauberen Taschentuch, um ihm das Blut unter der Nase abzutupfen, aber er weicht mir aus.

»Nicht schlimm. Hast du was Wichtiges in deinem Rucksack?«

»Nur dreckige Wäsche und den Schlafsack.«

»Nichts, wo dein Name draufsteht, hoffe ich.«

Ich überlege. »Nein, bestimmt nicht. Handy, Schlüssel und Portemonnaie habe ich hier.« Ich klopfe auf meine Westentaschen, und Karim atmet durch. »Aber warum machst du dir solche Sorgen darum, Karim? Wir haben nichts verbrochen. Wir haben diesem Jungen vielleicht das Leben gerettet, wir sollten nicht weglaufen, sondern als Zeugen aussagen.« Endlich lässt er zu, dass ich mir seine Verletzungen genauer anschaue. Bis auf einen Riss im Mundwinkel sehe ich nichts, und seine Nase hat schon aufgehört zu bluten. Doch als ich meine Hand behutsam auf seinen Bauch lege, zuckt er zurück und stöhnt unterdrückt. »Und du«, füge ich hinzu, »solltest in ein Krankenhaus gehen, um das abklären zu lassen.«

Das will er offensichtlich nicht hören, denn er wendet sich von mir ab, als hätte ich ihn tödlich beleidigt. »Red keinen Unsinn«, sagt er müde. »Das war nicht mehr als eine kleine Rauferei, da werde ich –«

»Kleine Rauferei?« Meine Stimme klingt hysterisch, mir schießen Tränen in die Augen, und ich hasse mich dafür, wie immer, wenn ich die Nerven verliere. »Das war keine kleine Rauferei, das waren Typen, die zugeschlagen haben wie wilde Tiere. Die hatten überhaupt keine Skrupel, Karim! Wenn du gesehen hättest, wie sie den Jungen zugerichtet haben!«

Karim geht einfach weiter, wirft mir nur einen Blick zu, der die pure Gleichgültigkeit erkennen lässt. »Der lebt ja noch, oder?«

Für mich grenzt das an ein Wunder. Mir zittern Hände und Knie, das Schluchzen nimmt mir die Luft. Selbst wenn ich wollte, könnte ich Karim nicht folgen. Mir ist so schwindelig, dass ich mich an der Wand abstützen muss; genau dort, wo sich Karim eben angelehnt hat. Ich sehe Blutschlieren, vermutlich von seiner Hand. Sie wackeln und beginnen sich zu drehen, ellipsenförmig. Ich zähle. Nichts Bestimmtes, ich zähle einfach, aber die Zahlen entwinden sich mir.

Gerade als es sehr plötzlich und unerwartet dunkel wird, steht Karim wieder dicht neben mir und hält mich fest. »Wanda! Hey, alles ist gut, beruhige dich, ja?«

Ich muss schrecklich heulen und gleich noch mehr, als mir bewusst wird, dass ich beinah ohnmächtig geworden wäre. »Ich hatte solche Angst um dich!«, presse ich hervor und schlage schwach nach Karims Schulter, der mich festhält und es wagt, über meine Hysterie zu grinsen. »Die haben es ernst gemeint, Karim, du Hornochse. Die waren nicht auf eine Rauferei aus, die wollten ...«

»Ich weiß«, sagt Karim. »Ich weiß, ich weiß. Ist aber alles gutgegangen. Es tut mir leid, dass ich dich angeschrien habe, das war unnötig. Komm, hör auf zu weinen, alles ist gut.«

»Warum rennen wir dann weg, als hätten wir jemanden umgebracht?«

Karim zuckt erneut, ich muss an seine empfindliche Stelle gekommen sein, dennoch drückt er mich an sich, so fest, dass es fast wehtut, ich aber endlich wieder atmen kann.

»Weil ich ein Idiot bin«, sagt er schlicht. »Weil ich ein dummer Idiot bin und die Nerven verloren habe, genau wie du jetzt. Komm, hör auf zu weinen. Wir sammeln unsere Nerven wieder ein und rufen uns ein Taxi, das uns in ein schönes Hotel bringt statt in das blöde Hostel, ja? Morgen schlafen wir aus, gehen was Neues zum Anziehen holen – irgendetwas Todschickes –, und dann schauen wir uns das *Phantom in der Oper* an, okay? Danach lade ich dich zum Essen im besten Restaurant ein, und ich schwöre dir, ich werde zu jedem Menschen nett und freundlich sein und –«

»Karim? Halt die Klappe, ja?«

Er grinst. »Gerne.«

»Darf ich mir was wünschen?«

»Wünschen darfst du dir alles.«

»Geh zum Arzt, okay?«

»Nein, Wanda.«

»Aber warum denn nicht? Du –«

»Nein, Wanda. Nein.«

Seine Versprechen macht er wahr, und so sitzen wir ein wenig später in einem schicken Hotel und genießen die Dekadenz, uns das Essen aufs Zimmer kommen zu lassen.

»Ich muss dich das fragen«, sage ich und stochere in meiner Pasta herum. »Warum hast du Angst vor der Polizei? So sehr, dass du nicht einmal zum Arzt gehst, obwohl dein Bauch so wehtut, dass du kaum etwas isst?«

Er will mir widersprechen, doch sein voller Teller ist Beweis genug, und er lässt es. »Ich bin halt ein Idiot.«

»Das beantwortet nicht meine Frage.«

»Dann stell eine andere.«

»Nein.«

Er schweigt. Vergräbt bloß eine Hand in seinen Haaren.

»Du hast deine Brille bei dem Kampf verloren«, sage ich.

»Nicht schlimm.«

»Versuch es doch bitte wenigstens. Wir haben dem Jungen den Hals gerettet, es bestand überhaupt kein Grund zu flüchten, als wären wir die Verbrecher!«

Karim stöhnt. »Wanda, du verstehst das einfach nicht, oder?«

»Du erklärst es mir ja auch nicht.«

»Ich bin Perser.«

»Ach so«, versetze ich sarkastisch. »Natürlich, du bist Perser. Hatte ich vergessen. Aber das erklärt natürlich alles.«

Er versucht sichtlich, es zu unterdrücken, doch er muss ein bisschen lachen, aber nur einen Moment. »Wenn es irgendwo Probleme gibt«, sagt er, »bin ich der Erste, den man dafür verantwortlich macht.«

»Was soll das heißen? Wer ist ›man‹?«

»Okay, konkreter: die Polizei. Wanda, wenn du nicht gerade Hamburger Gitarrenjungs retten musst, ist in deinem Köpfchen so viel drin, dass für Vorurteile gar kein Platz mehr bleibt. Aber es gibt sie, sosehr du auch versuchst, das zu leugnen.«

Er hat recht. Meine eigene Mutter ist der wandelnde Beweis

dafür. Ich bin mit diesen Vorurteilen so häufig konfrontiert, dass ich sie manchmal ausblende und für nicht existent halte, so wie man einen fiesen Gestank irgendwann nicht mehr beachtet, wenn man doch nichts daran ändern kann.

»Die hätten dich bestimmt nicht gleich verhaftet«, entgegne ich lahm, obwohl ich mir nicht sicher bin.

»Wirklich nicht?«, bohrt Karim nach. »Erinnerst du dich an die Sache mit Sarah am Rhein? Es brauchte ein halbes Dutzend Zeugen, ehe die Polizisten sich davon abhalten ließen, mich festzunehmen.« Er senkt den Kopf, schaut auf seinen Teller, den er kaum angerührt hat. »Ich bin ein verdammter Feigling«, sagt er leiser.

Ich stehe auf, gehe zu ihm rüber und ziehe seinen Kopf an meine Brust. »Wie kannst du das denn sagen? Warst du vor zwei Stunden nicht dabei? Du bist absolut furchtlos dazwischengegangen, obwohl die Typen in der Überzahl waren, weil weder ich noch der Junge helfen konnten.«

»Man muss nicht mutig sein, um sich auf etwas einzulassen, was einem keine Angst macht«, erwidert er an mich geschmiegt, mein T-Shirt dämpft seine Stimme. »Aber vorm Eingesperrtsein, davor hab ich schreckliche Angst. Und wenn es nur für ein paar Stunden ist – ich würde durchdrehen, Wanda, und dann hätten sie einen Grund, mich länger einzubuchten.« Er schnaubt, es ist fast ein unglückliches Lachen.

»Damals am Rhein warst du ganz ruhig«, sage ich.

»Ich war starr vor Panik. Hab versucht, starr zu sein, um nichts Dummes zu tun.« Ein Zittern läuft ihm den Rücken hinab, als wäre ihm kalt. Ich reibe seinen Nacken, seinen Rücken, drücke ihn an mich und habe das Gefühl, Karim so ehrlich, offen und verwundbar zu erleben wie nie zuvor.

»Ich bin kein Held«, murmelt er. »Mir ging es nicht um den Gitarrenjungen, den hab ich gar nicht wahrgenommen. Ich habe nur gesehen, dass einer der Mistsäcke dich brutal am Arm gepackt hat, und da … na ja.«

»Da hast du entschieden, mir zu helfen.«

»Ich habe überhaupt nichts mehr entschieden. Du überschätzt meinen Verstand. Ich musste mich einfach retten.«

»Dich?«

»Ja, mich. Wenn die dir was angetan hätten, wäre von mir weniger übrig als eine Leiche. Dann wär ich nichts mehr, Wanda, gar nichts mehr.«

17

»Ein Herz, das liebt, ragt an des Himmels Zinne.«
Persisches Sprichwort

In Karims Krankenzimmer hatte sich etwas verändert. Er hatte einen neuen Zimmernachbarn, einen sehr alten Mann, der ständig zwischen Wachkoma und verwirrtem Wachsein hin- und herschwebte und nahezu ununterbrochen von Kindern, Enkeln und halbwüchsigen Urenkeln besucht wurde, die laut und lebendig waren und für mich fast eine Reizüberflutung in dem bleichen Zimmer darstellten. Schwester Astrid nutzte die kurzen Momente der Ruhe, um sich über die Hektik zu beklagen, doch ich fühlte mich wohler. Der Raum war jetzt wieder ein Krankenzimmer, kein großer, weißer Sarg mehr.

Was mich allerdings irritierte, war eine kleine Krankenhausvase auf Karims Nachtschränkchen, in der eine einzelne Blume stand, von der selbst Schwester Astrid nicht wusste, wer sie ihm gebracht hatte.

Eine weiße Rose war es, eine Alba-Rose.

»Die hat sicher einer von Herrn Hinkels Besuchern dahingestellt«, meinte Schwester Astrid mit einem Blick zum Bett des alten Mannes. Auf seinem Schränkchen drängten sich gerahmte Bilder, Blumenvasen und Teddybären dicht an dicht. Schon möglich, dass irgendwer Karims leere Ablagefläche mitleiderregend fand und die Blume gestiftet hatte. Wer konnte auch ahnen, dass Karim Schnittblumen nicht mochte? Er hatte immer gesagt, dass es ihm nichts gäbe, den armen Blumen beim Verwelken zuzusehen.

Erst auf dem Heimweg kamen mir wieder Zweifel an dieser Antwort. Eine Rose schien mir einfach zu persönlich, um sie neben das Bett eines Fremden zu stellen. Ich grübelte weiter darüber, während ich die Haustür aufschloss und in den Flur trat. Schon im Erdgeschoss hörte ich leise das Telefon in meiner Wohnung klingeln. Ich rannte die Treppen hoch und beeilte mich beim Aufschließen, aber bis ich es ans Telefon schaffte, hatte der Anrufer aufgegeben. Ich nahm mein Handy aus der Handtasche und starrte beschwörend auf das Display. Falls es das Krankenhaus gewesen war, würden sie jetzt diese Nummer wählen. Zumindest, wenn es etwas Schlimmes war.

»Reg dich ab«, fuhr ich mich selbst an und warf das Mobiltelefon wieder in meine Tasche zurück. Ich war eben erst im Krankenhaus gewesen, und Karim war es so gut – oder schlecht – gegangen wie immer.

Der Kater kam um die Ecke, begrüßte mich mit einem Gähnen und ließ mich mit einem leisen Miauen wissen, dass er vor Hunger schon ganz schwach war. Seufzend ging ich in die Küche, um ihn zu füttern und auch mir ein kleines Abendessen zu bereiten.

Im Laufe des Abends klingelte das Telefon noch zwei Mal, aber immer, wenn ich abnahm und meinen Namen nannte, dehnte sich die Stille aus, und schließlich legte der unbekannte Anrufer auf. Zuerst dachte ich an eine technische Störung, doch Müller, die ich bat, mich zu Testzwecken anzurufen, konnte mich problemlos erreichen.

»Ist sicher nur ein Kinderstreich«, tröstete sie mich. »Ein Schüler von dir. Die Eltern sind ausgegangen, und nun denkt das Blag, es wäre eine gute Idee, die Lehrerin zu nerven.«

»Das kann natürlich sein«, sagte ich lächelnd, glaubte allerdings nicht daran. Ich hatte eine andere Vermutung.

Fünf vor zehn klingelte das Telefon ein weiteres Mal. »Hallo?«, sagte ich in die Stille. »Frau Hozouri? Sie sind es doch, nicht wahr?«

Am anderen Ende der Leitung vernahm ich ein unterdrücktes Atmen.

»Legen Sie nicht auf«, bat ich leise. »Sie können ruhig mit mir reden, ich will Ihnen keinen Ärger machen.«

Wieder Stille. Doch dann, als ich schon nicht mehr daran glaubte, sagte sie doch etwas. »Bitte«, flüsterte sie, »lassen Sie uns in Ruhe. Es tut mir leid, dass ich Sie belästigt habe. Aber bitte kommen Sie nicht mehr her, lassen Sie meine Mutter in Frieden.« Ich sprach mit Karims Schwester. Sie klang viel älter, als ich vermutet hatte, und dabei eingeschüchtert wie ein kleines Mädchen, das grundlos angeschrien worden war. Mir war sofort klar, warum sie immer wieder aufgelegt hatte: Sie hatte sich einfach nicht überwinden können, etwas zu sagen.

»Ich möchte Ihrer Mutter doch nichts Böses«, sagte ich, so sanft ich konnte. »Aber möchte sie – möchten Sie – denn gar nicht wissen, was Karim zugestoßen ist?«

Ein Schluchzen brach sich Bahn, es wurde leiser, vermutlich deckte sie den Hörer ab. Dann sagte sie: »Nein. Nein, wir wollen nichts davon hören. Bitte belassen Sie es dabei. Lassen Sie uns in Ruhe.«

»Frau Hozouri! Wenn ich nur einen Anhaltspunkt hätte, was vorgefallen ist, dann könnte ich eher akzeptieren –«

»Nein. Sie müssen es so akzeptieren, bitte fragen Sie nicht mehr.«

Verdammt. Sie durfte jetzt nicht auflegen! Ich hatte sie in der Leitung, ich war so nah dran an ihr und den Antworten auf all meine Fragen wie noch nie zuvor, ich konnte jetzt nicht lockerlassen.

»Er ist doch Ihr Bruder«, sagte ich. »Er kann Ihnen doch nicht völlig egal sein.«

Erneut schluchzte sie auf. »Ist er nicht!« Sie schrie die Worte fast. »Ich habe keinen Bruder mehr, begreifen Sie das!«

Und dann war die Verbindung weg und ich aufgewühlt bis in die letzte Faser, aber so ahnungslos wie zuvor.

Zuerst erfüllte mich eine glühende Wut. War es nicht eine Frechheit, mich anzurufen, mich zu belästigen und mir dann nichts zu sagen, außer: Lassen Sie uns in Ruhe? Ich schnaubte vor Ärger, drückte unnötig fest auf meinem Telefon herum, aber wie vermutet hatte sie die Nummer unterdrückt. Ich suchte im Internet und rief die Auskunft an, aber weder eine Asal noch eine Fariba Hozouri waren gemeldet, weder in Nordstede noch sonst irgendwo in Deutschland.

Langsam vertrieb trübe Enttäuschung meine Wut, und ich ging traurig zu Bett, konnte allerdings nicht einschlafen, sondern wälzte mich hin und her und nervte den Kater mit meiner Unruhe so sehr, dass er aus dem Bett sprang und sich ins Wohnzimmer verkroch. Ich allerdings blieb rastlos, meine angespannten Nerven ließen meine Hände und Füße zappeln, und schließlich stand ich wieder auf.

Eine Sache hatte ich noch nicht versucht.

Ich fuhr meinen Computer wieder hoch, machte mir einen Tee und öffnete den Internet-Browser. Ich hatte die Websites der Telefonauskunft mit den Namen der Hozouris gefüttert, aber das Internet war größer, und vielleicht fand sich mit Vor- und Zuname ja mehr als bei meinen bisherigen Recherchen.

Unter Asal Hozouri fand sich nichts, überhaupt nichts. Erstaunlich, dass man in der heutigen Zeit leben konnte, ohne auch nur die geringste Spur im Netz zu hinterlassen.

Unter dem Suchbegriff »Hozouri, Fariba« fand sich ebenfalls nichts, doch mit »Fariba Hozouri« bekam ich einen Treffer; einen Zeitungsartikel.

Ich klickte ihn an.

Und mir wurde eiskalt.

»Mord und versuchter Ehrenmord«, lautete die Überschrift. Und: »Schwerverletztes Opfer deckt Brüder.«

»Lass uns spazieren gehen«, sagt Karim. Etwas leuchtet hinter seinen Worten auf, ein Funken Vorfreude oder Aufregung, die er nicht zu verbergen vermag.

»Jetzt?«, frage ich. Es ist gleich Mitternacht, ich hatte gerade ins Bett gehen wollen.

»Natürlich jetzt. Wann, wenn nicht jetzt?«

Was hat der Filou jetzt schon wieder vor? Ich bin neugierig wie ein kleines Mädchen, wenn das Weihnachtsglöckchen zur Bescherung klingelt und schlüpfe rasch in meine Schuhe. An der Garderobe bleibe ich stehen und überlege, ob ich eine Jacke mitnehmen muss. »Bleiben wir länger?«

»Vielleicht über Nacht?«, sagt Karim geheimnisvoll, und ich greife zur Jeansjacke.

Er führt mich in den kleinen Wald meiner nächtlichen Spaziergänge. Fast vier Jahre ist es her, dass er mir nach unserem ersten Date in dieses Wäldchen gefolgt war, um mir mein Armband zu bringen. Der Verschluss muss damals schon kaputt gewesen sein, ich hätte das kontrollieren sollen, denn wenig später hatte ich das Kettchen erneut verloren. Diesmal endgültig.

Karim hat eine Taschenlampe bei sich und leuchtet auf den Boden. Ich bräuchte sie nicht, ich kenne inzwischen jede Wurzel hier. Er summt die Melodie seines Liedes, dieses Lied, das ihn wie ein uraltes Gespenst begleitet, schemenhaft, ohne sich ein einziges Mal richtig zu zeigen. Manchmal summt er es vor sich hin, ohne es zu merken, vor allem, wenn er nervös ist. Hier im Wald habe ich es noch nie gehört; es bekommt etwas Unheimliches, als würden wir jeden Moment über das Grab der Person stolpern, die das Lied einst gesungen hat.

Ich muss über meine Gedanken kichern, und Karim fragt leise, was so lustig ist.

»Ich weiß nicht«, erwidere ich. »Es liegt etwas in der Luft. Etwas … Besonderes.«

»Etwas Ewiges«, korrigiert er mich. Die Linden sehen im Schein seiner Taschenlampe aus wie blanke Knochen.

»Dieser Weg führt nirgendwohin«, sage ich, als Karim abbiegen möchte. »Man geht bloß hundert Meter, dann um eine Kurve, und dahinter liegt eine Sackgasse. Da sind nur Dornenbüsche.«

»Wirklich?«, fragt Karim leise, geht aber weiter.

»Ja. Früher haben da manchmal Jugendliche ein Lagerfeuer gemacht, aber seit Jahren gammelt dort bloß noch ihr Müll vor sich hin.«

»Ach was.«

Weißt du schon wieder mehr als ich?, will ich fragen, aber jedes Wort scheint die friedliche Ruhe und das Wispern des Spätsommerwinds in den Blättern zu stören, also schweige ich. Karim schaltet die Taschenlampe aus. Wir gehen Hand in Hand, und ich spüre seinen Puls an meiner Haut. Karim hat selbst im Ruhezustand einen ungewöhnlich hohen Puls – aber jetzt rast er.

Als wir um die Biegung gehen, fällt mir als Erstes der gänzlich ungewohnte Duft auf, der meine Nase kitzelt.

»Kannst du es sehen?«, flüstert Karim. Ich sehe, dass etwas anders ist, aber ich bin lang nicht mehr hier gewesen. Karim lässt meine Hand los, hantiert mit einem Feuerzeug und zündet zwei Fackeln an, die er hier versteckt haben muss.

Und dann sehe ich es.

Dort, wo früher dornige Büsche standen, blühen nun unzählige Rosen, dunkelrote Rosen, die im Fackellicht fast schwarz erscheinen. Auch Karims Augen sind schwarz, und er tut sich schwer damit, meinen Blick zu halten, schaut immer wieder zur Seite und ringt mit den Worten. Schließlich sagt er: »Ich habe dich schon einmal gefragt und mir damals geschworen: Wenn sie Nein sagt, werde ich sie nie wieder damit belästigen. Du hast aber nicht Nein gesagt. Du hast gelacht, und dieses Lachen hat etwas mit mir gemacht, das du dir vermutlich niemals wirst vorstellen können. Ich konnte es mir vorher auch nicht vorstellen, ich habe es für vollkommen undenkbar gehalten. Du bist viel mehr als meine Liebste, du warst ein Zeichen für mich, als ich nichts anderes als ein Zeichen gebraucht habe.«

»K-karim.« Ich kann nur noch stottern und weise mit zitternden Fingern auf die Rosen. »Hast du das gemacht?«

Er zuckt minimal mit den Schultern. »Man braucht Rosen dazu, anders ist es stillos. Aber ich …«

»Du hast für Blumen nichts übrig.«

»Nein. Ich mag es nicht, wenn man sie abschneidet und sie dann verwelken. Diese hier«, er weist mit dem Daumen zu den Rosen, »die sind okay.«

Ich berühre eine Rose mit den Fingerspitzen. Sie sind samtig und weich und duften so intensiv, dass mir schummerig wird.

»Sie sind alle für dich«, flüstert Karim und nimmt meine Hand, »und wenn du möchtest, kommen wir jede Nacht her und sehen ihnen dabei zu, wie sie nicht verwelken.«

Und dann grinst er dieses Lausbubengrinsen, das mich immer ein wenig fürchten lässt, von ihm kolossal an der Nase herumgeführt zu werden, und fällt vor mir auf die Knie. »Wanda«, sagt er und grinst nicht mehr. Alles an ihm wird ernst, beinah bedrohlich ernst, allem voran mein Name. »Du solltest Nein sagen. Lass mich bitte aussprechen, ehe ich den Mut verliere und nie wieder ein Wort sage. Ich habe in meinem Leben einiges falsch gemacht, aber nie hatte ich Angst vor einem Fehler. Jetzt fürchte ich mich so sehr, dass ich knien muss, weil mir sonst die Beine schlottern. Du ahnst nicht, was du mir bedeutest, weil du all das in mir zum Atmen bringst, wovon ich dachte, dass es längst tot sein müsste. Du solltest wirklich Nein sagen, aber …«

Frag mich doch endlich!, bettelt eine Stimme in meinem Kopf. Ich habe eine Träne in der Wimper hängen, und ich will doch gar nicht Nein sagen, um nichts in der Welt will ich Nein sagen.

»Ach, Wanda, ich kann dich gar nicht fragen, so viel Angst habe ich vor deiner Antwort. Aber ich kann dich nicht mehr gehen lassen, weil du der einzige Mensch auf der ganzen Welt bist, mit dem zusammen ich allein sein kann. Und ich würde dich schrecklich gerne heiraten. Und du? Willst du mich auch heiraten?«

Ich will ihn zu mir hochziehen, doch das gelingt mir nicht, sodass ich zu ihm auf den Boden falle, sein Gesicht in beide Hände nehme und das kleine Wort mit solcher Dringlichkeit ausrufen möchte, dass ich nichts über die Lippen bekomme. Ich nicke wild, küsse meinen Liebsten und heule vor Glück.

»Du hast nichts gesagt«, murmelt Karim, als wir uns Minuten später atemlos und mit glühenden Lippen und schmerzenden Knien voneinander lösen.

»Mein Mund hat nichts gesagt«, korrigiere ich ihn und streichle mit dem Finger seine Lippen. »Aber nur, weil er dich küssen musste. Alles andere hat ja gesagt. Ja, Karim, ja, ja und immer nur ja. Ich will. Ich will dich heiraten. Mein Gott! Ich liebe dich! Wir werden heiraten. Ich bin die Braut!«

18

»Hier ziemt es, jeden Argwohn zurückzulassen,
jede Feigheit muss hier ersterben.«
Dante Alighieri, Die Göttliche Komödie

»Es ist nicht wahr«, flüsterte ich. Tränen erstickten meine Stimme. »Nicht wahr, es darf nicht wahr sein.« Doch der Zeitungsartikel vom 15. Mai 2004 sprach eine deutliche Sprache.

> Hannover: Zu einem erschütternden Tötungsdelikt und einer weiteren versuchten Tötung kam es voraussichtlich bereits im letzten Monat. Der 26-jährige KFZ-Mechaniker Alexander Koch und seine Freundin, eine 22-jährige Arzthelferin iranischer Abstammung, wurden Opfer eines brutalen Gewaltangriffs. Alexander Koch wurde dabei mit zahlreichen Messerstichen getötet. Grund war mutmaßlich seine Beziehung zu Fariba Hozouri, die deren Familie nicht duldete. Die Leiche des Hannoveraners wurde erst kürzlich, Wochen nach der Tat, gefunden. Auch F. Hozouri erlitt bei dem Angriff schwere Verletzungen, schweigt jedoch zum Tathergang, vermutlich aus Angst oder um die Tatverdächtigen zu schützen, bei denen es sich ersten Ermittlungen zufolge um ihre jüngeren Brüder (19 u. 16 J.) handelt. Die Tatverdächtigen flohen ins Ausland, es wird nach ihnen gefahndet. Die Aussicht, sie zu stellen, wird aber als gering eingeschätzt, teilt die Polizei mit.

Wie in Trance klickte ich einen Link an, der zu einem weiteren, noch kürzeren Artikel führte, der darüber informierte, dass die Polizei wie befürchtet keine Ergebnisse vorweisen konnte. Eine dritte Meldung zum Fall berichtete von einer Gedenkfeier für Alexander Koch und der Rede von Bundesministerin Ursula von der Leyen über Integration und Gleichstellung.

Ich machte mir nicht die Mühe, den Rechner herunterzufahren, schaltete ihn komplett aus, wankte zu meinem Bett und schrie in mein Kissen. Erst als ich heiser war, gelangen mir Worte.

»Das hast du nicht getan, Karim, das kannst du nicht getan haben.«

Doch eine Stimme in meinem Kopf antwortete mir schneidend: Es würde alles erklären. Wirklich alles.

Ich lag bis halb sechs Uhr morgens wach, fiel dann in einen erschöpften Schlaf und wachte erst auf, als mein Telefon beharrlich klingelte. Hendrik war dran. Es war zehn nach acht, und er machte sich Sorgen, weil ich nicht in der Schule war. Ich bat ihn, mich krankzumelden.

O'Malley strich um meine Beine, und ich empfand plötzlich Ekel vor mir selbst. Karim hatte den dicken Kater gerettet, als dieser nur eine Handvoll halbtotes Elend gewesen war. Konnte jemand, der ein kleines Kätzchen mit seinem Leben schützte, zu einem grausamen Mord fähig sein?

Zahlreiche Messerstiche, hatte die Zeitung gesagt. Mir wurde schlecht, als ich an das Messer dachte, das ich einmal in meinem Bett gefunden hatte.

Aber Karim und etwas Fanatisches wie Ehrenmord? Das passte einfach überhaupt nicht zusammen, Karim war nicht einmal gläubiger Muslim.

»Er könnte sich geändert haben«, sagte ich zu O'Malley, der nur mit dem Schwanz zuckte, als wolle er mit meinen Sorgen nicht belästigt werden. Wie wahrscheinlich war es, dass jemand zu einem vollkommen anderen Menschen wurde? Konnte ein Mord auch das Leben des Mörders auslöschen und ihn zu einem Neuanfang bewegen, mit anderen Überzeugungen und einer veränderten Weltansicht?

Durfte man nach einer solchen Tat neu anfangen?

Mir wurde wieder schwindelig, als mir weitere Details einfielen. Karims Angst vor der Polizei, sein Eingeständnis von Fehlern, als er mir den Heiratsantrag gemacht hatte.

Wie fremd und fern war mir der jugendliche Karim erschienen, der Susan Schneider gemobbt hatte. Wie konnte ich noch immer behaupten, Karim gut genug zu kennen, um auszuschließen, dass er jemanden getötet hatte? Hatte ich die letzten vier Jahre mit einem kaltblütigen Mörder gelebt? Hatte ich … einen Mörder … geliebt?

Liebte ich ihn noch immer?

Ich spritzte mir eine Handvoll kaltes Wasser ins Gesicht und band mir das ungekämmte Haar zusammen. Keinen Moment länger konnte ich diese Ungewissheit ertragen. Auf dem Weg ins Krankenhaus wurde ich mit mehr als zwanzig km/h zu viel geblitzt. Ich konnte nur bitter darüber lachen, sollte die Polizei ruhig kommen und mich verhaften. Vielleicht würde man mir im Gefängnis die ganze Geschichte erzählen.

»Karim!«, sagte ich, als ich sein Zimmer betrat. So früh am Morgen war selbst bei Herrn Hinkels noch nichts los. Ich hoffte, dass er fest schlief, ansonsten würden ihn meine Worte wohl verstören. Wer wollte mit einem Mörder im Zimmer liegen?

»Karim. Du musst, verdammt noch mal, jetzt aufwachen. Du musst mir sagen, ob es wahr ist. Du musst! Du kannst mich jetzt nicht mit dieser ganzen Scheiße stehenlassen.«

Er musste gar nichts. Er besaß nicht einmal den Anstand, einen schnelleren Herzschlag zu bekommen. Sein Piep-piep-piep behielt den üblichen Rhythmus, und die Wellen, die seine Apparaturen aufzeichneten, interessierten sich nicht für meine Forderungen.

Ich rüttelte ihn an der Schulter. »Hast du es getan? Hast du das wirklich getan?« Beinahe schrie ich, aber er schlief weiter, stur und reglos wie eine Götterstatue, die man anbeten, -betteln und -flehen kann, ohne dass sie auch nur den kleinsten Anschein erweckt, sich für das Leben der unwichtigen Sterblichen zu interessieren.

»Karim – ich muss es wissen!«

»Frau Kirsch!« Ich fuhr herum, in der Tür stand Schwester Astrid. »Bei allem Verständnis für Ihre Trauer, aber wie können Sie unseren Herrn Hozouri so anfahren! Ich habe Ihnen ein Dutzend Mal erklärt, wie schutzlos er in dieser Phase ist.« Ihre Stimme blieb beherrscht und leise, fast ein Säuseln, aber ihr Gesicht wurde rot, als würde ihr alles Blut in den Kopf schießen. Ich dachte an Blut, an Messer, und mir entfuhr ein Schluchzen, das wie Gelächter klang. Ich zählte das verdammte Piepen der Geräte, um keinen hysterischen Anfall zu bekommen.

»Ich habe Ihnen das genau erklärt«, fuhr sie fort, »und Ihnen die Prospekte gegeben. Haben Sie denn gar nicht zugehört? Seine Seele liegt offen, ist leicht zu verletzen, und unsere Verantwortung, darauf sensibel zu reagieren, ist groß und …«

»Halten Sie die Klappe!«, entfuhr es mir. Ich musste etwas zerstören – irgendetwas. Bevor ich mich bremsen konnte, schnappte ich mir die Blumenvase mit der weißen Rose, von der ich im selben Moment genau wusste, dass sie kein Geschenk von Herrn Hinkels Familie war.

»Aber Frau Kirsch!«, ruft Schwester Astrid. Die weiße Vase zersprang vor ihren weißen Crocs, und ich trat auf die verdammte weiße Rose drauf.

»Sie haben überhaupt keine Ahnung!«, brüllte ich. »Karim kriegt überhaupt nichts von dem mit, was wir hier tun. Und wissen Sie auch, woher ich das weiß? Weil er sonst längst gestorben wäre – elendig verreckt an Ihren scheiß Gutmenschenfloskeln und dem seichten Trallala, das er verabscheut. Sie kennen ihn überhaupt nicht. Würden Sie ihn kennen …« Ich brach ab, weil jedes weitere Wort Schwester Astrid dazu bringen würde, die Polizei zu rufen. Ich mochte eine Mordswut auf Karim haben, aber ausliefern würde ich ihn nicht, niemals, und wenn er in seinem vorherigen Leben hundert Menschen abgestochen hätte. Er hatte doch so schreckliche Angst davor, eingesperrt zu werden.

Und doch war er hier …

»Frau Kirsch, das geht wirklich nicht, ich rufe den Sicherheitsdienst, ich –«

Das ersparte ich ihr, warf Karim einen letzten Blick zu und schob mich an der vollkommen verdatterten Schwester vorbei. Mit klappernden Sohlen rannte ich durch die Klinikflure und über den Parkplatz, sprang ins Auto und raste so schnell los, dass ich um ein Haar eine Rentnerin angefahren hätte. Ich war so aufgewühlt, dass es mich kaum beschäftigte und schon gar nicht dazu veranlasste, langsamer zu fahren.

Karim war zurückgekommen, aus einem Land, das kein Auslieferungsabkommen mit der EU hatte, in eines, in dem er wegen Mordes und Mordversuch erfolglos gesucht wurde. Aber warum, zum Teufel? Warum?

Ich wollte so schnell es geht nach Nordstede, um die Wahrheit aus Fariba Hozouri herauszuschütteln, wenn es nötig sein sollte. Doch auf halber Strecke musste ich an einer Raststätte anhalten, weil es feucht zwischen meinen Beinen wurde. Auf einer Toilette, die so übertrieben nach blumigem Raumspray roch, dass mir übel wurde, sah ich den Grund – meine Periode.

Ich fluchte lautlos vor Erleichterung und Enttäuschung, kein Kind von Karim zu bekommen. Es war unsere letzte Chance gewesen. Ich mochte nichts wissen über Karim, aber eines war mir inzwischen vollkommen klar, so inbrünstig Schwester Astrid auch ihre Floskeln von Hoffnung wiederholte: Karim würde nie wieder aufwachen. Er würde sterben, ohne noch ein einziges Mal die Augen zu öffnen. Die Frage war nur, wann.

Ich wollte weinen, aber ich hatte so viel geweint, dass ich keine einzige Träne mehr übrig hatte. Und Zeit zum Heulen hatte ich noch viel weniger. Ich musste die Wahrheit erfahren, bevor Karim starb. Vielleicht wartete er insgeheim nur darauf. Vielleicht hielt er sich krankhaft am Leben, damit ich die Möglichkeit bekam, zu erfahren, wer er war, und meine Konsequenzen zu ziehen.

Er war vielleicht nie ehrlich zu mir gewesen, aber auf seine eigene verschrobene Weise zumindest immer fair.

Bei Hozouris angekommen schellte ich Sturm. Niemand öffnete mir, doch mein Gefühl sagte mir, dass sie da waren. Müde lehnte ich die Stirn an die Haustür. Meine Hände zitterten, im Nacken stand mir kalter Schweiß. Mein Kreislauf machte langsam schlapp, weil ich am Morgen nicht einmal etwas getrunken hatte.

Zweifel überfielen mich. Was tat ich hier? Wenn der Zeitungsartikel die Wahrheit sagte, tyrannisierte ich Fariba Hozouri vermutlich mit ihren schlimmsten Albträumen. Wenn es stimmte und Karim den Mann getötet hatte, den Fariba Hozouri geliebt hatte, dann war das mehr als genug Grund für sie, mit ihrem Bruder nie wieder etwas zu tun haben zu wollen, ob er nun heiratete, im Koma lag oder zum Mond flog. Was verlangte ich von dieser Frau?

»Wenn ich das alles geahnt hätte«, murmelte ich gegen die Tür. Hätte ich Nein gesagt, wenn ich es gewusst hätte? Hätte ich einen Mörder geheiratet? Einen Mörder geliebt?

Es war beängstigend, darauf keine klare Antwort zu haben, aber wie könnte ich ernsthaft Nein sagen, wenn dieser Mörder doch Karim war?

Niedergeschlagen ging ich zu meinem Wagen zurück; auch das noch, ich hatte ein Knöllchen bekommen. Es war mir keinen Ärger wert. Beim näheren Betrachten erkannte ich jedoch, dass der Zettel unter meinem Scheibenwischer gar kein Strafzettel war. Ich schlug ihn auf und musste schlucken.

»Lass uns in Ruhe! Ich WARNE dich!«

Ich sah mich um. Niemand da, aber am Ende der Straße setzte sich ein dunkles Auto in Bewegung, ein Golf oder ein Polo, das Nummernschild konnte ich auf die Entfernung nicht erkennen. Der Zettel musste von Asal oder Fariba Hozouri stammen; wie hatte ich von der Haustür aus übersehen können, dass jemand an meinem Wagen gewesen war? Ich blickte zur

Wohnung hoch, aber dort bewegten sich nicht einmal die Gardinen. Die Fenster waren trotz der Hitze geschlossen. Was immer passiert sein mochte – die beiden Frauen hielten dicht.

Meine Wut vom Morgen war unter der Trauer fast erstickt, aber noch nicht endgültig. Ich drehte den verdammten Zettel um, holte einen Kugelschreiber aus dem Handschuhfach und kritzelte darauf: »Sie können sich nicht ewig verstecken. Ich weiß, was passiert ist. Reden Sie mit mir!« Ich fühlte mich widerlich, dass ich sie so bedrängte, und bereute den Druck, den ich aufbaute, noch ehe ich das Zettelchen in den Briefkastenschlitz schob. Aber ich ließ los.

Ins Krankenhaus wagte ich mich erst wieder am Nachmittag, weil Schwester Astrids Schicht dann zu Ende war. Natürlich hatte sie allen von meinem Ausbruch erzählt, ich registrierte die wachsamen Blicke, die an mir hingen. Als ich die Tür anlehnte, um einen Moment mit Karim ungestört zu sein, schwang der Nächste, der den Gang entlanglief, sie wieder komplett nach innen auf.

Ich konnte es ihnen nicht verdenken, trotzdem schloss ich die Tür erneut. Herr Hinkels war zu einer Untersuchung fortgeschoben worden, ich wollte den Augenblick für ein wenig Ruhe nutzen.

»Ich habe meine Nerven verloren«, flüsterte ich, Karims Hand zwischen meinen, meine Lippen an seinen Fingerknöcheln, die dünn geworden waren und fremd rochen. »Hilfst du mir, sie wiederzufinden?«

Ich atmete tief ein, fand, dass ich diesen Fremden gut riechen konnte und gerne näher kennenlernen würde, wenn er mich ließ.

»Vielleicht sollte ich es gut sein lassen, Karim. Vielleicht sollte ich akzeptieren, dass du dein Geheimnisse bewahren willst. Ich sollte dir vertrauen, dass alles, was du getan oder verschleiert hast, seinen Grund hatte oder dass das Leben, das du damals geführt hast, lang vorbei ist, tot und begraben. Aber ich kann das nicht, Karim. Du liebst mich, das weiß ich, wie ich weiß, dass ich atme. Und du liebst mich, weil ich bin wie ich bin, weil ich deine Wanda bin. Du würdest nicht von mir erwarten, dass ich keine Fragen mehr stelle, weil du weißt, dass das nicht deine Wanda ist, die du kennst. Die ist neugierig und stellt Fragen, das war dir immer klar.«

Vielleicht, dachte ich, hatte er sich insgeheim gewünscht, dass ihm irgendwann, irgendwer auf die Schliche kam, jemand, der ihm lieb war. Jemand, der bereit war, in ihm immer noch Karim zu sehen, auch wenn dieses schreckliche Verbrechen ans Licht kam.

»Wenn du mir doch ein klein wenig helfen könntest. Ich bin sicher, das würdest du tun, wenn du könntest.«

Ich legte den Kopf auf seiner Matratze ab und atmete den Duft des Fremden, nach dem ich mich sehnte, ohne zu wissen, wer er war. Fast wäre ich eingeschlafen, da wurde die Tür erneut aufgestoßen.

»Entschuldigung«, murmelte jemand. Ich sah auf, aber da wurde die Tür schon wieder geschlossen. Ich legte den Kopf wieder ab, und als ich geweckt wurde, weil Herr Hinkels zurückgebracht wurde, fühlte ich mich, als hätte ich stundenlang geschlafen, obwohl nur wenige Minuten vergangen waren. Vor allem aber hatte ich eine Idee. In meinem kurzen Schlummer hatte ich einen Traum gehabt, nicht mehr als ein knappes Bild, das beim Aufwachen schon verblasste. Ich hatte Karim beobachtet, wie er mit einem sehnsüchtigen Lächeln etwas schrieb, und als ich über seine Schulter sah, erkannte ich den Anfang »Liebe F«. Mitten im Wort brach er ab, als er bemerkte, dass ich ihm zusah, er schob den Brief zur Seite und in eine Mappe, in der er normalerweise Notizen aufbewahrte, die er für die Arbeit brauchte. War es überhaupt ein Traum gewesen? Oder hatte mir mein Unterbewusstsein eine vergessene Erinnerung gesandt?

Mit Herrn Hinkels kehrten auch dessen Besucher zurück, und

ich verabschiedete mich, hauchte Karim einen Kuss auf die bleiche Stirn und fuhr nach Hause.

Eine Ampel erwischte ich nur noch ganz knapp, doch auch der hinter mir fahrende Golf schoss noch über die Kreuzung und wurde angehupt. Ohne diesen kleinen Zwischenfall hätte ich überhaupt nicht bemerkt, dass dieser Wagen konsequent hinter mir blieb, und zwar die gesamte Strecke bis in meine Straße. Als ich parkte, fuhr auch der Golf rechts ran, doch es stieg niemand aus. Düstere Gewitterwolken verdunkelten den Himmel, und die Innenbeleuchtung des Golfs leuchtete nicht auf, ich konnte also nicht erkennen, wer darin saß. Skeptisch trat ich näher und zweifelte kurz an meiner Wahrnehmung. Der Wagen war leer.

Ich schüttelte den Kopf. Ich war vollkommen übermüdet, meine Augen wund und meine Nerven angeschlagen. Vermutlich war der Golffahrer ausgestiegen, als ich auf dem Rücksitz nach meiner Handtasche geangelt hatte. Es war niemand auf der Straße zu sehen, aber die Person war wohl eilig in ein Haus gelaufen, da es jeden Moment anfangen würde zu regnen. Ich brauchte dringend Schlaf, ich wurde schon paranoid!

Statt zu schlafen, sah ich allerdings Karims Sachen durch, die in Umzugskartons in meinem Schlafzimmer standen. Als wir die Wohnung ausgeräumt hatten, war ich unaufmerksam und hastig gewesen, hatte es nur schnell hinter mich bringen wollen; vieles hatte auch Müller eingepackt. Diesmal sah ich jedes Teil genau an, blätterte durch Karims Bücher und öffnete jede Kladde. Fand ich Telefonnummern, die ich nicht zuordnen konnte, recherchierte ich sie im Internet, doch ich landete immer nur bei Firmen, mit denen er im Rahmen seiner Arbeit Kontakt hatte. Wenn Karim noch Brücken in sein altes Leben besaß, und seien es auch noch so schmale, dann existierte dafür kein einziger Beweis.

Inzwischen trommelte Regen auf mein Dachfenster, und immer wieder zuckte ein Blitz von Donnergrollen begleitet über den Himmel und ließ das Licht flackern. O'Malley saß hinter einer Fensterscheibe und versuchte die Regentropfen mit seinen Pfoten zu fangen. Ich machte eine kurze Pause, um etwas zu trinken, und warf beiläufig einen Blick auf mein Handy. Eine SMS war unbemerkt eingegangen, wahrscheinlich hatte ich sie wegen des Donners nicht gehört.

»Letzte Warnung! Lass meine Familie in Ruhe. Sonst …«

Erneut donnerte es, diesmal so laut, dass der Kater fauchte und sich unter den Tisch flüchtete. Mir schauderte. Ich sah mich um, schaute aus dem Fenster, aber natürlich war da niemand. Die SMS musste eine Reaktion auf den Zettel sein, den ich bockig wie ein Kind in den Briefkasten der Hozouris geworfen hatte. Natürlich – ich hatte ihnen ja alle meine Telefonnummern gegeben. Einen Absender hatte die Nachricht nicht, sie war von einer Internetseite anonym gesendet.

»Tut mir sehr leid«, sagte ich, als könnten die Hozouris mich hören, »aber das kann ich nicht. Und könnte ich, würde ich es nicht wollen, und würde ich es wollen, dürfte ich es einfach nicht.«

Acht Monate zuvor

Karim legt seinen Stift zur Seite, als ich ins Zimmer komme.

»Was schreibst du da? Einen Brief?« Karim hat seinen guten Kugelschreiber benutzt. Er sieht so angespannt aus, dass ich mich frage, was ihm Sorgen macht.

»Nein, nur eine Einkaufsliste«, meint er leichthin und schiebt das Papier in eine Mappe. »Ich fahre nach der Arbeit einkaufen und koche uns was Schönes, okay?«

»Was denn?«

Er klopft auf die Mappe. »Eine mehrgängige Überraschung.«

Das überrascht mich wirklich ein bisschen. Karim kocht gut und gerne, aber er hat eine Vorliebe für einfache Gerichte, die nicht viel Aufwand erfordern. »Jetzt sag nicht, dass ich unseren Jahrestag vergessen habe.«

»Nope.«

»Hat jemand Geburtstag? Oder …«, ich lächle, »hast du etwas ausgefressen?«

Zerknirscht sieht er mich an. »Kann man so sagen. Ich muss ständig an letztes Wochenende denken.«

»An Paris? Warum das?« Wir hatten eine kleine Reise nach Paris gemacht – einen ausgesprochen romantischen Trip. »Oder redest du von einer hübschen Französin? Der dreh ich den Hals –«

»Wanda! Ich rede von keiner Französin, ich rede von der Kirche.«

»Der Kathedrale Notre-Dame? Na, mit der wirst du wenigstens nicht geflirtet haben.«

»Aber du!«

Seine Andeutungen werden mich eines Tages in den Wahnsinn treiben. Ich stemme beide Hände in die Hüften und lasse die Arme dann schnell wieder fallen, um nicht wie eine Furie auszusehen.

»Sie hat dir doch gefallen, oder nicht?«, fragt er, als würde das alles erklären.

»Natürlich. Ich habe keinen Schimmer, worauf du hinauswillst, aber ich liebe alte Kirchen, das weißt du doch. Deshalb sind wir hingefahren.«

»Du wirst nicht in einer heiraten.« Er lässt die Schultern hängen. »Zumindest nicht mich.«

Er hätte einen kräftigen Klaps an den Hinterkopf verdient, stattdessen zerzause ich ihm die Haare. »Und das bedrückt dich?«

Er seufzt. »Ich habe mich bei meinen Kollegen umgehört, wie Frauen sich ihre Hochzeit vorstellen. Die meisten sind sich einig, dass eine Trauung in der Kirche und ein großes Familienfest dazugehören. Ich kann weder das eine noch das andere bieten.«

»Du könntest deine Tante aus dem Iran einladen. Meinst du nicht, dass sie für eine Hochzeit –«

»Nein!«

»Schon gut. Macht aber nichts, da ich ebenfalls nicht mit Familie aufwarten kann. Meine Mutter hält nichts mehr vom Heiraten und wird die Hochzeit boykottieren. Und mein Vater wird nicht kommen, weil er nicht ganz ausschließen kann, dort auf meine Mutter zu treffen, egal wie sie darüber denkt. Und die Kirche ist mir nicht wichtig.«

Erstaunt sieht er zu mir auf. »Aber du bist getauft.«

»Mein Vater wollte das«, erkläre ich ihm. »Meine Mutter hatte noch nie etwas für christliche Religion übrig, er aber schon. Als ich klein war, hat er jeden Abend mit mir gebetet.«

Ein Lächeln umspielt Karims Mund. »Das klingt sehr schön.«

»Das war es auch. Als Kind habe ich es geliebt, mir vorzustellen, dass Gott auf einer Wolke sitzt und uns zuhört. Ging es dir nicht auch so?«

»Nein«, sagt er schnell, und dann, als ich fragend den Kopf schieflege: »Meine Mutter war nicht besonders religiös, sie hatte den Glauben sprichwörtlich abgelegt. Von meinem Vater weiß ich es nicht, und der Rest der Familie ...« Er verdreht die Augen.

»Die Tante im Iran?« hake ich vorsichtig nach. Ich habe das Gefühl, einen wunden Punkt zu berühren, aber das bilde ich mir sicher nur ein. Der Glauben dieser Tante dürfte Karim nicht viel bedeuten, schließlich kennt er sie kaum. »Ist sie strenge Muslima?«

»Ist der Papst katholisch?« Er nimmt seine Mappe, steht auf und gibt mir einen Kuss. »Nimm's mir nicht übel, Wanda, aber ich muss los, sonst komme ich zu spät. Bis dann, mein Herz.«

»Bis dann, ich freu mich schon.«

Auch ich muss mich bald auf den Weg machen. Während ich

mich anziehe, denke ich über Karims Tante und seine Mutter nach? Vielleicht Schwestern, die der Glaube entzweit hat? Wie es seiner Mutter wohl heute geht, wenn sie in einem muslimischen Land lebt, ohne wirklich gläubig zu sein? Na ja, denke ich dann, ich bin ja auch bloß auf dem Papier katholisch.

19

»People change, but memories don't.«
Verfasser unbekannt

Der Morgen begann damit, dass meine Schulleiterin sichtbar patzig reagierte, weil ich mich einen weiteren Tag entschuldigte. Außerdem lag ein toter Vogel auf meiner Motorhaube. Ich musste ihn aufheben und behutsam unter einer Hecke bestatten, ehe ich ins Krankenhaus fahren konnte.

In Karims Zimmer stand eine neue kleine Vase mit einer neuen weißen Rose darin.

»Schwester Astrid?«, rief ich, als ich sie auf dem Flur vorbeilaufen sah.

Sie rügte mich stumm für meine Lautstärke, aber das Gefühl, mich neben ihr unfähig und fehl am Platz zu fühlen, hatte seinen Schrecken verloren. Sie war angesichts der Patienten genauso hilf- und ahnungslos wie ich. Dass sie ihre Sicht der Dinge als die einzig richtige verkaufte, machte sie nicht wahrer. »Sagen Sie, war heute Morgen schon jemand bei Karim?«

»Haben Sie überhaupt schon mal jemand anderen bei dem armen Herrn Hozouri gesehen?«, gab sie zurück. »Abgesehen natürlich von der Furie, die hier war und meinte herumbrüllen zu müssen. Aber offenbar hat der Patient wohl etwas an sich, das Frauen zu solchen Reaktionen zwingt, auch wenn er nur still im Bett liegt und schläft.«

Ich schluckte ihre Anspielung auf meinen Zusammenbruch, lächelte und sagte: »Ja, er raubt uns den Verstand, nicht wahr?«

Sie schnalzte abschätzig mit der Zunge und wollte sich schon abwenden.

»Bitte, warten Sie. Es tut mir leid. Könnte gestern noch jemand hier gewesen sein? Würden Sie das für mich in Erfahrung bringen?«

»Es war sicher niemand da«, sagte sie. »Es kommt doch nie jemand außer Ihnen.«

Ich deutete auf die Rose. »Die ist nicht von mir. Und es ist schon die zweite.«

»Die hat die Putzfrau doch sicher nur aufgehoben.«

Nein, ich war sicher, dass das nicht er Fall war. Gestern bei meinem Ausbruch hatte ich die Rose zertreten. Diese hier war makellos. Am Nachbarbett standen etliche Blumen, aber keine weißen Rosen, sodass es kaum wahrscheinlich war, dass die Blume von Herrn Hinkels Verwandten kam.

Eine weiße Rose …

Ich wartete, bis Schwester Astrid wieder weg war, dann nahm ich mein Smartphone heraus und googelte die Bedeutung weißer Rosen. »Ein Symbol für die Unschuld«, las ich Karim leise vor. »Aber auch für den Tod. Karim, was bedeutet das?«

Verzieh ihm jemand? Wollte jemand, dass er starb?

Oder versuchte irgendwer *mir* mitzuteilen, dass Karim womöglich unschuldig war?

Es fiel mir plötzlich wie Schuppen von den Augen. Ich hatte eine mögliche Lösung – eine so wahrscheinliche Lösung – die ganze Zeit direkt vor Augen gehabt, aber nicht erkannt. Dabei war es vielleicht ganz simpel: Karim hatte einen jüngeren Bruder. Sie waren wie Pech und Schwefel, hatte Susan Schneider gesagt.

Was, wenn nicht Karim den Mord begangen hatte, sondern der jüngere Bruder? War es nicht denkbar, dass Karim geglaubt hatte, seinen Bruder schützen zu müssen, und deshalb mit ihm ins Ausland geflohen war?

Möglicherweise würde ich bei der Polizei mehr erfahren, aber was, wenn ich sie damit neugierig machte? Die Beamten könnten in Windeseile herausfinden, dass mein Verlobter rein zufällig Karim Hozouri hieß, und auch, wenn sie ihn kaum im

Krankenhaus mit Handschellen ans Bett fesseln würden, so wären sie dann auf seiner Spur. Nein, das konnte ich Karim nicht zumuten. Er mochte nicht im Geringsten auf die Außenwelt reagieren, doch das bedeutete nicht, dass er nichts mitbekam.

Asal und Fariba Hozouri konnten sich sträuben und drohen, so viel sie wollten, ich zögerte nicht länger und fuhr ein drittes Mal zu ihrem Haus, klingelte wieder an ihrer Tür und stand erneut auf der Straße wie bestellt und nicht abgeholt.

Entnervt setzte ich mich in meinen Wagen, von wo aus ich die Haustür sehen konnte und wartete. Sie konnten nicht ewig dadrin bleiben, ich würde mein Gespräch bekommen, und wenn es nur wenige Minuten auf der Straße waren.

Ich hätte trotz meiner sturen Vorsätze beinahe aufgegeben, als die Haustür geöffnet wurde und eine kleine Frau auf die Straße trat. Ich wartete, bis sie sich ein paar Meter vom Haus entfernt hatte, damit sie nicht gleich wieder hineinflüchten konnte, und stieg aus. Zweifelsfrei – die Frau war seine Mutter, die ich schon einmal hinter der Wohnungstür gesehen hatte.

»Frau Hozouri?«, rief ich und lief ein paar Schritte auf sie zu.

»Heiliger Gott!« Sie klang, als würde sie fluchen. »Was wollen Sie schon wieder hier? Ich habe Ihnen nichts zu sagen!«

Immerhin gab sie nicht wieder vor, mich nicht zu verstehen. Sie sprach sogar ohne hörbaren Akzent. »Ich will Sie nicht lange belästigen –«

»Dann lassen Sie es! Was immer Sie da reden, ich will das nicht hören.«

»Aber Karim –«

»Karim, Karim! Was kommen Sie mir immer mit Karim! Ich kenne Ihren Karim nicht.«

»Warum sagen Sie das nur? Er ist Ihr Sohn, ich sehe das – ich weiß das!«

»Mein Sohn?« Sie lachte, laut, schrill und falsch. »Mein Sohn Karim ist tot. Gestorben ist er, vor vielen Jahren schon!«

Einen Moment lang war ich zu perplex, um zu antworten.

Glaubte sie das wirklich? Hatte Karim sie glauben lassen, er wäre tot? »Er ist nicht tot«, sagte ich leise. »Er lebt, aber er –«

»Für mich ist er es!«, erwiderte sie etwas ruhiger. »Und Sie sollten die Toten ruhen lassen, junge Frau. Sie wühlen etwas auf, das gefährlich ist.«

»Was meinen Sie damit?«

»Das, was ich sage.«

»Verdammt!« In mir wuchs der Drang, ihr meine Handtasche um die Ohren zu hauen oder wenigstens vor die Füße zu werfen. »Erklären Sie mir das doch einfach!«

Sie sagte: »Nein!«, und ich musste sie ziehen lassen. Alles, was mir noch einfiel, war, ihr hinterherzurufen, dass ihr Sohn den Sturkopf von ihr geerbt haben musste.

Aber auch das ließ sie kalt, und ich schrie quer über die Straße, dass ihre Show völlig unnötig sei. »Ich weiß, was damals passiert ist!«, rief ich.

Auf der Rückfahrt bekam ich wieder eine SMS von unbekanntem Absender. »Du warst gewarnt. Polizei – und mehr Blut fließt. Weitere Fragen – und mehr Blut fließt.«

Blut? Mehr Blut.

Panik schoss mir heiß und eiskalt zugleich durch den Körper und drückte mir die Luft ab. Was sollte das heißen, mehr Blut? Von welchem Blut war die Rede?

Ich fuhr am nächsten Parkplatz raus und wählte mit zitterigen Fingern die Nummer der Intensivstation. Schwester Astrid meldete sich, ich war aus irgendeinem Grund erleichtert, wenigstens die Herrin dieser unwirklichen Welt zu erreichen; die Person mit Macht.

»Bitte«, sagte ich kleinlaut und mit vor Sorge klammem Gesicht, »schauen Sie bitte nach Karim. Ob es ihm gut geht.«

Eine lange Pause dehnte sich aus. Dann sagte Schwester Astrid: »Frau Kirsch, Ihrem Verlobten geht es tatsächlich nicht gut.«

»Nicht gut? Was soll das heißen, nicht gut?«

»Wir haben seit einigen Stunden erhöhte Temperatur festgestellt und massiv erhöhte Entzündungswerte im Blut. Natürlich bekommt er eine Antibiose, schlägt darauf aber momentan nicht an. Wir müssen schauen, ob ein anderes Antibiotikum geeigneter ist.«

Ich legte den Unterarm aufs Lenkrad und bettete meine Stirn darauf. Dass das passieren konnte, hatte ich in den Broschüren gelesen. Ich wusste, wohin es führte. »Sie tun alle Ihr Bestes«, sagte ich leise und fragte mich einen Moment lang, ob ich das vorher je wahrgenommen hatte; ob mir je aufgefallen war, wie intensiv man sich um meinen Verlobten kümmerte, jeder auf seine Art und so gut er vermochte. »Danke, Schwester Astrid. Wären Sie so gut, trotzdem für mich einmal ins Zimmer zu gehen und nach dem Rechten zu sehen?«

Sie seufzte, ich machte ihr zweifelsfrei Arbeit, die sie nicht gebrauchen konnte. Trotzdem sagte sie zu und legte den Hörer beiseite. Als sie ihn wieder aufhob, rann mir ein Schweißtropfen die Stirn runter.

»Frau Kirsch?« Ihre Stimme klang ratlos.

»Ist etwas passiert?«

»Sein Zustand ist unverändert«, sagte sie. »Aber diese weiße Blume, von der Sie sprachen, die ist weg. Dafür steht da jetzt eine schwarze Rose.«

Eine schwarze Rose. Ich wusste aus einem Roman, was das bedeutete. Eine einzelne schwarze Rose steht für eine Drohung. Bedroht fühlte ich mich ohnehin, ich achtete schon paranoid auf Autos, die mir folgten. Ich würde Müller bitten, ein paar Tage bei mir zu übernachten, für den Moment war ich zu angespannt, um damit allein klarzukommen. Die SMS ging mir wie ein Gespenst im Kopf umher, der tote Vogel heute Morgen fiel mir wieder ein, und die Drohung in Karims Krankenzimmer machte mich nicht nur fertig, sondern auch fuchsteufelswild.

Dazu die Sorgen um seinen Zustand – konnte das alles nicht endlich ein Ende nehmen – ein gutes Ende? Ich hatte keine Kraft mehr.

Als ich die Haustür aufschloss, hörte ich mein Telefon klingeln und schrak zusammen. Es klingelte viel zu laut! Als wäre meine Wohnungstür offen. Ich rannte nach oben. Im zweiten Stock öffnete meine Nachbarin Frau Buchmann aus der ersten Etage ihre Tür und rief meinen Namen.

»Moment, gleich!«, antwortete ich im Flur und lief weiter, denn inzwischen konnte ich sehen, dass meine Wohnung tatsächlich offen stand. War der Kater wieder an die Klinke gesprungen? Aber ich hatte doch abgeschlossen. Oder konnte ich es in der Hektik vergessen haben?

»O'Malley!«, rief ich, aber von ihm war nichts zu sehen. Sicher war er wieder bei Frau Buchmann, da tauchte er ständig auf, wenn er ausbüxte. Das Telefon klingelte immer noch beharrlich, also nahm ich in der Diele erst einmal ab.

»Frau Kirsch?«

Ich kannte diese Stimme. Fariba Hozouri.

»Sie waren heute bei meiner Mutter.«

»Das war ich«, gab ich kühl zurück und fragte mich, ob die schwarze Rose wohl von ihr war. Mit dem Telefon zwischen Ohr und Schulter ging ich zum Schlafzimmer. »Und Sie? Waren Sie bei Karim? Mit schönen Blumen vielleicht?« Ich stieß die Tür auf.

Und dann fiel das Telefon zu Boden, und ich schrie.

Blut. Da war Blut, überall Blut, über mein ganzes Bett verteilt.

Auf meinem Kopfkissen lag rotbraunes Fell, besudelt und reglos. Tot.

Mein Kater – Karims Kater –, er sah aus wie zusammengefallen, als hätte man alles Blut und Leben aus ihm herausgepresst, bis nur noch eine kleine Fellhülle übrig war, nicht viel größer als ein Katzenbaby.

Irgendjemand wimmerte, ich musste mich hysterisch in alle

Richtungen umsehen, bevor mir im Spiegel auffiel, dass ich es selbst war. Meine Beine drohten nachzugeben, mein Sichtfeld flackerte. Ich fiel nur darum nicht in Ohnmacht, weil überall Blut war und ich nicht in seinem Blut landen wollte.

Mein wunderschöner O'Malley.

Welches Monster war zu so etwas fähig! Und warum?

Ich hörte Frau Buchmann im Hausflur nach mir rufen; sie durfte keinesfalls sehen, was hier passiert war.

»Ich komme«, rief ich und fischte das Telefon vom Boden. Ich wischte mir die Tränen mit dem Ärmel aus dem Gesicht, verließ das Schlafzimmer und schloss die Tür.

»Wanda!«, rief Frau Buchmann erneut, da stand sie auch schon in der Wohnungstür. »Oh Gott. Mädchen, ist Ihnen etwas passiert? Ich habe Sie schreien gehört. Sie sehen ja aus, als … och Gott, och Gott, ist etwas mit Ihrem Freund? Ist er …«

Ich schüttelte den Kopf. »Nein, aber es geht ihm schlechter.«

Sie verbarg den Mund hinter beiden Händen. »Ach, das tut mir so schrecklich leid. Ich wünsche Ihnen beiden doch nur Gutes, das muss so furchtbar für Sie sein.«

»Ja«, sagte ich mechanisch. »Furchtbar. Frau Buchmann, nehmen Sie es mir nicht übel, aber …« Ich hatte Angst, dass ich mich gleich übergeben musste. Und dann nachdenken, was ich tun könnte. Wie ich ohne Karim und ohne O'Malley leben sollte.

»Ich komme gleich noch mal zu Ihnen hoch, Wanda«, sagte Frau Buchmann und ging. Ich schloss die Tür, lehnte mich mit dem Rücken dagegen und rutschte auf den Boden.

Jemand war in meiner Wohnung gewesen. Hatte meine Katze getötet, in meinem eigenen Bett.

Ich musste hier weg. Wer immer mich mundtot machen wollte, er oder sie kannten keine Grenzen. Einen Moment lang fühlte ich mich wie eine Figur in einem Horrorfilm, für die feststand, dass es auf der ganzen Welt keinen sicheren Ort mehr gab.

Ein Geräusch weckte mich aus meiner tranceartigen Starre; aus dem Telefon kam immer noch eine gedämpfte Stimme.

Ich hob es ans Ohr. »Was wollt ihr?«, fragte ich schwach.

»Was ist passiert?«, rief Fariba Hozouri. »Sie haben geschrien, was ist Ihnen zugestoßen?«

»Sparen Sie sich das Theater.«

»Was meinen Sie? Frau Kirsch, ich weiß von nichts. Oh Gott, sagen Sie mir, was passiert ist.«

Ich schluchzte, sosehr ich auch versuchte, mich zusammenzureißen. Aber die Fassade brach. »Ihr habt meine Katze umgebracht«, schrie ich. »Ihr verdammten Monster, was hat die Katze euch denn getan!«

»Oh mein Gott!« Fariba Hozouri schwieg so lange, dass ich dachte, sie hätte aufgelegt. Doch dann flüsterte sie: »Ich habe das kommen sehen, ich hatte Sie doch gebeten, uns in Ruhe zu lassen, ich habe das kommen sehen.«

»Wer hat das getan, wenn nicht Sie?«, fragte ich müde, obwohl mich die Antwort nicht wirklich interessierte. Sie war mit Sicherheit gelogen. Die ganze Familie log wie gedruckt.

»Mein Bruder«, wimmerte Fariba Hozouri. Ich hörte, dass auch sie nun weinte. »Er hat solche Angst. Er ist vollkommen außer Kontrolle.«

»Jaron«, flüsterte ich.

»Ja. Sie sagten, Sie wüssten, was damals geschehen ist. Karim hat damals geschworen, niemandem ein Wort zu sagen. Sie wollten sich beschützen, Karim Jaron und Jaron Karim.«

Pech und Schwefel, dachte ich.

»Aber es lief anders, als sie es geplant hatten. Und nun hat Karim mit Ihnen gesprochen, und Jaron ist vor Angst beinah verrückt geworden.«

Er *ist* verrückt geworden, völlig verrückt, korrigierte ich in Gedanken, und es schüttelte mich lautlos, als ich an O'Malley dachte. Ich musste doch die Polizei rufen! Andererseits war da diese schwarze Rose in Karims Zimmer, und meine Furcht war übermächtig, er könnte auch ihm etwas antun.

»Frau Kirsch, bitte gehen Sie nicht zur Polizei. Lassen Sie

mich mit Jaron reden, ich werde ihm klarmachen, dass wir von Ihnen nichts zu befürchten haben.«

Wie stellte sie sich das vor? Einer der Brüder, wenn nicht beide, hatte Fariba vor Jahren schwer verletzt, weil sie versucht hatte, ihr eigenes Leben zu leben. Sie hatten jemanden getötet. Und nun bedrohte und terrorisierte der Bruder mich und machte nicht einmal vor einem hilflosen Tier halt. Was wollte sie diesem Verrückten entgegensetzen?

»Meinen Sie, er würde auf Sie hören?«

»Nein«, gab sie zu. »Er lässt sich von niemandem etwas sagen, außer einer einzigen Person.«

»Und wer ist das?« Karim, vermutete ich.

»Unsere Mutter. Sie wird mit ihm reden. Es wird sie innerlich zerreißen, aber Sie wird es tun. Verzeihen Sie mir, wenn ich sie schone und ihr nicht alles erzähle? Sie würde es nicht verkraften, zu hören, dass Jaron ein Kätzchen getötet hat.«

»Würden Sie mir dann endlich die Wahrheit sagen?«, fragte ich mit einem Kloß aus Blei im Hals. »Ihre Wahrheit; Ihre Version von dem, was damals passiert ist?«

Sie zögerte, ehe sie antwortete. »Das muss ich nun wohl. Auch wenn ich darüber nie wieder sprechen wollte.« Sie seufzte gequält. »Kommen Sie noch einmal nach Nordstede. Morgen, am frühen Samstagabend, wenn die Geschäfte zumachen. In der Stadt gibt es ein Café, es heißt ›Le Bol‹ und ist zu dieser Zeit immer leer. Dort können wir uns unterhalten. Nur bitte, sprechen Sie meine Mutter nicht mehr an. Es ist für sie, als würde sie ihre Söhne ein weiteres Mal verlieren, es zerreißt ihr das Herz.«

Wie es meinem Herzen ging, interessierte natürlich niemanden. Trotzdem stimmte ich zu, und Fariba Hozouri verabschiedete sich. Sowenig ich ihr auch vertraute, ich hätte sie trotzdem am liebsten in der Leitung behalten, um nicht vollkommen einsam zu sein. Nachdem sie aufgelegt hatte, fühlte ich mich verlassen, angreifbar und verletzlich. Allein in dieser

Wohnung zu bleiben war unmöglich, und ohne Hilfe brachte ich es auch nicht über mich, meinen geliebten O'Malley zu beerdigen. Ob er hatte leiden müssen? Mein erster Impuls war, Müller anzurufen, aber die Arme würde einen Nervenzusammenbruch bekommen, wenn sie sah, wie mein Kater zugerichtet war. Also rief ich Hendrik an und bat ihn, zu kommen. Während ich auf ihn wartete, ließ ich die Schlafzimmertür geschlossen, doch in der restlichen Wohnung sah ich in jeden meiner Schränke, aus Angst, der Psychopath könnte irgendwo auf mich lauern.

»Gott«, stöhnte Hendrik, nachdem ich es ihm gezeigt hatte. »Wanda, wir müssen die Polizei rufen!«

Ich schüttelte den Kopf und zeigte ihm die SMS, die ich bekommen hatte. »Er war auch in Karims Krankenzimmer. Wenn wir die Polizei rufen, dann …« Ich ließ den Satz unvollendet in der Luft hängen.

»Du weißt, wer das war?«

»Kann ich mich darauf verlassen, dass du alles für dich behältst?«

»Wanda, ich denke nicht, dass das klug ist.«

»Aber es muss sein. Schwörst du es?«

Er rang mit sich und nickte dann widerwillig. »In Ordnung. Aber wir behalten uns die Möglichkeit offen, in Ordnung? Wir werden diese«, er schluckte, »Untat genau dokumentieren, sodass wir zur Polizei gehen können, wenn es nötig werden sollte.«

Das klang weit mehr nach einem vernünftigen Plan als alles, was mein wirrer Kopf hergab. Ich versuchte in wenigen Worten zusammenzufassen, was ich herausgefunden hatte, und ließ auch den Zeitungsartikel nicht unerwähnt. Aber ich war so durcheinander, dass Hendrik das Gefühl haben musste, ein 5000-Teile-Puzzle vor die Füße geschmissen zu bekommen.

»Gott«, wiederholte er bestürzt. »Wanda, ich war ja nie der

Meinung, dass dieser Karim der Richtige für dich ist, daraus habe ich keinen Hehl gemacht. Ich hatte kein gutes Gefühl bei ihm. Aber wenn die Kolleginnen ihre Vorurteile ausgepackt haben, habe ich nie mitgemacht. Und nun das!«

»Ja«, sagte ich schwach. »Und nun das. Ich begreife es selbst nicht. Es ist alles so unwirklich. Ich bin im völlig falschen Film.«

Er drückte mich kurz an sich. »Du bist ja nicht allein! Ich helfe dir, wo ich kann. Zuerst«, er räusperte sich, »werde ich dadrin alles dokumentieren und dann aufräumen. Du musst da nicht mehr rein, ich regle das. Hast du einen Fotoapparat da? Und große Müllsäcke?«

Ich nickte, holte beides sowie ein paar Gummihandschuhe und brachte Hendrik auch einen Karton, in den ich das Kissen legte, auf dem O'Malley sich so gerne zusammenrollte. Mein Gesicht war schon wieder nass, ich ließ die Tränen jetzt einfach laufen, bis mein Kopf vom Weinen schmerzte.

»Wanda?«, rief Hendrik plötzlich. Es klang, als wäre etwas passiert, und ich stürzte ins Schlafzimmer. Er hatte die blutigen Decken weggeräumt und saß auf der Bettkante, über den toten Kater gebeugt. »Wanda, halt dich bitte fest. Aber das ist gar keine Katze.«

»Keine … was?«

»Das ist keine Katze. Zumindest schon eine ganze Weile nicht mehr.« Er hob eine Ecke des Fells an und zog sie in die Höhe. Da sah ich es auch. Es waren Felle, zwei oder drei zusammengeknüllte, rötlichbraune Felle, mehr nicht.

»Aber wo ist O'Malley?«, fragte ich, und im gleichen Moment schoss mir die Erklärung in den Sinn. »Moment, Hendrik, warte!« Ich rannte die Treppen runter und klingelte bei Frau Buchmann. »Haben Sie meinen Kater gesehen?«, rief ich.

Frau Buchmann sah mich verständnislos an. »Kindchen, Wanda, wie sehen Sie denn aus? Was haben Sie denn nur, warum haben Sie denn so geweint?«

»Mein Kater ist weg. Haben Sie ihn gesehen?«

»Ja, aber sicher!«, sagte Frau Buchmann, und ich fiel ihr vor Erleichterung um den Hals, was die ältere Dame sichtlich verwirrte. »Der Schlingel stromerte im Treppenhaus herum. Er hat wieder die Tür aufgemacht, richtig? Dann kommt er doch immer zu mir, weil er genau weiß, dass ich ihm nichts abschlagen kann und ihm ein bisschen Joghurt gebe. Ich wollte Ihnen ja eben Bescheid sagen, aber Sie waren zu aufgewühlt, da dachte ich, Sie wüssten schon, wo er steckt.«

»Ich bin so froh, Frau Buchmann, Sie ahnen nicht, wie froh ich bin, dass es ihm gut geht.«

»Na, aber natürlich geht es dem gut. Der liegt auf der Fensterbank und guckt den Amseln hinterm Haus zu.«

Meine Nachbarin musste mich für betrunken halten, so selig wie ich sie anlächelte. Trotzdem, auch wenn O'Malley lebte und unversehrt war – jemand war in meine Wohnung eingebrochen und hatte mir einen furchtbaren Schrecken eingejagt. »Darf ich Sie um einen Gefallen bitten?«, fragte ich. »Würden Sie ein paar Tage auf O'Malley aufpassen? Ich muss ein paar Dinge erledigen und habe zu wenig Zeit für ihn.«

»Natürlich«, antwortete Frau Buchmann. »Ich kann mehrmals am Tag hochgehen und ihn versorgen.«

»Ehrlich gesagt wäre es mir lieber, wenn er bei Ihnen bleiben könnte.« Immerhin war es nicht auszuschließen, dass Jaron Hozouri zurückkam. Er durfte diese abscheuliche Drohung keinesfalls wahrmachen. »Nur wenn es keine Umstände macht. Ich könnte Ihnen die Katzentoilette und das Futter runterbringen.«

Meine hilfsbereite Nachbarin war einverstanden, und Hendrik half mir, O'Malleys Urlaubsgepäck in ihre Wohnung zu schaffen. Nachdem ich wusste, dass das Blut nicht von meinem Kater war, konnte ich beim Saubermachen helfen, und als wir fertig waren, begleitete mich Hendrik zu Müller, bei der ich mich über Nacht einquartiert hatte.

»Wanda, wie hast du das nur ausgehalten«, rief Müller, nachdem wir ihr erzählt hatten, was geschehen war, und sie in unsere Pläne eingeweiht hatten. Wir saßen an ihrem Esstisch vor randvoll mit dampfendem Tee gefüllten Tassen. »Ich hätte vor Panik den Verstand verloren. Wenn O'Malley was passiert wäre – nicht auszudenken! Was muss man für ein Mensch sein, um jemandem in deiner Lage solche Angst einzujagen.«

Ein sehr verzweifelter, dachte ich, und das machte mir einen Heidenrespekt.

»Und du willst dich wirklich mit der Schwester treffen?«, fragte Hendrik. »Nicht, dass der Psychopath sich davon wieder provoziert fühlt. Immerhin will er, dass du die Familie in Ruhe lässt.«

»Sie kann sich wohl kaum von ihm erpressen lassen«, kommentierte Müller.

»Das sehe ich auch so, und ich finde auch absolut nicht, dass der damit durchkommen darf. Aber Wanda ist weder dafür zuständig, Verbrechen aufzuklären, noch Kriminelle zu sanktionieren. Das ist alles eine Nummer zu heiß, finde ich.«

»Aber wenn sie zur Polizei geht, tut der Irre Karim vielleicht etwas an!«

»Stört den das denn noch?«, versetzte Hendrik kühl. »Karim liegt im Koma und wird, selbst wenn er aufwacht, nie wieder der Alte sein. Außerdem hängt er in diesem ganzen Sumpf mit drin.«

Müller wollte aufgebracht etwas erwidern, aber ich bat sie mit einer Geste, zu schweigen.

»Hendrik hat recht«, sagte ich leise und blickte in meinen Tee. Der Dampf erstarb langsam wie versagender Atem. »Karim hängt mit drin. Und darum kann ich nicht zur Polizei gehen. Ich muss erst wissen, wie tief. Wenn die Polizei erst mal eingeschaltet ist, werde ich im Laufe der Ermittlungen keine Antworten bekommen, bis das Verfahren abgeschlossen ist. Und bis dahin ist es vielleicht zu spät.«

»Zu spät für was?«, fragte Müller.

»Für Karim und mich.« Weiterzusprechen fiel mir schwer, weil mir die Wahrheit nicht über die Lippen wollte und ich auch nicht ahnte, ob Müller und Hendrik mir folgen konnten. »Ich habe das Gefühl, dass Karim nicht mehr lange Zeit hat. Und deshalb muss ich dringend klären, was damals passiert ist.«

»Warum?«, fragte Hendrik. »Es ändert nichts an seinem Zustand. Er wird nicht wach werden, wenn du das aufklärst.«

Ich seufzte. »Ich habe das Gefühl, dass ich ihm sagen muss, ob ich ihm verzeihen kann oder nicht. Ob ich ihn als Mensch in Erinnerung behalte oder als Monster. Als meinen geliebten Mann oder als Verbrecher.« Oder, dachte ich, als alles zugleich. Aber das sprach ich nicht aus.

Den ganzen nächsten Vormittag verbrachte ich bei Karim. Er sah schlecht aus, sehr viel schlechter als zuvor. Sein Gesicht war gräulich, seine Lippen blass und gesprungen. Vom Fieber merkte ich kaum etwas, eine junge Ärztin erklärte mir, dass man es erfolgreich mit Medikamenten unterband, die Entzündungswerte allerdings nicht sinken wollten. Eine typische Reaktion des Körpers nach drei Wochen Koma, wenn man den Broschüren Glauben schenkte. Und kein gutes Zeichen.

Gegen Mittag brach ich nach Nordstede auf. Hendrik hatte mich zuerst gar nicht gehen lassen wollen und hätte mich anschließend am liebsten zu dem Treffen mit Karims Schwester begleitet. Aber ich fürchtete, dass Fariba Hozouri nicht offen mit mir sprechen würde, wenn sie erfuhr, dass ich jemanden eingeweiht hatte. Sie schien eine zutiefst misstrauische Frau zu sein, kein Wunder, nach dem, was sie durchgemacht hatte. Ich musste Hendrik versprechen, mich alle paar Stunden kurz bei ihm zu melden. Sollte diese Meldung ausbleiben, würde er am Abend die Polizei verständigen und ihnen die Kopien der Droh-SMS und der Fotos meines Schlafzimmers aushändigen, damit sie sofort reagieren konnten.

Es würde nicht nötig werden, hatte ich ihn zu beruhigen versucht.

Nordstede war ein beschaulicher Ort, aber die kleine Innenstadt wirkte dörflich und war wie ausgestorben. Es hing Regen in der Luft. Über den Geschäften waren Wohnungen, die Straßen waren eng und voller Anwohnerparkplätze, die allesamt belegt waren. Ich war so lange wie möglich bei Karim geblieben und spät dran. Dass ich nun keinen Parkplatz fand und Fariba Hozouri wieder nach Hause ging, fehlte gerade noch. Zum Glück entdeckte ich rechtzeitig ein paar Parkbuchten in einer Seitenstraße. Ich stellte meinen Wagen ab und holte mir ein Parkticket. Jetzt aber rasch. Hoffentlich fand ich das Café auf Anhieb. Gerade legte ich den Parkschein hinter meine Windschutzscheibe, als ein Wagen heranfuhr und auf meiner Höhe anhielt. Ich wandte mich um. Sah einen dunklen Umriss. Und spürte plötzlich einen reißenden Schmerz am Kopf.

Der Schmerz blieb, doch der Hilfeschrei blieb mir im Mund stecken.

Dann wurde mir schwarz vor Augen.

Sieben Monate zuvor

Fly-a-kite, der Ökostromanbieter, für den Karim arbeitet, hat zur Weihnachtsfeier geladen. Das Motto ist »Grüne Weihnachten«, was sich nicht auf die Farben der Outfits bezog, sondern auch auf die Outfits selbst. Gewünscht ist Kleidung aus biologisch angebauten Materialien, selbstredend fair gehandelt.

»Sie übertreiben etwas, hm?«, hatte ich Karim gefragt, aber er hatte nur gelacht.

»Wer – *sie*? Hey, das war meine Idee, Wanda. Gefällt sie dir nicht? Hätte ich lieber das Motto ›Purpurrot‹ oder ›Smaragdgrün‹ wählen sollen, und wir hätten dann augenrollend irgendeinen hässlichen Stuss gekauft, den wir nie wieder tragen? So unterstützen wir wenigstens eine gute Sache. Und«, er setzt eine Kunstpause, »uns bleibt der Anblick von Chris in Purpurrot erspart!«

Ich schiele zu dem besagten Kollegen rüber, der im Kreis einiger junger Mitarbeiter steht und sich köstlich zu amüsieren scheint. Er trägt ein weißes Hemd und eine gestreifte Strickweste, mit der er sich unbemerkt unter eine Gruppe peruanischer Straßenmusiker mischen könnte. »Manche sogenannte Mode«, flüstere ich Karim zu, »sollte auch im Eine-Welt-Laden verboten werden.«

»Vor allem da«, stimmt Karim mir zu, aber er lächelt dabei und steckt mich damit an. Ich mag Karims Kollegen sehr und die Weihnachtsfeiern der Firma noch mehr, weil hier alle über sich selbst lachen können.

Karim führt mich herum. »Mein Chef weiß es noch nicht, aber ich habe ein vegan-vegetarisches Buffet bestellt. Schließlich ist heute Donnerstag, und das ist in der Kantine einer unserer Veggie-Days. Entweder macht man so was mit dem ganzen Hintern oder gar nicht, haben wir immer gesagt. Du wirst mich allerdings retten müssen, wenn der Boss mich dafür fressen will. Die Wanddekorationen haben wir übrigens in der Lebenshilfe-Werkstätte eingekauft, die Tischdeko – diese scheußlichen, kleinen Windlichter – stammt aus dem örtlichen Montessori-Kindergarten.«

»Kinderarbeit!« Ich schnalze mit der Zunge. »Also bitte, Karim!«

Er hebt ergeben die Hände. »Sag nichts, Wanda, die bekommen dafür im Frühjahr ein Piratenschiff und eine Schaukel auf ihr Gelände gestellt.«

»Nicht schlecht. War das auch deine Idee?«

Er zuckt mit den Schultern, was wohl Ja bedeuten soll und mich stolz macht. »Die Kunden lieben das, fürs Image gibt's nichts Besseres als freudig kreischende kleine Kinder.«

»Ich finde die Basteleien nicht mal hässlich«, sage ich, »sogar ganz süß. Individuell. Guck mal, an dem da vorne sind Fingerabdrücke dran. Ob das Schokolade ist?«

»Bitte«, fleht Karim, »lass es Schokolade sein!«

Lachend gehen wir ans Buffet, wo sich Karims Chef, Herr Dorn, gerade einen Teller vollllädt und dazu im Takt von *Let it Snow* mit der gesamten Leibesfülle wippt.

»Karim!«, begrüßt er ihn, stellt seinen Teller beiseite und umarmt Karim überschwänglich. »Wie schön, dass Sie Ihre Verlobte wieder mitgebracht haben.«

Er hat es also schon publik gemacht. Ich muss schmunzeln. »Ist mir immer wieder eine Freude, Herr Dorn.«

»Und mir erst! Nur einen Gast würde ich jetzt noch lieber sehen als Sie, Wanda – das Spanferkel! Karim, was ist da schiefgelaufen?«

Karim öffnet bedauernd seine Handflächen. »Es ist Donnerstag, Chef. Wissen Sie doch.«

»Ach nein, wie schade.« Herr Dorn schaut von mir zu Karim und wieder zurück und sieht dabei aus wie ein enttäuschter Bernhardiner. »Ich sollte diese ganzen Vegetarier feuern, was meinen Sie, Karim?«

Karim grinst. »Schlechtes Image, Chef, und nebenbei: ganz schlechtes Karma.«

»Gibt es denn wenigstens Fisch?«, fragt Herr Dorn.

»Nope«, sagt Karim. »Aber einen Paranussbraten, den der Caterer im ganzen Land anliefern muss, so gut soll der sein.«

Herr Dorn seufzt. »Der zieht das einfach durch«, sagt er zu mir und deutet mit dem Daumen auf Karim. »Aber wissen Sie was? Darum gefällt er mir so gut. So arbeitet der nämlich auch, wenn er nicht gerade Weihnachtsfeiern plant. Zieht seinen Stiefel durch, auch wenn er damit aneckt, kann das aber verkaufen, sodass die Angeeckten einfach ein Stück zur Seite gehen. Wissen Sie, wie ich das nenne, Wanda? Arsch in der Hose. Aber dass er den hat, wissen Sie ja vermutlich besser als ich.«

»Das hoffe ich doch«, versetze ich amüsiert.

»Hören Sie«, wendet Herr Dorn sich wieder an Karim, der angesichts des Lobes ganz rot wird. »Ich hatte es Ihnen eigentlich erst im neuen Jahr sagen wollen, aber jetzt ist die Gelegenheit gerade günstig. So können Sie das Thema mit Ihrer bezaubernden Verlobten durchsprechen und mir im neuen Jahr dann gleich zusagen.« Er nimmt sich ebenfalls ein Glas Sekt und trinkt einen großzügigen Schluck. »Wir kooperieren doch mit diesem amerikanischen Unternehmen in San Francisco. Ich hätte ja im Frühjahr wieder eine Woche rüberfliegen wollen, aber inzwischen denke ich, wir sollten daraus etwas Größeres machen. Dieser Deal hat einiges an Potential für uns, aber man muss das richtig angehen. Deswegen wollte ich jemanden längerfristig rüberschicken, mindestens ein paar Monate oder ein ganzes Jahr.«

Karim nickt anerkennend. »Keine schlechte Idee«, sagt er, und ich muss mich abwenden, damit Herr Dorn mich nicht lachen sieht. Seit Wochen arbeitet Karim daran, seinem Chef genau diese Idee einzupflanzen, als wäre es seine eigene.

»Nicht wahr?« Herr Dorn freut sich und merkt nicht, dass er einigen hungrigen Leuten den Weg zu den Salaten versperrt. »Und an wen habe ich da wohl gedacht?«

Karim hebt eine Augenbraue.

»An Sie, Karim, an wen denn sonst? Sie bringen uns die halbe US-amerikanische Bevölkerung als Kunden mit nach Hause und den Obama als Sahnehäubchen obendrauf.«

Mir wird für einen Moment ganz anders. Das ist eine großartige Chance für Karim, aber das vorläufige Aus für unsere Pläne. Denn so gerne ich für eine Weile in die USA ginge – im nächsten Jahr geht das auf gar keinen Fall. Ich muss mein Studium abschließen und habe im Spätsommer meine erste Staatsprüfung.

»Das ehrt mich«, sagt Karim, »aber da muss ich leider ablehnen. So weit sehe ich mich noch nicht. Vielleicht später, wenn ich mehr Erfahrung als Verkaufsleiter habe.«

»Ach, warum sind Sie denn nur so bescheiden! Jemand mit Ihrem Talent, der …« Herr Dorn gestikuliert wild mit den Armen, sodass sein Sekt überschwappt, »der muss doch nach den Sternen greifen.«

»Aber das mach ich ja«, erwidert Karim, nimmt meine Hand und schenkt mir ein Lächeln. »Aber ich bleibe trotzdem hier. Hier gibt es halt die schöneren Sterne.«

20

»Und wenn er schweigt, hört euer Herz nicht auf, dem seinen zu lauschen.«
Khalil Gibran, Von der Freundschaft

Ich erwachte von zerrenden Schmerzen in den Schultern. Mein Mund war so trocken, dass mir nur ein Stöhnen entfuhr. Mein Nacken war vollkommen steif. Ich versuchte, meine Lage zu ändern, aber es gelang mir nicht, sondern machte den Schmerz nur schlimmer.

Wo war ich?

Ich lag auf gefliestem Boden und starrte an eine verputzte Wand. Meine Hände waren auf dem Rücken gefesselt und kribbelten. Unter meinem Gesicht lagen ein paar Zeitungen, als hätte irgendwer versucht, es mir ohne die rechten Mittel ein wenig bequemer zu machen. Zwischen dem Papier und meiner Haut spürte ich Sand, der mir die Schläfe wundgerieben hatte. Ich blinzelte, konzentrierte mich darauf, neben dem Rauschen in meinen Ohren noch etwas anderes wahrzunehmen, und hörte Schritte. Schnelle, gleichmäßige Schritte, die sich ein Stück entfernten, zurückkamen, sich entfernten und zurückkamen. Ich wagte nicht mehr, mich zu rühren, denn wer immer mich hier gefangen hielt, würde mich ansprechen, wenn er merkte, dass ich bei Bewusstsein war. Ich konnte mir denken, wer es war, aber glauben wollte ich es nicht.

»Bist du wach?« Im ersten Augenblick glaubte ich, Karim zu hören. Ich riss den Kopf hoch, obschon mir bewusst war, dass er es nicht sein konnte. Aber die Stimme war seiner so ähnlich. Jaron klang wie Karim, wenn er sich bedroht fühlte und der leichte, ausländische Akzent seine Worte aggressiv einfärbte.

Als ich das Gesicht umwandte, brannten meine Augen vor dem Verlangen, zu weinen. Jaron klang nicht nur wie Karim, er sah ihm auch entsetzlich ähnlich. Seine Nase war ein wenig breiter, Stirn und Kinn schmaler, und er trug das Haar länger. Aber die Augen waren Karims. Den Altersunterschied sah man nicht. Sie hätten eineiige Zwillingsbrüder sein können.

»Lassen Sie mich gehen«, brachte ich gequält über die Lippen. Mein Kopf schmerzte, ich war nicht sicher, ob ich eine Beule von dem Schlag davongetragen hatte oder eine Platzwunde noch dazu.

»Ich habe dich doch gewarnt«, sagte Jaron, es klang anklagend und verzweifelt. »Herrgott noch mal, ich hab dich doch gewarnt!«

Er trat gegen einen von mehreren Metallschränken, die am anderen Ende des Raumes standen. Vermutlich war es ein karg eingerichteter Umkleideraum, es gab noch eine Holzbank, auf der ich meine Handtasche erkannte. Eine Tür war geschlossen, eine andere offen, dahinter sah ich Kacheln, vermutlich eine Dusche oder Toilette.

»Ich bin keine Bedrohung für Sie und bin es nie gewesen«, sagte ich leise. »Sie verstehen das alles falsch. Machen Sie mich los, Jaron, dann erkläre ich Ihnen alles.«

Er lachte nervös. »Du hast herumgeschnüffelt. In Dingen, die dich nichts angehen. Die Familie ist tabu!«

»Ihre Familie? Wissen Sie denn gar nicht, wer ich bin?« Ich versuchte so vorsichtig wie möglich zu sein. Der Mann war eindeutig verrückt, vielleicht war er damals schon verrückt gewesen.

Irgendwie musste ich ihn dazu bringen, mich freizulassen. »Jaron, ich bin mit Karim verlobt. Wir wollten heiraten! Ich wäre in diesen Tagen zu einem Teil dieser Familie geworden.«

Erneut lachte er, diesmal mehr verächtlich als nervös. »Du hättest ihm das nicht angetan, wenn du ihn lieben würdest.«

»Was denn?«, rief ich. Meine Nase lief. »Ich habe ihm niemals etwas angetan. Ich liebe ihn doch!«

»Nein.«

Nun war ich es, die beinahe bitter lachen musste. Sein Nein, eine kompromisslose, feste Größe, erinnerte mich schmerzhaft an Karim.

»Du lügst wie gedruckt«, sagte er scharf, »denn du würdest seinen Wunsch respektieren, wenn du ihn wirklich lieben würdest.«

»Welchen Wunsch?« Ich überlegte, ob es sinnvoll war, um Hilfe zu schreien, aber Jaron tigerte immer noch im Raum hin und her, und seine schweren Stiefel kamen mir dabei immer bedrohlich nahe. Er hätte mir das Wort aus dem Mund treten können. Außerdem verschleppte er mich sicherlich nicht an einen Ort, an dem mich so schnell jemand finden würde. »Von welchem Wunsch reden Sie überhaupt?«

»Die Vergangenheit ruhen zu lassen!«, brüllte Jaron. »Begraben unter der Erde, dort, wo sie hingehört! Er wollte neu anfangen – ein neues Leben! Du machst alles kaputt!«

»Jaron, bitte!« Ich wimmerte vor Angst. »Ich habe nichts anderes gewollt, als seiner Familie zu sagen, dass er –«

»Er hat keine Familie!« Jaron trat erneut gegen einen Spind, es schepperte so, dass es in meinen Ohren summte. »Sie haben ihn verstoßen, begreifst du das nicht! Es war kein dummer Streit! Meine Mutter hat mit Karim gebrochen, kapierst du? Sie hat ihm ins Gesicht gesagt, dass sie diesen feigen Verräter nicht als Sohn haben will – dass er nicht mehr ihr Sohn ist. Sie ist daran kaputtgegangen, und meine Schwester, von der nur noch eine leere Hülle übrig war, mit ihr.« Er drosch mit der Faust gegen den Schrank, stürmte durch den Raum und zerrte mich am Kragen hoch. Meine Bluse riss ein, er presste mich gegen die Wand und drückte mir den Unterarm an die Kehle. Ich zappelte und röchelte, aber er hielt mich eisern fest und sah mir ins Gesicht. »Und was machst du? Kaum, dass er sich nicht mehr wehren kann, rennst du zu ihnen und reißt ihre Wunden auf. Und demütigst Karim.«

Ich würgte, japste, mein Kopf wollte zerspringen und meine Lungen zerreißen. Meine Füße zuckten, versuchten, nach ihm zu treten. Kurz bevor ich ohnmächtig wurde, ließ er mich los. Ich krachte zu Boden, als wären alle meine Muskeln taub. Ohne dass ich es wollte, entfuhr mir ein Wimmern, ich konnte es nicht aufhalten.

Jaron lief wieder im Raum auf und ab und begann einen leisen Monolog. »Was mach ich – was mach ich«, glaubte ich zu hören, außerdem vieles, was ich nicht verstand, weil ich weinend, zitternd und mit klappernden Zähnen am Boden lag.

»Ich ... ich wollte doch nur ... wollte nur, dass sie Abschied nehmen können«, stotterte ich irgendwann. »Ich wusste doch nicht, was geschehen war. Karim wird sterben und ...« Und ich auch? Hätte Jaron mich bis jetzt am Leben gelassen, wenn er mich töten wollte? Es war mir unvorstellbar, ohne Karim zu leben. Aber ohne ihn sterben – nein, das wollte ich erst recht nicht.

»Und deshalb«, fuhr mich Jaron an, »musstest du ihm nachschnüffeln? Seine Sachen durchwühlen, seine Aufzeichnungen lesen und seine Briefe? Weil er, wenn er stirbt, kein Recht mehr auf ein bisschen Würde hat?«

Der Mistkerl! Er hatte die Kisten mit Karims Sachen gesehen, als er mein Schlafzimmer verwüstet und mit der Katzenattrappe verunstaltet hatte. »Das ist doch nicht wahr!«, rief ich.

»Halt dein dreckiges Maul! Willst du mir erzählen, dass das alles nicht stimmt?«

»Was meinen Sie denn?«, weinte ich, weil mir die Wut, die sein Gesicht zerfurchte, schreckliche Angst machte.

»Karim wird nicht sterben«, flüsterte Jaron. Seine leisen Worte klangen nicht weniger aggressiv als sein Geschrei. »Er ist längst tot. Aber nicht mal das gesteht ihr ihm zu. Ihr lasst Maschinen seinen Körper gewaltsam am Leben erhalten, ob er will oder nicht. Ihr redet mit ihm wie mit einem Kleinkind – einem schwachsinnigen Kleinkind!«

»Schwester Astrid«, murmelte ich.

»Was redest du?«

»Das tut nur Schwester Astrid. Ich finde sie schrecklich, und ich weiß, dass Karim ihr hohles Gequatsche nicht hört. Sonst wäre er längst aufgewacht und abgehauen. Er hasst leere Floskeln. Und er hasst Schnittblumen und geschlossene Fenster, und außerdem beatmen sie ihn viel zu langsam, das ist überhaupt nicht sein Rhythmus.«

»Du weißt das alles«, sagte er leise. »Aber du lässt es zu. Warum? Weil du ihn nicht loslassen willst, weil du zu egoistisch bist, ihn in Würde sterben zu lassen.«

»Jaron«, versuchte ich verzweifelt, zu ihm durchzudringen. »Das hier ist nicht Amerika und auch keine Krankenhaus-Serie im Fernsehen. Man kann hier nicht darüber entscheiden, ob lebenserhaltende Maßnahmen eingesetzt werden oder nicht. ›Herr Doktor, schalten Sie die Maschinen ab‹ – das gibt es in der Realität nicht.«

Jaron kam zu mir, hockte sich neben mich. »Es gäbe einen Weg.«

»Sterbehilfe? Das kann nicht dein Ernst sein. Es besteht immer noch die Möglichkeit, dass er wieder aufwacht. Sie ist klein, winzig, aber –«

»Und wenn er aufwacht«, sagte Jaron nahezu melodisch mit einem Lächeln, das mir das Blut gefrieren ließ, »was passiert dann? Dann lieferst du ihn doch ohnehin der Polizei aus, jetzt, wo du weißt, dass sie ihn suchen.«

Es musste die Schockstarre sein, die mich ganz ruhig bleiben ließ. »Warum sollte ich das tun?«

»Du hast etwas entdeckt, das dich verstört«, versetzte Jaron. Seine Augen tanzten, wie Karims es taten, wenn er mit mir flirtete. Jaron berührte meine Wange mit zwei Fingerspitzen und strich mir mit dem Daumen übers Kinn. »Du hast geschnüffelt und was rausgefunden, das du nicht wissen wolltest. Eine Sache, die viele Jahre zurückliegt.«

»Karim wollte mich heiraten.« Ich überlegte kurz und wagte

dann eine Lüge. »Es gibt nichts, was ich hätte entdecken können und worüber ich noch nichts wusste.«

Jaron wischte mir über die Unterlippe, als wollte er Schmutz von meinem Mund entfernen. Oder eine Lüge? »Und darum stöberst du in den alten Zeitungsartikeln? Weil Karim dir alles gesagt hat, was damals passiert ist, schnüffelst du in der Vergangenheit? Sicher.« Er erhob sich leichtfüßig. »Verlogenes Stück. Was hattest du vor? Der Polizei sagen, wer da wehrlos in diesem Krankenhausbett liegt? Nein, dann hättest du es längst getan. Du wolltest meine Mutter erpressen, nicht wahr? Deshalb warst du bei ihr. Die arme alte Frau hat Karim nie verziehen, aber sie würde dennoch alles tun, um ihm ein bisschen Ehre zu bewahren.«

»Sie haben doch keine Ahnung, wovon Sie reden!«, schrie ich und drückte mich fest gegen die Wand, um so viel Abstand zu Jaron zu schaffen wie möglich. »Ehre, pah! Sie reden hier von Ehre und machen mir Vorwürfe.«

Er streckte den Rücken durch und blinzelte langsam. »Ich verteidige Karims Ehre mit allem, was ich habe. Mit dem letzten Tropfen Blut, wenn es sein muss.«

Ehre. Dieses Wort machte mir Angst aus seinem Mund. Ob es damals, als der Freund seiner Schwester gestorben war, auch um Ehre gegangen war? Karim, fiel mir auf, hatte dieses Wort nie gebraucht – nie. »Hören Sie sich eigentlich reden?«, wagte ich mich vor. »Was würde Karim wohl sagen, wenn er wüsste, dass Sie mich hier gefangen halten wie ein Stück Vieh.«

»Halt dein –«

»Nein! Wir wären jetzt eigentlich schon verheiratet. Sie haben doch in meinem Schrank gewühlt und mein Kleid gesehen. Ich *bin* seine Frau! Wo bleibt Karims Ehre, wenn Sie seine Frau kidnappen, während er wehrlos ist?«

»Du sollst still sein!«, brüllte Jaron und stieß mir so fest gegen die Schulter, dass ich schmerzhaft auf den Boden prallte. »Du erzählst doch nur Lügen!«

»Warum denn?«, weinte ich. »Ich wollte nur meine Schwiegermutter kennenlernen und ihr die Chance geben, Karim zu sehen. Abschied zu nehmen. Jaron, er wird sterben, das weiß ich, und …«

»Still.« Diesmal sprach er sehr leise. Er fuhr sich durchs Haar. Plötzlich hatte ich nicht mehr das Gefühl, die beiden könnten Zwillinge sein. Eher wirkten sie wie zwei Facetten eines einzigen Mannes, eines zerrissenen Mannes. Der eine Teil sanftmütig, aber wurzellos und tief im Inneren auf stille Art traurig, der andere gehetzt und aufbrausend. Vielleicht brauchten sich die beiden Teile, ohneeinander konnten sie nicht heil werden. Pech und Schwefel. Doch nun hatte Jaron sein Gegenstück verloren; ohne Karim war er haltlos. Und das machte ihn gefährlich.

»Jaron«, sagte ich vorsichtig. »Darf ich du sagen? Du wärst doch mein Schwager geworden, wenn der Unfall nicht gewesen wäre.«

Er zuckte mit den Schultern, schien in Gedanken weit weg. Hörte er mir überhaupt zu?

»Ich habe mit einem Bekannten eine Vereinbarung. Ich muss mich per Handy bei ihm melden, sonst ruft er die Polizei.« Er musste mir ein wenig vertrauen, damit er mich gehen ließ, also gab ich mein einziges Sicherheitsnetz preis.

Jarons herablassender Blick sagte genug.

»Was sollte ich denn machen? Du hast mich bedroht und meine Wohnung verwüstet. Meinst du, ich gehe da nicht auf Nummer sicher?«

»Dann hättest du besser getan, was ich verlangt habe, und wärst nicht gekommen.«

»Fariba hat mich angerufen«, sagte ich sanft, obschon ich ihn lieber angeschrien hätte. »Sie wollte sich mit mir treffen. Sie hat versprochen, dir Bescheid zu geben, damit du dir keine Sorgen machen musst. Hat sie dich nicht erreicht?«

»Meine Schwester«, sagte er düster, »redet seit Jahren nicht mehr mit mir. Unsere Mutter hat Karim wegen mir verstoßen, und an diesem Tag bin ich für meine Schwester gestorben. Nun liegt mein Bruder im Sterben. Es gibt nur noch eines, das ich für ihn tun kann – ihn beschützen. Ich kann aufpassen, dass sie ihm nicht auf die Schliche kommen. Das ist mein letzter Dienst für ihn, weil ich weiß, dass ihm seine Freiheit das Wichtigste auf der Welt ist.«

»Das weiß ich auch«, versetzte ich. »Aber ich bin ihm auch wichtig. Er würde verrückt werden, wenn er wüsste, dass du mich einsperrst. Du würdest das bereuen, wenn er wach wäre.«

»Das lass meine Sorge sein. Karim hat mir noch alles verziehen. Er weiß, warum ich es tue.«

Mir schwirrte der Kopf von all dem, was ich hörte. Es ließ sich kaum sinnvoll zusammenfügen. Doch Jaron war zu fahrig, zu erschöpft und zu überreizt, um ihm weitere Fragen zu stellen. Er war wie eine Bombe und würde explodieren, wenn ich den falschen Draht auch nur anrührte.

»Die Vereinbarung«, erinnerte ich ihn. »Ich muss mich bei meinem Bekannten melden, damit er nicht unruhig wird.«

»Und wenn schon«, sagte Jaron.

»Dann schaltet er die Polizei ein. Und die werden feststellen, dass Karim involviert ist. Du hättest alles umsonst getan. Und ich will das doch auch nicht!«

Er schwieg.

»Bitte. Lass mich das Telefonat führen. Ich will nicht, dass sie Karim überführen, nicht jetzt, wo er so hilflos ist.«

Jaron überlegte eine Weile. Dann zog er mein Handy aus meiner Tasche, kam zu mir und hockte sich neben mich. »Wir schicken eine SMS«, sagte er. »Sag mir, an wen. Und keine Tricks.« Er blickte mich ernst an und sah dabei so schrecklich nach Karim aus, dass ich vermutlich niemals in der Lage gewesen wäre, ihn zu verraten. »Mir ist eines wichtig«, flüsterte er. »Karim muss ein freier Mann bleiben, solange er lebt. Wenn er tot ist, können sie über ihn herausfinden, was sie wollen, und seine Überreste fleddern, es wird ihn nicht mehr stören. Verstehst du, was ich sage?«

Ich verstand gut.

»Dann diktier mir jetzt die SMS.«

Ich atmete tief durch. »Hendrik. Unter dieser Nummer ist er eingespeichert.«

»Ein Mann, natürlich«, versetzte Jaron sarkastisch.

»Schreib: ›Sie ist nicht gekommen.‹ Mach einen dieser Smileys dahinter, mit Mundwinkeln nach unten. Und dann: ›Ich melde mich morgen, bin sehr müde.‹«

Jaron tippte umständlich mit einem Finger und brauchte lange für die paar Worte. Bevor er absendete, blickte er mich düster an. »Du linkst mich doch?«

»Dich würde ich linken, wenn ich könnte«, sagte ich. »Aber Karim nicht. Karim nicht.«

Jaron schickte die SMS ab. Dann nahm er den Akku aus dem Handy, warf es auf den Boden und zertrat es. Er warf mir einen vernichtenden Blick zu und wandte sich zur Tür.

»Hey!«, rief ich. »Was soll das – was machst du?« Er wollte mich doch nicht etwa hier eingesperrt allein lassen!

»Ich gehe nach Hause«, sagte er matt.

»Und ich? Du musst mich gehen lassen!«

»Einen Scheißdreck muss ich!«

Ich kämpfte mich auf die Füße. Mit den schmerzhaft gefesselten Armen war es schwer, das Gleichgewicht zu halten. »Meine Arme tun weh, in meinen Händen ist kein Blut mehr. Wenn du mich so zurücklässt …«

»Was dann? Dann stirbst du? Wohl kaum!«

»Ich habe nichts zu trinken.«

Er deutete zu der zweiten Tür, die ein Stück offen stand. »Da ist ein Klo und ein Waschbecken. Ich bringe dir was zu essen, aber hör mit dem Gejammer auf.«

»Aber …« mein Herz raste, ich zählte die Schläge, »ich habe dir doch alles erklärt. Du musst mir glauben!«

Er schoss zu mir herum wie eine Viper, packte mich an meiner zerrissenen Bluse und schleuderte mich hin und her. »Halt. Dein. Maul!«, schrie er mich an. Als er mich losließ, fiel ich der Länge nach hin. Er setzte einen Tritt in meinen Bauch nach, und einen Moment lang wurde mir schwarz vor Augen, und seine Stimme drang nur noch verzerrt zu mir durch, sodass ich ihn kaum verstand. Urplötzlich verstummte er und sah schwer atmend auf mich herab. »Du … du bist selbst schuld«, keuchte er. »Scheiße, verdammte. Blödes Stück!«

Damit warf er sich herum und stürmte aus dem Raum. Er knallte die Tür zu, und ich hörte, wie er von außen abschloss. Dann wurde es sehr still. Außer meinem leisen Schluchzen war nichts mehr zu hören.

Für Zeit hatte ich kein Gefühl mehr. Vielleicht lag ich eine halbe Stunde lang um meinen schmerzenden Magen herum gekrümmt da, vielleicht eine ganze oder auch zwei. Schließlich riss ich mich zusammen, brachte mich an die Wand gelegt in eine halbsitzende Position und ordnete meine Gedanken.

Jaron war verzweifelt.

Nein, Jaron war vernichtend verzweifelt.

Wenn er nicht von Natur aus ein Psychopath war, dann ließ seine desperate Mission ihm alle Sicherungen durchbrennen. Er hatte durchaus klare Momente und war Argumenten gegenüber nicht vollkommen blind, aber es reichte die kleinste Überschreitung seiner Grenzen, um ihn ausrasten zu lassen. Wenn ich hier rauskommen wollte, durfte ich mich nicht darauf verlassen, dass er mich gehen ließ.

Ich drückte mich mit der Schulter gegen die Wand, um aufstehen zu können, und begann das große Einmaleins zu rechnen. Erst einmal die Nerven wieder einsammeln. Bei jeder Zahl ruckte ich die Fesseln um meine Handgelenke ein winziges Stück hin und her. Zuerst hatte ich das Gefühl, das Seil würde sich immer weiter zuziehen und mir würden die Hände absterben. Doch als ich bei 12 × 7 angekommen war, spürte ich, dass ich meine Arme schon mehr bewegen konnte als zuvor. Ich ruckte fester, rechnete schneller. Bei 14 × 11 war ich schweißgetränkt vor Anstrengung, aber das Seil gab nach, und ich konnte es über meine Hände streifen.

Gut. Jetzt nicht nachlassen, Wanda. Weiterrechnen, weiterdenken. Während ich multiplizierte, sah ich mich um. Die Schränke waren leer bis auf dicke Staubflocken und Spinnweben in den Ecken. Die Bank war am Boden verschraubt. Das kleine Bad war schmutzig, über dem Waschbecken zeigten Streifen auf den schmierigen Kacheln, wo einmal ein Spiegel gehangen hatte. Verdammt! Wenn der Spiegel noch da gewesen wäre, hätte ich eine Waffe gehabt.

Ich erschrak über meinen Gedanken. Wollte ich es wirklich auf einen Kampf ankommen lassen?

Ich drehte das Wasser auf, ließ es über meine wunden Handgelenke rinnen und trank davon. Mit etwas Seife, die sich noch im Spender befand, versuchte ich, mein Gesicht halbwegs in Ordnung zu bringen. Meine Frage war leicht zu beantworten: Auch wenn ich es nicht wollte, ich *musste* kämpfen. Jaron würde es nicht riskieren, mich gehen zu lassen, dafür war er zu weit gegangen. Meine Verletzungen würden ihn hinter Schloss und Riegel bringen, und selbst wenn ich nicht zur Polizei ginge, konnte er nicht sicher sein, dass es nicht jemand aus meinem Umfeld tat. Meine linke Schläfe war geschwollen, am Hinterkopf hatte ich eine Beule, und an meinen Handgelenken sah man deutlich, dass ich keine Kellertreppe runtergefallen war. Er würde mich nicht gehen lassen, bis der Auftrag erfüllt war, den er sich selbst auferlegt hatte: Karim zu schützen, solange er lebte.

Oh, Karim!

Verzweifelt ließ ich mich auf den Toilettendeckel fallen, der wackelte und knirschte. Karim fieberte, ich sollte bei ihm sein, und wo war ich? Ich verfluchte mich für die Dummheit, Fariba Hozouri treffen zu wollen. Damit hätte ich warten können, bis alles vorbei war. Nun war es vielleicht zu spät, und ich würde Karim nie mehr sagen können, dass nichts auf der Welt etwas daran änderte – ich war seine Frau.

Ich sprang auf und ballte meine Fäuste, bis sie zitterten. Ich musste hier raus – es musste einen Weg geben.

Die Tür war aus Metall und fest verschlossen, ein Fenster gab es nicht. Kein Weg nach draußen, außer an Jaron vorbei, wenn er zurückkehrte. *Denk nach, Wanda, denk nach.* Ich rechnete weiter. Bei 21 × 12 stand meine Lösung fest.

Sechs Monate zuvor

Das Eis bricht, ich hätte damit rechnen müssen, dass es nicht mehr trägt. Es knirscht, und einen Moment später stecke ich fest, brennend kaltes Wasser durchtränkt meine Laufschuhe.

»Macht nichts«, ruft Karim, der klüger war und den Bach übersprungen hatte. »Weiter!« Er rennt bereits auf die Böschung zu, wo Schneereste verharscht sind und, wie ich aus leidvoller Erfahrung weiß, scharfe Kanten gebildet haben, an denen man sich trotz Handschuhen die Hände aufschürft.

»Pause!«, keuche ich. Ich kann nicht mehr, nein, um ehrlich zu sein, will ich nicht mehr.

Karim bleibt stehen und stößt enttäuscht die Luft aus. »Das waren nicht mal fünf Kilometer. Wanda, was ist los mit dir, das war nicht mal die Hälfte vom Trainingsziel!«

Nur fünf Kilometer, denke ich sarkastisch. Fünf Kilometer durch halbgefrorenen Wald, Morast, Unterholz und kahle Brombeerhecken, denen nur die Dornen geblieben sind. Nicht zu vergessen die zähen Brennnesseln, die selbst der Winter nicht kleinkriegt.

»Der verdammte Fisherman's Strongmanrun ist im Sommer, wenn es warm ist«, murre ich. Mein linker Schuh gibt bei jedem Schritt schmatzende Geräusche von sich, und meine Zehen werden taub, so kalt ist das Wasser. »Ich glaube kaum, dass ein Hindernis aus einem gefrorenen Bach besteht.«

Karim lacht. »Wenn wir deine Form nicht verbessern, kommst du gar nicht erst bis zum Bach. Wir haben gerade mal angefangen.«

»Und du bist sicher, dass ich das tun wollte?«

»Du hast dich eingeschrieben«, sagt er schulterzuckend, und dummerweise hat er damit recht. Ich hatte etwas Verrücktes machen wollen, etwas, das mich an meine Grenzen bringt. Karims Vorschlag war ein Marathon gewesen, aber meine Schulleiterin lief Marathon, also war mir das bei Weitem nicht verrückt genug. Bei meiner Recherche zu einem Ironman-Lauf war ich über den Strongmanrun gestolpert. Matsch, Dreck, Hindernisse, verrückte Menschen in Kostümen wie beim Karneval – das war es, was ich machen wollte. Und Karim, der sich keinesfalls selbst anmelden wollte, hatte sich bereiterklärt, mich fit zu machen. Da Karim kein Freund der Prokrastination ist, haben wir sofort angefangen, ungeachtet der Tatsache, dass Januar und sämtlicher zur Verfügung stehender Schlamm gefroren ist.

»Los, komm!«, ruft Karim. »Nasse Füße gehören dazu. Bist du ein Mann oder ein Mädchen?«

»Mädchen!«

»So gefällst du mir.«

Ich reiße mich zusammen, ziehe die Nase hoch und renne weiter hinter ihm her, nicht ganz sicher, ob ich weitertrainieren oder Karim fangen und mit dem Hintern in den Bach schubsen will. Wir klettern und laufen die Böschung hoch, krabbeln auf allen vieren, wenn es anders nicht geht. Er lässt mich dicht aufschließen und entzieht sich mir knapp, wenn ich an ihn herankomme; bestimmt das Tempo und freut sich diebisch an unserem Spiel.

»Los, jetzt noch mal Tempo!«, ruft er und spurtet los, als wir den Hang mühsam hochgeklettert und auf einem Wanderweg angekommen sind.

Ich japse, bin völlig außer Atem und nehme in Gedanken Abschied von meinen Zehen. Ich weiß nicht einmal mehr, wie viele Zehen ich habe, ist im Moment auch nicht so wichtig. Mein Haar ist nass vom Schneeregen und mein Shirt vom Schweiß, ich kann nicht mehr und möchte immer weitermachen: Mehr schaffen, als ich für möglich halte.

Ich bin glücklich.

21

»Frei. Aber einsam.«
Johannes Brahms

Die Holzbank war am Boden verschraubt, aber mit rabiater Gewalt und vielen, vielen Tritten gelang es mir, eine Latte von der Länge eines Unterarms herauszubrechen. Ich wog die provisorische Waffe in der Hand, rechnete weiter und hatte eine bessere Idee. Beim Versuch, eine zweite, längere Latte aus der Bank zu brechen, rammte ich mir einen zentimeterlangen Splitter in die Haut zwischen Daumen und Zeigefinger. Ich fluchte und wütete, und dann endlich gelang es doch. Ich klemmte beide Stücke wie ein X geformt unter die Türklinke, sodass eine hölzerne Verrieglung entstand und die Türklinke nicht heruntergedrückt werden konnte. Mit den hohlen Händen holte ich Wasser und den letzten Rest Flüssigseife aus dem winzigen Bad und kippte beides auf die Fliesen vor der Tür. Zuletzt brach ich ein drittes Stück Holz aus der Bank, rechnete weiter und wartete.

Es dauerte ewig, bis er zurückkehrte, und doch nicht lang genug. Ich war nicht bereit, ich hatte noch lange nicht genug Mut gesammelt. Aber es gab keinen Weg mehr zurück.

Ich hörte Jarons Schritte, hörte, wie er die Tür aufschloss, hörte, wie es knirschte, als er versuchte, die Klinke herabzudrücken, und sie gegen meinen Holzkeil presste.

Halt, bitte halt, flehte ich im Stillen. Und rechnete.

Jaron rüttelte an der Klinke und fluchte, meine gebastelte Verrieglung wackelte und ächzte. Aber sie hielt. Einen Augenblick lang herrschte Stille. Dann warf er sich gegen die Tür. Ich hielt den Atem an. Rechnete. 21 × 17, 21 × 18. Ich kam nicht mehr auf die Ergebnisse, sie waren egal, ich sagte im Kopf nur noch die Rechnungen auf.

Bei Jarons zweitem Versuch gab die Tür nach, er flog mit ihr in den kleinen Raum und geriet auf der Seife ins Rutschen. Eine Pistole glitt ihm aus der Hand und rutschte über den Boden. Ich rechnete nicht mehr, zählte nicht mehr, dachte nicht mehr. Wie beim Strongmanrun-Training mit Karim – es ging noch weiter, also machte ich weiter. Keine Kraft mehr? Kein Argument!

Jaron rutschte aus und ging zu Boden. Ich schwang meine Waffe und traf den anfixierten Punkt an seiner Stirn. Ich hörte den dumpfen Knall, sein Stöhnen, aber er war verdammt zäh und entriss mir die Waffe. Ich ließ los, sprang an ihm vorbei. Auf dem glitschigen Boden geriet auch ich ins Rutschen, aber im Gegensatz zu ihm war ich darauf vorbereitet und konnte mich abfangen. Er war schnell, wandte sich auf allen vieren zu mir um und erwischte meinen Knöchel, als ich gerade dachte, ich hätte es aus der Tür rausgeschafft. Mein Blick fokussierte ohne einen bewussten Gedanken die Pistole, die unter die Überreste der Holzbank gerutscht war.

Nur weg hier, weg. Ich trat nach Jaron, aber sein Griff schien nur fester zu werden. Mit einer Hand erwischte ich das Türblatt, zog es ruckartig zu und schlug es ihm dabei gegen die Schulter, den Kopf. Er zuckte ein klein wenig weg, und ich warf mein ganzes Gewicht gegen die Tür und klemmte seinen Arm darin ein. Er stöhnte vor Schmerz, ich schlug ein weiteres Mal zu. Endlich ließ er los.

Ich rannte. Ich wusste, dass ich schnell war. Ich wusste, dass er bewaffnet war.

Ich rannte durch eine große, dämmrig beleuchtete Halle. An den Wänden waren Gitterkästen mit Altmetall meterhoch gestapelt, vermutlich war es eine Metallverarbeitungsfabrik. Das Tor nach draußen stand offen, ich schlüpfte durch und drückte es zu, um ein wenig Vorsprung zu haben. Dann lief ich über einen im Dunkeln liegenden Hof, der sich schier endlos vor mir ausstreckte. Noch immer hatte ich keine Ahnung, wo ich war, aber irgendwo musste eine Straße sein. Bitte, bitte kein ausgestorbenes Industriegebiet!

Hinter mir nahm ich einen Schatten wahr – Jaron verfolgte mich. Sollte ich mich zwischen den Containern linker Hand verstecken? Dann wäre es nur eine Frage der Zeit, bis er mich fand. Weiter vorne – war da nicht ein Licht? Ich gab alles, rannte um mein Leben und erreichte eine Straße. Ich stellte mich mitten in den Lichtkegel zweier Scheinwerfer, winkte mit beiden Armen und zwang einen pinken Kleinwagen, so abrupt zu halten, dass die Bremsen quietschten. Drinnen saßen drei junge Frauen in Partyoutfits, die beiden auf der Rückbank hatten Sektgläser in der Hand und starrten mich an, als käme ich von einem anderen Stern. Die Fahrerin sah aus, als müsse sie sich übergeben.

»Entschuldigung«, japste ich. »Aber ihr müsst mich ein Stück mitnehmen.«

Kommissar Lützen hatte schwere Tränensäcke und einen Kiefer, der durch die Falten an den Mundwinkeln aussah, als könnte man ihn herausklappen wie bei einem Nussknacker. Sein Büro hing voller Fotos, fast alle zeigten einen pausbäckigen kleinen Jungen mit feuerrotem Haarschopf. Er hörte sich meine Geschichte sehr aufmerksam an und hakte immer wieder nach. Hoffentlich wurde ich an den Stellen, an denen ich von der Wahrheit abkam, nicht rot im Gesicht.

»Und Sie haben keine Ahnung, warum dieser Mann Sie bedroht?«

Ich atmete tief ein. »Ich kann das nur vermuten. Er hat versucht, mit mir zu flirten, und ich habe ihn ziemlich abblitzen lassen. Ich habe vermutlich seinen Stolz verletzt. Seine Ehre.«

Immerhin ist das für Jaron das Wichtigste, dachte ich zynisch.

»Verstehe«, sagte Kommissar Lützen, machte ein paar Notizen und legte seinen Kugelschreiber beiseite. »Nun, Frau Kirsch, wir nehmen Stalkingvorwürfe natürlich immer ernst. Vor allem in Ihrem Fall, da es zu einem Übergriff kam. Neun von zehn Stalkern sind im Grunde harmlos – zumindest im strafrechtlichen Bereich, wobei man die psychische Belastung der Opfer natürlich nicht unterschätzen darf.«

»Das klingt beruhigend«, sagte ich, meinte allerdings das Gegenteil. Ich hatte die Waffe nicht erwähnt und auch nicht das Ausmaß von Jarons Gewalt. Ich hatte vieles nicht erwähnt und gelogen wie gedruckt, indem ich behauptet hatte, nicht einmal seinen Namen zu kennen.

»Ich werde dafür sorgen, dass fürs Erste rund um die Uhr eine Streife in der Nähe Ihrer Wohnung bleibt.«

»Ich werde tagsüber viel im städtischen Krankenhaus sein«, sagte ich. »Mein Lebensgefährte liegt dort auf der Intensivstation.«

Lützen sah alarmiert auf. »Das steht aber in keinem Zusammenhang, oder?«

»Nein, nein«, erwiderte ich schnell. »Es war ein Verkehrsunfall. Er war mit dem Fahrrad unterwegs und wurde von einem Auto übersehen.«

Lützen schüttelte den Kopf und rieb sich die Stirn. »Das tut mir leid. Mein Sohn fährt jeden Tag mit dem Fahrrad zur Schule. Jedes Mal, wenn mein privates Handy klingelt, fährt mir der Schreck durch Mark und Bein, weil ich denke, es ist etwas passiert. Das geht so schnell.«

»In der Tat. Herr Lützen, ich mache mir etwas Sorgen, dass der Mann mir beim Krankenhaus auflauern könnte. Der Parkplatz ist schwer einzusehen, und der Kerl hat mich dort schon beobachtet. Er weiß, dass ich jeden Tag dorthingehe. Und womöglich sieht er meinen Verlobten irgendwie als Konkurrenz und will ihm etwas antun.«

Lützen griff wieder zu seinem Kugelschreiber. »Dann werde ich dafür sorgen, dass auch beim Krankenhaus Kollegen nach dem Mann Ausschau halten. Wir haben dann alles für die Anzeige, ich bereite den Rest vor, und Sie kommen wie besprochen morgen um 16 Uhr zur Durchsicht unserer Kartei. Vielleicht kennen wir Ihren Stalker ja bereits. Ich gebe Ihnen meine Telefonnummer mit, zögern Sie nicht, mich anzurufen, wenn Ihnen noch etwas einfällt. Sollten Sie den Mann wieder sehen, rufen sie die 110.« Er lehnte sich weit über den Tisch, um mir die Hand zu schütteln. »Alles Gute für Ihren Verlobten.«

»Danke, auf Wiedersehen, bis morgen.«

Müller erwartete mich im Korridor des Polizeipräsidiums. »Alles okay, Wanda?«

Ich nickte und schloss die Tür. »Alles läuft nach Plan«, flüsterte ich. »Leihst du mir dein Handy, damit ich Hendrik anrufen kann?« Er wartete bereits mit einer Nachricht, die er in den Briefkasten der Hozouris werfen sollte, um Jaron anzulocken.

Müller zögerte. »Willst du das wirklich tun? Du gehst ein zu großes Risiko ein.«

Ich legte einen Finger an meine Lippen. »Ich muss. Jaron ist unberechenbar – der muss dingfest gemacht werden. Ich fühle mich keine Sekunde mehr sicher und muss Angst um Karim haben, solange er frei herumläuft. Ich musste mich sogar für die letzten Schultage krankmelden. Stell dir vor, der taucht an der Schule auf und bedroht meine Kinder.«

»Angst habe ich allerdings auch«, sagte Müller. »Nur würde mich das auf andere Ideen bringen, als den Kerl in eine Falle zu locken.«

»Hab ich denn eine Wahl?« Ich hätte wirklich gerne eine gehabt. Mein Plan gefiel mir selbst nicht vollends. Einerseits wollte ich Karims psychopathischen Bruder am liebsten nie mehr wiedersehen. Andererseits musste ich einfach mehr über seine und Karims Vergangenheit wissen – jetzt erst recht. Auch diesen Weg verbaute ich mir, wenn ich Jaron in den Knast brachte.

»Dein letzter Plan ist gehörig in die Hose gegangen«, erinnerte mich Müller. »Der hätte dich beinah –«

»Hat er aber nicht!«, unterbrach ich sie. Nein, sie durfte meinen Entschluss jetzt nicht ins Wanken bringen. »Außerdem werde ich vorsichtig sein. Er wird ohnehin früher oder später versuchen, an mich ranzukommen. Die Polizei hat mir versprochen, dass eine Streife in meiner Nähe sein wird, aber du weißt doch, wie das ist. Die achten bis morgen auf mich, und wenn bis dahin nichts passiert, ist für die das Problem erledigt. Wenn ich ihn jetzt nicht in die Falle locke, wird es bloß riskanter.«

»Ich halte nichts davon«, versetzte Müller. »Aber du musst das selber wissen.«

Und ob ich das wusste!

Karim ging es nicht besser. Die Entzündung war zwar zurückgegangen, aber nun zeigten seine Blutwerte an, dass seine Nieren nicht mehr richtig arbeiteten und dort eine neue Infektion lauerte. Dr. Laumann schloss zwar nicht aus, dass er auf weitere Behandlungen ansprach, und nach wie vor war es nicht vollkommen unmöglich, dass er wieder aufwachte, doch die Wahrscheinlichkeit schrumpfte immer weiter. Mein Gefühl brauchte nun keine Zahl mehr. Mein Herz sagte, dass Karim sterben würde, und ich wollte nur noch eines: ein paar letzte Tage mit ihm, ohne dass wir gestört wurden. Und am Ende einen würdevollen Abschied.

»Ich rufe Hendrik an.«

So wild entschlossen ich eben noch war, umso mehr Zweifel kamen mir, als ich bei Karim war.

»Er ist doch dein Bruder«, sagte ich leise zu ihm und zählte die Herztöne, die die Apparate für jeden hörbar machten. »Ich wüsste so gerne, was du mir raten würdest. Dabei kann ich nicht mal einschätzen, ob ich dir vertrauen dürfte. Hättest du mir doch ein einziges Mal gesagt, wer du wirklich bist.«

Ich legte meinen Kopf neben Karim auf die Matratze, und wie es mir zu einer Gewohnheit geworden war, döste ich ein wenig.

Und träumte von dem Tag, als wir zum ersten Mal am Meer gewesen waren.

Ich verließ das Krankenhaus am späten Abend. Von dem Münztelefon in der Eingangshalle rief ich die Mobilfunknummer an, die Kommissar Lützen mir gegeben hatte. »Ich bin mir nicht sicher«, sagte ich in den Hörer, »aber ich glaube, ich habe den Mann wieder gesehen.«

Lützen ließ mich einen Moment warten und telefonierte auf einer anderen Leitung. Ich fühlte mich wie der Schurke aus einem Agentenfilm, der die Polizei an der Nase herumführte. Natürlich hatte ich Jaron nicht gesehen. Aber wenn er die Nachricht bekommen hatte, die ich Fariba Hozouri über Hendrik zugespielt hatte, dann wusste er, dass ich in wenigen Minuten auf dem Parkplatz stehen und auf seine Schwester warten würde. Diese Chance würde er sich wohl kaum entgehen lassen, zumal er davon ausgehen musste, dass ich der Polizei noch nichts gesagt hatte. Meine »kleine Nachricht« könnte man durchaus als Erpresserschreiben interpretieren, wenn man denn wollte.

Schließlich sagte Lützen: »Frau Kirsch? Keine Sorge, die Kollegen stehen in Zivil auf dem Krankenhausparkplatz. Gehen Sie einfach zügig zu Ihrem Wagen. Können Sie die Nacht bei jemandem verbringen, sodass Sie nicht allein sind?«

»Ja, ich fahre zu einer Freundin.«

»Sehr gut. Dann wünsche ich Ihnen eine gute und ruhige Nacht, Frau Kirsch.«

Ich legte auf, atmete durch und öffnete den Reißverschluss meiner Handtasche. Müller hatte mir Pfefferspray mitgegeben, und für den Fall der Fälle wollte ich rasch drankommen. Der Haupteingang der Klinik war hell erleuchtet, ebenso jedes Fenster. Doch mit jedem Meter Richtung Parkplatz wurde es finsterer. Vorne wurde er durch einen Zaun, an dem Efeu hochwucherte, begrenzt. Direkt dahinter tat sich der Wald mit seinen meterhohen Fichten auf. Schon an normalen Tagen war der Parkplatz düster, aber heute klapperten mir vor Nervosität die Zähne. Ich sah mehrere abgestellte Autos, aber keine Menschenseele. Außer mir schien niemand mehr so spät einen Patienten zu besuchen, ich hatte in Frau Holles Brunnenland inzwischen tatsächlich so etwas wie Narrenfreiheit und durfte kommen und gehen, wann ich wollte.

Aus dem Wald drang der Ruf eines Käuzchens, ansonsten war es still. Ob wirklich Polizisten in der Nähe waren? Vielleicht hielt Lützen mich für hysterisch und hatte gelogen, damit ich mich sicher fühlte und Ruhe gab? Das wäre vermutlich die gerechte Strafe für meine Lügen …

Ach Karim, dachte ich, warum schwirren denn nur Lügen um dich herum, wie Motten um das Licht?

Ich hatte meinen Wagen fast erreicht. Jaron war nicht gekommen. Auch wenn das bedeutete, dass er weiter auf freiem Fuß auf mich lauern konnte, war ich erleichtert. Vielleicht gab er ja still und leise auf und ließ mich in Ruhe? Ich setzte mich ins Auto, zog die Tür zu und atmete mit geschlossenen Augen kurz durch. Was war ich froh, wenn ich endlich bei Müller im Gästebett lag!

Der Schatten erschreckte mich so sehr, dass ich panisch aufs Gas trat, ohne den Motor gestartet zu haben. Mit bebenden Fingern drehte ich am Schlüssel, ließ ihn jedoch los, um zuerst auf die Zentralverrieglung zu drücken. Zu spät. Er hatte die Tür geöffnet und war so schnell wie leise auf den Beifahrersitz geglitten. Ich zitterte und wagte kaum, ihm ins Gesicht zu sehen.

»Was willst du?«

»Du begreifst es nicht.« Er klang beinah traurig. »Wir bitten dich, unsere Familie in Ruhe zu lassen. Wir bitten nett, wir bitten deutlicher, wir befehlen es dir. Aber du hörst nicht. Du zerstörst alles, was wir noch haben.«

»Fariba wollte mich treffen«, entgegnete ich. Wo war die verfluchte Polizei? Warum hatten sie mich alleingelassen? Alles ging schief! »Sie wollte es! Aber du hast ein Problem mit dem, was sie will, nicht wahr?«

»Fariba versteht das nicht, und es geht sie auch nichts an. Es ist eine Sache unter Brüdern. Fahr jetzt los.«

»Wohin?«

»Fahr los.«

Ich nahm allen Mut zusammen. »Damit ich einen tragischen Autounfall habe?«

Jaron blickte nach vorne, ich sah sein Profil hart wie einen Scherenschnitt neben mir. »Du hattest einen anstrengenden Tag, bist sehr spät und müde in dein Auto gestiegen.«

»Damit kommst du nicht durch!«

»Vermutlich nicht«, sagte Jaron. »Aber ich gewinne Zeit. Manchmal reicht das, das weißt du doch am besten.«

»Was soll das heißen?«

»Karim«, erwiderte Jaron, als wäre das des Rätsels Lösung.

War das die Erklärung? Hatte Karim sich einer Verhaftung entziehen können, weil seine Taten verjährt waren? Nein, das ergab keinen Sinn. In der Zeitung war von Mord die Rede gewesen, Mord verjährt nicht und Totschlag, soweit ich wusste, auch erst nach 20 Jahren.

»Fahr los«, wiederholte Jaron. Er griff in seine Jeansjacke, öffnete sie ein Stück und ließ mich erahnen, was er darunter versteckte. Die Pistole.

Mein Pfefferspray war in meiner Tasche, und die lag zwischen seinen Füßen und damit unerreichbar weit weg. Wo war ich beim Rechnen letztes Mal stehengeblieben? 21 × 18 gleich 378. Ich startete den Motor, und mit einem Ruck setzte mein Wagen aus der Parklücke und rollte über den Parkplatz.

21 × 19.

»Licht«, sagte Jaron.

»Was?«

»Du sollst das Licht anmachen.«

Nervös griff ich zum Schalter, da sah ich, wie hinter uns ebenfalls ein Licht eingeschaltet wurde. Ein zweiter Wagen setzte sich in Bewegung. Auch Jaron sah es und nahm seine Waffe in die Hand.

»Fahr«, wiederholte er. »Schneller. Aber unauffällig.«

Ich griff nach dem Gurt, schnallte mich an und gehorchte. Der zweite Wagen setzte sich hinter uns. Ich blinkte am Ende des Parkplatzes nach rechts und sah in den Rückspiegel. Der andere Wagen blinke ebenfalls. Aber nach links!

Das durfte nicht wahr sein! Das mussten doch die Polizisten sein, hatten die Jaron nicht gesehen? Aber mir selbst war er ja auch nicht aufgefallen, er musste sich zwischen den Autos geduckt haben.

Wenn ich sie nun abbiegen ließ und mit Jaron allein blieb, würde ich das Auto nicht mit heiler Haut verlassen.

Ich überlegte nicht mehr, mein Körper handelte instinktiv. Ich gab Gas. Sah den Zaun. Und riss das Lenkrad herum.

Es krachte, ich wurde in den Gurt gedrückt und bekam den Airbag wie einen riesigen Boxhandschuh ins Gesicht. Hektisch schnallte ich mich los, riss die Tür auf und flüchtete ins Freie, dem zweiten Wagen entgegen, der gebremst hatte. Die Insassen stiegen aus.

»Polizei!«, rief eine Frau. »Sind Sie verletzt?«

Ich rannte zu ihr. Erst danach wagte ich, mich nach Jaron umzusehen, der aus dem Auto taumelte und sich den Kopf hielt.

»Ich bin okay! Aber der Mann … er hat wieder versucht, mich zu entführen. Seien Sie vorsichtig – er hat eine Pistole!«

Der Polizist zog eine versteckte Waffe und näherte sich Jaron. »Polizei!«, rief er. »Gehen Sie ein Stück vom Wagen weg. Verstehen Sie mich? Sofort weg vom Wagen. Und keine schnellen Bewegungen!«

Es war schwer zu sagen, ob Jaron bewusst den Anweisungen folgte oder zufällig in die richtige Richtung schwankte.

»Nehmen Sie die Hände hoch. Na los, ich will Ihre Hände sehen!«

Jaron tat nichts dergleichen, sondern stützte sich vornübergebeugt auf seine Oberschenkel. Ich sah seinen Rücken zittern.

»Kommen Sie bitte hier rüber«, sagte die Beamtin zu mir und brachte mich neben ihr Auto. Sie griff ebenfalls zur Waffe und lief zu ihrem Kollegen. Ich wagte nicht zu atmen, einen Augenblick war es vollkommen still. Dann stieß Jaron ein leises, vollkommen verzweifelt klingendes »Scheiße« aus und hob endlich seine Hände. Selbst auf die Entfernung konnte ich sehen, wie schwer sie sich für ihn anfühlen mussten.

Jaron wirkte regelrecht erleichtert, als er von den Beamten die Arme mit Handschellen auf den Rücken gefesselt bekam. Auf sämtliche Erklärungen des Beamten erwiderte er bloß: »Ja, natürlich.«

»Haben Sie sich wirklich nicht verletzt?«, fragte mich die Polizistin. »Wir könnten schnell einen Arzt rufen.« Sie zwinkerte. »Ist ja diesmal nicht weit.«

»Mir fehlt nichts, danke. Ich bin bloß froh, dass es jetzt vorbei ist.«

»Das glaube ich Ihnen. Der Abend wird allerdings noch lang, ich rufe gleich die Kollegen an, damit Sie für Ihre Zeugenaussage zum Präsidium gebracht werden. Schaffen Sie das noch?«

»Gibt es dort um die Zeit noch Kaffee?«

Sie lachte breit, ihre weißen Zähne leuchteten in der Dunkelheit. »Die ganze Nacht lang, da ist er besonders gut. Tomas, hast du die Waffe?«, rief sie dem zweiten Beamten zu.

Der Mann sah in meinen Wagen nach. »Liegt hier im Fußraum. Kommen Sie«, sagte er zu Jaron, »der Ausflug ist vorbei, ich führe Sie jetzt zum Streifenwagen.«

»Ja, natürlich.« Jaron trottete mit gesenktem Kopf und ohne jede Gegenwehr mit, den Rücken gebeugt, als hätte er Prügel kassiert. Auf absurde Weise tat er mir leid, auch wenn ich mir dieses Gefühl schnell wieder zu verbieten versuchte. Vermutlich sah ich einfach zu viel von seinem Bruder in ihm, der einen alten

Mann niederschlug, um ein Katzenbaby zu retten. Jaron bedrohte Frauen, um die Ehre seines Bruders zu retten. Das eine hatte ich hingenommen, als wäre es in Ordnung. Wer war ich, um das andere zu verurteilen?

»Ich weiß wirklich nicht, was er von mir wollte«, sagte ich so laut, dass Jaron es hören musste. »Ich kenne den Mann gar nicht. Er wollte mit mir ausgehen oder so, und ich hab ihm gesagt, er kann mich mal kreuzweise. Sagen Sie«, ich blickte die Polizistin an, »ist das ein Grund, mich so fertigzumachen? Mich zu verfolgen?«

Was sie mir antwortete, hörte ich nur zur Hälfte, und von den Belehrungen, die der Beamte an Jaron richtete, verstand ich kein Wort. Es war nicht wichtig. Entscheidender war, dass Jaron zu mir rübersah. In seinem Blick lag trotz seiner gebeugten Haltung noch immer eine Drohung, aber auch Verwunderung.

Ich nickte ihm kaum merklich zu. Ja, ich werde schweigen. Wir schützen Karim beide. »Versprochen«, formten meine Lippen. Jaron blinzelte langsam, eine Geste des Einverständnisses, die mir vertraut war. Ich hatte es bei Karim hundertmal gesehen und jedes Mal verstanden.

Drei Monate zuvor

Ich bin die Braut.

Ich schiebe den Vorhang vor der Umkleidekabine langsam und gleichmäßig zur Seite, als wäre es ein Theatervorhang. Erst als er komplett offen ist, trete ich langsam heraus und drehe mich zum Spiegel.

»Wanda!«, ruft meine Mutter. Es klingt wie eine Rüge.

»Das ist es!« Müller klatscht einmal in die Hände und greift dann nach ihrem Sektglas, das auf einem Tischchen neben der Sitzgruppe steht, auf dem sie und meine Mutter sitzen. Sie sind bereits bei der zweiten Flasche, die mollige und wie für ein

Fotoshooting herausgeputzte Verkäuferin hat die Hoffnung auf Umsatz vermutlich schon aufgegeben, füllt nur stoisch die Gläser neu auf und spielt an ihrem Smartphone herum, wenn wir sie einen Moment lang nicht brauchen.

»Das und kein anderes«, beharrt Müller. »Es ist vollkommen gewöhnlich auf den ersten Blick und die absolute Sünde, wenn man ein zweites Mal hinschaut!«

Wie Karim, denke ich unwillkürlich und muss bei der Erinnerung an unser Kennenlernen lächeln.

»Du musst dieses Kleid einfach nehmen, es ist wie für dich gemacht!«

Die Frau im Spiegel schaut skeptisch angesichts dieser Begeisterung. Da muss ein Haken sein. Aber ich muss zugeben, dieses Kleid fühlt sich besser an als all die vielen zuvor. Es ist bodenlang und ausgestellt, aber nicht so sehr, dass ich durch keine Tür mehr komme. In der Taille sitzt es eng, der Rückenausschnitt ist knapp vor unanständig tief, und vorne ist es dezent mit einem Rosenmuster aus Perlen bestickt. Man sieht sie auf dem milchweißen Seidenstoff nur, wenn ich mich leicht bewege und das Licht auf dem Perlmutt Facetten malt. *Rosen, die nicht welken*. Das wird Karim gefallen.

Die Verkäuferin zieht mir die Schleife des Neckholders zurecht. »Für die Kirche brauchen Sie dazu natürlich noch ein Jäckchen, da sind freie Schultern nicht so gerne gesehen. Und«, sie schmunzelt, »dieses Kleid lässt ja auch ein bisschen mehr frei.«

»Keine Kirche«, erwidere ich. »Es wird eine freie Trauung. Meine größte Sorge ist, dass ich einen Sonnenbrand kriege. Am Steißbein.«

»Ich besorge dir Lichtschutzfaktor 180«, sagt Müller schnell und nimmt einen Schluck Sekt. »Und halte dir den Sonnenschirm, wenn du willst. Nur nimm dieses Kleid, überleg nicht länger, das ist es! Ehrlich, wenn du es nicht nimmst, quittiere ich den Dienst als deine Brautjungfer.«

Ich werfe meiner Mutter einen fragenden Blick zu. Sie war die ganze Zeit gegen ein weißes Kleid, und jetzt kann ich ihre Mimik nicht deuten. Sie spielt scheinbar unbeeindruckt an ihrem goldenen Medaillon.

»Was denkst du, Mama?« Ich bereue meine Frage augenblicklich. Sie ist nicht begeistert von der Hochzeit. Sie zum Brautkleiderkauf mitzunehmen war Müllers Rat gewesen und ein letzter Versuch, sie wenigstens milde zu stimmen, wenn sie sich schon nicht überzeugen lässt.

Sie stellt ihr Glas ab, es klirrt leise, und ich stelle mir vor, wie sie abrauscht, die Tür hinter sich zuknallt und nie wieder ein Wort mit mir spricht. Stattdessen kommt sie zu mir, nimmt meine Hand, und ihre Unterlippe zittert so stark, dass die Verkäuferin sich grinsend abwendet.

»Wanda«, sagt meine Mutter ein zweites Mal. »Du siehst so wunderschön aus. Ich kann das gar nicht fassen, mein kleines Mädchen, und jetzt steht sie da als Braut vor mir.«

Ich dagegen kann nicht fassen, dass ein weißes Kleid die Meinung meiner Mutter um 180 Grad zu drehen vermag, was Karim und mir seit Monaten nicht gelungen war; aber ich werde mich nicht beklagen, sondern strahle abwechselnd meine Mutter, Müller und mein Spiegelbild an. Wenn das mal kein gutes Omen ist!

»Ich nehme es!«, rufe ich und strahle zuletzt noch in Richtung der Verkäuferin, die ebenfalls ins Strahlen verfällt und mich damit daran erinnert, dass ich eine Kleinigkeit nicht bedacht hatte. »Das heißt … was kostet es überhaupt?«

Die Dame hält mir diskret ein Schildchen vor die Augen. Der Sekt, den ich getrunken hatte, lässt die Zahlen ein wenig auf der Pappe tanzen. 799 Euro. Das ist … happig. 200 bis 300 Euro mehr, als mein Budget hergibt. Die Verkäuferin kannte meinen finanziellen Rahmen, und ich hasse sie inbrünstig dafür, dass sie mir das Kleid trotzdem gezeigt hat.

»Oh«, sage ich und werfe Müller einen entschuldigenden

Blick zu. »Es tut mir leid, für dich fast ebenso sehr wie für mich, aber ich fürchte –«

»Unsinn!«, unterbricht mich meine Mutter. »Wanda, wenn du nach mir kommst, heiratest du nur einmal. Das Kleid, mein Liebes, zahle ich.«

»Wirklich? Ich meine, du magst weiße Kleider doch nicht mal.«

»Ja, soll ich es denn anziehen oder du? Ich zahle, Punktum!«

»Es ist teuer«, werfe ich ein, weil ich weiß, dass meine Mutter nicht gut verdient. »Es reicht doch vollkommen, wenn du mir was dazugibst.«

Meine Mutter lächelt, es sieht glücklich aus, aber auf verquere Art auch diabolisch wie bei einer bösen Märchenfee. »Mein Liebes. Ich habe vor Jahren eine Vereinbarung mit deinem Vater getroffen. Einer von uns zahlt dein Brautkleid, der andere deine Flitterwochen. Und wer zuerst kommt, mahlt zuerst, verstehst du?« Sie wendet sich demonstrativ Müller zu. »Ihr glaubt doch nicht, dass ich diesem Kerl, der meine Tochter heiratet, noch einen Urlaub finanziere – Schwiegersohn her oder hin. Das kann mein Exmann übernehmen. Er wird kochen vor Wut!«

»Sagen Sie mal, Frau Kirsch«, mischt Müller sich ein, »sind das Racheengel auf Ihrem Medaillon?«

Meine Mutter nickt zufrieden. »Etwas sehr Ähnliches, Herzchen, aber eine Nummer höher in der Hierarchie. Das sind die Erinnyen. Die drei Rachegöttinnen.«

»Süß«, meint Müller und deutet unauffällig einen an ihrer Schläfe kreisenden Finger an. Dann zieht sie ihr Handy raus und beginnt mit fliegenden Fingern zu tippen. »Ich schreibe Karim eine SMS. Dass wir es haben – das Kleid aller Kleider. Und dass ihm das Gehen schwerfallen könnte, weil ihm seine Hose zu eng sein wird.«

Meine Mutter wendet sich an die Verkäuferin. »Finanziell ist der Tag ohnehin schon ein Desaster – zeigen Sie uns, was Sie an Schuhen haben.«

Mit neuer Motivation flitzt die Dame los. Müller fotografiert mich im Brautkleid mit vollkommen zerzauster Frisur. Meine Mutter schenkt die Sektgläser randvoll, und ich flirte mit mir selbst im Spiegel. Müllers Handy gibt Geräusche von sich.

»Wanda, Karim schreibt zurück«, ruft sie, und wenn sie nicht links das Smartphone und rechts das Sektglas in der Hand halten würde, hätte sie wohl geklatscht. »Er will das Kleid sehen, darf ich ihm das Foto schicken?«

»Auf keinen Fall!«, schreit meine Mutter. »Untersteh dich, es ihm zu zeigen. Erst am Tag der Hochzeit.«

»Kommen sonst die Rachegöttinnen?«, fragt Müller, und ich überlege, ihren übrigen Sekt unauffällig in die Blumen zu kippen.

»Unsinn«, sagt meine Mutter. »Es bringt auch kein Unglück, wenn der Bräutigam das Kleid vorher sieht.«

»Aber?«, möchte ich wissen.

»Es bringt Glück, wenn er es eben *nicht* vorher sieht.«

Ich beschließe, dass wir für sinnvolle Diskussionen alle ein wenig zu tief in die Gläser geguckt haben, und belasse es dabei, doch meine Mutter kommt gerade erst in Fahrt.

»Junge Frau!«, sagt sie, als die Verkäuferin einen meterhohen Stapel Schuhkartons zu uns balanciert. »Kann meine Tochter das Kleid bis zur Hochzeit hierlassen, damit der Verlobte es nicht zu sehen bekommt?«

Die Verkäuferin stimmt zu, aber das geht mir dann doch etwas zu weit.

»Kommt gar nicht infrage, ich nehme es mit.«

»Aber –«

»Kein Aber! Jetzt bin ich mal abergläubisch. Es kommt in meinen Schrank, da geht Karim nicht dran. Wenn ich es hierlasse, passiert etwas Schlimmes, das spüre ich. Nachher gibt es eine Überschwemmung oder ein Erdbeben, und mein Kleid geht kaputt. Oder es wird gestohlen, bei einem Raubüberfall oder so.« Die Verkäuferin verzieht das Gesicht. »Nichts für ungut, das passiert bestimmt nicht! Ich … will es nur … bei mir haben. Es ansehen können. Sonst kann ich nicht glauben, dass ich wirklich heirate. Dann werde ich immer denken, dass alles bestimmt nur ein Traum war.«

»Wenn du unbedingt willst«, gibt meine Mutter nach. »Aber Wanda, gnade dir Gott, wenn du es Karim zeigst!«

»Auf gar keinen Fall«, antworte ich und drehe mich noch einmal vor dem Spiegel, beschwipst vom Sekt und berauscht von meinem Glück.

Ich bin die Braut.

22

»Derjenige, der seine Schulden bezahlt hat,
kann seine Augen schließen.«
Arabisches Sprichwort

»Ich habe lange nicht mehr gespielt«, sage ich zu Karim. »Seit dem Unfall nicht mehr. Zuerst wollten mir meine Finger weismachen, sie hätten vergessen, wie man die Tasten drückt. Dann habe ich sie doch zwingen können. Aber so klingt es eben auch. Tut mir leid. Ich hätte es gerne besser gemacht.«

Ich drücke auf meinen MP3-Player, und mein Klavierspiel ertönt. *Morning has broken* war das erste Stück, das ich für Karim aufgenommen hatte. An einer Stelle hört man, wie ich mich räusperte, wenig später machte ich einen Fehler, und danach miaute der Kater. Wenn er mich hört, dann gefällt es ihm, da bin ich sicher, ich spüre keinerlei Unsicherheiten mehr. Ich habe das Brunnenland kennengelernt, ich habe es bestaunt, infrage gestellt, habe es erschüttert, zugesehen, wie es sich wandelte und schließlich, nachdem ich Frau Holle in ihre Schranken gewiesen hatte, zu meinem zweiten Zuhause gemacht.

Näher zu Karim hat es mich nicht gebracht. Ich bin hier nicht länger fremd, aber Karim ist es. Noch immer, und er würde hier immer fremd bleiben. Er war es, der nicht ins Brunnenland gehörte, und das einzusehen tat weh und wohl zugleich.

»Worauf wartest du noch?«, frage ich ihn. »Du kannst nicht ewig auf der Schwelle stehen, das ist nicht deine Art. Du solltest dich entscheiden. Ich glaube, du willst dich auch entscheiden, nicht wahr? Aber du brauchst Hilfe dabei, und ich finde nicht heraus, wie ich sie dir geben kann. Ich …«

Das nächste Stück beginnt und lässt mich verstummen. *Some-*

body von Depeche Mode. Kein Stück fiel mir je schwerer zu spielen. »Erinnerst du dich? Wir hatten dazu tanzen wollen. Als Mann und Frau, auf unserer Hochzeit. Du hast mich noch nicht einmal in meinem Kleid sehen dürfen.«

Ich höre ein Geräusch hinter mir, einen leisen Schritt, und wende mich um. In der Tür steht eine schwarzhaarige Frau mit Karims Augen, nur dass seine nie so ängstlich geblickt haben.

»Sie sind … Fariba«, sage ich und kann doch nicht glauben, dass sie endlich hier ist. Ich hatte es aufgegeben, sie treffen zu wollen. Sie sieht scheu aus, wie ein Fabelwesen, das seine Existenz vor Menschen verbergen muss und plötzlich einem Jäger gegenübersteht.

Es kostet sie sichtlich Überwindung, das Zimmer zu betreten und an Karims Bett zu kommen. Noch schwerer fällt es ihr, ihn anzusehen. Sie bedeckt ihre Augen mit der einen Hand und zieht sie mit der anderen wieder fort, als kämpften ihre beiden Hälften gegeneinander.

»Ich habe immer geahnt, dass du nicht alt wirst«, flüstert sie. »Und es dir nie gesagt, weil ich Angst hatte, dass es dadurch wahr wird. Und immer hatte ich die Gewissheit, dass ich dich niemals würde retten können, dabei bin ich dir doch ein ganzes Leben schuldig.«

»Möchten Sie einen Moment mit ihm allein sein?«, frage ich. Ich stelle den MP3-Player aus. Das nächste Stück ist *Guten Abend, gute Nacht*. Keine Ahnung, warum ich es gespielt hatte. Ich will nicht, dass sie es hört und sich dieselbe Frage stellt wie ich.

Was, wenn er nicht will.

»Nein«, sagt Fariba Hozouri. »Ich wollte eigentlich mit Ihnen reden. Ich wollte um Verzeihung bitten. Für meinen … für Jaron.«

»Ihren Bruder.«

Sie senkt den Blick. Ihre Augen sind denen ihrer Brüder ähnlich, aber dunkler. »Ja. Meinen Bruder.«

»Wir können in die Cafeteria gehen oder in den Park«,

schlage ich vor. Sie nickt, ich verspreche Karim, bald wiederzukommen.

»Sie waren bereits hier, nicht wahr?«, frage ich, als wir durchs Treppenhaus nach unten gehen. »Sie haben ihn nicht zum ersten Mal gesehen.«

»Entschuldigen Sie. Es stimmt, ich war hier.«

»Sie müssen sich doch nicht entschuldigen, es ist Ihr Recht, und ich bin froh, dass Sie bei ihm waren. Bitte, mögen Sie mich Wanda nennen? Ich wäre um ein Haar Ihre Schwägerin geworden, es ist eigenartig, dass wir uns trotzdem siezen.«

»Sehr gerne«, sagt sie, und auf der Treppe reichen wir uns die Hände. »Fariba.«

Schweigend gehen wir hinaus und schlendern zwischen den Beeten im Park herum. Es ist ein sengend heißer Tag, die meisten Patienten und Besucher haben sich in den Schatten zurückgezogen oder sitzen im Außenbereich der Cafeteria unter Markisen und Schirmen. Die Sonne brennt auf meine Stirn. Aus dem Augenwinkel beobachte ich Fariba, die blass wie Papier ist und der nicht einmal ein feiner Schweißfilm auf der Oberlippe steht. Als sie jung war, muss sie wie Schneewittchen ausgesehen haben. Schön ist sie bis heute, aber sie hat die Schönheit einer alten Frau, dabei kann sie nicht sehr viel älter sein als ich. Vielleicht Mitte dreißig? Sie wirkt zwanzig Jahre älter.

Ich versuche gerade, etwas zu sagen, da ergreift sie das Wort. »Ich muss mich bei dir entschuldigen, Wanda. Nicht nur für Jaron, vor allem für mich. Es ist meine Schuld, dass er dich bedroht hat. Ich habe mit unserer Mutter über dich geredet, obwohl das dumm war – und das wusste ich. Sie hat versprochen, nichts zu Jaron zu sagen, aber dann …« Sie sucht nach den richtigen Worten.

»Er ist ihr Sohn«, sage ich verständnisvoll.

»Und sie war einsam«, fährt Fariba fort. »Ich war einsam und brauchte jemanden zum Reden, und ihr ging es genauso. So hat Jaron erfahren, dass du Fragen stellst. Er wollte nicht, dass du

Antworten findest, die Karim dir nicht selbst geben wollte. Er wollte …« Erneut bricht sie ab. In ihren Augen stehen so viele Tränen wie Bitten.

»Karims Ehre bewahren«, springe ich ein, und sie nickt dankbar. »Ehre ist sehr wichtig für Jaron, nicht wahr?«

»Karims Ehre ist ihm wichtig, oh ja. Weil Karim noch Ehre hat.«

»Und Jaron nicht?«

»Nicht in seinen eigenen Augen. Und das ist das Einzige, was für einen Mann zählt.«

»Wegen dem«, frage ich voller Vorsicht, »was damals geschehen ist?«

»Es ist sehr persönlich«, entgegnet sie. »Nimm es mir nicht übel, Wanda, ich möchte ehrlich zu dir sein, aber es betrifft Jaron, und er würde nicht wollen, dass ich darüber rede, auch wenn du ihn dann besser verstehen könntest.«

»Natürlich. Darf ich dir denn eine persönliche Frage stellen?«

Sie lächelt zum ersten Mal ein winziges bisschen. »Vielleicht antworte ich nicht, aber versuche es bitte.«

»Hast du ihnen verziehen, was damals passiert ist?«

Fariba bleibt stehen und schaut mich mit gerunzelter Stirn an. »Was meinst du?«, fragt sie und klingt dabei, als hätte sie eine böse Ahnung. Ehe ich antworten kann, bedeckt sie ihre Augen mit einer Hand. »Du weißt überhaupt nichts. Karim hat dir kein Wort erzählt, kein einziges!« Ihr Atem geht schneller, für einen Moment fürchte ich, dass sie entweder einen Wutanfall bekommen oder in Ohnmacht fallen könnte.

»Ich habe einen Zeitungsartikel gefunden«, erwidere ich kleinlaut. Ich hätte ihr so gerne erklärt, warum ich zu schnüffeln begonnen hatte, aber es ändert nichts an der schmerzenden Tatsache, dass Karim mir nichts anvertraut hat.

»Dann hat er Wort gehalten«, sagt Fariba. »Zumindest hat er seinen Bruder nicht belogen.«

»Er war vollkommen verschwiegen«, sage ich, was Fariba

tröstet und mich ins Herz sticht. »Für mich hatte er keine Vergangenheit. Er war ein offenes Buch für mich – aber die ersten Kapitel waren alle herausgerissen.«

»Dann möchtest du jetzt sicher wissen, was damals wirklich geschah.« Fariba senkt ihre Stimme, obwohl niemand in unserer Nähe ist. »Ob er jemanden getötet hat. Ob er versucht hat, seine eigene Schwester zu töten. Willst du es wirklich wissen? Alles?« Ihre Stimme klingt, als hätte sie Angst, dass ich Ja sagen könnte.

Mir wird ein wenig schwummrig. Aber ich sage Ja.

Später gehe ich allein zu Karim zurück.

»Jetzt weiß ich alles«, sage ich, setze mich auf die Bettkante und streichele ihm über die Brust, dort, wo sein Herz schlägt, und wo er schrecklich kitzelig war. »Und soll ich dir etwas Verrücktes verraten; etwas viel Verrückteres, als M&Ms nach Farben zu sortieren? Ich möchte dich immer noch heiraten.«

Das konnte ich ihm versprechen. Mein Vertrauen ist zerstört, und um ehrlich zu sein, habe ich Angst vor seiner früheren Kaltblütigkeit. Aber jetzt, nachdem ich alles weiß, bin ich mir zumindest bewusst, dass ich ihn trotz allem immer noch liebe. Dass ich diesen Mann, wer immer er in Wirklichkeit auch ist, kennenlernen will, so gut, wie man einen Menschen erst dann kennt, wenn man ein Leben lang mit ihm verheiratet war.

»Es ändert alles, Karim, aber das nicht. Ich will dich heiraten. Auch wenn das nun nicht mehr möglich ist, zumindest nicht so, wie wir es geplant hatten.«

Ich stelle unser Hochzeitslied noch einmal an; noch einmal *Somebody*.

»Aber wir brauchen kein Kleid, keine Zeremonie, keine Unterschriften auf Papier. Wir brauchen nicht einmal Namen. Ich sage jetzt einfach Ja, Karim, und dann bin ich deine Frau, in Ordnung?« Ich küsse ihn auf die Lippen, die Schläuche stören mich heute nicht.

»Ich habe es übrigens gefunden«, flüstere ich ihm ins Ohr. »Das Lied, das du immer gesucht hast, ich habe es endlich gefunden. War es das, worauf du gewartet hast? Willst du es hören? Es ist ein Kinderlied, ein amerikanisches Lullaby. Dein Vater hat es für dich und deine Geschwister gesungen, als du klein warst. Du warst ein wilder Junge, wolltest nie schlafen, und nur das Lied hat dich zur Ruhe bringen können. Nachdem dein Vater weg war und sich nicht mehr um euch geschert hat, hat es deine Schwester für euch Jungs gesungen. Aber deine Mutter durfte nichts davon wissen, denn dein Vater hatte sie zu sehr verletzt, und sie duldete keine Erinnerung an ihn, nicht die geringste. Ihr durftet nicht einmal seinen Namen erwähnen. Eure Mutter sagte, dass dieser Teil in eurem Leben nun beendet ist und vergessen werden muss. Ihr solltet einfach neu anfangen, ohne eine Erinnerung an früher, und ihr habt getan, was sie verlangt hat, so gut ihr konntet.

Aber ihr habt euch so nach eurem Vater und der heilen Familie gesehnt, dass ihr manchmal vollkommen außer Kontrolle vor Wut und Unverständnis wart. Fariba hat euch dann heimlich das Lied gesungen, um euch Halt zu geben, doch ihr musstet ihr schwören, es niemals jemandem zu erzählen, weil es eurer Mutter das Herz gebrochen hätte.« Ich nehme seine Hand in meine. »Erinnerst du dich jetzt, Karim? Es ging so:«

Hush-a-by, don't you cry, go to sleep, my little darling
When you wake you shall have all the pretty little horses
Dapples and bays, pintos and grays – all the pretty little horses
When you sleep, you will see – all the pretty little horses.

Und vielleicht ist es Einbildung, was dann geschieht, und vielleicht bedeutet es im medizinischen Sinne auch gar nichts, aber für mich bedeutet es die Welt, als Karims Hand in meiner zuckt und er mir antwortet.

Ich bin ganz sicher, dass er Ja gesagt hat.

Fariba greift im Vorbeigehen nach einer Blume, will sie abbrechen und lässt sie dann doch wieder los. »So sind sie schöner«, murmelt sie wie zu sich selbst. Dann wendet sie sich mir zu. »Der Zeitungsartikel war eine Lüge. Er war von unseren Feinden geschrieben, irgendein Schwager um zwei Ecken, ich weiß es nicht mehr. Lokale Presse eben, die größeren Zeitungen hatten den Text ohne eigene Recherche eins zu eins übernommen. Später gab es natürlich eine Gegendarstellung.« Sie lächelt traurig. »Ich werde sie nie vergessen. Es war ein Zweizeiler zwischen der Meldung über eine Kaninchenausstellung und dem Bericht, dass eine Ampel an einer großen Kreuzung gewartet und abgeschaltet werden muss.«

»Dann gab es gar keinen Mord? Und du bist nie verletzt worden?«

»Ich wurde verletzt. Und den Mord gab es. Aber der Mörder«, sie sieht sich um, ob jemand in unserer Nähe ist, »nein, die Mörderin, das war ich, Wanda. Meine Brüder waren nur meine Waffen.«

»Ich …«, ich fröstle trotz der Hitze. »Ich verstehe das nicht.«

»Ich hatte eine Beziehung mit Alexander. Geheim, allerdings war es seine Familie, die nichts davon wissen durfte. Für sie war es eine Schande, dass der einzige Sohn keine bessere Freundin fand als eine Ausländerin. Es hielt auch nicht lange. Alexander war gutaussehend und begehrt, aber er war auch grob, rechthaberisch, und er log – er hat gelogen, dass sich die Balken bogen. Ich trennte mich von ihm, das hat er aber nicht akzeptiert. Er versuchte eine Weile, mich umzustimmen. Warb, bettelte, fluchte, bat mich weinend um Verzeihung …« Sie seufzt schwer. »Er ließ nicht locker. Er begann mich zu verfolgen und mir zu drohen. Er fasste mich gegen meinen Willen an, wann immer er die Möglichkeit dazu fand. Für ihn war es Liebe, aber er wusste nicht, was das wirklich ist. Er war einfach nur nicht in der Lage, mit einer Abfuhr zu leben.«

»Und dir konnte niemand helfen?«, frage ich.

»Nein. Ich hatte Angst. Weniger vor ihm als vor seiner rechtsradikalen Familie. Er hat ständig diese drohenden Andeutungen gemacht, und sein Onkel arbeitete damals bei der Polizei. Dahin konnte ich nicht gehen, die hätten mir das Wort im Mund umgedreht und mich als Lügnerin hingestellt. Außerdem war auch meine Mutter von Anfang an gegen die Beziehung gewesen. Sie hatte es geahnt. Ich wollte allein damit klarkommen. Ich dachte, er würde schon irgendwann aufhören.«

»Aber er hörte nicht auf.«

»Nein.« Fariba atmet tief durch. Sie deutet auf eine Parkbank, die von einer Eiche beschattet wird. »Können wir uns setzen?« Sie braucht eine Pause und spricht dann weiter, die Stimme angespannt, dass sie zu bersten droht. »Er hat mich vergewaltigt. Eine ganze Nacht lang, immer wieder.«

»Das ist ja schrecklich!«

»Dann hat er mich gehen lassen und mir gedroht, dass er mich töten wird, wenn davon ein Wort an die Öffentlichkeit gelangt. Er sagte: Fariba, ich werde dich töten, wenn du ein Wort sagst, und ich werde deinen Brüdern die Mordwaffe unterschieben, sodass du im Himmel auf einer Wolke sitzen und sie im Gefängnis bewundern kannst.«

Sie erzählt das so kühl, dass ich zu zittern beginne. Mir fehlen die Worte, weil jedes zu wenig wäre.

»Und dann hat er mich noch einmal vergewaltigt und mir gesagt, er würde das ab jetzt immer tun, wenn er Lust dazu hat, denn ich wüsste ja, was sonst passiert. Und seine Drohung hat er wahr gemacht, und mein Leben wurde zur Hölle.«

»Karim und Jaron haben davon erfahren«, mutmaße ich. »Und ihn umgebracht.«

Plötzlich ergibt alles Sinn.

»So war es nicht«, sagt Fariba. »Nach einer Weile hielt ich es nicht mehr aus, bin zu ihnen gegangen und habe ihnen erzählt, was er getan hat. Ich habe sie gebeten, ihm eine Abreibung zu verpassen, die er nie vergessen sollte, sodass er es nicht wieder wagen würde, einem von uns zu nahe zu kommen. Ich flehte sie an, sagte, sie seien doch meine Brüder und es wäre ihre Pflicht, mich vor ihm zu beschützen, weil es sonst niemand kann.«

Sie sieht mich prüfend an, vielleicht wartet sie darauf, dass ich schockiert aufspringe und davonrenne. Aber wie kann ich sie verurteilen? Sie hatte keinen anderen Ausweg gesehen.

»Und sie taten es. Es muss außer Kontrolle geraten sein, sie hatten bestimmt nie geplant, ihn umzubringen, auch wenn sie unglaublich wütend waren. Ich wusste, dass sie ein Messer dabeihatten, aber ich hätte nie gedacht, dass … Ist ja auch egal, was ich dachte. Vielleicht hätte ich es wissen müssen. Ja, vielleicht *habe* ich es gewusst und es mir insgeheim gewünscht.«

»Das ist kein Wunder, nach dem, was er dir angetan hat.«

»Ich war die Älteste. Ich hätte sie beschützen müssen, nicht ins Unglück stürzen.«

»Niemand hat so viel Kraft«, sage ich. »Nicht vor deinem Hintergrund.«

»Ich habe einen meiner Brüder zu einem Mörder und den anderen zum Helfer gemacht«, erwidert Fariba kühl, »und es bitter bereut. Sie waren vorsichtig, aber nicht vorsichtig genug. Es blieb ein Fingerabdruck an der Leiche zurück. Als man diese fand, waren die beiden aber schon geflohen.«

»Wohin? In den Iran?«

»Ja, zu Verwandten meiner Mutter. Es war schwierig. Meine Mutter hatte Jahre zuvor mit ihrer Familie gebrochen, niemand hatte Verständnis, dass sie mit einem Amerikaner in Deutschland in wilder Ehe lebte und Kinder hatte. Es war ein Skandal. Unsere Mutter war der Schandfleck der Familie, aber letztlich ist Blut immer dicker als Wasser und sie haben Jaron und Karim aufgenommen. Das mussten sie wohl.«

»Aber nicht für lange?«, frage ich.

»Die beiden haben es nicht lange ausgehalten. Die Familie meiner Mutter, die Al Hozouris, sind streng. Sie erwarteten, dass meine Brüder sich anpassten. Für die beiden war das schwer, sie waren ja fast noch Kinder, neunzehn und sechzehn Jahre alt, zwei Jungs voller Schuldgefühle und Angst, die plötzlich in einem engen Käfig aus Religion und Tradition festsaßen. Jaron traf dann eine Entscheidung. Er kam nach Deutschland zurück und stellte sich. Er hatte den törichten Gedanken, auf Totschlag im Affekt zu plädieren, um mit einer milden Strafe nach Jugendstrafrecht davonzukommen. Er glaubte, dass die Sache dann für alle Beteiligten erledigt sei.«

»Das ist sehr weit gedacht für einen so jungen Mann«, sage ich anerkennend.

»Es war so dumm!«, ruft Fariba aus, zügelt sich aber sofort wieder. »Er kam in ein Jugendgefängnis, und Strafmilderung hat man ihm zwar angeboten, aber er hätte dafür gegen Karim aussagen müssen. Und das hat der sture Holzkopf nicht getan.« Erst als Fariba ein Stofftaschentuch aus ihrer Weste zieht, bemerke ich, dass sie lautlos weint. »In diesem Gefängnis hat man Jaron gebrochen. Ich muss es deiner Fantasie überlassen, was dort passierte, ich weiß selbst nur einen Bruchteil, aber er kam wieder heraus und war ein zorniger Mann, der schon panisch wie ein Tier um sich schlug, wenn man ihn nur zu lange ansah.«

Betroffen senke ich den Blick. »Und Karim hat das einfach zugelassen?«

»So sah es zunächst aus. Meine Mutter hat getobt und gewütet, weil Karim in Teheran durch die Straßen flaniert ist und ihren Nichten den Kopf verdreht hat, während Jaron im Gefängnis fertiggemacht wurde. Aber weißt du was? Karim wusste überhaupt nichts davon. Jaron, dieser dumme Kerl, hatte ihm gegenüber behauptet, zu Freunden in die Türkei zu gehen. Dass das gelogen war, hat Karim erst erfahren, als sie Jaron schon fast wieder freilassen mussten. Daraufhin wollte er sofort zurückkehren und Jaron beistehen. Das hat unsere Mutter Karim allerdings nicht geglaubt. Sie hatte ihm Briefe geschrieben, aber mein Onkel hat sie Karim vermutlich nie gegeben. Er nahm alles, was geschehen war als Beweis, dass unsere Mutter bei der Erziehung versagt hatte. Inzwischen bin ich sicher, dass er es war, der jeden Kontakt unterband. Es passt zu ihm. Aber damals ließ er uns glauben, die Funkstille ginge von Karim aus.«

»Und dann hat eure Mutter mit Karim gebrochen?«, frage ich.

Fariba nickt. »Er hatte ihr doch geschworen, immer auf Jaron aufzupassen. Jaron war das Goldstück meiner Mutter, musst du wissen. Sie liebt ihn so sehr. Er war ein kleines, zartes und scheues Kind und hat immer versucht, ein wilder Draufgänger wie Karim zu sein. Und Karim war ihm ein guter Lehrer. Er hat Jaron geliebt und gut umsorgt, aber er konnte nicht verstehen, dass Jaron aus anderem Holz war. Aus zerbrechlicherem. Sie klebten aneinander wie …«

»… Pech und Schwefel.«

»Oh ja. Und meine Mutter sah Karim immer in der Pflicht, weil er Jaron auf die dümmsten Ideen brachte. Karim hat darüber ständig gelacht und gesagt, er würde schon aufpassen. Bis er älter wurde und die Sache mit dem Mädchen passierte.«

»Mit welchem Mädchen?«, frage ich, dabei ahne ich es schon.

»Karims Exfreundin. Ich kenne sie nicht, habe sie nur ein einziges Mal kurz gesehen. Aber ich glaube, dass Karim sie sehr gernhatte, auch wenn er sich für viel zu cool hielt, um das offen zu zeigen.« Ihr Gesicht verzieht sich leicht, als fiele es ihr schwer, sich richtig zu erinnern. »Damals tauchten Fotos von diesem Mädchen auf, von ihr und Karim … ganz intime Bilder, verstehst du?«

Ich nicke, mein Verdacht hat sich bestätigt. Susan Scheider. »Ich habe davon gehört. Aber glauben kann ich es nicht.«

Fariba schüttelt mit einem bitteren Lächeln den Kopf. »Das musst du auch nicht. Es war nicht Karim, der die Fotos gemacht hat, so etwas hätte er nie getan.«

Es wundert mich, dass ich, nach allem, was ich erfahren

habe, Erleichterung verspüre, aber genau das ist der Fall. Sie ist wie ein Sonnenstrahl, der durch dicke Wolken bricht.

»Dann war es Jaron? Aber warum?«

Fariba zuckt mit den Schultern. »Eifersucht, vermute ich. Vorher war Karim immer für ihn da gewesen, Jaron war unser verwöhnter kleiner Prinz, der alles bekam, was er wollte. Plötzlich hatte Karim eine Freundin und kaum noch Zeit für seinen Bruder. Deswegen hat Jaron die Fotos gemacht, um die Beziehung zu zerstören und Karim wieder für sich zu haben.«

»Susan – das Mädchen von damals – glaubt bis heute, dass es Karim war.«

»Jeder glaubt das«, sagt Fariba unglücklich. »Karim hat es alle glauben lassen.«

»Um Jaron zu schützen?« Das will mir kaum in den Kopf.

Fariba scheint meine Skepsis zu sehen. »Wenn du von klein auf nur die eine Aufgabe hast, deinen Bruder zu beschützen, dann erfüllst du sie, ohne darüber nachzudenken. Karim hat alles auf sich genommen. Den Hass des Mädchens, die Strafen unserer Mutter und auch den Schulverweis. Er benahm sich sogar extra noch wie ein Ekel, damit niemand Verdacht schöpfte.«

»Aber dir hat er die Wahrheit gesagt?«

»Nein, er hat mir überhaupt nichts gesagt, kein Wort. Aber ich habe ihn durchschaut, da konnte er noch so patzig schweigen.«

Das kann ich mir gut vorstellen. »Und eure Mutter?«

Faribas Schultern sinken in sich zusammen. »Die war blind und hat bloß gesehen, dass Karim aufsässig wurde und sich ihrem kleinen Goldstück Jaron gegenüber plötzlich distanziert verhielt. Jaron hätte mehr Strenge gebraucht, ich glaube, Karim hat das erkannt. Aber unsere Mutter hat all seine Versuche zunichtegemacht. Sie hat nicht auf uns gehört, sie wurde immer bloß wütend auf Karim, wenn er auch nur ein scharfes Wort zu Jaron sagte.«

»Das klingt sehr anstrengend.«

»Das muss es auch gewesen sein. Ich habe das damals unterschätzt, war zu sehr mit mir selbst beschäftigt. Dann passierte mir …«, sie schluckt, »diese schreckliche Sache. Ich hatte nur mit Karim darüber sprechen wollen, aber Jaron hat gelauscht und sich eingemischt. Wir waren alle drei so aufgebracht, und plötzlich waren unsere Worte wie Feuer, und alles geriet außer Kontrolle. Ehe ich wirklich begriff, was ich ausgelöst hatte, war es zu spät, und meine Brüder mussten in den Iran fliehen.«

»Wie hat sich deine Mutter bei all dem verhalten?«, frage ich mitfühlend.

»Die war unglaublich wütend. Auf mich natürlich, aber sie versuchte, mir das nicht zu zeigen. Ihre Wut auf Karim zügelte sie aber nicht. Sie ist bis heute der Meinung, er hätte Jaron von alldem fernhalten müssen. Sie glaubt mir nicht, dass er es versucht hat. Und dann kam Jaron nach Deutschland zurück, und Karim war nicht da, in dieser Zeit, in der Jaron seinen Schutz gebraucht hätte. Als Karim schließlich ebenfalls zurückkam und ein schickes Auto fuhr, während Jaron verstört in seinem Zimmer saß und auf einen Therapieplatz wartete, schickte meine Mutter ihn fort und wollte ihn nie wieder sehen. Er versuchte mit ihr zu reden, wollte ihr sagen, dass er ein besserer Mensch werden wollte, aber sie sah nur den wilden Jungen von früher in ihm und nannte ihn ein Monster unter einer Maske, das seinen Bruder im Stich gelassen hat und keinen Tag länger ihr Sohn sei. Er solle sich zum Teufel scheren, sonst würde sie ihn selbst der Polizei ausliefern, was Jaron nicht geschafft hat.« Sie senkt den Blick und scharrt mit den Füßen im Splitt. »Wir stritten tagelang darüber, aber Mutter blieb stur, Jaron war zerstört, und Karim …«, sie seufzt, »Karim musste zum ersten Mal in seinem Leben nachgeben. Nachdem Mutter Jaron und mich zum Umzug gedrängt hatte, gab er auf.«

Ich lasse das Gehörte eine Weile auf mich wirken. »Wie konnte er überhaupt zurückkommen?«, frage ich schließlich. »Die Polizei hat doch immer noch nach ihm gesucht.«

Fariba lächelt leicht bei den Erinnerungen. »Ich habe dir erzählt, dass die Familie meiner Mutter sehr streng ist. Für Karim war das hart, aber noch härter war es für meinen Onkel und seine Frau, Karim im Haus zu haben. Er brachte alle auf dumme Ideen, sagten sie. Westliche Ideen, verstehst du? Er muss in dieser Zeit viel nachgedacht und sich zu einem bewussteren Leben entschlossen haben. Das brachte ihm keine Freunde im Haus meines Onkels. Die sahen vor allem seine verderbte Mutter in ihm und waren um jede Möglichkeit froh, ihn wieder loszuwerden.«

»Haben sie ihm etwa die Papiere gefälscht?«

»Er hat richtige Papiere«, sagt Fariba. »Aber er ist der falsche Karim.« Sie legt ihre Hand auf meine, als sie meinen verwunderten Blick sieht. »Dir ist vielleicht aufgefallen, dass wir Geschwister meiner Mutter alle sehr ähnlich sehen.«

»Ihr habt die gleichen Augen.«

»Ja. Und der Bruder meiner Mutter hat ebenfalls diese Augen und alle seine Kinder. Meine Cousins haben als Jugendliche deutsche Internate besucht, weil auch mein Onkel lange in Deutschland gelebt hat. Sie haben die doppelte Staatsbürgerschaft. Einer meiner Cousins musste diese opfern. Das meinte ich, als ich von einer strengen Familie sprach: Der Vater entscheidet, und die Söhne gehorchen. Und das war, wenn du mich fragst, nicht nur die Lösung, sondern auch die Ursache des Problems mit Karim.«

»Moment.« Ich muss das sortieren. »Sie haben die Identität getauscht?«

»Ja. Karim Jonathan Hozouri floh in den Iran. Und Karim Ibn Ainur Al Hozouri kehrte zurück. Das Alter stimmte ungefähr, einen Bart kann man rasieren oder wachsen lassen, die Augen waren dieselben. Niemand in diesem Land achtet auf Gesichter, Wanda.«

Mehr und mehr Schatten lösen sich, und die Bilder werden klar. Karim hatte sich für diese Papiere, die eigentlich seinem

Cousin gehörten, geschämt und sie gleichzeitig annehmen müssen, um bei seinem Bruder sein zu können. Und seine Familie hatte es ihm nicht gedankt, sondern war weggezogen, kaum dass er nach Hause kam. Darum also hatte er zurückgezogen in der »Bleibe« gelebt.

»Haben sie sich je versöhnt, Jaron und Karim?«

Fariba seufzt. Die Nachmittagssonne wandert, und die Hitze lässt eine süße, staubige Schwere zurück, die Faribas Schultern niederzudrücken scheint. »Jaron war Karim nicht böse. Nicht einen Moment. Ich glaube, das kann er überhaupt nicht. Und Karim«, noch ein Seufzen, »fand Jaron gebrochen vor, und das ließ auch etwas in ihm kaputtgehen. Er konnte es kaum ertragen, seinen Bruder anzusehen. Sie haben sich ein paar Mal heimlich und ohne das Wissen meiner Mutter getroffen, aber sie taten sich gegenseitig nicht mehr wohl. Im anderen sahen sie ein Spiegelbild ihrer eigenen Fehler und wurden immer an das erinnert, was früher war. Und so beschlossen wir, dass ein Lebensabschnitt enden muss. Und wir uns am besten alle gegenseitig vergessen und vergessen, uns zu erinnern und uns zu vermissen.«

»Das hat aber nicht funktioniert«, sage ich. »Ohne Wurzeln treibt man im Wind.«

»Das ist wahr. Im Iran sagen sie: Die Zweige geben Kunde von der Wurzel.«

Wir schweigen eine Weile. Mein Mund ist ausgedörrt, und ich habe das Gefühl, viel zu viel gehört zu haben.

»Ich muss jetzt gehen«, sagt Fariba.

»Wirst du wiederkommen?«

»Zu Karim?«

»Ja. Zu Karim. Oder … zu mir. Wir wären fast Schwägerinnen geworden.«

»Ich glaube, ich wäre gerne deine Schwägerin geworden, Wanda.« Sie drückt meine Hand, und ihre traurigen Augen sind voller Angst. Erstaunlich, denke ich, wie sehr man Menschen brechen kann, wenn man eine Familie zerreißt. Jarons Wut – Faribas Angst. Vielleicht wären sie mit Karim zusammen wieder gesund geworden.

»Da ist noch eines, was ich gerne wüsste.« Mir ist noch etwas in den Sinn gekommen, das Fariba vielleicht aufklären kann. »Da ist diese Melodie, nach der Karim immerzu gesucht hat«, beginne ich, und schon sehe ich an Faribas Gesicht, dass sie weiß, wovon ich spreche. Und so erzählt sie mir von einem wilden kleinen Jungen, der nur zur Ruhe kam und erst schlafen konnte, wenn sein Daddy ihm von den hübschen, kleinen Pferdchen sang.

»Fariba, für mich braucht es keine Unterschriften auf Papier«, sage ich schließlich. »Und keine Hochzeitszeremonie. Du kannst auch so meine Schwägerin sein, wenn du willst.«

Fariba tupft ihre Augen mit dem Taschentuch ab. »Danke, Wanda. Ich will. Ich weiß bloß noch nicht, ob ich kann. Aber danke für dein wundervolles Angebot. Ich werde ganz sicher wiederkommen.« Damit umarmt sie mich lang und fest. Dann steht sie auf und zupft Bluse und Weste zurecht.

»Eines noch«, sagt sie. »Nur eine Sache. Fragst du dich, wer es war?«

Ich weiß sofort, was sie meint, aber ich wage es nicht, das Wort auszusprechen. Mord, egal vor welchem Hintergrund, ist ein schweres Wort. Gefährlich, man kann sich daran schneiden.

»Ich weiß nicht«, erwidere ich, dabei weiß ich sehr genau, wie es gewesen sein muss. Der Gedanke, dass Karim jemanden ermordet haben soll, ist jenseits von allem, was ich mir vorstellen kann. Die Möglichkeit allerdings, dass er erlaubte und zusah, wie sein minderjähriger Bruder es tun musste, ist noch viel, viel unglaublicher.

»Ich weiß es bis heute nicht«, sagt Fariba. »Ich habe mich nie getraut, zu fragen, weil ich zu feige bin, zu erfahren, welchen meiner Brüder ich zu einem Mörder gemacht habe.« Sie greift in die Innentasche ihrer Weste und zieht einen zweifach gefalteten

Briefumschlag heraus. Er zerfasert an den Falzstellen, muss tausendmal aufgeklappt und wieder zusammengefaltet, in eine Tasche gesteckt und wieder herausgenommen worden sein. Sie hält mir den Umschlag hin. »Von Karim«, sagt sie. »Es steht nur ein Name darin, hat er gesagt. Ich habe ihn nie geöffnet.«

Ich nehme den Brief an mich. GUILTY steht in harten Buchstaben darauf, und in meinem Kopf blitzt ein Bild auf. Karim, wie er die Lettern schreibt, den Stift zu fest aufdrückt, Faribas Angst in seinen Augen und Jarons Wut im Zug um seine Lippen.

»Danke«, murmle ich, aber als ich aufsehe, ist Fariba schon einige Schritte weit fort.

Ich setze mich noch einmal auf die Bank. Lasse mir alles durch den Kopf gehen. Schließlich gehe ich in Richtung Haupteingang. Dort, wo die Raucher vor der Tür stehen, bitte ich einen jungen Mann um Feuer. Statt einer Zigarette halte ich ihm den Brief hin. Er geht in Flammen auf und brennt schnell.

Ich halte ihn, bis das Feuer mir die Fingerspitzen versengt.